글
누
림
세
계
명
작
선

여자의 일생

기 드 모파상

국문학 교수들이 추천한
글누림세계명작선

인간과 세계에 대한 새로운 발견

여자의 일생

기 드 모파상 Guy de Maupassant

김규희 옮김 · 이재복 해설

Une vie

국문학 교수들이 추천한
글누림세계명작선

글누림

차 례

여자의 일생 · 9

작품 해설
자연주의자의 감성과 형식
이재복(한양대) · 478

인간과 세계에 대한 새로운 발견

여자의 일생

1

잔은 짐을 다 꾸리자 창가로 가서 바깥을 내다봤다. 비는 여전히 내리고 있었다.

지난밤 폭우가 밤새도록 유리창과 지붕을 뒤흔들면서 줄기차게 쏟아졌었다. 잔뜩 물기를 머금은 채 낮게 내려앉은 하늘은 뻥 구멍이라도 뚫린 듯 사정없이 물을 지상으로 흘려보내 지면을 질퍽질퍽한 흙탕으로 만들어 놓았다. 땅은 마치 녹아버린 설탕처럼 변했다. 돌풍이 때때로 후텁지근한 열기를 뿜고 휙휙 지나갔다. 넘쳐흐르는 도랑물 소리가 한적한 길거리까지 들려왔고, 길을 따라 늘어선 집들은 집 안으로 스며든 습기를 마치 해면처럼 빨아들여서 지하실 광으로부터 다락방에 이르기까지의 벽은 축축하게 땀이 배어 있었다.

어제 수녀원 부속 기숙여학교를 나와 영구히 자유로운 몸이 된 잔은 이제 오랫동안 꿈꾸어온 인생의 행복을, 손을 뻗기만 하면 모조리 붙잡을 수 있을 것 같았다. 그런 만큼, 만일 계속 비가 와서 아버지가 출발을 망설이면 어쩌나 싶어 걱정이었다. 그래서 날씨가 개지 않을까, 아침부터 지금까지 백 번도 더 창밖을 살피지 않을 수 없었던 것이다.

그녀는 여행 가방에 캘린더를 챙겨 넣지 않은 것이 생각났다. 그래서 벽에 걸린 조그만 달력을 떼어냈다. 이 캘린더는 도안의 한복판에 금년이 1819년이라고 금박 글자로 표시되어 있었다. 그녀는 성자의 이름 하나하나를 연필로 지워가며 처음의 4단을 모두 지우는 식으로 5월 2일까지 왔다. 바로 이날이 그녀가 수녀원을 나온 날이었다.

문 밖에서 부르는 소리가 났다.

"자네트!"

"네, 들어오세요, 아빠."

아버지가 나타났다.

시몽 자크 르 페르튀 데 보 남작은 괴짜이자 호인으로 지난 세기의 귀족 같은 인물이었다. 그는 장 자크 루소의 열렬한 숭배자였고 자연에 대해, 들과 숲과 동물에 대해서 애정이 깊었다.

귀족태생인 그는 본능적으로 1793년(대혁명의 공포 정치가 시작된 해)을 증오했다. 그렇지만 기질이 철학적(여기서 철학자는 일반적인 의미라기보다는 18세기의 프랑스의 철학자에 대해 다소의 조소를 담은 명칭)이고, 자유주의 교육을 받아 전제 정치를 혐오했다.

남작의 강점인 동시에 약점은 그의 선량함에 있었다. 남을 사랑하거나, 인정을 베풀거나 포용하는데 있어서는 두 팔로도 모자란다할 정도였다. 그런데 그 조물주 같은 선량함, 산만하고 저항력이 없는, 의지의 힘이 마비되고, 에너지의 한 구석이 구멍이 뚫려 있는 선량함이란, 한편으로는 일종의 악덕에 가까운 것이었다.

이론가인 그는 딸의 교육을 위해서 치밀하게 계획을 세워 놓고 있었는데, 요컨대 그것은 딸을 행복하고 선량하고 올바르고 얌전한 여자로 키우겠다는 것이다.

그는 딸을 열두 살 때까지 집에서 양육했다. 그리고 아내가 눈물을 흘리며 슬퍼하며 반대함에도 불구하고 딸을 성심 수녀원 기숙사에 보냈다. 아버지는 그곳에 딸을 엄중히 가둬 두고 세상으로부터 격리시켜 그녀가 세상에 알려지지 않도록 했으며, 또한 세상에서 무슨 일이 일어나는지도 알 수 없게 만들어놓았다. 이런 식으로 열일곱 살이 되면 깨끗하고 순박한 상태로 자기에게 되돌아오도록 할 셈이었고, 그런 후에 딸을 건전한 시정의 세계 속에서 양육해 나갈 생각이었다. 즉, 들판을 거닐면서, 풍요롭게 익어가는 전원의 한복판에서 소박한 사랑과 동물들의 단순한 애정, 생명의 법칙을 보이면서 딸의 영혼을 눈뜨게 해주고 그 무지를 일깨워주고자 했다.

그리하여 그녀는 생명력과 기쁨으로 얼굴을 환하게 빛내면서 드디어 수녀원에서 나온 것이다. 심심해서 견딜 수 없는 낮이나 지루해서 못 견디는 밤이 반복되는 그 고독한 생활 속에서 그녀가 무수히 꿈꾸었던 행복과 희망과 모든 기쁨과 매력적인 모든 우연의 순간들이 이제는 눈앞에서 그녀의 것이 되려 하고 있는 것이다.

그녀의 피부는 장밋빛으로 발그레하게 물들어 있어서 귀족의 딸 특유의 자태가 역력했고, 얇은 솜털이 덮여 햇살이 비치면 부드러운 비로드와도 같이 윤기가 흘렀다. 눈은 파랬다. 질흙으로 빚어 만든 네덜란드 인형처럼 불투명한 푸름이었다. 반들반들한 금발은 살빛과 함께 융합되어버린 것이 아닐까 하고 여겨질 정도였다. 그녀는 베로네세(이탈리아의 화가. 1582~1588)가 그린 초상화 그 자체였다.

왼쪽 콧방울 옆과 오른쪽 턱 위에 조그만 검은 사마귀가 하나 있었다. 그 둘레에는 피부색과 거의 구별할 수 없는 빛깔의 털이 두세 개 곱슬곱슬하게 꼬부라져 있었다. 키는 날씬하게 컸다. 가슴은 부풀어 올랐으며, 허리의 선은 유연했다. 그녀의 맑게 울리는 목소리는 때로는 날카롭다 할 수 있을 정도였다. 그러나 그 천진난만한 웃음소리는 주위 사람들에게 기쁨을 불러일으켜 주었다. 그녀는 언제나 하는 버릇대로 머리를 곱게 매만지듯이 양손을 관자놀이께로 가져가곤 했다.

그녀는 아버지에게 달려가 와락 껴안고 입을 맞추며 말했다.

"아빠, 이제 떠나는 거지요?"

아버지는 이미 하얗게 세어버린 긴 머리카락을 절레절레 흔들면서 손으로 창밖을 가리켰다.

"이런 날씨에 어떻게 여행을 떠나겠니?"

그러나 그녀는 응석부리는 목소리로 졸라댔다.

"아이, 아빠, 그래도 떠나요, 부탁이에요, 오후가 되면 날씨가 갤 거예요."

"그렇지만 엄마가 허락하실지 모르겠다."

"어머니의 승낙은 저에게 맡기세요."

"그래, 네가 엄마의 승낙을 얻게 되면 떠나기로 하자."

그녀는 남작 부인의 방으로 쏜살같이 달려갔다. 그녀는 오늘을 얼마나 손꼽아 기다렸던가.

성심 수녀원에 들어온 이래, 그녀는 아버지가 자신이 정해놓은 나이가 될 때까지 루앙 시를 떠나본 적이 없었고 어떠한 오락도 허락되지 않았던 것이다. 단 두 번 보름쯤 파리에 따라간 일은 있었다. 그러나 그곳 역시 도시였다. 그녀는 오직 전원만을 꿈꾸었다.

이번에 그녀는 여름 한철을 레뻬플에 있는 저택에 가서 지낼 계획이었다. 이것은 대대로 집안에 전해져 내려오는 고풍스러운 저택인데, 이포르에 근처의 언덕 위에 세워져 있었다. 그녀는 이 해변에서 자유로운 생활을 무한히 만끽해 볼 기대감으로 마음이 잔뜩 부풀어 있었다. 게다가 이 저택은 그녀의 명의로 되어 있는지라 그녀가 결혼하면 줄곧 여기서 살게 될 것이었다.

그러므로 어제 저녁때부터 잠시도 쉬지 않고 내리고 있는 비는 그녀의 일생에서 처음으로 맛본 가장 큰 근심거리였다. 하지만 3분쯤 뒤에 그녀는 어머니의 방에서 뛰어나와서 온 집안이 떠나가라 소리쳤다.

"아빠, 아빠! 엄마가 좋다고 했어요. 이제, 마차를 준비해요."

비는 여전히 억수같이 쏟아졌고 그 기세가 조금도 꺾일 것 같지 않았다. 사륜마차가 현관 앞에 나타났을 무렵에는 더욱더 심하게 퍼붓기 시작했다.

잔이 마차 위에 뛰어오르려고 할 때, 남작 부인이 한쪽은 남편의 부축을 받고, 다른 한쪽은 청년처럼 우람해 보이는 몸집의 몸종의 부축을 받으며 층계를 내려왔다. 몸종은 코 출신의 노르망디 토박이 처녀로, 실제로는 고작 열여덟 살쯤 되었을 텐데도 훨씬 더 숙성해 보였다. 그녀의 이름은 로잘리로 잔과는 같은 젖을 먹고 자라서 이 집에서 딸과 같은 대우를 받고 있었다.

이 처녀의 주된 임무는 지난 몇 년 동안 줄곧 악화되었다가 호전되었다를 반복하며 계속되는 심장 비대증으로 인해 몸이 완전히 뚱뚱해져 고생하는 여주인의 보행을 도와주는 일이었다.

남작 부인은 숨을 헐떡이며 낡은 저택의 현관 앞에 있는 돌층계까지 오자, 빗물이 작은 개울처럼 넘쳐흐르고 있는 마당을 바라보며 중얼거렸다.

"이런 날씨에 어딜 간다구요?"

남편은 여전히 미소 지으며 대답했다.

"그래도 가자고 한 건 당신이잖소, 아델라이드 부인."

그녀는 아델라이드라고 하는 화려한 이름을 가지고 있었으므로, 남편은 약간 조롱하는 듯한 존칭으로 언제나 '부인'을 붙여 부르곤 했다. 남작부인은 다시 걸음을 옮겨 겨우 마차에 올라탔다. 그 순간에 몸무게 때문에 마차의 스프링이 휘청거렸다.

남작이 부인 옆에 걸터앉고, 잔과 로잘리는 그 맞은편에 자리를 잡았다.

식모인 뤼디빈느가 망토를 안고 오자 모두들 그걸 받아 무릎 위에 얹었다. 다시 가져온 두 개의 바구니는 다리 밑으로 밀어 넣었다. 그러고 나자 그녀는 마부석으로 기어올라 시몽영감 옆에 앉아 커다란 담요를 머리에서부터 푹 뒤집어썼다. 문지기 부부가 배웅을 하러 나왔다. 그들은 짐수레로 나중에 싣고 오기로 된 짐에 대한 마지막 주의를 들었다. 마침내 마차는 출발했다.

마부인 시몽영감은 세찬 비에 머리를 숙이고 등을 구부정하게 구부려 세 겹 칼라가 달린 외투 속으로 몸을 집어넣었다. 위잉 위잉 울리는 돌풍이 유리창을 때리고 도로바닥에 물을 잠기게 하고 있었다.

말 두 마리가 전속력으로 모는 마차는 기운차게 강변도로로 달려갔다. 하늘을 향해 잎이 진 수목처럼 배의 돛대와 활대와 어망을 늘어뜨린 큰 배들과 나란히 강변을 달렸다.

이윽고 마차는 몽 리부데의 길게 이어진 길로 들어섰다. 얼마 안 가서 몇 개의 목장을 지나갔다.

때때로 비에 젖은 버드나무가 시체처럼 힘없이 가지를 늘어뜨리고, 수면에 낀 안개 속에 어렴풋하게 그 형체를 드러냈다. 말편자는 흙탕물을 튀겨 올리고, 네 개의 수레바퀴는 진흙투성이로 변해버렸다.

모두들 입을 다물고 있었다. 마음도 땅처럼 푹 젖어 있는 것 같았다. 남작부인은 머리를 뒤에 기댄 채 눈을 감았다. 남작은 비에 흠뻑 젖은 단조로운 들판을 음울한 눈으로 바라보고 있었다. 무릎 위에 짐을 올려놓은 로잘리는 하층민 특유의 단순하기 그지없는 공상에 잠겨 있었다.

잔은 이 미지근한 빗속에서, 마치 갇혀 있던 식물이 대기에 나온 듯 용솟음치는 기분을 느끼고 있었다. 짙은 환희의 벽이 무성하게 우거진 나뭇잎처럼 그녀의 마음을 우울한 기분으로부터 지켜 주고 있었다. 말은 한마디도 하지 않았지만 그녀의 마음속은 소리 내어 노래하고 싶고, 손을 바깥으로 펼쳐 손바닥에 괴는 빗물을 마셔보고도 싶은 기분이었다. 말이 전속력으로 자신을 이렇게 끌고 가주는 것이, 또한 지금 황량한 풍경을 바라보며 이러한 빗속에도 자신이 안전하게 보호되고 있는 것이 기뻐서 견딜 수가 없었다.

끊임없이 퍼붓는 빗속을 달리는 두 필의 말의 비에 젖어 번지르르한 엉덩이로부터 김이 피어올랐다. 남작 부인은 졸고 있었다. 나선형의 곱슬머리를 단정하게 빗어 올린 그녀의 얼굴은, 목둘레에 굵직한 물결 모양으로 축 늘어진 세 겹의 굵은 주름살에 힘없이 받쳐져 있었으나 조금씩 수그러들면서 그 목의 세 번째 물결도 크나큰 가슴의 바다 속으로 사라져가는 것처럼 보였다. 그 머리는 숨을 쉴 때마다 위로 치켜올려지고, 또다시 푹 수그러지곤 했다. 반쯤 벌어진 입술 사이로 숨소리가 커다랗게 새어 나올 때마다 뺨이 불룩해졌다. 남편은 그녀 쪽으로 몸을 구부려, 그 풍만한 아랫배 위에 깍지 끼고 있는 그녀의 손안에 조그만 가죽 지갑을 살그머니 쥐어 주었다.

손에 감촉을 느끼자 그녀는 잠을 깼다. 부인은 선잠에서 깬 사람처럼 몽롱한 상태로 그 물건을 멍한 눈으로 내려다보았다. 지갑이 아래로 떨어져서 열렸고, 금화와 지폐가 마차 안에 흩어졌다. 그녀는 완전히 잠을 깼다. 그 모습을 보고 딸은 까르르 웃음을 터뜨렸다.

남작은 돈을 주워 모아 그녀의 무릎 위에 올려놓고는 말했다.

“자아, 이게 전부야. 엘르토 농장을 판 돈이지. 농장을 판 것도 레뻬플 저택을 수리하기 위해서였어. 아무튼 우리도 이 제부터는 자주 가서 살게 될 테니까 말야.”

그녀는 6천 4백 프랑을 조용히 세어보더니 살그머니 호주 머니 속에 집어넣었다.

그것은 그들의 부모가 물려준 31개소의 농장 중에서 이렇게 팔아치운 아홉 번째의 농장이었다. 그래도 그들 부부는 아직도 토지에서 대략 1년에 2만 리브르의 수입을 올리고 있었다. 이것을 잘 관리하기만 하면 해마다 3만 프랑의 수입을 올릴 수 있었다.

그들 부부는 검소한 생활을 하고 있었으므로, 만일 집안에 항상 입을 벌리고 있는 밑 빠진 구멍, 그 <선량함>이라는 구멍만 없다면 이 정도의 수입만으로도 풍족하게 살아갈 수 있었을 것이다. 그러나 마치 태양이 늪지대를 바싹 말리듯 이 선량한 성품은, 그들 수중의 돈을 말리고 있었다. 돈은 흘러가 버리고 달아났고 사라져갔다. 어떻게 해서? 그들은 그 까닭을 알지 못했다. 늘 부부 중의 어느 쪽인가가 이런 말을 했다.

“오늘도 1백 프랑이나 썼어요. 뭐 별다른 물건을 산 것도 아닌데.”

아무튼 남에게 선뜻 뭔가를 줄 수 있다는 것은 이들 부부의 커다란 행복의 하나였다. 더욱이 이 점에 관해서 그들은 감동적이고 훌륭한 태도로 서로를 이해하고 있었다.

잔이 물었다.

"내 집은 지금도 아름답나요?"

남작은 즐거운 듯이 대답했다.

"가보면 알게 돼."

맹렬하게 퍼붓던 비도 조금씩 기세가 수그러지기 시작했다. 얼마 안 가서 그나마 안개와도 같이, 미친 듯이 춤추는 아주 가느다란 보슬비로 변했다. 구름으로 뒤덮인 하늘이 높아지고 조금 시야가 트였다. 그러자 갑자기, 여태까지 보이지 않던 구멍이 구름 속에 하나 둘 생기더니 그 사이로 태양 광선이 비스듬하게 목장 위를 비추었다.

구름이 갈라졌기 때문에 하늘의 푸른 바탕이 나타났고 갈라진 틈은 마치 커튼이 조각조각 찢겨나가듯이 점점 커져갔다. 그러다 눈이 휘둥그레질 정도로 검푸른 빛을 띤 맑은 창공이 펼쳐졌다.

어디선가 신선하고 달콤한 산들바람이 행복한 대지의 숨결인 듯 불어왔다. 마차가 정원이나 숲을 따라 달려가면 작은 새들이 재잘재잘 지저귀는 소리도 귓전으로 들려오곤 했다.

어느덧 저녁이 다가오고 있었고, 이제 마차 속에 있는 사람들은 잔을 제외하고는 모두 잠이 들어 있었다. 그 사이 두 번인가 여인숙에서 쉬었고, 말에게 귀리와 물을 먹이며 한숨 돌리게 했다.

해가 졌다. 멀리서 종소리가 들려오고 있었다. 어느 작은 마을로 들어섰을 때, 마부는 칸델라에 불을 켰다. 밤하늘에 별들이 쏟아질 듯이 많았고 모두 밝게 빛나고 있었다. 군데군데 등불이 켜진 집들이 나타났는데, 그것들은 한 점의 불이 되어 어둠을 꿰뚫고 있는 것처럼 보였다. 느닷없이 낮은 산 뒤쪽 전나무 숲 너머로 새빨갛고 큼직한 달이 아직도 졸음에서 깨어나지 않은 것처럼 빠끔히 떠올랐다.

이제 날씨가 따뜻했기 때문에 유리창을 내려도 되었다. 잔은 긴 시간의 몽상에 지치고 환상에도 진력이 나서 이제는 아무 생각도 하지 않고 휴식을 취하고 있었다. 오랫동안 똑같은 자세로 달려오는 바람에 구석구석 몸이 저려왔다. 그녀는 이따금 눈을 뜨고 바깥을 내다보곤 했다. 불빛이 간간히 보이는 어둠속으로 농장의 나무들이 스치는가 하면, 밭에 엎드려 있는 암소가 여기저기서 머리를 쳐드는 모습도 보였다. 그녀는 이리저리 몸을 움직여 새로운 자세를 취하려고 애를 쓰거나 꾸다가 만 꿈을 다시 꿔보려고 했다. 그러나 쉴 새 없이 굴러가는 수레바퀴소리에 점차 생각은 지쳐갔고, 눈을 감았지만 마음도 역시 몸처럼 지쳐 있는 것을 느끼게 되었다.

어느 사이에 마차가 멈췄다. 드디어 도착한 것이다. 사내와 여자들이 각자 손에 초롱불을 들고 마차의 승강구 앞에 서서 기다리고 있었다. 잔은 깜짝 놀라서 눈을 뜨고는 황급히 뛰어내렸다. 아버지와 로잘리는 소작인 한 사람이 발밑을 비춰주는 가운데 남작 부인을 거의 안듯이 부축해서 안으로 옮겨갔다. 완전히 지쳐 있는 부인은 고통을 호소하면서도 숨이 넘어가는 듯한 작은 목소리로 이렇게 중얼거리는 것이었다.

"아이구, 고마워요, 여러분들!"

그녀는 먹지도 마시지도 않은 채 방 안에 들어서자마자 그대로 잠들어버리고 말았다.

잔과 남작은 마주 앉아 저녁 식사를 했다. 두 사람은 서로 얼굴을 마주 바라보며 싱글벙글 웃으면서 식탁 너머로 손을 쥐기도 했다. 식사가 끝나자 두 사람 모두 어린아이 같은 기쁨에 사로잡혀 깨끗이 수리가 끝난 저택을 둘러보러 나섰다.

그것은 농장과 성관(16세기의 유럽의 군주나 귀족이 살던 성안에 있는 별장)을 낀 노르망디 식 석조건물인데, 처마가 드높고 으리으리한, 흰색이었으나 지금은 회색빛으로 바랜 저택이었다. 대가족을 수용하기에 족할 만큼 집은 널찍했다. 넓은 복도가 저택을 둘로 갈라놓으면서 한쪽 끝에서 다른 쪽 끝으로 뻗어나가고 있고, 저택의 앞뒤 한가운데 큰 문이 열려져 있었다. 좌우에 있는 두 개의 층계가 입구에 가랑이를 벌리고 선 듯한 모양으로 그 가운데를 공간으로 남기고, 2층에서 그 두 개의 층계 어귀가 마치 다리처럼 만나도록 되어 있었다. 아래층 오른쪽에는 엄청나게 큰 응접실이 있는데, 작은 새들이 떼 지어 놀고 있는 무성한 나뭇잎을 수놓은 벽지로 둘러쳐져 있었다. 가구는 가는 바늘로 수놓은 자수로 덮여 있는데, 어느 것이나 모두 라 퐁텐(프랑스의 시인)의 『우화』에 그려져 있는 삽화를 수놓은 것이었다. 잔은 어린 시절부터 무척이나 좋아했던 의자를 발견했다. 여우와 황새의 이야기가 그려져 있는 의자였다. 잔은 의자를 보고 벅찬 기쁨에 몸을 떨었다.

응접실 옆에는 헌책이 가득한 서재와 지금은 쓰지 않는 두 개의 방이 나란히 있었다. 왼쪽에는 새로이 판자를 갈아 붙인 식당과 시트, 식탁보, 속옷 따위를 넣어두는 방, 찬방, 부엌, 그리고 목욕통이 딸린 조그만 방이 있었다. 2층은 하나의 복도가 전체를 세로로 갈라놓고 있었다.

열 개의 방에 난 열 개의 문이 이 복도를 향해 한 줄로 늘어서 있는데 그 오른쪽의 맨 안쪽에 있는 것이 잔의 방이었다. 아버지와 딸은 그 방으로 들어갔다. 남작은 최근에 다락방에 쓰지 않고 넣어뒀던 벽걸이와 가구를 써서 이 방의 모습을 새로 바꾸어놓았다. 방안은 네덜란드산 아주 오래된 벽포에 그려진 이상스런 인물들로 가득 채워져 있었다.

잔은 자신의 침대를 발견하고 기쁨의 환성을 질렀다. 침대 네 귀퉁이에는 떡갈나무로 만든 네 마리의 커다란 새가 침대를 떠받치고 있었다. 새카맣고 윤이 반들반들 나는 그것은 영락없이 그 침대의 파수꾼 같았다. 침대의 양 옆에는 꽃과 과일로 꾸며진 장식이 새겨져 있었다. 우아하게 조각된 네 개의 기둥은 코린트식의 기둥머리를 인 채, 장미꽃과 큐피드가 얽혀 있는 밑기둥을 받치고 있었다.

침대는 무슨 기념물 같은 위용을 뽐내고 있었다. 오랜 세월을 거쳐 온 만큼 검은빛으로 빛났지만, 딱딱해 보이긴 해도 역시 우아함이 있었다.

장식용 침대보와 천장덮개가 두 개의 하늘처럼 빛나고 있었다. 둘 다 짙은 남색의 옛날 비단으로 되어 있는데, 금실로 수놓은 큰 백합꽃이 별처럼 반짝이고 있었다. 잔은 자기가 쓸 침대를 이리저리 감상하고 나서 이번에는 등불을 들고 벽지에 그려져 있는 그림들이 어떤 그림인지 꼼꼼히 살

퍼보았다. 젊은 귀족과 귀부인이 초록과 빨강과 노랑 빛깔의 의상을 걸치고 하얀 나무 열매가 달려 있는 푸른 나무그늘 아래 이야기하고 있고, 나무 열매와 같은 빛깔을 한 큰 토끼가 잿빛의 풀을 몇 잎 갉아 먹고 있는 풍경이다.

이들 귀족의 바로 위에, 먼 배경으로 반짝반짝 빛나는 둥그런 지붕의 집이 다섯 채쯤 보인다. 그 위에, 거의 하늘 한가운데 새빨간 풍차가 있었다. 꽃이 핀 커다란 무늬가 이들 사람이라든가 풍경 사이를 누비고 있다.

다른 두 개의 벽포도 앞의 것과 아주 흡사했다. 다만 다른 것은, 네덜란드 풍의 의상을 걸친 네 명의 난쟁이 노인이 막 집에서 나가려고 하면서 극도의 놀라움과 분노를 표시하며 하늘을 향해 삿대질을 하고 있는 것이었다.

그런데 마지막 벽포는 대단히 비극적인 내용이었다. 여전히 풀을 갉아 먹고 있는 토끼 옆에 젊은 사나이가 쓰러져 있는데 아무래도 죽은 것 같았다. 젊은 귀부인은 그 모습을 보고 스스로 자기 가슴에 칼을 찌르고 있다. 또한 나무 열매는 까맣게 되어 있다.

잔이 더 이상 이 그림을 이해하기를 포기하려고 하는데, 그때 한쪽 구석에 아주 조그만 동물 한 마리가 눈에 띄었다. 그 토끼가 만약 살아있었다면 풀잎사귀처럼 먹어치웠을 정도로 작은 동물이었다. 그러나 그것은 사자였다.

그제야 그녀는 이것이 피람과 티스베(고대 로마의 시인 오비디우스의 작중인물, 극적인 사랑으로 유명)의 불행한 운명 이야기라는 것을 깨달았다. 그녀는 그림의 단순함에 웃음이 나왔다. 하지만 이런 사랑의 모험을 그린 그림들에 에워싸여 있는 것도 행복한 일이라는 생각이 들었다. 그림들은 끊임없이 자기의 가슴 속에 희망과 영감을 불어넣어줄 것이다. 그리고 밤마다 자기의 꿈속에 오래된 이 전설적인 사랑의 이야기를 펼쳐줄 것이라는 생각이 들었다.

그 밖의 가구들은 모두 잡다한 양식이 뒤섞인 것들이었다. 집안에서 여러 대를 거쳐 지금까지 전해져온 가구들이었다. 전통이 오래된 집안은 여러 시대의 잡동사니가 뒤섞여 모여 있는 박물관처럼 되어 있었다. 루이 14세 시대의 장롱은 구리 장식으로 되어 있는데, 이것은 옛날 그대로 꽃무늬 비단이 씌워진 루이 15세 시대의 두 개의 안락의자 사이에 끼여 있었다. 장미나무로 된 책상은 제정 시대 양식의 동그란 유리 뚜껑 속에 든 탁상시계가 놓인 선반과 마주 보고 있었다. 이 청동시계는 벌집 모양을 하고 있는데, 대리석으로 된 네 개의 기둥에 받쳐져 금물을 입힌 꽃밭 위에 서 있었다. 길쭉한 틈새에서 벌집 밖으로 쑥 비어져 나온 가느다란 추는 날

개가 칠보로 된 작은 벌을 꽃밭 위에서 빙글빙글 날아다니
게 하고 있었다. 화려하고 짙게 칠해진 문자판은 벌집의 옆
구리에 끼워져 있었다.

시계가 11시를 쳤다. 남작은 딸에게 입을 맞추고 자기 방
으로 돌아갔다. 잔은 서운한 기분으로 그대로 잠자리 속으로
들어갔다.

그녀는 마지막이라는 듯이 방안을 둘러본 다음 촛불을 껐
다. 그러나 침대는 머리 쪽이 벽에 붙어 있고 왼쪽에 창문이
열려 있어서, 거기에서 달빛이 흘러들어 마룻바닥 위에 달빛
의 웅덩이를 펼쳐놓고 있었다.

달빛은 벽에 반사되어 그 창백한 빛이 피람과 티스베의
사랑의 모습을 부드럽게 어루만져주고 있었다.

잔은 발치 쪽에 난 창밖에서 고운 달빛에 흠뻑 젖어 있는
큰 나무를 보았다. 그녀는 돌아누워 눈을 감았으나 한참 있
다가 또다시 눈을 뜨고 말았다. 아직도 마차의 동요에 따라
몸이 뒤흔들리는 것 같고 바퀴 소리가 머릿속에 울리는 느
낌이었다.

그녀는 가만히 있으면 틀림없이 잠이 들 것이라고 생각하
고 꼼짝도 않고 가만히 있었다. 그러나 얼마 안 있어 설레는
마음이 온몸으로 퍼져 나갔다. 양쪽 다리에 경련이 일어나고

점점 열이 올라갔다.

그래서 그녀는 잠자리에서 일어나 맨발로, 팔을 드러낸 채 유령처럼 보이는 긴 슈미즈 차림으로 방바닥에 퍼져 있는 달빛의 연못을 지나 창문을 열고 밖을 내다보았다. 달빛이 밝아 사방이 대낮같이 환히 보였다. 어린 시절부터 무척 좋아했던 이 고장의 경치 전체가 낯익은 모습으로 들어왔다.

눈앞에 보이는 것은 넓은 잔디밭으로, 달빛을 받아 마치 버터처럼 노랗게 펼쳐져 있었다. 거대한 나무 두 그루가 저택 앞에 서 있었는데, 북쪽에 있는 것은 플라타너스, 남쪽에 서있는 것은 보리수였다.

끝없는 잔디밭의 끄트머리에서 만나는 작은 숲이 이 저택의 끝이었다. 다섯줄로 늘어선 해묵은 느릅나무 고목들이 일 년 내내 거칠게 불어오는 바닷바람으로 인해 비틀리고 잎이 떨어지고 침식되고 깎여서 마치 지붕처럼 비스듬히 기울어져 있었지만, 이것이 방풍림의 역할을 해주는 덕분으로 저택은 난바다에서 불어오는 돌풍으로부터 보호받고 있었다.

거대한 정원은 엄청나게 큰 포플러 나무의 가로수 길로 각각 좌우가 구분되어 있었다. 노르망디에서는 포플러를 뻬쁠이라고 부르는데 뻬쁠의 가로수 길이 이 고장에 살고 있는 지주의 저택과 그것에 인접해 있는 두 개의 농장을 분리시켜 놓고 있었다. 농장 하나에는 쿠야르 집안이 살고 있고, 다른 하나의 농장에는 마르탱 집안이 살고 있었다. 저택의 이름도 뻬쁠이라는 나무에서 따온 것이다.

정원 저편에 겨우 금작화가 핀 아직 개간되지 않은 초원이 펼쳐져 있는데, 그 위를 바닷바람이 밤낮으로 휘몰아쳤다. 그 끝에 이르면 높이 1백 미터쯤 되는 깎아지른 절벽이 기다리고 있었다.

잔은 저 멀리 별빛 아래 잠들어 있는 것처럼 보이는 바다의 수면 위를 바라보았다. 나뭇결 모양의 파도들이 끊임없이 물결치고 있었다. 태양 없는 적막 속에서 대지의 온갖 냄새가 발산되고 있었다. 아래쪽의 창문까지 뻗어 오르고 있는 재스민이 새로 돋아난 싹들의 몸에 스며들 것만 같은 향기를 연달아 토해내면, 새로 돋아난 어린잎의 희미한 향기와 뒤섞였다. 이따금 난바다에서 솔솔 불어오는 느린 바람이, 짙은 소금기가 섞인 공기와 해안의 끈적끈적한 해초냄새를 실어다 주고는 사라져갔다.

그녀는 처음에 공기를 들이마시는 행복감에 온몸을 내맡기고 있었으나, 이 전원의 분위기가 목욕을 할 때처럼 그녀의 마음을 차분히 가라앉혀 주었다. 해질녘이 되면 숨어 있던 온갖 짐승들이 눈을 뜨고 밤의 고요 속에 그 은밀한 존재를 숨긴다. 그리고 고요한 꿈틀거림으로 달빛이 스며드는 이 저녁 어둠을 가득 채우고 있었다. 울음소리도 내지 않는 커다란 새들이 검은 얼룩점처럼, 그림자처럼 하늘을 가로질러 날아갔다. 눈에 보이지 않는 벌레의 희미한 소리가 귀를 간질였다. 소리 없이 돌아다니는 기척이, 이슬을 함빡 머금은 풀숲과 인적 없는 길의 적막한 모래땅에서 어렴풋이 느껴졌다.

다만 몇 마리의 우울한 두꺼비들이 달빛을 향하여 그 짧고 단조로운 노래를 부르고 있었다.

잔은 이 달 밝은 밤처럼 자기의 마음이 속삭이는 소리들로 가득 차 부풀어 오르는 것처럼 여겨졌다. 그녀의 주위에서 울고 있는 이들 밤의 동물처럼 걷잡을 길 없는 숱한 욕정이 자기의 마음속에서 꿈틀거리고 있는 것 같았다. 밤의 친화력이 그녀를 이같이 살아 있는 시세계로 이끄는 것 같고 부드러운 이 밤의 아련한 달빛 속에서 인간의 능력을 초월한 어떤 떨림이 스치듯 걷잡을 수 없는 그 어떤 희망, 뭔가 행복의 숨소리 같은 것이 고동치고 있음을 느꼈다.

그녀는 사랑이라는 걸 꿈꾸기 시작했다.

사랑! 그것은 2년 전부터 점점 더 심해지는 불안한 심경으로 줄곧 그녀의 마음을 가득 채웠었다. 이젠 사랑을 해도 괜찮은 자유로운 몸이다. 이제는 다만 그 사람을 만나기만 하면 되는 것이었다. 그 사람을!

그는 어떤 사람일까? 물론 그녀는 분명하게 알 수가 없었다. 자기 자신에게 물어볼 마음조차 나지 않았다. 그 사람은 '그 사람'이겠지. 그 뿐이었다. 다만 그녀가 알고 있는 것은 단 하나, 자기는 그 사람을 진심으로 뜨겁게 사랑하고, 그 사람도 힘껏 자기를 사랑해줄 것이라는 것이었다. 오늘밤과 같은 밤, 두 사람은 언제나 같이 산책을 할 것이다. 별에서 쏟아져 내리는 빛을 받으면서 두 사람은 손에 손을 마주 잡고 바싹 다가붙어 걸어갈 수 있을 것이다. 서로의 가슴이 뛰는 소리를 들으면서, 서로의 어깨에서 체온을 느끼면서, 달콤한 여름밤에 서로의 사랑에 젖어서 산책할 것이다. 두 사람은 굳게 결합되어 있어서 사랑의 힘만으로 서로의 생각 깊은 곳까지 손쉽게 이를 수 있을 것이다. 그리고 그것은 영원히 계속되는 불멸의 사랑이 될 것이다.

그녀는 문득 그 사람이 바로 곁에 있는 것처럼 여겨졌다. 문득 알 수 없는 육감적인 전율이 손가락 끝에서부터 머리 끝까지 휩쓸고 지나갔다. 그녀는 무의식적인 동작으로 문득 자신의 꿈을 힘 있게 끌어안으려는 듯 두 팔로 자기의 가슴을 꼭 끌어안았다. 그러자 미지의 그를 향해 내민 그녀의 입술 위로 봄의 입김이 마치 그녀에게 사랑의 키스를 해주는

듯 스치고 지나가는 감촉에 의식이 몽롱해져 그녀는 하마터
면 실신을 할 뻔했다.

갑자기 저택 뒤쪽에서 누군가 밤길을 걸어가고 있는 소리
가 들려왔다. 그러자 그녀는 미칠 듯한 충동에 사로잡혀 신
의 섭리, 신의 가호, 마치 소설 같은 운명의 짝짓기라든가
그런 불가능한 것을 믿어보고 싶은 황홀한 기분이 되었고
'혹시 그 사람이 아닐까?' 하고 생각했다. 그녀는 마음이 조
마조마해져서 그 미지의 발걸음 소리에 귀 기울였다. 정말
그 분이 쇠창살의 대문 앞에 멈춰 서서 하룻밤 잠자리를 청
할 지도 모른다고 생각했다. 마침내 발걸음 소리가 사라져버
리자 그녀는 배반이라도 당한 것처럼 서글퍼졌다. 그러나 자
기의 희망이 어리석은 꿈에 불과했음을 깨닫자 자신의 미치
광이 같은 행동이 우스워져 웃음이 나왔다. 조금 마음이 가
라앉게 되자, 그녀는 좀 더 조리가 닿는 생각의 흐름에 자기
의 마음을 띄워놓았다. 미래를 내다보려고 애를 쓰고, 자신
의 생을 세우려고 했다.

자신은 바다가 보이는 이 저택에서 그 사람과 함께 살 것
이다. 아이는 둘을 낳을 것이고, 아들은 그 사람의 것이고
딸은 자신의 것이 되리라. 지금 그 아이들이 플라타너스와
보리수 사이의 잔디밭을 달음질치고 있는 모습이 그녀의 눈

앞에 떠올랐다. 아빠와 엄마는 대견한 눈길로 아이들의 뒤를 쫓으리라. 그러면서도 아이들의 고개 너머로 애정 어린 시선을 주고받을 것이다.

이렇게 몽상에 잠겨 있는 동안, 달은 이윽고 하늘의 여행을 마치고 바다 속으로 지려하고 있었다. 공기는 한층 싸늘해졌다. 동쪽 지평선이 훤하게 밝아오기 시작했다. 오른쪽 농원에서 수탉이 홰치는 소리가 들리고 잇따라 왼쪽 농원에서 다른 수탉들이 그 소리에 답하여 홰를 쳤다. 닭장의 울 너머 그들의 쉰 울음소리는 꽤 멀리서 들려오는 것 같았다. 어느덧 밝아오는 동쪽 하늘에서 별은 하나둘 사라져버렸다. 어디선가 작은 새가 지저귀는 조그만 소리가 들려왔다. 그러자 수많은 새들이 짹짹거리는 소리가 처음에는 조심스럽게 나뭇잎 가까이에서 들려왔다. 그러더니 점점 더 대담해지고 떨리는 듯한 즐거운 소리로 변하여 가지에서 가지로, 나무에서 나무로 퍼져나갔다.

잔은 갑자기 자기가 밝아진 빛 속에 있다는 것을 느끼고 두 손으로 파묻고 있던 얼굴을 쳐들다가 새벽의 찬란한 햇살에 눈이 부셔서 자기도 모르게 눈을 감았다. 커다란 포플러 가로수 속에 가려져 있던 새빨간 구름의 봉우리가 깨어난 대지에 핏빛 같은 빛을 던지고 있었다.

그러자 유유히 찬란한 구름을 헤치고 나무와 들에 바다와 온 지평선에 불의 화살을 내쏘면서 이글이글 타오르는 거대한 태양이 불쑥 솟았다. 잔은 행복감에 미칠 것만 같았다. 이 빛나는 자연의 사물을 앞에 두자 황홀한 환희, 무한한 감동이 그녀의 가슴을 떨게 했고 마음은 그저 망연자실해졌다. 이것은 그녀의 태양, 그녀의 새벽, 그녀의 새로운 생활의 시작이었다! 그녀가 품은 희망의 여명이었다. 그녀는 맑게 빛나는 공간을 향해 내뻗어 태양을 꼭 끌어안아주고 싶었다.

그녀는 지껄이고 싶었다. 이 아침의 탄생처럼 뭔가 신성한 말을 외치고 싶었다. 그러나 그녀는 이처럼 미칠 듯한 열광 속에서 아무 것도 하지 못하고 힘없이 우두커니 서버리고 말았다. 다시 얼굴을 양손으로 가렸을 때 눈에 눈물이 가득 찬 것을 알았다. 그녀는 기뻐서 마음껏 흐느꼈다. 다시금 얼굴을 들었을 때는 해돋이의 장엄한 풍경은 이미 사라지고 없었다. 그녀 자신도 몸이 식은 듯 마음이 가라앉았다. 약간의 피로감에 으스스하게 한기가 스며드는 것도 같아서 창을 닫고 잠자리에 들었다. 몇 분 동안 깊은 생각에 잠겨 있다가 8시에 아버지가 부르는 소리도 들리지 않을 정도로 잠이 들었으며, 아버지가 방안에 들어와 흔들어 깨워서야 겨우 잠에서 깨어났다.

아버지는 이제는 딸의 소유가 된 아름다운 저택을 보여주고 싶어 했다.

바다 쪽이 아닌 부지의 안쪽에 면해 있는 현관은 사과나무가 심어져 있는 크고 넓은 마당인데 길에서 좀 떨어져 있었다. 이 길은 시골길로 불리었고, 농가의 울타리 사이를 돌아 한 5리쯤 뻗어나가 르 아브르와 페캉을 잇는 큰길에 이르고 있었다. 방풍림으로부터 현관 앞의 층층대까지 똑바른 샛길이 이르고 있었고 작은 건물들이 두 개의 농장에 도랑을 따라 뜰 양쪽으로 늘어서 있었다. 지붕은 모두 다 새로 이어지고, 목세공품도 모두 새로 손질되었고, 벽도 새로이 칠을 해놓았다. 방 안의 벽지는 새로 도배를 했으며, 실내도 새로 칠해놓았다.

퇴색한 이 낡은 저택은 새 은빛 덧문과 잿빛 정면 현관 벽에 새로 칠을 해서 마치 얼룩처럼 보였다.

다른 한쪽 정면, 잔의 창문 하나가 열려져 있는 쪽의 정면은, 휘몰아치는 바람을 받는 느릅나무의 벽과 방풍림 너머로 바다를 바라다보고 있었다. 잔과 남작은 팔짱을 끼고 구석구석 빠뜨리지 않고 샅샅이 둘러보고 다녔다. 그리고 나서 공원이라고 불리는, 터를 빙 둘러싸고 있는 기다란 포플러 가로수 길을 천천히 거닐었다. 풀이 돋아나 나무 아래 초록색

양탄자를 펼쳐 놓은 듯했다. 정원 저쪽 멀리 떨어져 있는 가장자리의 풀숲은 보기에도 아름다웠고, 오솔길들은 꼬불꼬불한 좁은 길을 이리저리 교차시키고 있었다. 갑자기 토끼 한 마리가 뛰어나와 잔을 깜짝 놀라게 했다. 토끼는 비탈진 곳을 뛰어넘어 절벽의 골풀 속으로 쏜살같이 달아났다.

점심식사 뒤에도 아직도 기운이 회복되지 않은 아델라이드 부인은 더 쉬어야겠다고 말했다. 남작은 잔에게 이쁘르까지 내려가 보자고 제안했다. 두 사람은 밖으로 나가서 레뻬플의 한 마을인 에투방을 지나 계속 걸어갔다. 세 사람의 농부가 마치 오래 전부터 아는 사이이기라도 한 듯이 그들에게 인사를 했다. 두 사람은 구부러진 숲길까지 들어갔다. 숲은 꼬불꼬불한 골짜기를 따라 바다까지 이르고 있었다. 마침내 이쁘르 마을이 나타났다. 집 문턱에 걸터앉아 옷가지를 깁고 있던 아낙네들이 두 사람이 지나가는 것을 바라보았다. 경사지게 뻗은 비탈길 한복판으로 도랑이 흐르고 있고, 집집의 문전마다 난파선의 파편 따위가 즐비하게 쌓여 있어 집은 소금 냄새를 내뿜고 있었다.

반짝반짝 빛나는 은화 같은 비늘을 너덜너덜 붙인 갈색 그물들이 지저분하고 비좁은 오두막집 문간에서 널려 있었으며, 그런 집에서는 단칸방에서 우글거리는 많은 식구들의 악취가 밖으로 새어나왔다. 몇 마리의 비둘기가 먹이를 찾아 냇가를 돌아다녔다. 잔은 이러한 모든 풍경들을 놓치지 않고 다 살펴보았는데, 이런 풍경들이 마치 연극의 무대처럼 새롭고 진기하게만 여겨졌다.

어떤 집 담을 돌아가자 별안간 바다가 바라보였다. 시야가 미치는 데까지 펼쳐진 푸르고 불투명하고 매끈매끈한 바다였다. 그들은 멈춰 서서 정신없이 바다를 바라다보았다. 새의 날개 같은 하얀 돛을 단 배 몇 척이 난바다를 지나갔다. 오른쪽에도 왼쪽에도 커다란 절벽이 우뚝 치솟아 있었다. 곶과 같은 돌출부가 한쪽의 시선을 가로막고 있었으나, 한쪽은 해안선이 무한하고 아득히 뻗어나가고 있었다.

항구와 몇 채의 집이 바로 가까이 있는 절벽의 벌어진 틈새로 바라다보였다. 아주 잔잔한 파도가 바다에 흰 거품을 만들면서 바닷가의 조약돌들을 씻어내며 찰랑찰랑 작은 소리를 내고 있었다.

이 고장 특유의 작은 고깃배가 자갈밭 경사 위로 끌어올려져서, 콜타르를 칠한 둥근 뱃전을 햇볕에 드러낸 채 한쪽 옆으로 쓰러져 있었다. 몇 사람의 어부가 저녁 밀물이 오기를 기다려 배를 띄울 준비를 하고 있었다. 사공 하나가 그들에게 생선을 팔려고 다가왔다. 그래서 잔은 '넙치' 한 마리를 사서 직접 레뻬플까지 들고 가리라 마음먹었다. 사공은 뱃놀이를 하고 싶으면 서비스 해주겠다고 나섰다. 그러고는 상대방에게 자기의 이름을 똑똑히 기억하게 만들려는 듯 몇 번이고 되풀이해서 자기 이름을 말했다.

"라스티끄입니다. 조제팽 라스티크에요."

남작은 결코 잊지 않겠노라고 약속했다. 두 사람은 저택으로 다시 되돌아갔다.

생선 한 마리를 들고 오느라 잔은 녹초가 되었으므로 그녀는 생선의 아가미에 아버지의 지팡이를 꿰어 아버지와 함께 각각 그 한쪽 끝을 들었다. 그들은 비탈길을 올라가면서도 마치 어린아이들처럼 지껄여댔으며, 서늘한 바람을 이마에 받으며 눈을 반짝이면서 즐거운 듯이 걸어갔다. 그러다가 점점 팔에 힘이 빠졌다. '넙치'는 어느새 커다란 꼬리가 풀에 질질 끌렸다.

2

자유롭고도 즐거운 생활이 잔에게 시작되었다. 그녀는 책도 읽고 몽상도 하고 부근을 혼자 산책하기도 했다. 꿈에 잠겨 길을 따라 느릿느릿 걷기도 하고 혹은 꼬불꼬불한 골짜기를 가벼운 발걸음으로 뛰어 내려가기도 했다. 그런 골짜기의 양쪽 산등성이에는 금빛 비단 제의처럼 금작화들이 흐드러지게 피어 있었다. 더위로 인해 한층 더 강렬하게 피어오르는 금작화의 달콤하고 짙은 향기는 마치 향료가 섞인 포도주처럼 취하게 만드는 것이었다. 그리고 바닷가에 부딪혀 철썩거리는 먼 파도 소리에 실려 그녀의 마음도 물결치듯 출렁이는 것이었다.

그녀는 때로 피곤해지면 경사진 언덕의 중턱에 우거져 있는 풀밭에 누워 뒹굴기도 하였다. 이따금 골짜기를 돌아가거나 했을 때 잔디밭이 깔때기 모양으로 움푹 꺼진 땅 저편으로 푸른 삼각형의 바다가 펼쳐지고 햇빛에 반짝이며 흰 돛을 하나 띄운 풍경이 갑자기 보이거나 하면, 자신의 머리 위를 날고 있던 행복이 남몰래 자기에게 다가온 것이 아닌가 하는 걷잡을 수 없는 환희에 사로잡히기도 했다.

이 대지의 상쾌함을 즐기면서 부드러운 지평선의 조용한 경치를 보는 동안 고독을 사랑하는 기분이 그녀에게 스며들기 시작했다. 그녀가 오랫동안 언덕 꼭대기에서 앉아서 쉬고 있노라면 자그마한 산토끼가 깡충깡충 뛰면서 발밑으로 지나가기도 했다. 그런가 하면 해안의 미풍을 볼에 받으면서 절벽 위를 달려가는 일도 있었다. 마치 물속의 물고기처럼, 창공을 나는 제비처럼 지칠 줄도 모르고 움직이는 데서 나오는 뭐라 말할 수 없는 쾌락에 몸이 떨리기 때문이었다. 농부가 땅에 씨를 뿌리듯이 그녀는 가는 곳마다 추억의 씨를 흩뿌렸다. 죽을 때까지 뿌리를 내리고 자라날 그러한 추억이었다. 이 골짜기의 작은 습곡 하나하나에 자신의 마음의 씨를 조금씩 뿌리고 있는 것처럼 여겨졌다. 그녀는 수영에 열중하기 시작했다. 건강하고 대담하여 위험이라는 것을 의식

하지 않았기에 보이지 않게 될 때까지, 멀리 헤엄쳐 갔다. 자기의 몸을 뜨게 해주는 이 차갑고 투명한 푸른 물속에 있으면 기분이 좋았다.

바닷가에서 멀리 나가 가슴 위에 팔짱을 끼고 드러누워 아득히 푸른 하늘에 눈길을 돌린다. 그 하늘을 제비가 깃을 치며 날아가고 바닷새의 흰 그림자가 스치며 지나간다. 들리는 소리라고는 오직 파도가 칠 때 조약돌에 찰싹찰싹 부딪쳐 부서지는 파도의 희미한 속삭임, 그리고 파도의 물결을 타고 들려오는 육지의 희미한 소음이었지만, 그것도 역시 어렴풋해서 거의 들리지 않았다.

이윽고 잔은 다시 몸을 일으켜 세우고 미칠 듯한 환희에 사로잡혀 두 손으로 물을 튀기면서 날카로운 외마디 소리를 질렀다. 이따금 그녀가 대담하게 매우 멀리까지 나갈 때면 보트가 찾으러 와주었다. 이윽고 그녀는 배가 고파 핼쑥한 얼굴을 하고 있으나 마음은 즐거워서 마냥 들떠 있고, 입술에는 미소조차 떠돌며, 눈은 행복감에 가득 넘쳐 저택으로 되돌아간다.

남작은 남작대로 농사에 대한 커다란 계획을 세우고 있었다. 시험 경작을 해보는가 하면 증산을 꾀해보기도 하고, 새로운 농기구를 실험해보기도 하고, 외국 종자를 이 고장에 옮겨 심어보고 싶어 했다. 그 계획을 위해서 하루의 일부를 농부들과 상의하는 데 쓰고 있었으나, 농부들 쪽에서는 고개를 내저으며 그의 계획을 믿으려 하지 않았다.

때때로 남작도 이뽀르의 뱃사공을 데리고 자주 바다에 나갔다. 주위의 동굴이라든가 분수라든가 기암괴석 들을 구경하고 나면, 자신도 평범한 어부처럼 고기를 잡고 싶어 했다.

미풍이 부는 날, 돛이 부풀어 오른 고기잡이배를 바람을 안고 파도를 타고 달리게 하면서, 뱃전의 양쪽에 바다의 밑바닥에까지 닿을 커다란 낚싯줄을 늘어 뜨려놓아, 고등어 떼가 따라올 때 남작은 조그만 그물을 들고 나섰다. 고기가 걸리면 즉시 그 진동이 전해져 오므로 그물을 드는 그의 손도 긴장해서 떨렸다. 남작은 전날에 쳐놓았던 그물을 걷으려고 환한 달빛을 받으며 배를 저어 나가기도 했다. 그는 돛대가 삐걱거리는 소리를 듣기 좋아하고, 쌩쌩 소리를 내며 불어오는 차가운 시원한 바다바람을 들이쉬는 것도 좋아했다. 뾰족바위나 종루의 지붕, 페캉의 등대 등을 목표로 하여 부표를 찾느라고 멀리 배를 몰고 나가 이제 막 날이 새기 시작하여 뱃전을 밝히는 새벽빛 속에서, 부채꼴을 한 넓적한 가오리의 미끈미끈한 등짝이라든지 가자미의 기름진 배때기가 비치는 것을 기쁜 마음으로 넋을 잃고 바라보기도 했다.

식사 때마다 남작은 자신의 뱃놀이에 관한 이야기를 열정적으로 했다. 그러면 부인도 커다란 포플러 가로수 길을 몇 번이나 왕복한 이야기를 하는 것이었다. 그녀가 걷는 길은 주로 오른쪽의 쿠야르 농장을 따라서 나 있는 가로수 길이었다. 왼쪽의 가로수 길은 햇볕이 충분히 들지 않았다. 그녀는 의사가 '운동을 하라'고 권유했으므로 걷기에 열중하고 있었다. 밤의 찬 기운이 가시는 즉시 로잘리의 부축을 받으면서 가로수 길로 가는 것이었다. 망투를 입고 두 장의 숄을 두르고서 머리에는 검정 두건을 푹 눌러 쓰고 있으면서도 그 위에다 빨간 털실로 짠 모자까지 얹고 있었다.

그녀는 왼쪽 다리를 질질 끌고 오른발을 절면서 걸었다. 이 왼쪽 다리라는 것이 오른쪽 다리보다 약간 더 무거워서, 갈 때에 한 줄, 돌아올 때에 한 줄, 두 줄의 먼지 자국을 길의 끝에서 끝까지 남겨놓는데, 그래서 그 자리의 풀만이 시들어 있었다. 이렇게 저택의 모퉁이에서 방풍림의 첫머리에 있는 관목까지 오른쪽 다리를 절면서 계속 걸었다. 그녀는 이 산책길의 양쪽 끝에 벤치를 한 개씩 놓아두게 했다. 그래서 5분마다 멈춰 서는데, 그때마다 부축해주고 있는 참을성 많은 하녀에게 이렇게 말하는 것이었다.

"이젠 앉았다 가자꾸나. 애야. 나는 좀 지치는구나."

그리고 쉴 때마다 벤치 위에, 머리에 쓰고 있던 털실 모자라든가 숄 한 장을 놓는 것이었다. 그러고 나서 다음에는 또 한 장의 숄, 다음에는 두건, 그 다음에는 망토 모양의 윗옷을 벗어놓았으므로 나중에는 산책길의 양쪽 끝에는 커다란 옷짐이 두 개나 생기는 것이어서 그 짐들은 점심을 먹으러 돌아갈 때 로잘리가 한쪽 팔에 안고 왔다.

남작 부인은 오후에도 한층 더 느려진 발걸음으로 산책을 시작하는데 오전보다 쉬는 시간이 더 길어지고 이따금 자신을 위해서 밖에 내놓은 긴 의자에 앉아 한 시간 동안이나 꾸벅꾸벅 조는 일도 있었다. 부인은 이것에 대해 '나의 운동'을 한다고 말했다. 마치 '나의 심장 비대증'이라고 말하는 것과 똑같은 말투로.

10년 전쯤의 일이었다. 그 무렵 그녀는 줄곧 숨이 차는 것을 느끼고 의사의 진찰을 받아본 결과 비대증이라는 진단이 나왔다. 그 일이 있은 후로 이 말은 그 의미 따위는 전혀 알지도 못한 채 그녀의 머릿속에 그 단어가 착 들러붙고 말았다. 그녀는 남작이나 잔이나 로잘리에게 자신의 심장을 만져보게 했지만, 그 심장이라는 것은 불룩해진 흉부 속에 깊숙이 파묻혀 있는 것이니만큼 손가락 끝에 만져지지는 않았다. 그러나 다른 의사의 진찰을 받는 것은 딴 병이 발견될까 겁이 나서 완강하게 거절해오고 있었다. 그리고 걸핏하면 그녀는 '자기의' 비대증에 관한 이야기하기를 좋아했다. 그것이 너무나도 빈번했기 때문에, 이 병은 부인에게만 있는 것으로 둘도 없이 소중한 것으로서, 다른 사람은 이 병에 걸릴 아무 권리를 가지고 있지 않은 것 같았다. 흔히 '옷'이니 '모자'니 '우산'이니 하고 말하는 것과 똑같은 말투로 남작은 '마누라의 비대증'이라고 말했고 잔은 '엄마의 비대증'이라고 말했다.

그녀는 젊은 시절에는 몹시 아름다웠고 갈대보다도 더 가늘었다. 재정 시대의 군복을 입은 수많은 군인들과 왈츠를 추었으며, 또 『코린느』를 읽고 눈물을 흘리기도 했다. 부인은 이 소설에 깊은 감명을 받았고 그 후로도 소설의 영향에서 언제까지나 벗어나지 못했다.

몸이 뚱뚱해지는 것에 비례하여 그녀의 혼은 더욱더 시적인 충동에 사로잡혀 갔다. 몸이 너무 뚱뚱해져서 안락의자에만 붙어 있게 되자 부인의 생각은 사랑의 이야기를 따라 방황하며 스스로를 그 여주인공이 된 것처럼 생각하게 되었다. 그 사랑의 이야기 중에서도 그녀가 좋아하는 것이 몇 개 있는데, 언제나 그것들은 자기의 몽상 속에서 되살아나게 하는 것이었다. 마치 축음기가 핸들만 돌리면 언제까지나 계속해서 똑같은 곡을 되풀이하는 것과도 같았다. 갇혀 있는 사람과 제비에 관한 이야기가 담겨져 있는 저 달콤한 사랑의 노래는 그 어느 것 하나 그녀의 눈시울을 적시게 하지 않는 것이 없었다. 베랑제(프랑스의 유명한 가요 작가, 1780~1857)가 지은 음탕한 가요마저도 그것들이 모두 사랑의 미련을 노래하고 있기 때문에 좋아했다.

때때로 부인은 꼼짝없이 앉아 몇 시간이고 공상의 세계 속에 빠지곤 했다. 레뻬플에 있는 집이 그녀의 마음에 쏙 든 까닭도 그녀의 마음속에 있는 소설에 안성맞춤인 무대를 제공해주었기 때문이다. 주위가 숲으로 둘러싸여 있다는 점에서도, 황량한 고장이라는 점에서도, 또한 바다가 가깝다는 점도, 그녀가 수개월 전부터 줄곧 탐독하고 있는 월터 스콧의 작품을 연상시키는 데가 있었다.

부인은 비가 오는 날은 방 안에 틀어박혀, '유물'을 조사하는 데 시간을 썼다. 유물이란 그녀가 간수해둔 오래된 편지 등으로 그녀의 아버지나 어머니의 편지를 비롯하여 약혼 시절에 주고받은 남작의 편지라든가 그 밖의 편지를 포함한 것들이다.

그녀는 그러한 편지들을 전부 네 귀퉁이에 청동으로 만들어진 스핑크스 장식이 달려 있는 마호가니 책상 속에 간직

해두고 있었다. 그것들을 찾을 때면 그녀는 독특한 목소리로 이렇게 말하곤 했다.

"로잘리, 기념물이 들어 있는 서랍을 가져다 다오."

하녀인 소녀는 책상을 열고 서랍을 빼어 그것을 여주인 옆에 있는 의자 위에 가져다 놓는다. 그러면 여주인은 그 편지들을 한 장 한 장 천천히 읽어나가면서 눈물을 흘리고 했다.

때로는 잔이 로잘리를 대신해서 엄마를 부축하여 산책길에 나가는 일도 있었다. 그런 경우에 엄마는 딸에게 어린 시절의 추억을 이야기해주는데 그때마다 잔은 그와 같은 옛날 이야기 속에서 자기 자신을 발견하는 동시에 어머니나 자기나 생각하는 바가 아주 흡사하고 또한 자기들의 욕망이 너무나 흡사하다는 점에 깜짝 놀라곤 했다. 인간은 누구나 다 온갖 종류의 수많은 감각을 맛보면서, 이런 감각에 가슴을 두근거리는 사람은 자신이 처음이겠거니 생각하지만, 사실은 인류 최초의 인간도 이와 똑같은 경험을 했고, 또 이 세상 최후의 남자와 여자도 똑같은 경험을 할지 모른다.

두 사람의 느릿느릿한 발길은 마치 느린 이야기와 보조를 맞추듯 보였는데, 때로는 숨이 막혀 몇 분간씩 중단되곤 했다. 그때마다 잔의 상념은 여러 가지 사랑의 이야기의 전개를 뛰어넘어 기쁨에 넘치는 미래를 향해서 마구 돌진해 나가고, 희망 속을 뒹굴게 되는 것이었다.

어느 날 오후, 모녀는 안쪽의 벤치에 걸터앉아 있었다. 그 때 갑자기 산책길의 맞은쪽에서 뚱뚱한 신부 한 사람이 그 녀들 쪽으로 다가오는 것이 보였다.

신부는 멀리서부터 인사를 하고 웃는 얼굴을 지어 보이고 는 세 걸음까지 오더니 다시 한 번 인사는 하고 나서 커다란 소리로 말했다.

"아니, 남작 부인 아니십니까? 그간 무고하셨습니까?"

그는 이 고장의 신부였다.

남작부인은 철학자들의 전성시대에 태어나 대혁명 시대에 별로 신앙심이 없는 아버지 밑에서 자라났기 때문에 거의 교회라는 곳에 발을 들여놓은 적이 없었다. 하지만 그럼에도 불구하고 여성으로서 일종의 종교적 본능을 갖고 있기에 신 부님이라는 존재를 좋아하고는 있었다.

그녀는 자기 고장인 피코 신부를 완전히 잊고 있다가 불 현듯 이런 식으로 그와 마주 대하게 되자 얼굴이 붉어졌다. 그녀는 먼저 자기가 찾아보고 인사하지 못한 것을 사과했다. 그러나 신부에게는 그런 점에 신경을 쓰고 있는 것 같은 눈 치는 조금도 없었다. 그는 잔을 찬찬히 바라보더니 아주 미 인이라고 칭찬을 하고는 자신도 벤치에 앉아 신부 모자를 무릎 위에 올려놓은 다음 이마의 땀을 닦았다. 그는 몹시 뚱뚱한 체격으로 시뻘건 얼굴을 하고서 땀을 뻘뻘 흘리고 있었다. 체크무늬의 터무니없이 큰, 땀에 젖은 손수건을 꺼내서는 연방 얼굴과 목을 닦아내곤 했다. 그런데 그 흠뻑 젖은 모시 손수건이 신부복의 까만 안주머니 깊숙이 들어가자마자 새로운 땀방울이 빨리도 피부에 송송 배어 나와, 아랫배쯤에 둥그렇게 불쑥 부풀어 오르는 제의 위에 떨어졌고 그것은 둥그란 작은 얼룩점이 되이 길 가운데 띠도는 민지를 가라앉게 만들고 있었다.

피코신부는 활달한 성격의 전형적인 시골 신부였고, 후덕하고 곧잘 떠벌리나 인품은 좋은 노인이었다. 그는 지금 여러 가지 잡담과 함께 이 고장 사람들의 이야기를 하고 있었지만, 자기 교회에 속해 있는 이 두 여자가 아직까지 한 번도 미사에 참석한 일이 없다는 것을 깨닫지 못하는 눈치였다. 남작 부인은 원래 게으름뱅이로 태어난데다가 신앙심도 확고하지 못했으며, 잔은 엄숙한 의식을 지겨우리만큼 강요한 수녀원에서 이제 막 해방된 처지여서 두 사람 다 이제야말로 자유롭고 구김 없이 사는 것에만 몰두한 처지라서 성당미사 같은 것은 신경조차 쓰지 않고 있었다.

그때 남작이 나타났다. 남작은 범신론적 종교관을 갖고

있었다. 그로 인해 교리에 대해서는 무관심했다. 그는 오래 전부터 신부를 알고 있어 붙임성 있게 인사하면서 신부를 만찬에 초대했다.

인간의 영혼을 다룬다는 것은 평범한 인간에게도 이를테면 어떤 운명에 의해서 자기 자신과 엇비슷한 동료에게 권력을 행사하게 된 평범한 인간에게도 무의식적인 요령을 부여하는 것인데, 이런 종류의 요령 때문에 신부도 남을 기쁘게 해 줄 수 있었다. 남작 부인은 신부를 극진히 대접했다. 아마도 서로 통하는 사람끼리 접근시키는 친화력이 두 사람에게 작용했을 것이다. 즉, 이 뚱뚱보 신부의 붉은 얼굴과 짧은 호흡은 남작 부인의 숨이 차고 살이 찐 모양과 일맥상통하는 것이어서 매력으로 느껴졌을 수도 있다.

만찬 후 디저트가 나올 무렵이 되자, 그는 한잔 마시고 얼근하게 취하여 신부답게 활기를 띠기 시작했다. 그것은 즐거운 식사 뒤에 흔히 나오는 허물없고 거리낌 없는 태도였다.

신부는 갑자기 생각났다는 듯이 큰소리를 질렀다. 뭔가 근사한 생각이 머릿속에 떠오른 모양이었다.

“아 참, 그렇군. 교구 안에 새 사람이 들어왔어요. 아무래도 당신들한테 소개해드려야겠군요. 라마르 자작이라는 사람입니다.”

남작 부인은 이 고장의 문장(紋章)을 전부 알고 있는 만큼 즉시 물었다.

"그 사람, 외르에 사는 라마르 가문의 아드님이 아니신가요?"

신부를 고개를 끄덕였다.

"네, 그렇습니다, 부인. 작년에 세상을 떠난 장 드 라마르 자작의 아드님입니다."

부인은 귀족이라는 사실에 흥미를 느끼고 이것저것 꼬치꼬치 캐물었고 다음과 같은 사실을 추가로 알게 되었다. 그 청년은 아버지의 빚을 다 정리하고 조상 대대로 전해져 내려오는 저택을 팔아버린 후, 에뚜방 고을에 가지고 있는 세 개의 농장 중의 한 곳에 일시적인 조그만 거처를 마련했다. 이러한 부동산은 전부 합치면 연수입이 5, 6천 리브르가 되는 것이었다. 그러나 자작은 낭비를 싫어하는 절약가여서 2, 3년간은 사교계에 나갈 만큼의 재산을 모으기 위해 이 수수한 집에서 검소한 생활을 하며 지낼 계획이었다. 즉, 빚지거나 농장을 저당 잡히지 않고 유리한 결혼을 할 속셈을 가지고 있다는 것이었다.

신부는 한마디 더 덧붙였다.

"아주 마음 좋은 청년입니다. 단정하고 성실하고 점잖지요. 하지만 이 고장에서는 그다지 재미를 붙이고 지낼 데가 없는 눈치더군요.”

남작이 말했다.

“신부님, 그 사람 좀 우리 집에 데리고 오십시오. 때로는 기분 전환도 될 겁니다.”

그러고 나서 화제는 딴 데로 전환되었다.

모두들 객실로 가서 커피를 마시고 나자, 신부는 식사 후 산책하는 습관이 있으므로 뜰을 한 바퀴 둘러볼 수 없겠느냐고 말했다. 남작이 신부의 산책에 동행했다. 두 사람은 저택의 하얗게 칠한 정면 현관을 따라 거닐었다. 한 사람을 말랐고 한 사람은 뚱뚱한데, 두 사람이 달을 향해서 가거나 달을 등지거나 함에 따라서 버섯 모양의 모자를 쓴 두 그림자가 그들의 뒤로 가기도 하고 앞장서기도 하면서 그들과 함께 따라다녔다. 신부는 주머니 속에서 궐련 같은 걸 꺼내어 입 속에서 우물우물 씹었다. 그는 시골뜨기다운 솔직한 투로 그 효과에 대해 설명하였다.

“제가 약간 소화 불량이거든요. 트림이 나오게 하는 데는 이게 좋아요.”

그러더니 신부는 문득 하늘의 밝은 달을 쳐다보며 이렇게 말했다.

"이런 경치는 도무지 싫증이 나질 않습니다."
그리고 모녀에게 작별 인사를 하러 집으로 들어갔다.

3

다음 일요일, 남작 부인과 잔은 미사에 참석했다. 그들은 신부에 대한 미묘한 존경심에 사로잡혀 있었던 것이다.

모녀는 미사가 끝난 후에 목요일 낮에 신부를 초대하기 위해 신부를 기다리기로 했다. 이윽고 신부는 성물실에서 키가 큰 멋진 청년과 함께 나왔는데, 청년은 아주 허물없는 태도로 신부의 팔을 끼고 있었다. 신부는 두 모녀를 발견하자 기쁘고 깜짝 놀란 듯 소리를 쳤다.

"아니, 이거 정말 마침 잘 오셨습니다! 남작 부인, 그리고 마드무아젤 잔. 자, 여기서 소개해드리겠습니다. 이분이 이번에 당신들의 이웃이 된 라마르 자작님이십니다."

자작은 고개를 숙이고는, 전부터 부인들과 사귀고 싶었다고 하면서 사회경험이 풍부한 사람처럼 거침없이 말하기 시작했다. 그는 여성들에게는 동경의 대상이 될 수 있으나 남성들에게는 불쾌하게 느껴질 수 있는 타입의 용모를 지닌 사람이었다. 검은 곱슬머리가 햇볕에 그을린 매끈매끈한 이마를 덮고, 만들어 붙인 것처럼 잘생긴 두 개의 굵직한 눈썹은, 흰 자위가 다소 파리하게 보이는 어두운 눈동자를 깊고 부드럽게 만들어주고 있었다. 짙고 긴 속눈썹으로 인하여 그 눈매에는 천 마디 말보다도 더한 호소력이 흐르는 것이었고, 살롱에서는 아름다운 귀부인의 마음을 설레게 하고, 길거리에서는 바구니를 끼고 물건을 사러 가는 아가씨들로 하여금 한번 뒤돌아보게 할 만큼 매력적인 용모였다.

우수가 깃든 이 두 눈 덕택에 무언가 심오한 사상에 사로잡혀 있는 것처럼 보이고, 또 아무리 대수롭지 않은 말도 그럴듯하게 들리게 했다. 반지르르하고 멋진 수염은 약간 딱딱해 보이는 턱을 숨겨주고 있었다.

그들은 서로 인사말을 나누고는 헤어졌다.

이틀 후에 라마르 씨는 처음으로 남작 댁을 방문했다. 그가 왔을 때 모두들 객실의 창 앞에 있는 커다란 플라타너스 나무 아래에 놓아둔, 시골풍 긴 의자를 꺼내놓고 어디다 둘 것인지 다 같이 살펴보던 참이었다. 남작은 마주 보고 앉을 수 있도록 의자를 한 개 더 보리수 밑에 놓아두자고 주장했다. 그러나 부인은 좌우가 똑같이 균형이 잡히는 것이 아주 질색이어서 반대했다. 자작도 여기에 대해 질문을 받았는데 그는 남작 부인의 의견을 지지했다.

이어서 그는 이 고장에 관한 이야기를 꺼냈다. 혼자 여기저기를 다녀보니 참으로 아름다운 곳이 많았다고 말하며 '그림 같은 곳'을 많이 발견했다고 말했다. 때때로 그의 눈은 마치 우연인 듯 잔의 눈과 마주쳤는데, 그때마다 그녀는 이 갑작스런 시선에서 이상한 느낌을 받았다. 그래서 그 시선을 재빨리 피했지만, 거기에는 애무를 하는 것과 같은 찬탄과 이제 막 눈을 뜨기 시작한 공감의 정이 나타나 있었다.

작년에 세상을 떠난 라마르 씨의 아버지는 남작부인의 아버지인 뀌르또 씨의 친한 친구 중의 한 사람과 아는 사이임이 이야기 중에 밝혀졌다. 그리하여 이야기는 친척관계를 캐고 결혼 이야기, 몇 년 몇 월이라는 날짜 이야기, 집안과 집안끼리의 관계에 관한 이야기 등으로 끊임없이 계속되었다. 남작 부인을 마치 곡예사와도 같이 놀라운 기억력을 발휘하여 복잡하게 뒤얽힌 계보 속을 헤매는 일이 없이 집안과 집안끼리 맺어진 복잡한 족보관계와 혈통관계를 따져서 보여주었다.

"자작은 혹시 바르플뢰르의 소느와 가문의 이야기를 들은 일이 없으신지요? 맏아드님인 공트랑은 무르실 집안의 따님하고 결혼을 하셨죠. 쿠르빌의 쿠르실 가 말예요. 그리고 둘째 아드님은 나의 사촌인 드 라 로슈 오베를 양하고 결혼했는데, 그 애는 크리장주 집안과 인척 관계에 있습니다. 그런데 이 크리장주 가의 주인이 제 아버님의 친구 분이셨고, 틀림없이 당신의 아버님께서도 아시는 분일 겁니다."

"그렇습니다, 마담, 그분은 혹시 해외로 망명하신 드 크리장주 씨 아닙니까. 그분의 아드님이 파산을 했지요?"

"네, 네, 바로 그분이에요. 제 큰어머니한테 결혼 신청을 하셨죠. 큰아버지이신 데르트리 백작이 돌아가시고 얼마 안 되어서의 일이죠. 하지만 큰어머니는 거절을 하셨지요. 백작님이 코담배를 피우신다는 이유 때문이었죠. 그건 그렇고, 저 빌루아즈가 사람들은 어떻게 됐는지 아세요? 1813년경에 불운이 겹쳐 투렌 주에 정착한 모양입니다만, 그 후로는 전혀 소식을 듣지 못했습니다."

"글쎄요, 마담, 제가 들은 바로는 노후작은 말에서 떨어져 돌아가지고, 뒤에 남은 따님 중 한 분은 영국 사람과 결혼했다지요. 또 한 분의 따님은 바솔이라는 돈이 많은 상인의 유혹에 빠져 결혼했다고 합니다.”

자작은 말을 하다 보니, 어렸을 때부터 부모의 이야기를 통해 들어 알고 있던 여러 가지 이름이 떠올랐다. 같은 계급의 집안끼리의 결혼은 그들에게 공공의 대사건과 마찬가지의 중대성을 지니고 있었다. 그들은 만나 본 일조차 없는 사람들에 관한 일을 아주 잘 알고 있는 것처럼 이야기했다. 그 화제에 오른 사람들도 어딘가 다른 곳에서 이 자리에 있는 사람들에 관한 이야기를 똑같은 투로 말을 할 지 모른다. 이렇게 해서 이 사람들은 먼 곳에 있으면서도 같은 신분에 속해 있다는 사실, 격식이 서로 통하는 혈통이라는 사실만으로도 거의 친구나 친척들이 되기라도 한 것처럼 서로 친근감을 느끼는 것이다.

남작은 천성이 비사교적인데다가 사회적인 신분이나 지위에 맞지 않는 교육을 받아왔기 때문에 이웃 귀족들의 집안에 관한 이야기를 전혀 알지 못했다. 그래서 자작에게 그들에 관해 물어보았다.

“이 고을에는 귀족들이 그렇게 많지 않습니다.”

부근의 산들에는 토끼가 별로 없다고 말하는 것과 똑같은 말투였다. 그러고 나서 라마르 씨는 자세하게 이야기를 했다. 상당히 가까운 거리에 귀족의 집은 세 채 밖에 없다는 것이었다. 노르망디 귀족의 우두머리 격인 쿠틀리에 후작. 그 다음엔 브리즈빌 자작 부처. 이 집안은 훌륭한 혈통을 가진 사람들이지만, 세상 사람들과는 고립되어 살고 있다고 했다. 마지막이 푸르빌 백작. 이 사람은 성격이 괴팍하여 부인을 몹시 학대해 부인이 죽고 싶은 심정이 들게 만들고 있다는 소문이 있으며, 연못가에 지어놓은 라 브리예트 저택에서 사냥으로 나날을 보내고 있다는 것이었다. 또 두세 명의 벼락출세한 귀족도 있는데 그들은 자기네들끼리만 교제를 하고 있으며, 여기저기에 농토도 사들이고 있다는 소문이 돌지만 자작은 그들에 대해서는 아는 바가 없었다.

그는 작별 인사를 했다. 그리고 마지막 시선은 일종의 특별한 작별 인사, 한층 더 공손하고 친절한, 한층 더 부드러운 작별 인사의 눈길을 담고 잔에게 향해져 있었다.

남작 부인은 '자작은, 마음씨 좋은 사람이다, 나무랄 데 없을 만큼 이상적인 사람이다'라고 칭찬했고, 아버지도 그 말에 맞장구를 치며 말했다.

"정말 그래. 참 예의범절이 바른 청년이야."

다음 주에 남작을 만찬에 초대했다. 그 뒤로는 규칙적으로 찾아왔다. 그는 대개 오후 4시쯤에 찾아와서는 부인과 함께 '그녀의 산책길'에 나서주었으며, '그녀의 운동'을 하는

데 팔을 붙들어주었다. 잔이 외출을 하지 않았을 경우에는 그녀가 다른 한쪽에서 남작 부인을 부축해주어, 셋이서 똑바로 난 큰길을 이쪽 끝에서 저쪽 끝까지 천천히 걸으며 끊임없이 왕복했다. 그는 잔에게는 거의 말을 하지 않았다. 이따금 검은 비로드 같은 그 눈이 푸른 잔의 눈과 마주쳤다.

몇 번인가 두 사람은 남작과 함께 이뽀로까지 내려갔다.

어느 날 저녁, 세 사람이 바닷가에서 산책을 하고 있을 때 라스티크 영감이 다가왔다. 그는 파이프를 문 채 말했다. 아마 영감이 파이프를 물지 않은 모습을 보는 것은 코가 없어진 것을 보는 것보다 더 놀라운 일일 것이다.

"남작님, 이런 바람이라면 말입니다. 에트르타까지 나가도 전혀 문제가 없을 겁니다."

잔은 손뼉을 쳤다.

"야아, 좋아라, 우리 가요, 아빠."

남작은 자작 쪽을 돌아보며 말했다.

"어떻소, 자작, 저기 가서 점심이라도 드십시다."

이리하여 뱃놀이 계획이 당장에 세워졌다.

새벽 무렵부터 잔은 일어나 있었다. 그녀는 아버지가 꾸물대며 옷을 입는 것이 여간 답답하지 않았다. 잠시 후 그들은 아침 이슬을 밟고 나갔다. 들판을 가로지른 다음 숲을 지났는데, 새벽의 숲 속은 온통 작은 새들이 지저귀는 소리로 진동하고 있었다. 자작과 라스티크 영감은 닻줄 위에 걸터앉아 있었다.

사공 두 사람이 배를 띄울 수 있도록 거들어주었다. 그들은 어깨를 뱃전에 대고 전력을 다하여 밀어냈다. 자갈투성이인 바닷가를 미끄러지게 하는 데엔 힘이 들었다. 라스티크 영감은 기름을 칠한 나무 지렛대를 용골에다 꽉 댄 다음 자기 자리로 돌아와서 "어어리치치!" 하고 억양 있는 소리를 길게 늘여 빼어 여러 사람의 가락을 맞추려고 선창을 했다.

그렇게 해서 간신히 경사진 곳까지 오자 배가 갑자기 움직이기 시작하더니 헝겊이 찢어지는 듯한 요란한 소리를 내면서 자갈 위를 미끄러져 내려갔다. 배는 작은 물결이 거품을 일으키고 있는 데서 멈추었다. 일동은 걸상 위에 자리를 잡았다. 육지에 남은 두 사람의 뱃사공이 배를 수면으로 밀어주었다.

난바다에서 쉴 새 없이 불어오는, 부는 듯 마는 듯한 산들바람이 해수면을 살짝 어루만지며 잔물결을 일으키고 있었다. 돛이 올려져 약간 부푸는가 싶더니 배는 그제야 겨우 흔들리면서 바다로 부드럽게 미끄러져 나갔다.

배는 바닷가를 떠났다. 수평선 쪽을 바라보니 하늘은 낮게 드리워져 바다와 분간이 되지 않았다. 육지 쪽에는 깎아지른 듯한 절벽이 그 기슭에 커다란 그림자를 떨어뜨리고 있었다. 그리고 햇빛을 잔뜩 받은 잔디밭 비탈면은 드문드문 초승달처럼 움푹 패여 있었다. 저 멀리 뒤쪽에서는 갈색 돛을 단 배가 몇 척 페캉 해안의 흰 방파제에서 출범하려 하고 있었다. 그리고 앞쪽 멀리에서는 이상한 모양을 한, 들창과 같은 구멍이 뚫린 바위 하나가, 파도 가운데 코를 푹 처박고 있는 거대한 코끼리 같은 모습을 하고 있었다. 그것은 에트르타의 대궁문 바위였다.

잔은 파도에 흔들려서 약간 현기증이 났다. 한쪽 손으로 뱃전을 잡은 채 먼 곳을 바라보고 있자니, 신이 창조한 것 중에서 이 세상에서 참으로 아름다운 것은 광선과 공간과 물, 이 세 가지밖에 없는 것처럼 생각되었다.

입을 여는 사람이 없었다. 라스티크 영감은 키와 닻줄을 잡고 있었는데, 이따금 걸상 밑에 숨겨두었던 술병을 꺼내어 병째로 들이마시곤 했다. 그러고 나면 자기 몸의 일부분과도 같은 파이프로 쉴 새 없이 담배를 피웠다. 그 불은 꺼질 것 같지 않았다. 그 파이프에서는 푸르고 가느다란 연기의 실이 끊임없이 피어올랐다. 동시에 그것과 아주 똑같은 가느다란 실이 입술의 한쪽 구석에서 새어 나왔다. 하지만 이상하게도 이 뱃사공이 흑단보다도 더 까매진, 이 점토로 만들어진 파이프에 불을 새로 붙인다든지 담배를 새로 쟁인다든지 하는 걸 본 사람은 없었다. 이따금 한쪽 손으로 그걸 쥐고서 입술에서 떼는 일은 있었다. 그는 이번에는 이제까지 연기가 나오고 있던 그 입술 끝으로 갈색의 침을 퉤 하고 뱉어냈다.

남작은 뱃머리에 앉아 돛을 지켜보며 사공 노릇을 하고 있었다. 잔과 자작은 나란히 앉아 있었는데 두 사람 다 약간 거북해 보였다. 알 수 없는 어떤 힘이 두 사람의 눈과 눈을 마주치게 했다. 마치 어떤 친화력에 의해 자연스레 두 사람이 동시에 눈길을 들었기 때문이었다.

남자가 밉지 않게 생기고 여자가 아름다운 경우에 당연히 젊은 사람들 사이에 생기는 그런 미묘하고 막연한 감정이 이미 두 사람 사이에는 싹트고 있었다. 두 사람은 함께 있는 것이 즐거웠다. 그것은 아마도 서로가 상대방을 생각하고 있었기 때문이리라.

태양은 자기의 발밑에 펼쳐지는 크고 넓은 바다를 좀 더 높은 곳에서 내려다보려는 듯이 점점 더 높이 솟았다. 그러나 바다는 맵시라도 내려는 듯 엷은 안개로 몸을 감싼 채 태양을 가리고 있었다. 금빛으로 물든 투명한 안개로, 해면에 닿을락 말락하게 낮게 떠돌아 아무것도 가리지는 않았지만,

먼 풍경을 한층 더 부드럽게 보여주었다. 태양은 끊임없이 열기의 화살을 꼬아 이 빛나는 안개구름을 녹이려 하고 있었다. 그래서 태양이 힘껏 내리비치자 수증기는 증발하여 사라져버렸다 그러자 바다는 거울처럼 매끈매끈해져서 햇빛 속에서 반짝이기 시작했다.

잔은 이 풍경에 완전히 감동하여 중얼거렸다.

"어머나, 너무나 아름다워요."

"정말 그렇군요!"

자작이 맞장구를 쳤다.

이날 아침의 청명한 햇빛은 두 사람의 가슴 속에 마치 메아리를 일으키듯이 서로의 마음이 통하게 만들었다.

문득 에트르타의 대궁문 바위가 눈앞에 보였다. 마치 바다 속을 걷는 두 절벽의 다리와 같은 모습으로 배가 지나다닐 수 있을 정도의 높이를 가진 아치가 되어 있었다. 그리고 첨탑처럼 끝이 뾰족한 흰 바위가 첫 번째 궁문 앞을 가로막고 서 있었다.

배는 바닷가에 닿았다. 제일 먼저 내린 남작이 닻줄을 잡아당겨 배를 물가에 매어두는 사이에 자작은 잔을 양팔로 안아서 발이 물에 젖지 않도록 하여 육지에 올려주었다. 두 사람은 나란히 딱딱한 해변의 자갈밭 위를 올라갔다. 두 사람 다 방금 전의 짧은 포옹으로 흥분된 기분이었다. 그때 느닷없이 라스티크 영감이 남작에게 말하는 소리가 들려왔다.

"보아하니, 머지않아 틀림없이 사랑스러운 부부가 될 겁니다."

바닷가 작은 여인숙에서의 식사는 즐거웠다. 바다 위에 있을 때는 목소리도 머리도 마비시켜 모두 침묵했으나 반대로 식탁에서는 마치 방학을 맞은 학생들처럼 재잘거리는 것이었다.

아주 사소한 일에도 그들은 기뻤다.

라스티크 영감은 식탁에 앉자, 아직도 연기가 나오고 있는데도 그 파이프를 조심스럽게 베레모 밑에 숨겼다. 그 모양을 보고 모두 웃음을 터뜨렸다. 파리 두 마리가 영감의 붉은 콧등으로 날아와 그 위에 앉으려고도 했다. 영감이 너무나 굼뜬 손짓으로 파리를 붙잡으려고 쫓을라치면 파리는 이미 수많은 파리들이 더러운 얼룩점을 만들어놓은 모슬린 커튼으로 날아가 숨곤 하였다. 하지만 뱃사공의 빨간 딸기코가 마음에 걸려 못 견디는 듯 금세 다시 날아와서는 그 위에 앉으려고 했기에 그때마다 좌중은 폭소를 터뜨렸다. 노인이 간지러운 나머지 화를 내며, "이런 지독한 녀석들 같으니." 하고 투덜대자 잔과 자작은 참았던 웃음을 터뜨리며 마침내 몸을 꼬며 눈물이 나올 정도로 웃어댔다. 나중에는 웃음을 참느라고 숨을 죽이고 냅킨으로 입을 막았을 정도였다.

커피를 마시고 나자 잔은 다 같이 산책하러 나가자고 말했다. 자작은 일어났으나 남작은 자갈밭에서 햇볕을 쬐는 것이 더 나을 것 같다고 생각해서 이렇게 말했다.

"둘이 갔다 오게. 한 시간 후 이곳에서 다시 만나지."

두 사람은 이 마을의 특유의 때로 지붕을 이은 초가집들을 대여섯 채 지나쳤고 커다란 농장쯤으로 보이는 작은 저택을 지나갔다. 곧 두 사람의 눈앞에 길게 뻗은 확 트인 골짜기가 나왔다.

파도의 움직임으로 평소의 균형을 깨뜨려 피곤했고, 소금기를 머금은 공기가 시장하게 만든 터에 점심 식사를 하자 머리가 멍해졌고 웃고 떠드는 과정에서 신경은 흥분되어 있었다. 지금의 그들은 어쩐지 약간 정신이라도 돈 듯한 느낌이 들어, 너른 들판을 마구 달리고 싶은 흥분된 충동마저 느껴지는 것이었다. 잔은 이제까지 경험해본 일이 없는, 눈부시게 변해가는 감각으로 인하여 완전히 마음이 들떠 있었으며 이명의 느낌까지 있었다.

따가운 햇살이 두 사람의 머리 위에 찌는 듯 내리쬐고, 길의 양쪽으로 여문 곡식이 더위로 인하여 고개를 푹 수그린 풍경이 펼쳐졌다. 여치가 풀이파리처럼 무수하게 떼 지어 날며 울음소리를 내었다. 밀밭과 호밀밭, 바다골풀마다 가냘프고 시끄러운 소리가 터져 나왔다.

작열하는 태양 아래 벌레울음소리 외에는 어떤 소리도 들리지 않았다. 하늘은 반짝반짝 푸른빛으로 빛나고 있으나, 한편으로는 금속을 발갛게 달아오른 숯불 바로 가까이에 댔을 때처럼 갑작스레 붉어지지나 않을까 생각될 정도의 누런 빛도 띠고 있었다.

저 멀리 오른쪽에 작은 숲이 보이자 두 사람은 숲을 향하여 걸어갔다. 두 개의 경사진 면 사이로 비좁은 오솔길이 한 줄기 나 있었다. 길 양쪽으로 햇빛을 가리는 큰 나무들이 늘어서 있어서 나무 밑으로 그늘이 져 있었다. 숲속으로 발을 들여놓는 순간, 습기 가득한 숲의 냉기가 엄습했다. 습기는 살갗에 소름을 돋게 하고 폐 속까지 스며들었다. 햇빛도 비치지 않고 공기도 통하지 않은 숲 속은 풀마저 나지 않고 이끼가 온통 지면을 뒤덮고 있었다.

그들은 계속 걸어 나갔다.

"아, 저기라면 잠시 동안 쉴 수가 있겠군요."

잔이 말했다. 그녀가 가리키는 곳에는 두 그루의 늙은 나무가 말라 죽어 있었는데, 그곳으로 햇빛이 비치기 때문에 비교적 지면이 따뜻했다. 그 주변에는 이끼 낀 다른 곳과 달리 잔디, 민들레, 덩굴풀의 싹이 자라나 있었다. 나비, 꿀벌, 땅딸만한 어리호박벌, 벌의 해골 같은 터무니없이 큰 모기, 무수한 날벌레, 얼룩점이 있는 장밋빛의 무당벌레 등이 울창하게 우거져 있는 수풀 속에 유일하게 만들어진 이 뜨거운 빛의 테두리 안에 떼로 몰려와 있었다.

잔과 남작은 자리를 잡고 앉았다. 머리는 그늘 속에, 발은 햇볕에 내놓은 자세로 두 사람은 한줄기의 햇빛 아래 작은 생명들이 굼실거리는 모양을 바라보고 있었다. 잔은 감동어린 어조로 말했다.

"정말 멋있어요! 시골은 얼마나 좋은지 몰라요. 저도 벌이나 나비가 되고 싶을 때가 있어요. 벌과 나비가 된다면 꽃 속에 숨어버릴 수가 있으니까요."

그러고 나서 그들은 자신의 습관과 취미생활 등의 화제를 가지고 대화했다. 비밀을 숨김없이 털어놓는 것처럼 한층 목소리를 낮추고 친밀감 있는 어조로 이야기를 주고받았다. 자작은 이젠 사교계 따위에는 넌덜머리가 나고 경박한 생활에는 싫증이 나버렸다고 말했다. 그것은 언제나 똑같은 일의 되풀이고, 거기에는 진실한 것, 성실한 것은 아무것도 없다고 속마음을 털어 놓았다.

사교계! 잔은 예전에 그걸 알고 싶다고는 생각했다. 하지만 사교계는 전원생활만큼의 가치는 없다는 것을 진작부터 잘 알고 있었다.

그들의 마음이 서로 통하면 통할수록 그들은 서로 예의를 갖추어 '므슈'와 '마드무아젤'이라는 호칭으로 서로를 불렀다. 두 사람의 눈길은 점점 더 웃음꽃을 피우는 가운데 더욱 얽혀갔다. 새로운 호의가, 그리고 한층 더 넘쳐흐르는 애정이 그들 사이에 피어오르는 느낌이었다. 이제까지 느껴본 일이 없는 온갖 사물에 대한 관심이 두 사람의 마음속에 더욱 흥미롭게 느껴지는 것이었다.

이윽고 처음의 자리로 되돌아왔을 때, 남작은 '아가씨의 방'이라고 하는, 절벽 꼭대기에 뚫려 있는 동굴에 가고 없었다. 그래서 그들은 여인숙에서 남작을 기다렸다.

남작은 해안을 오랫동안 산책했는지 저녁 5시경이 되어서야 겨우 나타났다.

모두들 다시 배에 올라탔다. 배는 순풍을 받아 조금도 흔들림이 없이, 천천히 앞으로 나아갔다. 훈훈한 바닷바람이 미지근하게 불어와서 한순간 돛을 부풀리는가 싶더니 또 다시 돛대를 힘없이 축 늘어뜨렸다. 불투명한 바닷물은 마치 죽어 있는 것 같았고, 활활 타오르는 태양은 둥그런 궤도를 따라 고요히 해면으로 다가가려 하고 있었다. 바다의 권태가 다시 사람들을 침묵하게 만들었다.

적막을 깨고 잔이 입을 열었다.

"아아, 여행을 하고 싶어요!"

그러자 자작이 대답했다.

"그래요. 하지만 혼자서 여행하는 것은 쓸쓸하죠. 적어도 두 사람은 되어야 합니다. 서로의 감회를 나누기 위해서라도"

잔은 잠시 생각에 잠겼다.

"흔히들 그렇게 생각하지만…… 하지만 역시 저는 혼자서 걷는 것이 좋아요. 혼자서 몽상한다는 것은 아주 기분이 좋은 일이거든요."

자작은 그녀를 오랫동안 뚫어지게 바라보았다.

"둘이서도 몽상은 할 수 있어요."

그녀는 눈을 내리깔았다. 그것은 일종의 암시였을까? 아마 그럴지도 모른다.

그녀는 좀 더 먼 곳을 바라보려는 듯 수평선을 뚫어지게 바라보았다. 그리고 훨씬 차분해진 목소리로 말했다.

"저는 이탈리아에 가고 싶어요…… 그리고 그리스에도 …… 아 참, 그래요, 그리스에도…… 그리고 코르시카에! 그곳은 참 아름다울 거예요!"

자작은 산장과 호수의 나라 스위스를 추천했다.

그러자 그녀는 말했다.

"전 달라요. 전 코르시카처럼 아주 새로운 나라가 아니면 그리스처럼 추억으로 가득 찬 유서 깊은 곳이 좋답니다. 우리들이 어렸을 때부터 그 역사를 알고 있는 나라의 유적지를 찾아간다든지, 위대한 사적이 이룩된 장소를 구경한다든지 하는 일은 틀림없이 즐거울 거예요."

자작은 그녀처럼 흥분하지 않고 말했다.

"나는 영국에 많은 매력을 느낍니다. 배울 점이 많은 나라니까요."

두 사람은 그런 식으로 세계 여러 나라에 대해 이야기를 나누었다. 북극 남극에서 적도에 이르기까지 각국의 흥미로운 곳을 하나하나 이야기하고 꿈으로만 그려오던 풍경을 떠올리고 중국인이나 여러 민족들의 믿기지 않는 풍습을 이야기하면서 황홀해 했다. 그러다가 그래도 세계에서 가장 아름다운 나라는 프랑스라는 데 합의했다. 기후는 온화하고, 여름이면 시원하고 겨울이면 따뜻하며, 풍성하게 무르익는 전원이 있고 녹음이 우거지는 숲이 있으며 조용히 흐르는 몇 줄기의 큰 강이 있고, 아테네의 영광 이후 어느 나라에도 없는 미술 숭배가 있는 것은 이 나라라는 것이다.

그러고 나서 그들은 입을 다물었다.

더욱 기울어진 태양은 피를 흘리고 있는 듯 보였고, 폭넓은 한줄기의 광선이 눈부신 한 가닥의 길처럼 수면을 달리고 있었다. 그것은 바다 끝에서부터 이 작은 배가 뒤로 남기는 물줄기까지 이어져 있었다.

바람의 마지막 훈풍도 끊어져 잔물결조차 일지 않았고 돛은 새빨갛게 물들어 있었다. 끝없는 고요함이 천지를 마비시켜 자연의 온갖 요소가 서로 만나는 언저리에서 침묵을 빚어내고 있었다. 한편, 거대한 바다는 마치 신부처럼 크고 넓은 하늘 아래 반짝반짝 빛나는 배를 활모양으로 출렁이면서 지는 태양은 연인처럼 자기 쪽으로 내려오기를 기다리고 있었다. 태양은 포옹의 욕정으로 불타오르는 듯 낙하를 서둘렀다. 그러더니 어느 사이에 바다와 합체해버렸다. 그리고 바다는 태양을 조금씩 삼켜갔다.

수평선으로부터 시원한 바람이 불어와 가벼운 잔물결을 일으켰다. 바다 속으로 삼켜진 태양이 안도의 한숨을 내쉬는 것처럼 보이기도 했다. 황혼은 짧았다. 곧 별이 총총한 밤이 펼쳐졌다.

라스티크 영감이 노를 젓기 시작했고 모두들 바다가 인광으로 반짝이는 것을 보았다. 잔과 자작은 바짝 다가붙어, 뱃전 뒤로 바다의 풍광을 바라보고 있었다. 그들은 이젠 아무것도 생각하고 있지 않았다. 그저 망연히 바라보면서 기분 좋게 지극한 행복감에 젖어서 해질녘의 공기를 숨 쉬었다. 의자 위에 놓인 잔의 한쪽 손을 옆에 앉은 자작의 손가락이 우연인 듯 살짝 스치는 순간, 그녀는 놀라고 기뻐 가슴이 두근거렸고 꼼짝도 할 수 없었다.

그날 밤, 자기 방으로 돌아갔을 때, 그녀는 스스로도 이상하리만큼 마음이 설레고 감격에 차 있었다. 몹시 흥분되어 울음을 터뜨리고 싶을 정도였다. 탁상시계가 눈에 띄자, 작은 꿀벌이 다정한 친구의 심장처럼 움직이고 있다는 생각이 들었다. 너는 내 생애의 증인이 되어주겠지, 이 규칙적인 동작으로 늘 나의 기쁨이나 슬픔의 반려가 되어주겠지, 하고 생각했다. 그래서 그녀는 시계를 멈추게 한 후 그 날개에 입을 맞췄다. 이렇게 되면 무엇에든지 키스를 하고 싶은 심정이 될 것임에 틀림없었다. 그녀는 서랍 안쪽에 해묵은 옛날 인형이 간수되어 있다는 생각이 났다. 그래서 서랍을 뒤져 그것이 발견되자, 마치 다정한 친구를 만나기라도 한 것처럼 기뻐했다. 그녀는 인형을 가슴에 꼭 껴안고 빨갛게 칠해진 장난감 인형의 뺨과 곱슬곱슬한 노란 머리털에다 여러 번

입을 맞추었다. 이윽고 인형을 팔에 안은 채 그녀는 깊은 생각에 잠겼다. 나의 남편이 '그'일까? 수많은 은밀한 목소리에 의해 약속된 남편은, 더할 나위 없이 친절한 하느님이 나의 앞길에 던져주신 남편은, 정말로 그이일까? 내 일생을 바쳐야 할 사람? 우리들은 서로 사랑해야 할 운명을 갖고 있는 배우자들일까? 우리들이 맺은 사랑은 어렵게 합쳐져서 결코 떨어질 수 없는 '사랑'을 결실 맺을 운명에 놓여 있는 것일까?

그녀는 자신의 존재를 온통 뒤흔들어놓는 듯한 감정, 미친 듯한 황홀 상태, 마음의 밑바닥에서 치밀어 오르는 그것이 정열이라고 믿고 있었지만, 아직까지 한 번도 그런 것을 느낀 적은 없었다. 그녀는 한편으로 자신은 그를 사랑하기 시작했다고 느끼고는 있었다. 왜냐하면 그를 떠올리게 되면 정신이 멍해지곤 했기 때문이다. 그가 곁에 있으면 가슴이 두근두근 뛰었고, 그의 시선과 마주치면 그녀의 얼굴은 붉어지기도 하고 창백해지기도 했으며, 그의 목소리를 들으면 몸이 떨려왔던 것이다.

결국 그날 밤은 한숨도 자지 못했다. 나날이 사랑하고 싶다는 괴로운 욕망이 그녀의 마음속을 뒤흔들었다. 그녀는 끊임없이 자기 자신에게 물어보고, 데이지 꽃에게도 물어보고

구름에게도 물어보았으며, 동전을 공중에 던져 점을 쳐보기
도 했다.

그러던 어느 날 밤, 아버지가 그녀에게 말했다.

"내일 아침엔 곱게 차려 입으렴."

"왜요, 아빠?"

"그건 비밀이다."

이튿날 잔은 산뜻하게 화장을 하고 발랄하게 1층으로 내
려갔다. 객실의 테이블은 과자 상자들이 가득하고, 의자 위
에는 커다란 꽃다발이 놓여 있었다.

마차 한 대가 안뜰에 들어와 서 있었다. 마차 위에는 다음
과 같이 쓰여 있었다.

'페캉 읍 를라 제과점, 혼례용 요리 배달'

뤼디빈이 견습 요리사의 도움을 받아 마차 뒤쪽에서 넓적
하고 커다란 몇 개의 바구니를 꺼내고 있었다. 그 바구니들
에서는 맛있는 냄새가 풀풀 풍겨 왔다.

그때 라마르 자작이 나타났다. 말쑥하게 다림질한 바지
밑으로 그의 발이 작음을 보여주는 앙증맞은 에나멜 장화를
신고 있었다. 몸에 꼭 맞는 긴 프록코트의 앞가슴의 깃 사이
로 장식용 레이스가 드러나 보였다. 목에다 좁은 넥타이를
몇 겹으로 감고 있는 얼굴은 한결 오뚝해 보였다. 구릿빛으

로 그은 잘생긴 얼굴은 의젓하게 점잔을 빼고 있었다. 여느 때와는 딴판인 모습이었다. 몸차림이 바뀌자 낯익은 얼굴도 갑자기 달라 보이는 그런 모습이었다. 잔은 어리둥절한 기분으로 이제까지 본 일조차 없는 사람인 것처럼 그의 얼굴을 물끄러미 쳐다보았다. 그는 비할 데 없이 훌륭한 귀족으로 보였다. 머리끝에서부터 발끝까지 나무랄 데 없는 대 영주의 풍모였다.

그는 싱글벙글 웃으면서 고개를 숙였다.

"어떻습니까? 준비는 다 되셨습니까?"

그녀는 더듬거렸다.

"네, 뭐라구요? 도대체 무슨 말씀이세요?"

"곧 알게 된다."

남작이 말했다.

말을 맨 사륜마차가 현관 앞으로 나왔다. 아델라이드 부인이 방에서 내려왔다. 화려하게 차려입고 로잘리의 부축을 받고 있었는데, 로잘리는 라마르 씨의 우아한 옷차림을 보고 완전히 감격한 눈치이므로 아버지가 이렇게 속삭였을 정도였다.

"이봐요, 자작, 우리 하녀가 당신에게 그만 반한 모양이오."

그 말을 들은 자작은 얼굴을 붉히며 그 말을 못 들은 체
했다. 그리고 커다란 꽃다발을 들더니 잔에게 바쳤다. 잔은
그것을 받아들기는 했지만 뭔가 귀신에 홀린 기분이었다. 네
사람은 다 같이 마차에 올라탔다. 그러자 식모인 뤼디빈이
남작 부인의 기운을 차리게 해야 한다면서 찬 수프를 들고
나오더니 감탄하듯 이렇게 외쳤다.

"어머나, 마님, 꼭 결혼식이라도 올리는 것 같네요."

이뽀르 부락으로 들어서자 무두들 마차에서 내렸다. 미을
을 가로질러 갈 때, 어부들이 주름이 잡힌 옷을 입고 집에서
나와 인사를 했고 남작의 행렬의 뒤라도 맡아보는 듯이 졸
졸 따라왔다.

자작은 잔의 팔을 끼더니 나란히 앞으로 걸어갔다.

교회 앞에 도착하여 모두들 걸음을 멈추었다. 그때 은빛
의 커다란 십자가가 나타났다. 합창대원 소년이 십자가를 똑
바로 받쳐 들고 그 뒤로 붉고 흰 옷을 입은 또 하나의 소년
이 성수편이 담겨 있는 성수반을 들고 따르고 있었다. 그 다
음으로 세 명의 나이 많은 합창대원이 지나갔는데, 그 중의
한 사람은 절름거리면서 걸어가고 있었다. 그 다음이 뱀 모
양의 나팔을 부는 나팔수, 그리고 그 다음이 신부였다. 신부
는 불룩하게 튀어나온 아랫배 위에 매놓은 금빛 영대를 쳐

들어 올리듯이 하고 있었다. 그는 잠깐 미소를 짓고 고개를 끄덕여 모두에게 인사를 했다. 하지만 금세 두 눈을 반쯤 내리감고 기도문이라도 외는지 모자를 코 위까지 깊숙이 눌러 쓰고는 입술을 우물거리면서 흰 제복을 입은 아이들을 따라 바닷가 쪽으로 내려갔다.

바닷가에서는 많은 사람들이 꽃다발로 장식한 한 척의 새 배를 에워싸고 기다리고 있었다. 배의 돛대와 돛과 닻줄에는 가벼운 바람에 나부끼는 리본들로 덮여 있고 '잔'이라는 배의 이름이 뒤쪽에 금색으로 씌어 있었다.

이 배는 남작의 돈으로 만들어진 것으로 라스티크 영감이 선장이었다. 이제 선상이 행렬 앞으로 나왔다. 한 자리에 있던 사나이들은 모두 다 일제히 모자를 벗었다. 마치 수녀인 양 두건을 머리에 두른 신앙심 깊은 여자들은 모두 큼직한 주름이 어깨에서부터 드리워져 있는 망토를 걸치고 한 줄로 앉아 무릎을 꿇었다.

신부는 합창대의 두 소년이 따르는 가운데 배의 한쪽 끝으로 다가갔다. 그러자 그 반대쪽 끄트머리에서 세 명의 나이 많은 합창대원이 몸을 흰 옷으로 친친 감싸고 수염이 텁수룩한 턱을 하고서, 짐짓 점잔을 빼는 표정으로 악보를 들여다보면서 맑게 갠 아침에 큰 입을 벌리며 곡조도 안 맞는 노래를 불렀다.

그들이 잠시 노래를 그치고 있는 동안에는 뱀 모양의 나팔이 삑삑 소리를 냈다. 나팔을 불어대는 사람의 볼은 바람이 잔뜩 들어 불룩 부풀어 올라 있고, 조그만 잿빛의 눈은 불룩하게 튀어나온 볼 속에 가려져버렸다. 이마의 살가죽, 목덜미의 살가죽이 살에서 벗겨져 나가는 게 아닐까하는 정도로 나팔수는 온몸을 힘껏 부풀리면서 연신 나팔을 불어댔다.

소리 없이 투명한 바다는 생각에 잠긴 듯한 모습으로 이제 자기 가슴에 띄워질 작은 배의 세례식에 함께 동참하는 듯 보였다. 물결치는 소리도 거의 없고, 갈퀴로 자갈을 긁는 정도의 희미한 소리가 들려올 뿐이었다. 밀려오는 잔물결도 새끼손가락만한 높이도 되지 않았다. 날개를 펼친 희고 큰 갈매기 떼가 푸른 하늘에 곡선을 그리면서 날아가는 듯하더니 다시 돌아와 무릎을 꿇고 있는 군중들이 거기서 무엇을 하고 있는지 구경이라도 하려는 듯 빙빙 돌았다.

노래 소리는 5분간이나 아멘을 외쳐댄 후 끝이 났다. 신부가 혀 꼬부라진 듯한 목소리로 라틴어를 몇 마디 외쳤지만 사람들은 똑똑하게 울리는 어미 이외에는 알아들을 수가 없었다.

이어서 신부는 성수를 뿌리면서 작은 배의 주위를 한 바퀴 돌고 나서, 이번에는 뱃전을 따라 대부모 앞에서 기도문을 중얼중얼 외기 시작했다. 대부나 대모나 손에 손을 마주 잡고 꼼짝도 않고 있었다.

자작은 미남답고 의젓한 태도를 잃지 않았으나, 소녀는 뜻밖의 감동에 숨이 막혀 얼떨떨해진 모양인지 이가 딱딱 마주칠 만큼 온몸이 떨렸다. 얼마 전부터 그녀의 머릿속에 오락가락하던 꿈이 이제 갑자기 일종의 착각 속에서 현실의 모습을 갖추고서 나타난 것이다.

사람들은 결혼이야기를 하고 있었다. 신부도 이 자리에 와서 축복을 하고 있다. 흰 옷 입은 사람들도 기도를 하고 있다. 지금 결혼식이 이루어지려고 하고 있는 것은 아닐까.

그녀의 손가락에 신경적인 떨림이 전해진 것일까? 그녀의 마음에 항상 달라붙어 있는 것이 혈관을 통해서 옆에 있는 사나이의 마음에까지 전해진 것일까? 이해를 한 것일까? 미루어 헤아린 것일까? 그녀처럼 자작도 사랑의 도취 속에 사로잡힌 것일까? 그렇지 않으면 어떠한 여성일지라도 자기에게는 저항하지 않는다는 것을 알고 있었던 것일까? 문득 그녀는 그가 자기의 손을 잡고 있다는 것을 깨달았다. 처음에는 살그머니, 다음에는 좀 더 세게, 그 다음에는 더욱 세게, 마지막에는 으스러질 정도로……

그리고는 얼굴 표정 하나 변함이 없이 아무도 눈치 채지 못하도록 또렷이 말했다.

"아아, 잔, 당신만 좋다고 한다면 이것이 우리의 약혼식이 될 수도 있어요."

그녀는 천천히 고개를 숙였다. 마치 '좋아요' 하고 허락하듯이. 신부는 여전히 성수를 뿌리고 있었다. 두 사람의 손가락에도 몇 방울을 뿌려 주었다.

이것으로 끝이 났다. 무릎을 꿇고 앉아 있던 여사늘도 일어섰다. 돌아갈 때엔 저마다 뿔뿔이 흩어져 갔다. 합창대원 소년의 손에 들려 있던 십자가는 아까의 위엄을 잃었다. 이리 흔들리고 저리 흔들리는가 하면 당장이라도 고꾸라질 것처럼 앞으로 기울어지기도 했다. 신부는 뒤쪽에서 빠르게 걷고 있었다. 합창대원들도 나팔수도 한시 바삐 옷을 벗어버리고 싶다는 듯이 골목길로 사라져버렸다. 그리고 어부들도 삼삼오오 무리를 지어 앞 다투어 서둘러 갔다. 그들의 머릿속은 하나같이 부엌에서 흘러나오는 냄새로 가득 차 있었다. 그들의 공통된 생각은 다리로 하여금 음식이 차려진 곳으로 빨리 가게 해서 입 안에는 군침이 괴게 하고 뱃속까지 내려가 창자가 노래를 하게 하는 것이었다. 커다란 식탁이 정원의 사과나무 밑에 차려져 있었다.

어부와 농부가 섞인 60여 명쯤의 사람들이 거기에 모여 식탁에 자리를 잡았다. 남작 부인이 한가운데 자리를 잡고 그 양쪽에 두 명의 신부, 즉 이쁘르의 신부와 레뻬플의 신부가 앉았다. 그 맞은편으로 남작이 면장과 면장 부인 사이에 앉아 있었다. 면장 부인이라는 여자는 이미 늙은이 축에 드는 몹시 야윈 시골 여자로, 사방팔방에다 대고 마구 고개를 끄덕여 인사만 하고 있었다. 바싹 마른 얼굴에 노르망디 풍의 커다란 보닛을 눌러 쓴 모습은 영락없이 흰 볏을 가진 암탉처럼 보였다. 늘 놀란 듯이 동그란 눈도 똑같았다. 그리고 마치 접시를 코로 콕콕 쪼기라도 하는 듯이 어수선하고 재빠르게 집어먹고 있었다.

잔은 자작과 나란히 앉아서 행복의 세계를 둥둥 떠다니고 있었다. 지금 그녀에겐 아무것도 보이지 않았다. 아무것도 알 수가 없었다. 그래서 기쁨으로 멍해진 채 잠자코 있기만 했다. 그녀는 그에게 물었다.

"그런데 이름은 어떻게 되시나요?"

"쥘리앙입니다. 아직 모르고 계셨습니까?"

그러나 그녀는 대답을 하지 않았다. 다만 속으로 생각했다.

'쥘리앙, 앞으로 얼마나 자주 부르게 될까, 이 이름을!'

식사가 끝나자 앞뜰은 어부들에게 맡겨놓고 모두들 저택

의 뒤쪽으로 자리를 옮겼다. 남작 부인은 남작의 부축을 받고 두 신부의 호위 아래 여느 때와 같은 운동을 시작했다. 잔과 쥘리앙은 방풍림이 있는 곳까지 걸어갔고, 이윽고 풀이 나 있는 오솔길 속으로 들어갔다. 느닷없이 그가 그녀의 손을 잡았다.

"내 아내가 되어주시겠습니까?"

그녀는 또다시 고개를 숙였다.

그가 재차 물었다.

"대답해주십시오. 제발 부탁입니다!"

그러자 그녀는 가만히 눈을 들어 그를 올려다보았다. 그는 그 눈길 속에서 대답을 들었다.

4

어느 날 아침, 남작은 잔이 채 일어나지 않은 방 안으로 들어와 침대 발치에 걸터앉으면서 말했다.

"라마르 자작이 너와 결혼하고 싶다는 구나."

그녀는 이불 밑에 얼굴을 숨기고 싶은 심정이었다.

아버지는 계속해서 말했다.

"대답은 나중에 하겠다고 했다만."

그녀는 감동으로 목이 메고 숨이 막힐 지경이었다.

"무슨 일이든지 네 의견을 듣지 않고 결혼을 결정하고 싶지 않았다. 네 어머니와 나는 이 결혼에는 반대하지 않는다. 하지만 너에게 강요할 생각은 없다. 너는 그 사람보다 훨씬 더 부자지만, 일생의 행복이라는 것은 반드시 돈하고 직결되는 건 아니다. 그 사람한텐 부양가족이 하나도 없으니까, 네가 자작과 결혼을 한다면 자작이 데릴사위가 되어 우리 집 가족 속으로 들어오는 거다. 그런데 만일 딴 사람하고 결혼한다면 너야말로, 나의 딸인 너야말로 딴 사람의 집안으로 들어가게 되는 것이다. 우리는 그 청년이 마음에 들었다. 너의 마음은 어떠냐?"

그녀는 귀밑까지 빨개져서 낮은 소리로 떠듬거렸다.

"좋아요."

그러자 아버지는 딸의 눈 속까지 들여다보고 미소를 지으면서 중얼거렸다.

"나도 그럴 거라고 짐작하고 있었다. 애야."

그녀는 저녁때까지 술에 취한 기분으로 지냈다. 자기가 무슨 짓을 하고 있는지도 알지 못했으며, 기계적으로 이것저것을 들여다 보다 엉뚱한 것을 집어 들었고, 걷지도 않았는데도 양다리는 녹초가 된 듯 피곤했다.

6시쯤, 남작 부인과 함께 플라타너스 아래 앉아 있노라니까 자작이 나타났다. 잔의 가슴은 미칠 듯이 뛰기 시작했다. 자작은 흥분된 표정 없이 그녀 앞으로 걸어왔다. 바로 옆에까지 오자 남작 부인의 손을 잡고 거기에 입을 맞췄다. 그리고 이번에는 잔의 떨리는 손에 입술을 대고 오래 눌러댔다. 감사와 애정이 담긴 부드럽고 긴 키스였다. 이리하여 약혼 기간이라는 황홀한 계절이 시작되었다.

그들은 단둘이서만 객실의 한쪽 구석에서 이야기를 나눴다. 또 황량한 들판을 앞에 두고 방풍림 깊숙한 비탈에 앉아 있을 때도 있었다. 때때로 남작부인이 걷는 오솔길을 산책하는 수도 있었다. 그가 미래에 대해서 이야기하면, 그녀는 남작 부인의 두 다리로 만들어진, 자욱이 먼지가 앉은 발자국을 내려다보곤 하였다.

일단 일이 결정되자 누구나 다 진행을 서두르고 싶어 했다. 그래서 결혼식을 6주일 후인 8월 15일에 올리기로 하였다. 그리고 신랑 신부는 식이 끝나는 즉시 신혼여행을 떠난다는 것도 결정 되었다. 잔은 어디로 떠나고 싶으냐는 질문을 받고 코르시카가 좋겠다고 말했다. 이탈리아의 도시보다도 훨씬 더 단둘이 있을 수 있을 것 같았기 때문이다.

두 사람은 결혼날짜를 손꼽아 기다렸다. 하지만 성급한 초조감은 느끼지 않았다. 그러나 감미로운 애정에 감싸여 천연스럽게 애무를 한다든지, 손끝으로 접촉을 한다든지, 혼과 혼이 융합될 정도의 정열적인 기나긴 응시를 한다든지 하는 그런 일에 아주 미묘한 쾌감을 느끼면서, 깊은 포옹에 대한 막연한 욕망을 느끼며 번민하는 일은 있었다.

결혼식에는 남작 부인의 여동생인 리종 이모만을 초대하기로 했는데, 이모는 베르사유의 어느 수녀원에서 지내고 있었다.

아버지가 세상을 떠난 후, 남작 부인은 여동생을 자기 집에 데리고 와서 생활하려고 했었다. 그러나 노처녀는, 자기는 모든 사람에게 방해물이 되고 쓸모없는 귀찮은 존재라는 생각에 사로잡힌 끝에, 고독한 생활을 하고 있는 불쌍한 사람들에게 숙소를 빌려주는 수도원에 틀어박혔던 것이다.

그녀는 이따금 찾아와서는 한두 달씩 가족들과 함께 지내다 가곤했다. 그녀는 말수가 적고 몸집이 작았고 언제나 자신의 존재를 눈에 띄지 않게 하려고 해서, 식사 시간에만 모습을 나타냈다가 식사가 끝나면 즉시 자기 방으로 올라가 줄곧 틀어박혀 있었다. 다정하면서도 서글픈 눈매를 한 그녀는 늙어 보였으나 나이는 아직 마흔 둘에 불과했다. 집안에서는 단 한 번도 귀중한 존재로 취급된 적이 없었다. 아주 어린 시절부터 귀엽지도 않고 말괄량이도 아니었기 때문에 키스 같은 걸 받은 적은 거의 없었다. 언제나 한쪽 구석에서 조용히 얌전하게 지냈다. 어릴 때부터 줄곧 모든 사람들로부터 무시를 당하면서 지내왔고, 젊은 처녀가 되어서도 아무도 관심을 가져주지 않았던 것이다. 그녀는 무슨 그림자 같은 존재, 그렇지 않으면 평소에 낯익은 어떤 물건 같은 존재였다. 말하자면 매일같이 익히 보긴 하지만 전혀 마음에 두지 않는 살아 있는 가구였다. 남작부인은 결혼하기 전, 아버지 집에 있을 때부터 습관처럼 동생을 하찮고 완전히 무가치한 인간으로 대했다. 사람들은 하나같이 그녀를 대하기를 조금도 스스러워하지 않고 허물없이 대했으나, 그것은 일종의 경멸적인 친절을 숨기고 있는 무관심한 태도였다. 그녀의 이름은 리즈였는데, 이 멋지고 화려한 이름이 부담스러운 듯 보였다. 그녀는 결혼을 하지 않았으며 또한 앞으로도 결혼 하지 않을 것이라고 생각했기 때문에 모두들 리즈를 리종이라고 불러버리고 말았다. 잔이 태어난 다음부터는 '리종 이모님'이 되었다. 그녀는 검소한 성격이어서 깔끔하고 극단적으로 조심스러웠다. 게다가 자기를 사랑해주고 있는 언니나 형부에 대해서도 어려워했다. 형부는 자기를 사랑해주고 있다고는 하지만, 그것은 무관심한 애정, 무의식적인 동정, 타고난 호의라고 할 만한 막연한 애정이었다.

때때로 남작 부인은 젊은 시절의 옛날이야기를 하면서, 시기를 분명히 하기 위해서 "그것은 리종이 분별이 없던 시대였다"라고 말하는 일이 있었다. 그 이상은 말하지 않았기 때문에, 이 무분별은 안개에 싸여버리고 말았다.

리즈가 스무 살이 되던 무렵에 무슨 까닭인지 알 수는 없지만 그가 투신자살을 꾀한 일이 있었다. 평소 그녀의 생활 방식이나 태도에는 이런 무분별한 행위를 예감할만한 아무런 징조도 없었다. 그녀는 거의 죽은 것이나 다름없는 상태로 물속에서 건져졌으나, 부모는 다만 버럭 화를 내며 양팔을 쳐들고 삿대질만 할 뿐, 이 납득이 가지 않는 행동의 원인을 알아보려고도 하지 않은 채 단지 딸의 행동을 '무분별'이라는 말로 결론 지어버리고 만 것이었다. 그 말투는 마치 도랑에 발이 빠져 뼈가 부러지는 바람에 도살장에 보내졌던 말 '코코'의 재난을 두고 이러니저러니 말하는 것과 아주 똑같은 말투였다.

그런 일이 있은 후 얼마 안 되어 리종이 되어버린 리즈는 머리가 모자라는 사람으로 취급당하게 되었다. 가까운 친족들이 그녀에게 갖고 있는 온정 있는 경멸은, 주위에 있는 모든 사람들의 마음속에까지 스며들었다. 어린 잔마저 조그마한 어린아이에게 갖춰진 타고난 감수성으로 리종 이모를 거들떠보지 않았고 절대로 그녀의 침대에까지 키스하러 가지도 않았고, 그녀의 방에 발을 들여놓는 일 또한 한 번도 없었다.

그 방의 잔일을 보살피는 하녀인 로잘리만이 그녀의 방이 어디에 있는지를 알고 있었다. 리종 이모님이 점심을 먹으러 방으로 들어오면, 어린 잔은 다만 습관적으로 그녀에게 자신의 이마를 내밀 뿐이었다.

그래서 누군가가 이 여자에게 이야기하고 싶은 일이라도 있으면 하녀더러 불러오라고 이르는 것이었지만, 그 근처에 있지 않으면 더 이상 아무도 그녀에 대해서 신경을 쓰지 않았고 더 이상 생각조차 않는 것이었다. "그러고 보니 오늘 아침에는 리종이 안 보이네."라고 걱정할 뿐, 더 이상 캐묻는다든지 하지 않았다.

그녀는 절대로 자리를 차지하는 일이 없었다. 세상에 전혀 알려지지 않은 미개척의 땅처럼 가까운 친족들에게도 알려져 있지 않은 사람이 있는 법인데, 그녀도 그런 사람 중의 한 사람이었다. 죽었다고 해서 집 안에 구멍이 뚫리는 것도 아니고, 공허한 빈자리도 만들지 않을 것이다. 이웃의 무리들의 생활이나 습관이나 사랑 속에서 끼어들지 못하는 그러한 종류의 사람들 중의 한 사람이었던 것이다.

누가 '리종 이모' 하고 부른다고 해봤자 이 두 마디는 어느 누구의 마음속에 어떠한 애정도 불러일으키지를 못했다. 그것은 마치 '커피포트'니 '설탕 그릇'이니 하는 말과 다를 바 없었다.

그녀는 언제나 성급하게 종종걸음으로 소리 없이 걸음을 옮겼다. 소리를 내는 일은 절대로 없었다. 어디에 부딪치는 일도 절대로 없었다. 아무런 소리를 내지 않는다는 특성을 주위의 사물들에게 전해주기라도 하는 것 같았다. 양손은 솜 같은 것으로 되어 있는 것이 아닐까 하고 생각될 만큼 가볍고 부드럽게 기물을 다루었다.

그러한 그녀가 7월 중순경에 도착했다. 결혼이라는 것으로 해서 그녀의 마음은 어지간히 혼란되어 있었다. 그녀는 많은 선물을 가져왔지만, 그녀가 가지고 온 것이라서 아무도 관심 있게 보지 않았다.

그녀가 도착한 이튿날부터 벌써 식구들은 그녀의 존재를 의식하지 못하게 되었다. 그러나 그녀의 마음속에는 이상한 흥분과도 같은 것이 발효하고 있었다. 그래서 그녀의 눈길은 잠시도 두 약혼자에게서 떨어지려고 하지 않았다.

그녀는 아무도 놀러 오지 않는 자기의 방에 혼자 틀어박혀 기묘하다고 할 정도의 정력을 기울이며 마치 일개 침모처럼 혼숫감을 장만하는 데 몰두하는 것이었다.

그녀는 쉴 새 없이 자기가 가장자리를 뜬 손수건이라든가 머리글자를 수놓은 냅킨 등을 남작 부인에게 가져다 보이면서 묻곤 했다.

"이만하면 됐어요, 아델라이드 언니?"

그러면 남작부인은 기계적으로 물건을 살펴보고 나서 대답했다.

"너무 그렇게 애쓰지 마라, 리종."

그 달이 다 지난 어느 날 밤이었다. 무더운 하루가 지나고 이윽고 밤이 되어 달이 떠올랐다. 그날 밤은 사람의 가슴을 이상하게 어지럽히고 달콤하게 감동시키고 흥분시켜 혼속에 숨어 있는 온갖 비밀스러운 시를 눈뜨게 해주는 그런 밤이었다. 정원에 불어오는 후덥지근한 밤바람이 조용한 객실 속으로 흘러들었다. 남작 부인과 남작은 램프의 갓이 테이블 위에 그려내고 있는 둥그런 불빛 속에서 따분하게 트럼프 놀이를 하고 있었다. 리종 이모는 두 사람 사이에 끼어 뜨개질을 하고 있었다. 그리고 젊은이들은 활짝 열어젖힌 창가에 팔꿈치를 괴고 달빛에 비친 뜰을 내다보고 있었다.

보리수와 플라타너스가 그 그림자를 잔디밭 위에 던지고 있었고, 잔디밭은 거기에서 더 멀리 뻗쳐 파르스름하게 빛나면서 새까만 방풍림에까지 이어지고 있었다.

잔은 밤의 달콤한 매력, 어렴풋이 그림자를 드리우고 있는 나무와 수풀의 그림과도 같은 정경에 마음이 이끌려 부모에게 말했다.

"아빠, 저희들은 집 앞의 잔디밭을 좀 걷고 오겠어요."

남작은 트럼프에서 눈을 떼지 않고 "응, 그러려무나." 하고 말했다. 그러고는 다시 놀이를 계속했다.

두 사람은 밖으로 나와 환하게 달빛을 받고 있는 드넓은 잔디밭을 천천히 걸어 안쪽에 있는 조그만 숲까지 걸어갔다.

시간이 꽤 지났지만 두 사람은 돌아오지 않고 있었다. 남작 부인은 피곤해서 자기 방으로 올라가고 싶었다.

"아이들을 불러들여야겠어요."

남작은 정원 쪽을 내다보았다. 두 개의 그림자가 조용히 움직이고 있었다.

"내버려두구려."

남작이 말했다.

"더운 실내보다 바깥이 기분이 좋을 거야. 처제가 기다려 주겠지, 그렇지 처제?"

노처녀는 불안한 눈을 쳐들더니 모기만한 목소리로 말했다.

"네, 그러지요, 기다리고 있겠어요."

남작은 부인을 부축하여 일으켰다. 남작 자신도 낮의 더위에 지쳐 있었으므로,

"어디, 우리는 잠이나 잘까."

말하고는 아내와 함께 나갔다.

이번에는 리종 이모가 일어났다. 그녀는 털실과 큰 바늘을 팔걸이의자 위에 놓아둔 채 창가로 가서 팔꿈치를 괴고는 매력적인 밤에 황홀한 시선을 던졌다.

약혼한 두 사람은 하염없이 걸어 다니고 있었다. 잔디밭을 가로질러 가서는 방풍림에서 층층대로, 층층대에서 방풍림으로 왔다 갔다 하고 있었다. 두 사람은 손가락과 손가락을 꼭 낀 채로 이젠 이야기를 하려고도 하지 않았다. 무아지경에 빠져, 마치 대지에서 발산하는, 눈에도 보일 만큼 뚜렷한 밤의 시정에 흠뻑 취한 것처럼 보였다.

문득 잔은 창가 쪽에서 램프의 불빛에 비치고 있는 노처녀의 모습을 발견했다.

"어머나."

그녀는 말했다.

"리종 이모님이 우리들을 보고 있어요."

자작은 고개를 쳐들었다. 그러고는 아무 생각 없이 지껄이는 무관심한 어조로 말했다.

"그렇군, 리종 이모님이 우리들을 보고 있군."

그들은 또다시 천천히 거닐면서 꿈을 꾸듯 사랑의 밀어를 속삭였다.

밤이슬이 풀밭을 흠뻑 적셔 놓았다. 이윽고 밤의 싸늘한 냉기에 두 사람은 오싹한 기분이 들기 시작했다.

"이제 그만 돌아가요."

그녀가 말했다. 그들은 집 안으로 돌아갔다.

객실에 들어가니 리종 이모님은 다시 고개를 숙인 채 뜨개질에 열중하고 있었다. 그런데 그 손가락은 몹시 지쳐 있기라도 한 듯 약간 떨리고 있었다.

잔은 다가갔다.

"이모님, 이제 잘게요."

노처녀는 눈을 돌렸다. 그런데 그 눈은 마치 운 것처럼 새빨갰다. 연인들은 그것에 대해 전혀 눈치 채지 못했다. 그보다는 남작은 잔의 날씬한 구두가 밤이슬에 흠뻑 젖어 있음을 보았고 걱정스럽고 다정한 목소리로 이렇게 물었다.

"그 귀엽고 조그만 발이 시리지 않소?"

그 순간, 갑자기 이모의 손가락이 부들부들 떨리기 시작하는 것이었다. 어찌나 심하게 떨리는지 일감이 손에서 툭 떨어졌다. 털실 뭉치는 마룻바닥 저쪽까지 또르르 굴러갔다. 이모는 별안간 두 손으로 얼굴을 가리더니, 경련을 일으키듯 크게 흐느끼면서 울음을 터뜨렸다.

두 사람은 어리둥절하여 그녀 쪽을 바라보았다. 잔은 재빨리 이모의 무릎으로 달려들어 그녀의 두 손을 떼어놓았다. 영문을 알 수 없어 그저 그렇게밖에 할 수가 없었다.

"아니, 왜 그러세요? 왜, 이모님?"

그러자 이 불쌍한 여자는 목이 메어 흐느끼는 소리로, 슬픔에 몸을 떨며 이렇게 대답하는 것이었다.

"저이가 네게 물어봤을 때…… 시리지 않느냐고…… 너의 귀엽고 조그만 발이…… 나는 그런 말을 한 번도 들은 일이 없어…… 단 한 번도…… 단 한 번도……."

잔은 깜짝 놀라기도 하고 또 한편으로 측은한 생각도 들었다. 그런데 리종 이모에게 상냥한 말을 해줄 애인이란 상상이 안 되었으므로 그것을 생각하면 피식 웃음이 나올 지경이었다. 자작 역시 웃음을 감추며 애써 외면하고 있었다.

이모는 벌떡 일어나더니, 마룻바닥에 뒹굴고 있는 털실도, 팔걸이의자 위에 있는 뜨개질감도 내팽개쳐둔 채, 램프도 들지 않고 캄캄한 층계 쪽으로 뛰어가 버렸다.

뒤에 남은 두 젊은이는 한편으로는 우습고, 한편으로는 눈시울이 뜨겁기도 한 기분으로 가만히 얼굴을 마주 바라보았다. 잔이 중얼거렸다.

"불쌍한 이모!"

그러나 쥘리앙이 이 말을 받아 대답했다.

"이모님은 오늘밤 어딘가 좀 이상해진 모양입니다."

그들은 어쩐지 헤어지기가 싫어서 손과 손을 마주 잡고 있었다. 그리고 조용히, 정말로 조용히 방금 리종 이모님이 일어선 그 빈 의자 앞에서 최초의 키스를 나누었다.

이튿날이 되자 두 사람은 벌써 노처녀의 눈물 같은 건 다 잊어버리고 말았다.

결혼을 앞두고 2주일 동안, 잔은 대단히 치분하고 평온한 태도를 유지했다. 드디어 운명의 날 아침, 그녀는 무엇을 생각할 여유가 조금도 전혀 없었다. 단지 마치 살도 피도 뼈도 피부 속에서 녹아버리기라도 한 것처럼 온몸이 텅 빈 듯 공허한 느낌이었다. 무슨 물건에 닿을 때마다 손가락이 몹시 떨렸다.

그녀가 가까스로 제정신을 되찾은 것은 교회 안에서 결혼식이 진행되고 있을 때였다.

결혼을 한 것이다! 이렇게 나는 결혼을 한 것이다! 새벽부터 지금까지 일어난 일이나, 움직임, 사물의 연속이 그녀는 마치 꿈같이, 정말로 꿈같이 여겨졌다. 주위에 있는 모든 것이 갑자기 변해 버린 듯이 생각되는 순간이 있다. 그런 때는 사람들의 몸짓이 새로운 의미로 다가오고 시간마저 여느 때와 다르게 흘러가는 것처럼 생각되는 것이다.

그녀는 마음이 혼란스러웠고 어쩐지 멍청해진 것만 같은 느낌이었다. 새삼 몹시 놀라고 있었다. 어제까지만 해도 자기의 생활에는 어느 것 하나 달라진 것이 없었다. 다만 지금까지 품어온 희망이 좀 더 가까이, 거의 손으로 잡힐 듯 했을 따름이었다. 어젯밤에는 처녀로서 잠을 잤으나 지금은 남의 아내가 되었다. 따라서 이제 그녀는 그 모든 환희, 꿈속에서조차 염원했던 행복과 함께 미래를 가리고 있던 울타리를 넘어선 것이다. 그녀는 마치 자기 앞에 문이 열린 듯이 느껴졌다. 그녀는 기대하고 있었던 곳으로 들어가려 하고 있는 것이다.

결혼식이 드디어 끝났다. 일동은 아무도 초대하지 않아서 휑한 성당 안을 걸어 밖으로 나왔다.

두 사람이 교회의 입구에 나타나자 갑자기 굉장한 폭음 소리가 났다. 그래서 신부는 질겁했고, 남작 부인은 외마디 소리를 질렀다. 그것은 농군들이 쏘아댄 축포의 사격 소리였다. 이 폭음을 레뻬플에 도착할 때까지 그치지 않았다. 가족을 비롯하여 이 고장의 신부와 이뽀르의 신부, 그리고 면장, 이 근방의 대지주들 중에서 선발된 입회인들을 위해 간단한 식사가 준비되어 있었다.

그리고 만찬 준비가 다 될 때까지 일동은 정원 안을 한 바퀴 돌았다. 남작, 남작 부인, 리종 이모님, 면장, 피코 신부는 엄마의 산책길을 걸었다. 그런데 맞은편의 좁은 길을 또 한 사람의 신부가 성큼성큼 걸어가면서 기도서를 계속 읽어나가고 있었다.

저택의 반대쪽에서 농민들이 왁자지껄하게 떠드는 명랑한 소리가 들려왔다. 모두들 사과나무 밑에서 사과술을 마시고 있는 중이었다. 나들이옷을 입은 온 동네 사람들이 정원에 가득 차 있었다. 젊은 처녀 총각들은 쫓고 쫓기는 놀이를 하고 있었다.

잔과 쥘리앙은 관목 숲으로 걸어갔고 이윽고 절벽 위로 올라갔다. 두 사람 다 입을 다문 채 바다를 바라보았다. 8월 중순인데도 약간 서늘한 느낌이 들었다. 북풍이 불어오고 있었다. 그리고 커다란 태양이 창공에 이글이글 불타고 있었다.

두 젊은이는 그늘을 찾으려고 오른쪽으로 돌아 벌판을 가로질러서 걸어갔다. 이뽀르 쪽으로 내려가는 수풀에 뒤덮인 꼬불꼬불한 골짜기로 갈 작정으로 잡목 숲이 있는 곳까지 가자, 이젠 바람 한 점도 불지 않았다. 그들은 길에서 벗어나 아주 좁은 오솔길로 들어섰다. 주위는 나뭇잎의 덤불로 뒤덮여 있었다. 간신히 두 사람이 나란히 걸어갈 수 있었다.

그때 그녀는 남작의 팔이 자신의 허리를 살그머니 휘감아 오는 것을 느꼈다.

그녀는 아무 말도 하지 않았다. 숨이 가쁘고 심장이 두근거리며 목이 막혔다. 나직하게 늘어진 가지들이 두 사람의 머리털을 비로 쓸듯이 빗어 넘겼다. 지나가는 동안 두 사람은 줄곧 허리를 구부렸다. 그녀는 잎사귀 하나를 땄다. 그 뒷면에 두 마리의 딱정벌레가 빨간 조개껍데기처럼 웅크리고 있었다.

그녀는 약간 마음이 놓이는 듯한 기분으로 순진하게 말했다.

"어머나, 한 쌍이네요."

쥘리앙은 잔의 귓가로 입을 가져갔다.

"오늘밤에는 당신도 나의 아내가 되는 겁니다."

그녀는 시골에서 생활을 하며 여러 가지를 배우기는 했지만, 아직까지도 연애의 시적인 사랑 밖에는 알지 못했다. 그래서 남작의 이 말은 그녀를 새삼스레 깜짝 놀라게 했다. 아내가 된다고? 이 이상 더 어떻게 아내가 된다는 말인가?

그때 그는 그녀에게 키스를 하기 시작했다. 성급하고도 짤막한 키스가 이마라든가 솜털이 보송보송 난 목덜미에 빗발치듯이 퍼부어졌다. 이런 식의 키스는 생소했으므로 그녀는 자기의 몸에 입술이 닿을 때마다 소스라치게 놀라면서 본능적으로 고개를 젖히고 애무를 피하려고 버둥거렸지만, 한편으로는 이 애무에 황홀한 기분이 들었고 멍해졌다.

문득 그들은 숲 끝에까지 와 있는 걸 깨달았다. 그녀는 이렇게까지 멀리 들어온 걸 난처하게 여기면서 걸음을 멈추었다. 모두들 어떻게 생각하고 있을까?

"그만 돌아가요."

그녀가 말했다.

그는 그녀의 허리에 팔을 감고 있다가 그 팔을 와락 끌어당겼다. 두 사람 다 몸을 돌렸기 때문에 얼굴과 얼굴을 바짝 대하게 되었다. 너무나도 가까이 바싹 다가와 있어서 상대방이 내쉬는 숨결이 서로의 얼굴에 느껴질 정도의 거리였다. 그들은 물끄러미 차분히 가라앉은, 날카롭고 깊이 스며들 것만 같은 눈길, 두 개의 영혼이 서로 얽혀 들어갈 것 같은 눈길로 마주 바라보았다. 그들은 자신들의 눈 속에서, 눈의 안쪽, 침투할 수 없는 미지의 존재 속에서 서로를 찾으려고 했고 탐색했다. 이제 자신들은 서로 어떻게 될 것인가? 함께 시작한 이 상황은 어떤 성질의 것이 될 것인가? 결혼이라고 하는 이 끊을 수 없는 기나긴 대면 속에서 자기들은 서로 얼마나 많은 환희를, 행복을, 혹은 환멸을 준비하고 있는 것일까? 그런 것을 생각하다보니 문득 두 사람 다 이제 까지 만난 적이 없는 낯선 인간처럼 느껴지는 것이었다.

두 사람은 서먹서먹한 기분이 들었다. 그러자 느닷없이 쥘리앙이 양손을 아내의 어깨 위에 올려놓는가 싶더니, 그녀가 이제까지 한 번도 받아본 적이 없는 힘찬 키스를 했다. 그것은 아래쪽으로 울려 퍼져서 혈관이며 뼛속에까지 스며들어가는 키스였다. 그녀는 너무도 격렬한 충격을 받아 엉겁결에 쥘리앙을 양팔로 밀쳐내다가 하마터면 뒤로 벌렁 넘어질 뻔했다.

"그만 돌아가요, 네? 이제 돌아가요."

그녀는 중얼거렸다. 그는 대답을 하는 대신 다만 그녀의 손을 자신의 손안에 꼭 쥐어주었다.

그들은 집에 돌아갈 때까지 한마디도 나누지 않았다.

오후의 나머지 시간은 매우 길게 여겨졌다. 해가 질 무렵 모두 식탁에 앉았다. 만찬은 노르망디의 풍습과는 달리 간단하고도 상당히 짧았다. 어쩐지 거북스러운 분위기가 회식 자들을 어색하게 만들고 있었다. 두 사람의 신부, 면장, 그리고 초대받은 네 사람의 소작인들만이 결혼식에 으레 따라다니는 유쾌한 기분을 드러냈을 뿐이다.

웃음소리가 사라졌는가 싶었는데, 면장이 또 뭐라고 한마디 하는 바람에 다시금 왁자지껄하게 웃음소리가 일어났다. 9시경이었다. 이제 커피를 마시려 하는 참인데, 밖에서는 앞마당의 사과나무 밑에서 시골풍의 댄스가 시작되고 있었다. 손님들은 열려진 창을 통하여 이 풍경을 바라보았다. 나뭇가지에 매달린 등불이 나뭇잎을 잿빛 어린 초록색으로 만들고 있었다. 시골 남녀들이 둥그렇게 원을 그리고 껑충껑충 뛰어 돌아다니면서 소박한 춤과 곡을 불렀다. 그런데 그 노래의 반주를 맡고 있는 것은 고작 바이올린 두 개에다가 클리리넷 하나뿐이었다. 연주대라고 하는 것도 겨우 부엌에서 끌어내 놓은 커다란 테이블이었다. 농사꾼들의 떠들썩한 노래 소리가 이따금 악기 소리를 완전히 지워버리곤 했다. 성난 파도 소리처럼 울리는 노래 소리에 조각조각 난 이 초라한 음악은 어쩐지 뿔뿔이 흩어진 악보의 단편들이 하나하나 찢어져 하늘에서 떨어져 내리는 듯한 느낌마저 주었다.

활활 타오르는 모닥불 옆에는 커다란 술통 두 개가 있어 사람들에게 마실 것을 제공해주고 있었다. 하녀 둘이 눈코 뜰 사이도 없이 컵과 찻잔을 양동이 속에 넣고서 잇달아 씻어냈다. 그리고 아직 물방울이 뚝뚝 떨어지고 있는 컵이나 찻잔을, 한쪽에서는 빨간 포도주가, 다른 한쪽에서는 황금빛 사과주가 졸졸 흘러나오고 있는 술통 주둥이에까지 가지고

가는 것이었다. 한바탕 춤을 추고 나서 목이 마른 사람, 점
잖은 노인, 땀에 젖은 처녀들이 우르르 몰려와서는 팔을 뻗
어 저마다 자기에게 맞는 그릇을 집어 들고 몸을 뒤로 젖혀
자기가 좋아하는 음료를 벌컥벌컥 들이켰다.

테이블 하나에는 빵과 버터와 치즈와 통조림이 놓여 있었
다. 그래서 사람들은 이따금 이 테이블을 찾아와서는 한 입
씩 볼이 미어지게 집어넣고 갔다. 등불이 장식되어 있는 나
뭇잎의 천장 밑에서 벌어지고 있는 이 건강하고 거친 축제
는 식당의 음울한 회식자들에게 자기들도 저런 식으로 춤추
어보고 싶다는 욕망을 불어넣어 주었다. 버터를 바른 빵조각
과 날 양파를 안주삼아 큼직한 술동이를 옆에다 놓고 실컷
퍼마시고 싶은 생각이 드는 것이다.

면장은 나이프로 박자를 맞추고 있다가 느닷없이 소리를
질렀다.

"젠장! 제법 재미가 있어 보이는군. 꼭 가나슈의 혼인 잔
치 같구나."

그러자 좌중은 억지로 참고 있던 웃음을 터뜨렸다. 단지
피코 신부만이 세상의 권위에 대립해야 할 처지를 반영하듯
이 말에 항의했다.

"카나의 혼례 잔치라고 말씀하실 작정이었겠죠."(신약 성

서의 『요한복음서』에 나오는 이야기로 그리스도가 갈릴리의 카나에서 어떤 혼인 잔치에 참석하여 물을 포도주로 바꾸는 기적을 행했다. 면장은 『돈키호테』 속에 나오는 한 구절인 '가나슈의 약혼'과 '카나의 혼인'을 혼동한 것이다)

그러나 상대방은 이렇게 가르쳐줘도 막무가내였다.

"아닙니다, 신부님. 저도 역시 알고 있어요. 가나슈라고 했으면 역시 가나슈예요."

일동은 일어나 객실로 옮겨, 꽤 취해있는 농부들과 잠시 한데 어울렸다. 이윽고 손님들은 뿔뿔이 돌아갔다.

한편 남작과 남작 부인은 소리를 낮춰 말다툼을 하고 있었다. 아델라이드 부인은 여느 때보다도 한층 더 숨을 헐떡거리고 있었는데, 남편의 요구를 거절하는 눈치였다. 드디어 그녀는 목소리를 높여 이렇게 말했다.

"안되겠어요, 여보. 나로서는 할 수 없어요."

결국 아버지는 부인 곁을 떠나서 잔 곁으로 다가와 말을 했다.

"애야, 잠깐 바람이나 쐬지 않겠니?"

잔은 깜짝 놀라 대답했다.

"네에, 아빠."

두 사람은 밖으로 나갔다.

문 앞에 나서자 갑자기 바다 쪽에서 불어오는 물기 없는 잔잔한 바람이 불어왔다. 가을을 느끼게 하는, 선들선들한 바람이었다.

구름이 하늘에서 빠르게 흘러갔다. 구름은 별을 가리는가 하면 나타나고, 나타났나 싶으면 또 가리곤 했다.

남작은 딸의 팔을 힘 있게 끼고서 그 손을 다정하게 꼭 쥐었다. 두 사람은 그렇게 몇 분인가 걸어가고 있었는데, 그는 머뭇거리면서 어쩔 줄 몰라 하다가 간신히 용기를 내어 말했다.

"귀여운 잔, 이제부터 나는 어려운 일을 맡아야겠구나. 사실 이것은 엄마가 해야 할 일이다. 하지만 네 엄마가 싫다고 하니까 내가 네 엄마를 대신해서 말할 수밖에 없다. 나로서는 네가 인생에 대해 얼마나 알고 있는지 나는 모른다. 세상에는 아이들, 특히 여자아이들에게는 무조건 숨기고 있는 비밀이 여러 가지 있는 법이란다. 여자는 마음을 깨끗하게 지니고 있지 않으면 안 되니까 말이다. 우리 부모들이 딸을 행복하게 해줄 남자에게 넘겨주기까지는 나무랄 데 없을 만큼 깨끗한 딸이어야 하니까 말이다. 그리고 인생의 달콤한 비밀에 드리워진 휘장을 걷어치우는 게 바로 남자의 역할이다……. 그러나 딸들은 아직 그런 것을 생각해본 일조차 없으

므로 꿈의 이면 속에 감추어진 짐승 같은 현실에 부딪치게
되면 흔히 반항하는 일이 있게 되지. 딸들은 흔히 상처를 받
고 그 육체까지도 상처를 당한 끝에 법칙, 인간의 법칙과 자
연의 법칙이 절대의 권리로서 남편에게 허용하고 있는 것을
거부하려는 거야. 그런데 내 입으로는 이젠 이 이상은 말할
수가 없구나. 귀여운 잔, 그렇지만 이것은, 오직 이것만은 잊
지 말아라. 이제 너의 전부가 완전히 네 남편의 것이라는 걸
말이다."

과연 그녀는 무엇인가를 이해한 것일까? 무엇인지를 헤아
릴 수 있었을까? 그녀는 부들부들 떨고 있었다. 가슴이 두근
거리는 듯한, 짓눌리는 것처럼 답답한 우울감에 가슴이 으스
러지는 것 같았기 때문이다.

두 사람은 돌아왔다. 그러자 객실의 입구에서 뜻밖의 광
경이 눈에 띄었으므로 그들은 발걸음을 멈추었다. 그것은 아
델라이드 부인이 쥘리앙의 가슴에 매달려 흐느껴 울고 있는
모습이었다. 부인은 마치 대장간의 풀무로 부치어 밀어내기
라도 하는 것처럼 눈물을 줄줄 흘리고 있는 것이었다. 코와
입과 눈에서 동시에 흘러나오는 것 같았다. 남작은 몹시 난
처한 표정으로 어찌할 바를 몰라 다만 이 뚱뚱보 여자를 붙
들고 있었는데, 그녀는 그녀대로 상대방의 팔에 기대어, 자

기의 귀엽고 사랑스럽고 소중한 딸을 잘 부탁한다고 끈덕지게 호소하고 있었다.

남작은 재빨리 달려갔다.

"허허, 어지간히 해 둬. 지금 울고불고 할 때가 아니야."

그러고는 그는 아내를 안아서 의자에 앉혔다. 그녀는 얼굴을 훔쳤다. 남작은 잔 쪽으로 돌아섰다.

"자, 얼른 어머니한테 키스해주고 너도 가서 자야지."

잔은 울먹이면서 재빨리 양친에게 키스를 하고 달아나버렸다.

리종 이모는 벌써 오래 전부터 자기 방에 돌아가 있었다. 남작과 부인만이 쥘리앙과 함께 남아 있었다. 세 사람 다 몹시 어색해서 말조차 나오지 않았다. 야회복 차림의 두 사나이는 우두커니 서서 엉뚱하게 각기 딴 쪽을 바라보고 있었다. 아델라이드 부인은 의자 위에 쓰러진 채 아직도 목구멍 속으로 흐느끼고 있었다. 이 서먹서먹한 분위기를 도저히 더 견딜 수가 없어서 남작은 젊은 남녀가 며칠 안으로 떠나기로 계획하고 있는 신혼여행에 관해서 이야기하기 시작했다.

잔은 자기 방에서 로잘리의 시중을 받으며 옷을 벗고 있었는데, 로잘리는 마치 샘에서 샘물이 흘러나오듯 눈물을 흘리고 있었다. 그래서 끈이라든가 핀이 잘 보이지 않아 손은 제대로 동작을 하지 못하고 그저 이리저리 움직이기만 할 뿐이었다. 왠지 그녀는 자기의 여주인보다도 더욱 흥분한 것 같았다. 그런데도 잔 쪽은 하녀의 눈물 같은 것은 생각지도 않고 있었다. 어쩐지 자기가 딴 세계에 들어선 것처럼 생각되었고 견딜 수가 없었다. 이제까지 알고 있었던 모든 것으로부터, 자기가 사랑했던 모든 것으로부터 동떨어진 딴 세계로 여행을 온 것 같은 느낌이 들었다. 자기의 생활에 있어서나 생각에 있어서 모든 것이 확 달라진 것처럼 여겨지는 것은 무슨 까닭일까.

'도대체 나는 남편을 사랑하고 있는 것일까?'

그녀는 기묘한 생각까지 떠올랐다. 그러자 갑자기 남편이 전혀 일면식도 없는 아주 낯선 사람인 것처럼 여겨지는 것이었다. 3개월 전에는 그런 사람이 존재해 있다는 것도 알지 못했다. 그런데 지금 와서는 아내가 된다는 것이다. 어째서 이런 일이 벌어졌을까? 어째서 이렇게도 급속하게 결혼 속으로 빠져 들어간 것일까? 마치 발밑에 입을 벌리고 있는 구덩이 속에라도 빠지는 것처럼.

밤 화장을 끝내고 그녀는 자기의 침대 속으로 기어 들어갔다. 약간 썰렁한 시트가 그녀의 살갗을 오싹하게 만들어, 두 시간 전부터 그녀의 영혼을 짓누르는 한기와 고독과 슬품의 감각이 한층 더 심하게 느껴졌다.

로잘리는 여전히 흐느껴 울더니 곧 도망치듯 방을 나가버렸다. 잔은 가슴이 꽉 죄어오는 불안한 느낌 속에서 무언가를 기다렸다. 분명히 짐작하기 어려운 것, 아버지가 이해하기 어려운 말로 예고한 것과 사랑의 커다란 비밀 속에 들어 있는 신비로운 계시를.

층계를 올라오는 발소리를 못 들었는데 갑자기 문밖에서 도어를 가볍게 세 번 두드리는 소리가 났다. 그녀는 오싹해서 몸서리를 쳤다. 그러는 바람에 대꾸도 하지 못했다. 또다시 두드리는 소리가 났고 이어서 철컥하는 열쇠 소리가 났다. 그녀는 도둑이 방에 몰래 숨어 들어오기라도 한 것처럼 모포 밑으로 얼굴을 숨겼다. 구두 소리가 나무 세공을 한 마룻바닥을 가만히 울리더니 느닷없이 누군가가 자기의 이부자리를 만졌다.

그녀는 신경질적으로 벌떡 일어나 작은 외마디 소리를 질렀다. 그리고 얼굴을 모포에서 내밀어보니 쥘리앙이 자기 앞에 서 있는 것이 보였다. 그는 그녀를 보면서 싱글벙글 웃고 있었다.

"어머나, 무서워라!"

그녀는 말했다.

"나를 기다리지 않았소?"

그는 말했다. 그녀는 대답하지 않았다. 그는 정장을 하고서 미남자답게 멋있는 얼굴을 하고 있었다. 그녀는 이렇게 단정한 남성 앞에서 자기가 누워 있는 것이 부끄러워졌다. 두 사람은 무슨 말을 해야 좋을지, 어떻게 해야 좋을지를 알 수가 없었다. 아마도 진짜 행복이 태어나려고 하는 이 진지하고 결정적인 순간에 서로 얼굴을 마주 바라볼 용기조차 나지 않았다.

그는 막연하게나마 과연 이 싸움이 어떠한 위험을 가져올 것인가를, 또한 꿈속에서만 자라온 순수한 영혼의 미묘한 수치심과 섬세함을 상하지 않게 하려면 얼마나 부드러운 자세와 기교 있는 애정이 필요한 것인가를 느꼈을 것이다.

그래서 그는 그녀의 손을 잡아 키스하고 입술로 가져다댔다. 그리고 제단 앞이기라도 한 듯이 침대 옆에 무릎을 꿇고 앉아, 한숨을 쉬듯 가벼운 목소리로 속삭였다.

"나를 사랑해주시겠소?"

이 한마디에 갑자기 마음이 놓인 그녀는 레이스의 구름에 감싸인 머리를 베개 위로 쳐들고 생긋 미소를 지었다.

"오래 전부터 사랑하고 있는걸요."

그는 아내의 가느다랗고 섬세한 손가락에 입을 가져다대

고 이미 욕정을 띠어 이상해진 목소리로 물었다.

"그럼 나를 사랑하고 있다는 증거를 보여 주겠소?"

그녀는 또다시 마음이 불안해졌다. 대답을 하긴 했지만, 그것이 어떤 의미인지는 알지 못했다. 다만 아버지의 말을 상기하여 이렇게 말했다.

"난 당신 거예요."

그는 그녀의 손목을 다정하게 키스로 촉촉이 적셨다. 그러고는 천천히 일어나면서 그녀의 얼굴에 가까이 다가갔지만 그녀는 그 얼굴을 또다시 가리려고 했다. 갑자기 그는 침대 위에 한쪽 팔을 뻗쳐 모포 위로 아내의 몸을 끌어안고 다른 한쪽 팔은 베개 밑으로 집어넣어 머리째 베개를 들어올렸다. 그러고는 낮은 목소리, 아주 낮은 목소리로 요구했다.

"그럼, 당신 곁에 내 조그마한 잠자리를 좀 내주시겠소?"

그녀는 겁이 났다. 본능적으로 공포가 엄습했다. 그래서 더듬더듬 말했다.

"아, 아직은 안돼요. 제발 부탁이에요."

그는 약간 실망하고 기분이 상한 듯, 조금 퉁명스러운 말투로 말했다.

"어째서 그럽니까? 결국은 그렇게 될 것 아닙니까?"

그녀는 남편의 말이 원망스러웠다. 그러나 체념을 하고

아까 한 말을 다시 한 번 되풀이했다.

"나는 당신 거예요."

그러자 그는 곧 화장실로 자취를 감췄다. 곧이어 남편의 동작이 똑똑하게 들려왔다. 옷을 벗느라고 스치는 소리, 포켓 속에서 잔돈이 짤랑거리는 소리, 구두를 연달아 툭툭 벗어 던지는 소리.

그때 갑자기 바지 바람에 양말을 신은 차림새를 한 남편이 재빨리 방을 가로지르는가 싶더니, 시계를 벽난로 신반 위에 올려놓는 소리가 들렸다. 그러고 나서 역시 달음질치듯이 자그마한 옆방으로 들어가서 거기서도 한참 동안 바스락거리는 소리가 들렸다. 잔은 후다닥 돌아눕고는 눈을 감았다. 이윽고 남편이 돌아왔다.

별안간 잔은 화들짝 놀라서 벌떡 일어났다. 자신의 다리에 차가운 털이 더부룩하게 난 또 하나의 다리가 쑥 끼어 들어와 닿았기 때문이다. 그녀는 정신이 얼떨떨해져서 두 손에 얼굴을 파묻고 두려움과 놀라움에 질린 채 침대 구석에서 몸을 바짝 웅크렸다.

그녀가 등을 돌리고 있자 남편은 금세 그녀를 양팔 속에 꽉 끌어안았다. 그러고는 탐욕스런 키스를 목덜미를 비롯하여 잠옷의 푹신푹신한 레이스와 슈미즈의 수놓은 깃 등에 퍼부었다.

그녀는 무서운 불안감에 몸이 뻣뻣하게 굳어져 꼼짝도 할 수 없었다. 이러한 난폭한 접촉이 낯설어서 그녀는 정신이 돌기라도 한 듯 숨이 가빠졌다. 도망치고 싶었다. 이 방에서 빠져나가 이 사내로부터 떨어진 곳 어딘가로 틀어박히고 싶었다.

그는 이제 움직이지 않았다. 등에 그의 뜨거운 몸이 느껴졌다. 공포는 조금 가라앉기 시작했다. 그래서 그녀는, 갑자기 돌아누워 키스나 하면 그것으로 되겠지 하고 생각했다. 그러나 남편은 짜증이 나서 견딜 수가 없는 것 같았다. 그는 간절한 목소리로 말했다.

"그럼, 나의 귀여운 아내가 되어주지 않겠단 말이오?"

그녀는 모기 소리만 한 목소리로 중얼거렸다.

"제가 그렇지 않은 것처럼 보이나요?"

남편은 불쾌한 듯이 대답했다.

"물론 그렇지는 않소. 자, 이제 사람을 놀리지 말아요."

그녀는 남편의 목소리에 담긴 불만스러운 어조에 몹시 마음이 산란해졌다. 그래서 얼른 남편 쪽으로 돌아누워 용서를 빌려고 했다. 그러자 그는 그녀의 허리를 세차게 껴안았다. 마치 그녀의 몸에 굶주린 듯. 그러고는 재빠르게 물고 늘어

질 듯한 격렬한 키스를, 미치광이 같은 키스를 온 얼굴과 목
덜미에 퍼부으며 온갖 애무로 그녀의 혼을 빠지게 했다. 그
녀는 두 손을 벌린 채로 그가 하는 대로 무기력하게 내버려
두었다. 머리가 산란해져서 자신이 지금 무슨 짓을 하고 있
는지도, 남편이 무슨 짓을 하고 있는지도 어느 것 하나도 이
해할 수가 없었다. 그런데 갑자기 날카로운 아픔이 그녀의
살을 찢는 듯 했다. 남편이 난폭하게 그녀의 몸을 소유하고
있는 동안, 그녀는 그의 팔 안에서 몸을 뒤틀며 신음 소리를
내는 수밖에 없었다.

그 다음에는 어떤 일이 있었던가? 그녀에게는 거의 아무
런 기억도 없었다. 머릿속이 이상해졌기 때문이다. 다만 남
편이 자기의 입술에다 감사의 키스를 잠깐 퍼부어댄 것 같
은 느낌이 들었을 뿐이었다.

그러고 나서 남편이 그녀에게 이야기를 하고 그녀도 그
말에 대꾸를 한 것 같았다. 그 후 남편은 또 다른 행동을 하
려고 했으나 그녀는 무서워서 떠밀어냈다. 한참 바르작거리
고 있는 동안, 그녀는 아까 다리에 느꼈던 그 빽빽하게 난
털을 이번에는 가슴 위에서 느끼고는 소스라치며 몸을 빼냈
다. 아무리 상대방의 기분을 돋우어주려고 애를 써보아도 안
된다는 것을 안 남편은 드디어 똑바로 누운 채 더 이상 움직

이지 않았다.

그녀는 깊은 생각에 잠겼다. 전혀 다르게 꿈꾸어 오고 생각하고 있던 도취는 이제 환영처럼 사라지고, 소중했던 기대와 최대의 행복 또한 금이 가버리고 말았기에 그녀는 마음 밑바닥에까지 절망감에 사로잡혀 혼자말로 중얼거렸다.

'이것이 그이가 말한 아내가 된다는 것이로구나, 이것이! 이것이!'

그녀는 오랫동안 슬픔에 잠겨 꼼짝도 하지 않았다. 그녀의 방을 에워싸고 있는 옛 사랑의 전설이 그려진 벽포 위로 멍하니 눈길을 보냈다. 쥘리앙한테서 더 이상 아무 말도 들려오지 않고 움직이는 기척도 느껴지지 않아 살그머니 그에게 시선을 돌려보았다. 그는 잠들어 있는 것 같았다. 잠들어 있구나! 입을 딱 벌리고 태연한 표정을 하고서! 그는 잠들어 있는 것이었다!

그녀는 그것을 믿을 수가 없었다. 분노가 솟구쳤다. 짐승 같은 행위보다도 이 잠자는 모습에 더 모욕을 당한 듯한 느낌이 들었다. 자신이 아무런 분별도 없는 여자처럼 취급당한 느낌에서 비롯된 모욕감이었다. 아니, 이 사람은 이런 날 밤에 어떻게 잠을 잘 수가 있는 것일까? 그렇다면, 방금 우리들 두 사람 사이에 일어난 일은 이 사람에겐 조금도 이상한 일이 아니었단 말인가? 오! 이럴 바엔 차라리 두드려 맞는 편이, 좀 더 난폭한 짓을 당하는 편이 나을지 모른다. 정신을 잃을 정도의 지겨운 애무로 상처를 입는 편보다는.

그녀는 한쪽 팔꿈치를 괸 채 남편 쪽으로 몸을 돌려 누워 가만히, 입술 사이로 새어 나오는 가벼운 숨소리, 때로는 코고는 소리처럼 들려오는 숨소리에 귀를 기울였다.

밤이 지나고 날이 새고 있었다. 처음에는 어슴푸레하게, 그 다음에는 환하게, 다음에는 장밋빛으로, 마지막에는 눈이 번쩍 뜨일 만큼 눈부신 빛으로 변해갔다. 쥘리앙은 잠을 깨더니 하품을 하고 팔을 뻗쳐 아내 쪽을 보더니 빙긋 웃고 나서 물었다.

"여보, 잘 잤어?"

그녀는 남편이 자신에게 방금 '여보'라고 한 것을 깨달았다. 그녀는 깜짝 놀라 얼떨결에 대답했다.

"네, 잘 잤어요. 당신은요?"

"으응, 나 말이야, 잘 잤지."

하고 남편이 대답했다. 그러더니 그녀 쪽으로 돌아누워 키스를 하고 차근차근 말하기 시작했다. 그는 경제관념에 바탕을 둔, 앞으로의 생활계획을 늘어놓았다. 그가 몇 번씩 되풀이하는 경제관념이라는 말은 잔을 놀라게 했다. 그녀는 말뜻을 잘 알지도 못한 채 이야기에 귀를 기울이면서 남편의 얼굴을 물끄러미 바라보고 있었으나, 마음속에는 여러 가지 생각이 교차하고 있었다.

시계 종이 8시를 알렸다.

"자아, 일어납시다."

그는 이렇게 말했다.

"언제까지나 이불 속에서 있으면 우스꽝스러워 보일 테니까."

그는 먼저 침대에서 내려갔다. 자신의 몸치장을 하더니 아내를 도와 그녀의 화장에 대해 여러 가지 세밀한 점까지 친절하게 마음을 써주었다.

방을 나가다 말고 그는 말했다.

"우리 둘만 있을 때는 너니 당신이니 하고 친근하게 불러도 좋지만, 부모님 앞에서는 좀 삼가는 게 좋겠소. 신혼여행에서 돌아온 뒤라면 그렇게 부르는 것도 자연스럽겠지."

그녀는 점심 식사 때가 되서야 겨우 모습을 드러냈다. 그날 하루는 여느 때와 마찬가지로 지나갔다. 마치 아무것도 별다른 일이 일어나지 않았던 것처럼. 다만 집 안에 한 사람의 남자가 더 늘었을 뿐이었다.

5

　나흘 뒤, 두 사람을 마르세유까지 태워다 줄 사륜마차가 당도했다. 첫날밤의 고통을 겪은 다음부터 잔은 쥘리앙과의 접촉, 키스, 그의 부드러운 애무에는 익숙하게 되었다. 그러나 두 사람의 좀 더 밀접한 관계에 대한 혐오감은 여전히 사라지지 않았다.

　그녀는 남편을 미남으로 여기고 사랑했으며 행복을 느끼고 쾌활함을 되찾았다.

　작별 인사는 간단히 마쳤다. 크게 슬프다고는 생각지 않았다. 남작 부인만이 흥분하고 있는 눈치였다. 마차가 출발하려고 할 때가 되어서야 그녀는 납처럼 묵직한 큰 지갑을 딸의 손에 건네주면서 말했다.

"이건 신부가 쓸 용돈이다."

저녁 무렵에 쥘리앙이 그녀에게 말했다.

"어머니께서 그 지갑 속에 얼마나 넣어주셨지?"

그녀는 그건 생각지도 않고 있다가 지갑을 무릎 위에 쏟아 보았다. 금화가 쏟아져 나왔다. 2천 프랑. 그녀는 환호했다.

"이걸로 재미있게 놀기로 해요."

이렇게 말하면서 금화를 지갑에 다시 집어넣었다.

무더위 속을 일주일 동안 여행하고 나서야 그들은 마르세유에 도착했다. 그리고 그 이튿날, 아작시오(코르시카 서안의 중심 도시)를 지나 나폴리로 떠나는 작은 상선 '루이 왕호'를 타고 코르시카로 향했다.

코르시카! 관목의 밀림! 그 속으로 달아나는 지명 수배자들! 산, 또 산! 나폴레옹의 고향! 잔은 현실로부터 벗어나 꿈나라로 들어가는 느낌이 들었다. 그들은 배의 갑판에 나란히 서서 프로방스 지방의 깎아지른 절벽들이 눈앞에 흘러가는 것을 감상했다. 짙은 감청색의 움직이지 않는 바다는 태양으로부터 직각으로 내리꽂히는 강렬한 햇빛과 한데 엉겨 붙어 굳어버린 듯 보였다. 너무도 푸른 바다가 넓은 하늘 밑에 끝없이 펼쳐져 있었다.

그녀가 말했다.

"라스티크 영감님과 이 배를 타고 놀았던 일이 기억나세요?"

그는 대답을 하는 대신 그녀의 귀밑에 재빨리 키스를 했다.

증기선의 물갈퀴 바퀴가 물을 쳐서 바다의 깊은 잠을 휘저어놓고 있었다. 그리고 눈 아래로 거품이 이는 긴 뱃자국, 즉 푸르스름한 물줄기가, 배의 똑바른 항해 궤적을 눈길이 미치는 데까지 길게 끌고 있었다.

갑자기 얼마 되지 않은 거리에 거대한 물고기 한 마리가 수면으로 솟구쳐 올랐는데, 자세히 보니 돌고래였다. 돌고래는 머리로부터 다시 자맥질하여 바다 속으로 사라졌다. 잔은 질겁하여 비명을 지르며 쥘리앙의 가슴에 꼭 달라붙었다. 순간 그토록 겁을 낸 자신의 태도가 우습게 느껴져 깔깔거렸다. 겁이 나면서도 돌고래가 또 나타나지 않을까 하고 두리번거렸다. 몇 초 지나 마치 커다란 용수철 장치가 달린 장난감처럼 돌고래가 불쑥 다시 뛰어올랐다. 그러고 나서 또다시 잠겨들었고, 잠겼다가는 또다시 모습을 나타냈다. 이어서 두 마리가 되고 세 마리가 되더니 나중에는 여섯 마리가 되어 육중한 배의 주위를 뛰어 돌아다니니, 마치 그들의 괴물 같은 형제인, 쇠지느러미를 가진 목제의 물고기를 호위하고 있는 양 보였다. 그들은 배의 왼쪽으로 돌아가더니 다시금 오른쪽으로 되돌아왔다. 어느 때는 다 같이 떼 몰려다니고, 어느 때는 한 마리씩 앞서거니 뒤서거니 하면서 마치 즐거운 유희라도 하는 듯이 곡선을 그리면서 대도약을 한다. 그리고 공중으로 높이 뛰어올랐다가 또다시 차례차례 물속으로 잠겨 들어갔다.

그 거대하고 유연한 수영 선수들이 출현할 때마다 잔은 기쁨에 넘쳐 손뼉을 치면서 몸을 떨었다. 그녀의 심장은 어린애 같은 환희에 넘쳐 팔딱팔딱 뛰노는 것이었다.

갑자기 그들은 자취를 감추었다. 그러고 나서 다시 한 번 나타났으나, 이번에는 훨씬 더 먼 곳에서였고 그 후론 다시는 나타나지 않았다. 잔은 그들의 등장에 환호했다가 그들이 더 이상 나타나지 않자 못내 서운했다.

저녁때가 되었다. 환희와 행복한 평화로 가득 찬 해질녘이었고 조용하고 우아한 저녁이었다. 바람 한 점 없었고, 수면에도 작은 움직임 하나 없었다. 바다와 하늘의 이 무한한 휴식은 역시 미동 하나 없는 인간의 영혼 속까지 퍼져 나갔다.

커다란 태양이 아득한 저쪽, 눈에 보이지 않는 아프리카 쪽으로 고요히 지고 있었다. 아프리카, 그것은 생각만 해도 타는 듯한 열기가 느껴지는 지역이다. 그런데도 태양이 질 무렵에는 상쾌한 바람이라고 할 수 있는 공기가 사람들의 얼굴을 부드럽게 지나가는 것이었다.

두 사람은 기선 특유의 역겨운 냄새가 나는 선실로 돌아가고 싶지 않았다. 그래서 갑판 위에서 바싹 붙어 망토로 몸을 감싸고 서로 얼굴을 마주 보고 누웠다. 쥘리앙은 곧 잠들었으나 잔은 여행의 낯선 풍경에 흥분되어서 잠을 이루지 못하였다. 배의 물갈퀴가 내는 단조로운 소리에 귀가 간지러웠고 통 잠이 오지 않았다. 그녀는 머리 위에서 반짝이는 밝은 별의 세계를 쳐다보았다. 이곳 남국의 푸른 하늘에서 별들은 날카롭게 반짝반짝 빛나고 있었다. 별들은 물에 젖어 있는 빛이었다. 아침녘이 되어서야 그녀도 겨우 눈을 붙였다. 그러다 시끄러운 소음과 사람들이 일으키는 소란에 잠이 깼다. 뱃사공들이 노래를 하면서 갑판을 청소하고 있었다. 그녀는 깊이 잠든 남편을 흔들어 깨워 함께 자리를 털고 일어섰다.

그녀는 소금 냄새 풍기는 아침 안개를 힘껏 들이마셨다. 보이는 것이라곤 온통 바다뿐이었다. 그러나 눈앞에서 밝게 물든 여명 속에서 무언가 분명치 않으나 회색빛을 띤, 끝이 뾰족뾰족하고 토막토막 끊어진 구름송이 같은 물체들이 물결 위에 떠 있는 것이 보였다.

시간이 흐를수록 그것은 한층 더 분명해졌다. 밝아진 하늘의 형태가 한층 더 선명해지면서 뿔이 난 것처럼 이상야릇한 모습을 한 커다란 산맥이 대뜸 눈앞에 나타난 것이었다. 그것은 코르시카 섬이었다. 섬은 얇은 베일 같은 것에 둘러 싸여 있었다.

태양이 섬의 배후에서 떠올라 산꼭대기의 뾰족뾰족 솟아오른 부분을 모조리 새까만 실루엣처럼 만들었다. 그러는 동안 모든 산꼭대기가 새빨갛게 타오르는데도 섬의 다른 부분은 여전히 안개에 덮여 있었다.

그때 선장이 갑판에 나타났다. 그는 몸집이 작은 노인이었는데, 거친 바닷바람에 시달리고 햇볕에 바짝 마르고 오그라든 모습이었다. 그는 30년 동안이나 계속 호령하고 소리쳐서 무디어진 목소리로 잔에게 말했다.

"냄새를 맡고 계시오? 저 녀석의 냄새를?"

사실 그녀는 어떤 강렬하고 독특한 식물의 냄새를 느끼고 있었다. 그것은 야생적인 향기였다.

선장은 계속해서 말했다.

"코르시카섬이 풍기는 냄새입니다. 이것은 사랑스러운 여자와도 같은 냄새지요. 20년을 떠나 있더라도, 아니 5마일 밖에 난바다에서조차도 틀림없이 알 수가 있거든요. 나는 이곳 태생입니다. 나폴레옹도 세인트헬레나에서 자신이 태어난 고향의 이 냄새를 늘 이야기했다고 하더군요. 그분은 나하고 집안의 친척이 됩니다."

그러고 나서 선장은 모자를 벗고 코르시카 섬을 향해서 인사하고, 아득히 먼 대서양 저쪽에서 유형을 당했던 그의 친척인 대황제를 향해서 경례를 했다.

잔은 몹시 감동하여 눈물마저 흘릴 뻔했다.

선상은 나시 팔을 들어 수평신 쪽으로 뻗으며 밀했다.

"저것이 상기네르 군도입니다!"

쥘리앙은 옆에서 아내의 허리를 팔로 껴안고 있었다. 두 사람은 선장이 가리켜 보인 지점을 보려고 멀리 바라다보았다.

피라미드처럼 생긴 몇 개의 바위가 어렴풋이 보였다. 이윽고 배는 얼마 안가서 그것들을 돌아 망망하고 조용한 만으로 들어갔다. 만은 수많은 높은 봉우리로 에워싸여 있었는데, 그 봉우리들의 아래 부분은 마치 이끼로 뒤덮여 있는 것처럼 보였다.

"저게 밀림지대입니다."

선장은 초록빛을 가리키며 말했다.

앞으로 나아갈수록 산맥으로 둘러싸인 바다는 배의 뒤쪽에서 오므라드는 것처럼 보였다. 배는 때로는 푸르고 투명하여 밑바닥까지 들여다보일 정도로 맑은 수면 위를 느릿느릿 헤엄쳐 갔다.

그때 항만 가까운 산기슭에서 갑자기 마을이 나타났다. 새하얀 마을이었다. 작은 이탈리아 고기잡이배가 몇 척 항구에 닻을 내리고 있었다. 4, 5척의 작은 배가 다가와서 그들이 타고 있는 배의 위를 오락가락하며 손님을 찾고 있었다.

쥘리앙은 짐을 챙기면서 나직한 목소리로 아내에게 말했다.

"사환한텐 팁으로 20수쯤 주면 충분하겠지?"

지난 일주일 동안 그는 몇 번이나 같은 종류의 질문을 되풀이하여 잔은 그때마다 괴로웠다. 그녀는 약간 안타깝다는 듯이 대답했다.

"충분한지 어쩐지 알 수 없을 때에는 듬뿍 주는 거예요."

그는 그 후에도 여관 주인이라든가 사환, 마차꾼, 장사꾼 등을 상대로 흥정을 하며 말다툼을 했다. 어떻게 해서든지 떼를 써서 조금이라도 값을 깎은 후에는 두 손을 비비면서 잔에게 말하는 것이었다.

"이유 없이 손해 보는 건 재미가 없단 말야."

그래서 계산서가 나올 무렵이 되면 낱낱이 따지는 남편의 성격 때문에 그녀는 몸서리가 났다. 이렇게 값을 깎는 태도에 대해서는 정말 창피한 생각이 들었고, 정말 얼마 안 되는 명색뿐인 팁을 손 안에 쥐고서 손님을 떠나보내는 사환들의 경멸어린 눈초리를 받을 때마다 귀까지 붉어지는 것이었다.

그때도 그는 자기들을 육지까지 태워다 준 뱃사공과 말다툼을 벌였다.

그녀가 섬에서 본 최초의 나무는 종려나무였다. 그들은 넓은 광장의 모퉁이에 있는 조용하고 큼직한 여관에 들어가 점심을 주문했다. 디저트를 끝내고 잔이 서리를 돌아보려고 일어섰을 때, 쥘리앙은 그녀의 팔을 잡더니, 귓가에 대고 다정하게 속삭였다.

"여보, 한잠 자고 가지 않겠소?"

그녀는 깜짝 놀랐다.

"자자구요? 저는 피곤하지 않아요."

그는 그녀를 바싹 끌어안았다.

"당신이 필요해서야. 알겠지? 벌써 이틀 전부터……"

그녀는 부끄러워 얼굴이 새빨개졌고 더듬거리면서 말했다.

"아이, 지금 말예요! 하지만 사람들이 뭐라고 할까요? 어떻게 대낮에 방이 필요하다고, 그런 말을 할 수 있겠어요. 정말로 쥘리앙, 제발 부탁이에요."

그러나 그는 초인종을 누르며 그녀를 가로막았다.

"여관 녀석들이 뭐라 하든, 어떤 생각을 하든, 나는 별로 신경을 쓰지 않아. 당신도 내가 그걸 꺼리는지 아닌지 두고 보라구."

그녀는 더 이상은 아무 말도 할 수 없어 눈을 감았다. 남편의 쉴 새 없는 욕정을 접하면 정신적으로나 육체적으로나 반항하고 싶었다. 복종을 하기는 하지만 지긋지긋하게 여겼고, 체념을 하긴 하지만 모욕적인 느낌이 들었으며, 그 행위가 어쩐지 짐승 같은 타락한 행위, 비천한 것, 불결하게 여겨졌다. 요컨대 그녀의 관능은 아직 잠들어 있었으나, 그럼에도 남편은 아내도 자신처럼 정욕을 느끼는 사람처럼 대하는 것이었다.

사환이 오자 쥘리앙은 방을 달라고 했다. 사환은 전형적인 토박이 코르시카인이었는데, 쥘리앙의 말뜻을 잘 알아듣지 못해 밤까지 숙박을 준비해놓겠다고 또렷하게 말했다.

그러자 쥘리앙은 애가 티는 듯 이렇게 다그쳤다.

"이봐, 그게 아니야. 지금 당장 말이야. 여행을 하느라고 피곤하니까 잠을 좀 자야겠어."

그러자 사환은 미묘한 웃음을 지었다. 잔은 그만 얼굴이 빨개져서 그곳으로부터 도망치고 싶었다. 그로부터 한 시간 후에 그들은 방을 나와 아래로 내려갔으나, 그녀는 지나는 도중에 차마 종업원들 앞을 지나갈 엄두가 나지 않았다. 틀림없이 자신들의 등 뒤에서 쑤군거릴 것임을 빤히 알고 있었기 때문이다. 이런 점을 쥘리앙이 이해해주지 않는 것이 너무도 원망스러웠다. 여자의 미묘한 수치심이라든가 본능적으로 섬세한 기분을 헤아려주지 않는 남편이 원망스러웠다. 이로 인해 그녀는 자신과 남편 사이에 베일같이 드리워진 어떤 장애물 같은 것을 느꼈는데, 이것은 그녀가 처음으로 느낀 김정이었다. 그것은 지기들 두 사람은 영혼 속까지는, 마음속 밑바닥에까지는 서로 깊숙이 들어갈 수 없는 사람들은 아니지 않을까 하는 것이었다. 두 사람은 어깨를 나란히 하여 걸어가고 때로는 서로 뒤얽히는 일은 있을지언정 절대로 융합될 수는 없고, 그리고 인간 각자의 정신적 존재는 영원히 평생토록 고독한 채로 살아야 한다는 것을 비로소 깨닫는 느낌이었다.

그들은 이 조그마한 마을에서 사흘을 보냈다. 이곳은 푸른 만의 후미진 곳에 숨겨져 있고, 한 점의 바람도 불어오지 않는, 병풍 같은 산들이 뒤쪽으로 두르고 있어 마치 부뚜막처럼 무더운 마을이었다.

그들은 여행계획을 다시 세웠다. 아무리 험난한 길이라도 뒷걸음치지 않도록 말을 빌리기로 했다. 두 사람은 눈에 생기가 넘쳐 보이는 야위고 사나운 두 필의 조그마한 코르시카 종마를 빌려 타고 아침 해가 솟아오름과 동시에 출발했다. 한 사람의 길 안내인이 노새를 타고 그들을 따라와서 식량을 날라주었다. 이 미개한 지방에는 여인숙 같은 곳이 없었기 때문이었다.

처음에 길은 만을 따라가다가 커다란 산맥으로 통하는 별로 깊지 않은 골짜기로 들어갔다. 이따금 시냇물을 건넜는데 거의 물이 말라 있었다. 하지만 마치 무슨 짐승이라도 숨어 있는 것처럼 작은 돌 밑에서 꿈틀거리면 겁을 주듯 쏴아쏴아 소리를 내고 있었다.

개간이 되지 않은 땅은 영락없이 벌거숭이처럼 보였다. 산중턱은 키가 큰 풀로 덮여 있었으나, 찌는 듯이 무더운 이 계절에는 어느 것이나 다 누렇게 되어 있었다. 이따금 산 속의 주민을 만나는 일이 있었는데, 그냥 걸어 다니는 사람이 있는가 하면 작은 말을 타고 가는 사람도 있고, 개만한 노새를 타고 가는 사람도 있었다. 그런데 한결같이 그들은 총알을 넣은 총을 메고 있었다. 녹이 슨 낡은 총이었으나, 그들의 손에 있는 한 언제 발사될지 모르는 위험한 무기였다.

이 섬에는 어디를 가나 향긋한 냄새를 풍기는 식물이 온통 뒤덮여 있었다. 자극적인 냄새로 공기의 밀도가 짙게 느

껴질 정도였다. 길은 산맥의 골짜기 사이를 완만하게 기어
올라가고 있었다.

장밋빛이나 푸른빛의 화강암 봉우리가 이 광대한 지방에
비경 같은 분위기를 만들어 주고 있었다. 그리고 좀 더 낮은
쪽 경사면에는 끝없이 넓고 아득한 밤나무 숲이 마치 푸른
관목 숲 같은 모습을 하고 있었다. 이토록 이 지방은 산의
기복이 컸다.

인내인은 이따금 깎이지른 듯한 험난한 곳을 손가락질하
면서 그 이름을 가르쳐주었다. 잔과 쥘리앙은 시선을 집중했
지만 아무 것도 보이지 않았다. 마침내 조금 지나 뭔가 잿빛
을 띠고 있는 것이 겨우 보이는 듯 했다. 그것은 마을이었다.
화강암으로 된 주택이 모인 조그마한 마을이 험난한 산 위
에 마치 작은 새의 보금자리처럼 달라붙어 있는 모습이었다.
그것은 거대한 산 위에 있어서 사람의 눈에 잘 띄지 않았다.

천천히 걸어가는 이 기나긴 여행에 잔은 지루해져 짜증을
내기 시작했다.

"좀 달리기로 해요."

말하는 동시에 그녀는 말을 달렸다. 그런데 남편이 뒤따
라오지 않아 뒤돌아보고는 웃음을 터뜨리고야 말았다. 그는
새파랗게 질린 모습으로 말의 갈기에 바짝 달라붙은 채 기

묘한 모양으로 뛰어오르면서 이쪽으로 달려오고 있었다. 그의 뛰어난 용모와 '핸섬한 기사'같은 얼굴까지도, 서투른 승마 솜씨와 겁에 잔뜩 질린 얼굴로 인해 매우 우스꽝스러워 보이는 순간이었다.

다시 그들은 천천히 말을 몰았다. 여기서부터 길은 마치 망토와도 같이 산 중턱 전체를 뒤덮은 끝없이 이어진 양쪽의 잡목 숲 사이로 뻗어 나갔다. 이것이 마키라고 불리는 관목의 밀림지대였다. 발을 들여놓을 수도 없을 만큼 빽빽하게 우거진 밀림이었다. 숲은 상록떡갈나무, 노간주나무, 서양소귀나무, 유향나무, 갈매나무, 히스, 월계수, 도금양, 회양목 등으로 이루어져 있는데, 한편으로는 얽히기 잘하는 미나리아재비, 거대한 고사리류, 인동덩굴, 시스트, 로즈메리, 라벤더, 산딸기 등이 머리카락처럼 서로 뒤얽히고 엉크러져서 산 등성이를 휘감고 있었다.

두 사람은 배가 고파왔다. 안내인이 뒤따라와서 두 사람을 샘가로 데리고 갔다. 그것은 험준한 골짜기에서 흔히 볼 수 있는 그런 샘이었다. 바위 속의 조그만 구멍에서 솟아나오는 얼음처럼 찬 물, 가느다란 실처럼 흘러나오는 맑은 물이 밤나무 잎사귀 끝에서 떨어지고 있었다. 실낱같은 물줄기가 누군가 지나가는 사람의 입에까지 닿도록 고안한 것 같았다. 잔은 너무 기뻐서 환성을 지르고 싶을 정도였다.

그들은 다시 출발했다. 사고만(코르시카의 서해안에 있는 후미)을 돌아서 내려가야만 했다. 해질녘에 그들은 카르제즈 마을을 지나갔는데, 그것은 옛날 조국에서 추방당한 그리스 망명객들이 세운 마을이었다. 날씬하고 키가 큰 아름다운 처녀들, 허리가 가늘고 손이 가녀린, 신비스러울 만큼 우아한 처녀들이 샘가에 몰려 있었다. 쥘리앙이 "안녕하십니까."라고 소리를 치사 처녀들은 두고 온 그리스말로 말로 노래하는 듯한 목소리로 대답을 했다.

피아나에 도착해서는 마치 옛날 아주 외딴 산간벽지 마을을 여행할 때처럼 민가에 들어가 하룻밤 묵어가기를 청하지 않으면 안 되었다. 쥘리앙이 어떤 집 문을 두드리고 그 문이 열리기를 기다리는 동안, 잔은 기쁨으로 몸이 떨릴 정도였다. 아아, 이것이야말로 진짜 여행인 것이다! 사람도 다니지 않는 곳에서 뜻밖의 일들에 부딪치는 이런 여행이야말로.

다행히도 젊은 부부가 그들을 맞아 주었다. 그들은 옛날에 장로들이 신으로부터 보내진 사자를 영접하듯 그들을 극진히 대접해주었다. 거기서 두 사람은 옥수수를 채운 매트 위에서 잤다. 여기저기 벌레 먹은 자리투성이의 낡은 집은 좀벌레들이 온통 파먹어 사방에 벌레구멍이 나 있었고 삐걱거리는 소리를 냈다. 마치 서까래들이 모두 살아 있어서 한 숨이라도 내쉬는 것 같았다.

그들은 해가 뜰 무렵에 출발했다. 얼마 안가 숲 앞에 이르렀는데, 그것은 정녕 붉은 화강암의 숲이라고나 할 만한 것이었다. 그것은 깎아지른 벼랑이며, 작은 탑들과 뾰족한 기둥 형태의 기암괴석으로 이루어져 있는데, 오랜 세월과 침식력이 강한 바람, 바다에서 몰아닥치는 짙은 안개에 의해 만들어진 풍경이었다. 기암괴석의 모습은 높이가 3백 미터나 되는 것도 있고, 혹은 가늘고, 둥글고, 구부러진, 갈고리처럼 생긴 기이한 모양도 있고, 수목이나 식물, 동물처럼 보이기도 했다. 기념비나 인간, 옷을 입은 숙녀, 뿔이 난 악마, 거대한 새 같기도 하고, 무슨 괴물의 무리, 그렇지 않으면 어느 무례하고 난폭한 신의 의지에 의해서 화석이 된, 악몽에 나오는 동물의 무리로도 보이니 기기묘묘한 형상의 집단이었다.

잔은 숨이 막혀 입이 열리지 않았다. 순간적으로 쥘리앙의 손을 힘껏 움켜쥐었다. 이 삼라만상의 아름다움 앞에서 문득 누군가를 사랑하고 싶은 욕구가 강렬하게 솟구치는 것이었다. 이 기암괴석의 숲을 빠져나가자 이번에는 갑자기 새로운 풍경이 나타났다. 온통 핏방울이 뚝뚝 떨어지는 듯한 붉은 화강암의 벽으로 둘러싸인 바다가 펼쳐졌다. 짙은 남빛의 바다에는 그 짙은 홍색의 암석이 핏빛 그림자를 던지고 있었다.

"아아, 쥘리앙!"

잔이 중얼거렸다. 그 말 밖에는 나오지 않았다. 감격에 사로잡혀 목구멍이 콱 막혀 버렸던 것이다. 두 줄기의 눈물이 양쪽 눈에서 저절로 흘러내렸다. 쥘리앙은 아내의 그런 모습을 어리둥절한 표정으로 바라보면서 이렇게 물었다.

"여보, 왜 그러지?"

그녀는 눈물을 닦고 생긋 웃으며 약간 떨리는 목소리로 말했다.

"아무것도 아녜요…… 잘 모르겠어요. 너무 감동이 되어서요. 너무너무 행복하니까 하찮은 일에도 정신이 멍해지는군요."

그는 여자의 이런 감정변화를 도통 이해할 수가 없었다. 작은 일에도 자극을 받고 큰 이변이라도 생긴 듯이 감동을 받고, 이렇다 할 이유도 없이 큰 소동을 벌이며, 기쁨이나 슬픔에 미쳐 버리는 것. 요컨대 별 일 아닌 일에 열중한다. 이와 같이 감동하기 쉬운 여성이라는 인종을 이해할 수가 없었다. 이런 식의 눈물도 그에게는 우습게 여겨졌다. 그는 그보다는 길이 험해 걱정이 앞섰다. 그래서 잔에게 말했다.

“그런 것보다는 타고 있는 말이나 주의하는 것이 좋겠소.”

거의 길도 없는 길을 빠져나가 그들은 만의 밑으로 내려갔다. 거기에서 오른쪽으로 구부러진 컴컴한 계곡을 기어 올라갔다. 길은 굉장히 험해 보였다. 쥘리앙이 물었다.

“걸어서 올라가는 것이 어떻겠소?”

그녀도 그것을 바라고 있었다. 조금 전의 흥분도 지나갔고 남편과 단둘이서 걸어간다는 것이 너무나 즐겁게 느껴졌다. 안내인은 노새와 말을 끌고 앞장 서 갔다. 그들은 종종걸음으로 그 뒤를 따라갔다.

길은 산정에서 기슭까지 두 갈래로 갈라져 좌우 양쪽으로 펼쳐져 있었다. 이 갈라진 틈으로 좁은 길이 깊숙이 뚫려 있었다. 커다란 두 개의 벽 사이로 골짜기의 밑바닥을 따라서 뻗어 있었던 것이다. 물의 양이 많아진 급한 물살이 이 갈라진 틈 사이를 뚫고 줄달음치고 있었다. 바람은 얼음처럼 차갑게 피부를 스쳤고, 화강암으로 된 절벽은 검은 색이었다. 저만큼 높은 곳에 쳐다보이는 하늘은 사람으로 하여금 무서운 생각이 들게 하고 현기증마저 불러 일으켰다.

별안간 어디선가 느닷없는 소리가 나서 잔이 깜짝 놀라 쳐다보니, 한 마리의 거대한 새가 굴속에서 이제 막 날아오르려 하는 중이었다. 그것은 놀랍게도 독수리였다. 커다랗게 펼친 양쪽 날개는 우물 속 같은 이 골짜기의 양쪽 벽에 스칠 것처럼 보였다. 푸른 하늘에까지 날아올랐는가 싶었는데 금세 어디론가 사라져버렸다. 좀 더 걸어 들어가니, 산의 갈라짐이 이중으로 되면서 다시 두 갈래로 갈라져 있었다. 좁은 산길은 급격하게 가팔라지고 지그재그 모양을 그리면서 두 골짜기 사이를 기어오르고 있었다. 몸이 가볍고 마음이 몹시도 들떠 있는 잔은 앞장 서 걸어가면서 발밑의 돌멩이를 굴리기도 하고, 활발히게 골짜기의 바닥을 기웃거러보기도 했다. 남편은 숨을 헐떡이며 아내의 뒤를 쫓고 있었다. 그는 현기증이 날까봐 땅바닥만 보며 걸었다.

갑자기 두 사람에게 햇빛이 비쳤다. 마치 지옥에서 빠져나온 기분이 들었다. 그들은 목이 말랐다. 물기 있는 길을 더듬었고 돌밭 사이를 빠져나가자 작은 샘이 나왔다. 목동들이 쓰기 위해 만들어 놓은 듯한 나무 홈통을 따라 물이 흘러나오고 있었다. 잔은 무릎을 꿇고 엎드려 물을 마셨다. 쥘리앙도 잔을 따라 무릎을 꿇고 물을 마셨다.

그녀가 차가운 물을 음미하고 있는데, 남편이 그녀의 허리를 끼고 홈통의 주둥이 앞에 앉은 그의 자리를 빼앗으려고 했다. 그녀는 빼앗기지 않으려고 하다가 입술과 입술이 다투어 싸우느라고 서로 스치고 서로 밀어내려고 했다. 이

싸움의 승패에 따라서 이 홈통의 가느다란 끄트머리를 뺏기
도 하고 빼앗기기도 했으며, 그리고 빼앗은 사람은 다시 놓
치지 않으려고 홈통을 단단히 물었다. 그러면 차가운 물줄기
가 끊임없이 붙잡히기도 하고 떨어지기도 하며 끊어졌다가
이어졌다가 하는 바람에, 얼굴과 목, 그리고 옷과 손에 물이
튀었다. 진주 같은 물방울이 그들의 머리털 속에서 빛났다.
두 사람의 키스가 물줄기 속을 따라 흘렀다.

불현듯 잔은 사랑의 영감을 느꼈다. 그녀는 맑고 투명한
물을 입 안에 가득히 머금어 볼을 가죽 주머니처럼 불룩하
게 부풀려가지고 입에서 입으로 옮겨주어 갈증을 가시게 해
주고 싶다는 마음을 쥘리앙에게 몸짓으로 알려주었다. 그는
웃으면서 목을 내밀었다. 고개를 뒤로 젖히고 팔을 벌렸다.
이 살아 있는 육체의 샘을 통하여 꼴깍하고 단숨에 마시면
그것은 타오르는 욕망이 되어 그의 뱃속에까지 흘러 들어가
는 것이었다. 잔은 전에 없던 애정을 담아 남편에게 비스듬
히 몸을 기댔다. 심장은 고동치고, 그녀의 가슴은 부풀어 올
랐으며, 눈은 물기에 젖어서 아름답게 빛났다. 그녀는 조용
히 속삭였다.

"쥘리앙…… 당신을 사랑해요!"

그러고 나서 이번에는 자기편에서 남편을 힘 있게 끌어당

기면서 뒤로 누웠다. 한편으로는 부끄러운 생각으로 새빨개
진 얼굴을 두 손으로 얼굴을 가렸다. 쥘리앙은 그녀 위로 쓰
러지며 격정적으로 그녀를 포옹했다. 그녀는 흥분된 기대
속에서 숨을 헐떡거렸다. 그리고 갑자기 애타게 갈망하고
있던 감각이 번갯불처럼 번쩍 그녀를 두드리는 순간 소리를
질렀다.

다시 언덕의 꼭대기까지 올라가기까지 상당한 시간이 걸
렸다. 이제 그녀는 몹시 숨이 차고 지쳐 있었다. 그들은 해
가 진 후에 겨우 에비자에 있는 안내인의 친척이 되는 파올
리 팔라브레티라고 하는 사람의 집에 이르렀다. 그는 약간
새우등을 한, 덩치가 큰 사나이로 폐병 환자 같은 음울한 표
정을 짓고 있었다. 그는 두 사람을 방으로 안내했다. 거친
돌로 만들어진 초라한 방이었으나, 이 지방에서는 그런대로
훌륭한 편에 속하는 방이었다.

그는 프랑스어와 이탈리아어를 뒤죽박죽 섞은 듯한 코르
시카 방언으로 두 사람을 맞이하게 된 기쁨을 늘어놓았다.
갑자기 맑은 여자의 목소리가 그의 말을 가로막는가 싶더니,
밤색머리털의 조그마한 여자, 눈이 큼직하고 피부는 햇볕에
그을었으며 몸매가 날씬한 여자가 이를 드러내고 쉴 새 없
이 웃으면서 뛰어나와 잔에게 키스를 했다. 그리고 쥘리앙의

손을 잡고는

"어서 오세요. 부인!"

"어서 오세요, 아저씨, 안녕하세요?"

를 되풀이했다.

그녀는 모자와 숄을 받아 들어 한쪽 팔로 챙겼다. 다른 한쪽 팔은 붕대로 싸매져 있었다. 그러고 나서 남편에게 말했다.

"저녁 식사가 될 때까지 요 근방을 구경시켜드리세요."

이렇게 말하면서 사람들을 모두 밖으로 내보냈다. 팔라브레티 씨는 즉시 그 명령에 복종하였다. 그는 젊은 부부를 데리고 다니며 마을을 구석구석 안내해주었다. 그는 걸음걸이와 마찬가지로 말소리를 질질 끄는 느낌이 들었다. 자주 기침을 하였는데 그때마다 되풀이해서 말했다.

"골짜기의 찬바람이 가슴 속으로 스며들었지 뭡니까."

그는 두 사람을 안내하여 죽 늘어선 커다란 밤나무 밑을 지나 호젓한 오솔길까지 걸었다. 문득 그는 걸음을 멈추더니 담담한 어조로 말했다.

"바로 이곳에서 우리 사촌 형 장 리날디가 마티외로리에게 살해당했답니다. 그렇지, 나는 저기, 형의 바로 곁에 있었어요, 그러자 마티외가 느닷없이 열 발짝쯤 떨어진 곳에서 나타나 큰소리로 말했습지요.

"장, 너, 알베르타체에 가면 안 된다. 가지 말아라, 장. 가면 죽여 버릴 테다, 알겠느냐?"

나는 형의 팔을 붙들고 말했죠.

"형, 가지 마. 틀림없이 저놈은 일을 저지르고 말 거야."

모두가 계집애 때문이었죠. 폴리나 시나쿠피라는 애인데, 이 계집애를 놓고 두 사람이 쟁탈전을 벌인 거지요.

그런데 형이 꾸짖었습니다.

"마티외, 나는 갈 테다. 네놈이 방해한다고 못 갈 줄 아니."

그러자 마티외 녀석이 총부리를 내리는가 싶더니, 내가 총을 겨누기도 전에 뺑 하고 쏘아댔지요.

형은 어린애가 줄넘기를 하듯이 양다리로 펄쩍 뛰어오르더군요. 그렇습니다, 선생님. 형은 내 몸에 똑바로 떨어졌지요. 그래서 내 총은 땅에 떨어져, 저 봐요, 저기 있는 커다란 밤나무가 있는 데까지 굴러갔지요.

형은 입을 딱 벌리고 있었습니다만, 그냥 그대로 말 한마디 못하더군요. 숨통이 끊어져버린 거지요.

젊은 부부는 너무도 놀라서 이 차분하기만한 살해현장의 목격자를 멍하니 바라보고만 있었다. 그때 잔이 물었다.

"죽인 사람은 어떻게 되었어요?"

파올리 팔라브레티는 오랫동안 기침을 하다가 이윽고 말을 계속했다.

"산으로 도망쳤지요. 그 이듬해에 그놈을 찾아내서 우리 형님이 죽여버렸지요. 잘 아시겠지만, 우리 형님은 필리피 팔라브레티라고 하는데, 산으로 도망쳤어요."

잔은 몸서리를 치며 물었다.

"그럼 당신의 형님이 산적이었나요?"

이 침착한 코르시카인의 눈에 자랑스러워하는 빛이 번뜩였다.

"그렇습니다. 유명한 사나이였죠. 우리 형님은 헌병을 여섯 명이나 해치웠습니다. 니올로에서 포위당하여 6일이나 싸우며 버티었습니다만 거의 굶어 죽을 지경에 이르러 니콜라 모랄리와 함께 죽었습니다."

그러고 나서 그는 체념한 듯한 말투로 내뱉었다.

"이 지방에서는 흔히 있는 일이에요. 어쩔 수가 없지요."

그 말은 "어쨌든 골짜기 바람이 차가워서."라고 말하는 것과 똑같은 어조였다. 이윽고 일행은 저녁 식사를 하러 집으로 돌아갔다. 그 몸집이 작은 코르시카 여자는 마치 20년 동안 사귀어온 옛 친구나 되는 듯이 신혼부부를 반가이 맞아주었다.

한편으로 잔은 마음속에 한 가닥의 불안을 계속 안고 있었다. 조금 전 그녀가 샘가의 이끼 위에서 느낀 그 이상야릇하고 격렬한 관능적 감각을 쥘리앙의 팔에 안겼을 때 또다시 느낄 수 있을지 염려되었다. 방 안에 단둘이 있게 되어 그녀는 남편의 애무를 받으면서 아무런 느낌이 없으면 어떡하나 걱정이 되었으나 그러나 금세 마음을 놓았다. 그리고 그날이 그녀로서는 난생처음 사랑의 첫날밤이었다.

이튿날, 출발할 시간이 되자 그녀는 자기에게 새로운 행복의 시작을 열어준 이 오두막집을 떠나는 것이 못내 서운하였다. 그녀는 몸집이 작은 여인숙 여주인을 자기 방으로 불렀다. 그러고는 특별히 이렇다 할 선물을 하려는 것은 아니라고 미리 양해를 구한 다음, 돌아가면 파리에서 선물을 하나 보내주겠다고 말했고 상대방이 사양하자 화를 내기까지 했다.

젊은 코르시카 여자는 남한테서 선물을 받는 건 질색이라고 하면서 오랫동안 고집을 부렸으나, 마침내 고집을 굽히고 이렇게 말했다.

"그렇다면 조그만 권총을 하나 보내주세요. 아주 작은 것으로."

잔은 눈을 휘둥그렇게 떴다. 상대방은 바짝 입을 대고 달

콤한 비밀 이야기라도 하듯이 낮은 소리로 속삭였다

"시동생을 죽이려고 그래요."

그렇게 말하고는 싱긋 웃어 보인 다음, 쓰지 않는 쪽의 팔에 감겨 있는 붕대를 재빨리 풀어 포동포동한 하얀 살을 보여주었다. 살은 단도에 찔려 양쪽으로 뚫려 있었으나 상처는 거의 다 아물어 있었다.

"만일 내가 저 녀석만큼 힘이 세지 않았더라면,"

여자가 말했다.

"틀림없이 오래 전에 이미 살해당했을 거예요. 우리 집 영감님은 강짜 같은 건 부리지 않아요. 저이는 나를 잘 알고 있거든요. 게다가 아시다시피 병든 몸이에요. 그러니까 흥분하는 일은 없어요. 나는 몸가짐이 바른 여자예요, 아주머니, 이렇게 보여도 말예요. 그런데 시동생이라는 사람은 남의 험담을 곧잘 믿는 사나이여서 우리 영감을 대신해서 강짜를 부리는 거예요. 틀림없이 또다시 강짜를 부릴 거예요. 하지만 조그만 권총 하나만 있으면 마음을 놓을 수 있어요. 복수를 할 수 있으니까요."

잔은 권총을 보내줄 것을 약속하고 이 새로운 친구에게 다정하게 키스를 한 다음 여행을 계속했다.

그녀에게 있어서 나머지 여행은 꿈같은 것이었다. 끝없는 포옹과 애무의 연속이고 무아지경이었다. 그녀의 시야에는 이젠 쥘리앙 뿐, 풍경도, 사람도, 자기의 발이 멈추어진 곳도 아무것도 보이지 않았다.

그리하여 두 사람 사이에는 어린아이처럼 즐거운 두 사람만의 유희가 시작되었다. 젊은 부부는 사랑의 희열에 잠기거나 달콤하고 친근한 밀어를 주고받으면서 재미있어했다. 두 사람의 입이 즐겨 찾으려고 하는 자신들의 육체의 온갖 모퉁이·윤곽·주름 등에 귀여운 이름을 붙이면서 즐기워했다. 잔은 언제나 오른쪽을 밑으로 하여 누웠기 때문에, 아침에 잠을 깼을 때는 왼쪽 유방이 그대로 드러나 있는 수가 많았다. 쥘리앙은 그걸 알아차리고 그것을 '들에서 잠자는 임금님'이라 부르고, 다른 한쪽은 '연인'이라고 불렀다. 유방과 유방 사이의 깊숙하게 팬 길은 '엄마의 산책길'이 되었다. 왜냐하면 그는 그곳을 쉴 새 없이 더듬었기 때문이었다. 그리고 좀 더 은밀한 또 하나의 비밀스러운 통로는 오타의 골짜기를 연상하여 '다마스커스의 길'이라고 불렀다.

바스티아(코르시카 섬의 동북 해안에 있는 항구 도시)에 도착했기 때문에 돈을 치러주지 않으면 안 되었다. 쥘리앙은 주머니를 뒤져보았지만 필요한 만큼의 돈이 없었다. 그래서 잔에게 말했다.

"어머니가 주신 2천 프랑, 별로 쓸 일도 없을 테니 나한테 맡겨두지. 내 허리띠 속에 넣어두는 것이 더 안전할 테니까 말이야. 그러면 내 돈을 헐지 않아도 될 테고 말이야."

그래서 그녀는 그에게 지갑을 넘겨주었다.

그들은 리보르노로 건너가 피렌체와 제노바를 방문하고 코르니슈가, 니스에서 제노바에 이르는 벼랑가의 마찻길을 속속들이 구경하고 다녔다. 북동풍이 부는 어느 날 아침, 그들은 마르세유로 돌아왔다. 레삐플의 저택을 나온 이래 두 달이 지난 10월 15일의 일이었다. 아득히 먼 저쪽에서, 마치 머나먼 노르망디에서 불어오기라도 하는 듯이 차갑고 거센 바람이 몸에 스며들자 잔은 어쩐지 서글펐다. 그리고 쥘리앙은 얼마 전부터 사람이 변하기라도 한 듯이 피로에 지쳐 모든 일에 무관심해진 것처럼 보였다. 까닭도 없이 그녀는 걱정되었다.

그녀는 돌아갈 여정을 벌써 나흘이나 늦춰버리고 말았다. 햇볕이 따스하고 온화한 이 살기 좋은 고장을 떠나기가 아쉬웠다. 그녀는 왠지 지금 막 행복의 여정을 끝마친 느낌이 들어 견딜 수가 없었다.

드디어 그들은 마르세유를 출발했다. 그들은 레삐플의 신접살림에 필요한 물건을 파리에 가서 사기로 되어 있었다.

잔은 엄마에게서 받은 여행비로 근사한 것들을 듬뿍 사가지
고 돌아갈 수 있다는 기대감에 마음이 들떠있었다. 그녀가
에비자의 젊은 코르시카 여자에게 권총을 선물해 주기로 약
속한 것을 떠올렸다.

파리에 도착한 이튿날, 그녀는 쥘리앙에게 말했다.

"여보, 엄마가 주신 돈을 돌려줘요. 물건을 좀 사게요."

그는 좀 언짢은 표정을 지으면서 돌아섰다.

"얼마나 필요하지?"

그녀는 깜짝 놀라며 우물거렸다.

"뭐…… 얼마든지 상관없어요."

그러자 그가 말했다.

"1백 프랑 주지. 어쨌든 낭비해선 안 돼."

그녀는 뭐라 말해야 좋을지 말문이 막혔다. 다만 좀 기가
막혀 한참을 우물쭈물했다.

드디어 망설이다가 말했다.

"하지만……제가……그 돈을…… 건네준 것은……그건
…….."

남편은 끝까지 말을 다 하지 못하게 했다.

"그렇고 말고, 그건 사실이야. 하지만 당신 주머니 속에
있건 내 주머니 속에 있건, 똑같은 지갑을 둘이서 가지고 있

는 이상에는 그런 건 아무래도 상관이 없잖아. 당신의 돈을 안 주겠다는 것이 아니야. 이렇게 1백 프랑을 주겠다는데 뭘.”

그녀는 금화 다섯 닢을 받아 쥐자, 그 이상 말을 할 수 없었다. 좀 더 돈이 필요하다는 말을 하기가 면구해 할 수 없이 권총 하나만을 샀을 뿐이었다.

그로부터 1주일 후에 그들은 레뻬플을 향해 귀로에 올랐다.

6

벽돌기둥이 서 있는 하얀 대문 앞에서 아버지와 어머니, 하인들이 기다리고 있었다. 역마차가 멈춰 섰다. 그들은 오랫동안 포옹했다. 엄마는 울고 있었다. 잔도 눈물을 글썽거리면서 연신 눈물을 닦았다. 아버지도 안절부절못하며 흥분한 기색이었다.

짐을 내리고 있는 동안, 객실의 벽난로 앞에서 여행의 이야기로 꽃을 피웠다. 엄청난 이야기가 속사포처럼 잔의 입을 통해 쏟아져 나왔다. 너무나 이야기가 빨랐기 때문에 30분 만에 모든 이야기가 다 나왔다. 아마 빼먹은 것은 두세 가지의 하찮은 이야기 밖에 없었을 것이다.

그러고 나서 잔은 자기의 짐을 풀기 시작했다. 로잘리도 아주 흥분한 모습으로 짐 푸는 걸 거들어주었다. 짐 푸는 일이 끝나고 속옷·의상·화장 도구 따위가 제자리에 놓이기 되자 하녀는 여주인의 곁에서 물러갔다. 잔은 약간 피로를 느끼면서 의자에 앉았다.

이제부터 무엇을 할 것인가. 그녀는 마음속으로 생각해야 할 일과 손으로 해야 할 일을 떠올려 보았다. 객실에서 졸고 있는 어머니 곁으로 다시 내려갈 마음은 전혀 나지 않았다. 그래서 산책이나 하러 나갈까 하고 생각해보았지만, 창밖의 경치가 얼마나 쓸쓸한지 바라보는 것만으로도 우울한 기분이 드는 것이었다.

문득 그녀가 깨달은 것은, 앞으로 자신은 할 일이 없다는 것이었다. 수녀원에 있을 때 그녀는 미래에 대해 생각하고 꿈꾸기에 바쁜 나날을 보냈었다. 그 뒤 그녀의 꿈이 길러진 저 엄숙하고 견고한 건물 벽 밖으로 나오자마자 꿈꾸던 사랑은 금세 실현되고 말았다. 마치 기다리고 있었다는 듯이 불과 몇 주일 만에 남자를 만나 사랑하고 결혼 했다. 그러나 너무도 성급하게 결정되어 버린 결혼이었다. 그 남자는 그녀에게 생각해볼 여유 같은 걸 전혀 주지도 않은 채 느닷없이 양팔에 껴안자마자 낚아채 가버린 것이었다. 그런데 이제 신혼 초기의 감미로운 현실은 이렇게 단조로운 일상과 현실로 변해가려 하고 있다. 또 이것은 무한한 희망과 미지의 것에 대한 매혹적인 불안으로 통하는 문에 빗장을 질렀다. 그렇다. 기대하는 일은 모두 끝이 났다. 오늘도 내일도 영원히 아무 것도 꿈꿀 일은 없는 것이다. 그녀는 그러한 모든 것을 막연하게 느끼면서 어쩐지 일종의 환멸을, 그리고 허물어져 가는 자신의 꿈을 느끼지 않을 수 없었다.

그녀는 일어나 창가로 가서 차가운 유리창에 이마를 댔다. 그대로 검은 구름이 흘러가고 있는 하늘을 한참 동안 바라보고 있다가 밖으로 나가보기로 마음먹었다.

이것이 저 5월에 보았던 것과 똑같은 들판, 똑같은 들풀, 똑같은 수목일까? 그렇다면 햇빛에 반짝이고 있던 그 나뭇잎들은 다 어찌 된 것일까? 초록빛을 띤 잔디밭의 시정은 어떻게 된 것일까? 거기서는 민들레가 타오르고, 개양귀비가 피를 흘리고, 데이지가 빛나고, 꿈같은 노랑나비가 보이지 않는 실 끝에서 춤을 추고 있었지 않은가. 그런데 생명과 향기와 남아돌아갈 만큼 수많은 원자로 가득 차 있던 공기의 도취감 따위는 이제 다 사라져 버렸다.

가을비로 흠뻑 젖은 가로수 길은 낙엽의 두꺼운 양탄자에 뒤덮인 채, 거의 벌거숭이 나무가 된 포플러가 깡마른 사지를 떨고 있는 아래 끝없이 뻗쳐 있었다. 가느다란 나뭇가지들은 휘몰아치는 바람에 마냥 흔들리며 금세 하늘로 날아갈 것만 같은 마른 잎을 흔들고 있었다. 이들 마지막 나뭇잎은 어느 것이나 다 지금은 큼직한 금화처럼 샛노랗게 되어서 마치 잠시도 쉬지 않고 내려서, 울음을 터뜨리고 싶은 만큼 슬픈 비처럼 온종일 끊임없이 가지에서 떨어져 빙글빙글 춤을 추다가 이내 땅에 떨어져 내렸다.

그녀는 관목 숲이 있는 곳까지 걸어가 보았다. 그곳은 죽어가고 있는 사람의 방처럼 어쩐지 슬펐다. 꼬불꼬불한 아름다운 오솔길을 다른 곳과 격리시켜 은밀히 만나는 곳으로 삼아왔던 그 신록의 벽은 나뭇잎이 듬성듬성 붙어 있었다. 가냘픈 나무들이 레이스처럼 얽혀 있었고, 관목은 그 야윈 가지를 서로 부딪치고 있었다. 그리고 미풍에 날려 곳곳에서 수북하게 쌓여 있는 마른 나뭇잎들이 바스락거리는 소리는 단말마의 괴로운 한숨 소리와도 같았다.

새들은 추위에 떠는 듯한 작은 소리를 내면서 보금자리를 찾아 이리저리 날아다니고 있었다.

바닷바람을 막는 전위로서 둘러쳐져 있는 느릅나무의 두꺼운 커튼으로 보호를 받고 있는 보리수와 플라타너스만이 아직 여름 그대로의 옷을 입고 있었다. 한쪽은 붉은 비로드의, 다른 한쪽은 오렌지 빛의 비단옷을 걸치고 있는 듯 보였다. 첫서리를 맞으면 저마다 수액의 성질에 의해서 이와 같이 물이 드는 것이다.

잔은 쿠야르 집안의 농장을 따라서 엄마의 산책로를 느린 걸음으로 왕복했다. 이제 시작된 이 단조로운 생활의 권태가 앞으로도 오랫동안 계속될 것이 아닌가 하는 예감이 들어 어쩐지 마음이 답답하고 무거웠다.

이윽고 그녀는 쥘리앙이 처음으로 그녀에게 사랑을 속삭였던 언덕에 가서 앉았다. 그렇게 우두커니 앉아서, 특별히 무슨 생각을 하는 것이 아니라 그저 멍하니 수심에 잠겨 있었다. 마음의 밑바닥까지 녹초가 되도록 가라앉은 이 정서와 슬픔으로부터 벗어나기 위해 그 자리에 누워 실컷 잠에 빠져들고 싶었다.

그때 갈매기 한 마리가 눈에 띄었다. 돌풍에 휩쓸려 하늘을 가로질러 가고 있었다. 그러자 저 먼 코르시카의 어두컴컴한 오타 골짜기에서 보았던 그 독수리가 연상되었고, 그때의 즐거웠던 일이 생각났다. 그러나 이젠 그 환희도 과거가 되었다는 생각이 들자 가슴 속에 심한 동요가 일어났다. 문득 눈앞에 환하게 빛나던 섬의 모습이 떠올랐다. 그 야생의 향기, 오렌지와 새드리를 익히던 그 태양, 핏빛으로 물든 산

봉우리, 창공처럼 푸르던 만(灣), 급류가 흐르던 골짜기 등 벅찬 기쁨을 주던 그 코르시카 섬.

그러자 자신을 에워싸고 있는 이 축축하고 메마른 풍경, 나뭇잎이 쓸쓸하게 떨어져 버리고 잿빛 구름이 바람에 불려 가는 이 풍경이 너무나도 슬프게 그녀를 짓눌렀다. 그녀는 울음이 터져 나올 것 같은 것을 참고 급히 집으로 돌아갔다.

엄마는 벽난로 앞에서 정신없이 졸고 있었다. 낮에 느꼈던 비애감과 우울감이 아직도 그녀의 마음에 젖어 있어 그녀는 아무것도 느낄 수가 없었다. 아버지와 쥘리앙은 사무적인 일에 관한 대화를 나누기 위해 산책을 나가고 없었다. 이윽고 밤이 와서 휑뎅그렁한 객실에 음울한 그림자가 펼쳐졌다. 그 그림자는 난롯불을 받아 이따금 밝아지곤 했다.

창 너머로 집 밖을 내다보니, 낮의 잔광이 아직도 남아 있어서 해질녘의 우중중한 자연과 진흙을 쳐 바른 듯한 잿빛 하늘이 너무나 대조가 되었다.

이윽고 남작이 나타나고, 그 뒤를 따라 쥘리앙이 들어왔다. 컴컴한 방 안에 들어가자마자 남작은 초인종을 울리며 큰소리를 쳤다.

"빨리빨리 등불을 가져와! 너무 어둡고 답답해서 안 되겠다."

그리고 그는 벽난로 앞에 걸터앉았다. 그 젖은 발이 불꽃 옆에 놓이자 모락모락 김이 솟아오르고, 구두 바닥에 붙었던 진흙이 불기운에 말라 부슬부슬 떨어졌다. 그걸 내려다보면서 남작은 유쾌한 듯이 양손을 비벼대며 말했다.

"오늘밤은 몹시 춥겠구나. 북녘 하늘이 환해지고 있군. 오늘 저녁은 보름달이 뜰 거야. 밤새 몹시 추워지겠어."

그러더니 딸 쪽을 보고 말했다.

"어떠냐. 애야, 마음이 기쁘냐? 네 고향, 네 집으로 다시 돌아왔어. 노인들 곁으로 다시 돌아왔어."

이 한마디의 질문이 잔의 마음을 흔들어 놓았다. 그녀는 눈에 눈물이 가득해진 채 아버지의 품안으로 몸을 던졌다. 그리고는 용서를 구하듯 마구 입을 맞추어댔다. 마음으로는 쾌활해지고 싶었으나, 아무리 애를 써도 슬픔을 참을 수가 없었기 때문이다. 그래서 그녀는 양친을 다시 만나게 되면 얼마나 즐거울까 하며 그때가 오기를 기다리던 당시를 생각해보았다. 그러나 지금은 자기의 애정을 마비시키고 있는 이 냉정한 기분에 자기 스스로도 놀랐다. 그것은 마치 자기가 좋아하는 사람들을 멀리서 아무리 그리워한다 할지라도 언제나 얼굴을 마주 대하지 않으면 다음 기회에 만난다 하더라도 일상생활이 다시 그들의 관계를 이어 놓을 때까지는 일종의 애정단절 상태가 되어버리고 마는 것과 같은 것이었다.

저녁 식사 시간은 길었다. 아무도 입을 열지 않았다. 쥘리앙은 이미 아내 따위는 잊어버린 듯한 태도였다.

식사 뒤에 잔은 객실에서 난롯불을 쬐면서 꾸벅꾸벅 졸고 있었다. 그 바로 앞에서 엄마는 완전히 잠이 들어 있었다. 잔은 무언가 의논하고 있는 두 사나이의 목소리에 문득 졸음이 깼다. 정신을 가다듬으려고 애를 쓰면서도 아무 것도 정지시킬 수 없는 음울하고 습관적인 혼수상태에 빠져 드는 것은 아닌가 하는 생각이 들었다.

낮에는 불그스름하고 힘이 없어 보이던 난롯불이 지금은 활기를 띠며 밝고 환하게 활활 타오르고 있었다. 불은 팔걸이의자의 빛바랜 덮개 위에, 여우와 황새 위에, 침울하게 보이는 두루미 위에, 그리고 또 매미와 개미 위에 이따금 갑작스럽게 세찬 불빛을 던져주곤 했다.

남작은 미소를 띠면서 다가와 빨갛게 타고 있는 장작불을 향해서 손가락을 쫙 벌려 쬐면서 말했다.

"아아, 오늘밤은 불길이 좋다. 얼음이 얼겠구나. 애들아, 꽁꽁 얼겠어."

그러더니 한 손을 잔의 어깨 위에 불을 가리키면서 말했다.

"애야. 이 세상에서 이것이 가장 좋은 것이다. 난롯가라는 거 말이다. 온 집안 식구가 그 주변에 모이는 난롯가 말이다.
이보다 나은 건 없지, 암 그렇고 말고. 그건 그렇고, 이제는
그만 자는 게 어떠냐. 너희들도 피곤할 텐데.”

침실로 올라온 잔은 의아하게 생각지 않을 수 없었다. 자
기가 사랑하고 있다고 믿어 왔던 이곳이 어째서 이렇게 달
라 보이는 걸까. 수녀원에서 돌아왔을 때와 여행에서 돌아왔
을 때 어쩌면 이렇게 판이한 것일까? 어째서 이렇게도 자신
에 대해서 상처 입은 것처럼 느끼는 것일까? 이 집, 이 정든
고장, 이제까지 나의 가슴을 설레게 해주던 모든 것이 어째
서 오늘은 이렇게도 서글프게 느껴지는 것일까?

그런데 문득 그녀의 눈길이 시계 위에 멎었다. 작은 꿀벌
이 여전히 왼쪽에서 오른쪽으로, 또다시 오른쪽에서 왼쪽으
로 재빠르고 쉴 새 없이, 여느 때와 똑같은 동작으로, 도금
을 한 은빛 꽃송이 위를 날아다니고 있었다. 잔은 갑자기 애
정의 충동을 느끼고 소스라치게 놀랐다. 자기 자신을 위해서
시각을 노래로 알려주고, 인간의 가슴처럼 맥박을 치면서,
마치 살아 있는 것처럼 보이는 이 조그마한 기계를 앞에 두
고 눈물이 나올 정도로 감동했다.

그녀는 아버지나 어머니를 껴안았을 때에도 이토록 감동
하지 않았다. 사람의 마음이란 이성으로 설명되지 않는 신비

를 지니고 있는 것이다.

그녀는 결혼한 이래 처음으로 자기의 침대에 혼자 누워 있었다. 쥘리앙은 여행을 하고 와서 피로하다는 핑계를 대며 다른 방으로 자러 갔다. 하기야 각자 자기의 방을 갖는다는 것은 좋을 일이었다. 잔은 좀처럼 잠이 오지 않았다. 자기의 몸에 바싹 다가붙어 있는 또 하나의 몸이 느껴지지 않자 어쩐지 기분이 이상했다. 혼자 자는 데 습관이 되지 않은데다가, 짓궂은 북풍이 끈덕지게 지붕에 휘몰아치는 소리에 밤새도록 마음이 산란해지는 것이었다.

이튿날 아침, 그녀는 밝은 햇빛에 잠을 깼다. 침대는 붉은 햇살을 받아 새빨갛게 물들어 있었다. 그리고 유리창은 온통 성에가 끼고 지평선 일대가 모두 불붙은 듯 활활 타오르고 있었다. 그녀는 큰 실내 옷을 걸치고 창가로 달려가서 창문을 열었다.

강하게 찌르는 듯한 싸늘한 바람이 방안으로 흘러들어 날카로운 냉기로 살갗을 후려쳐 눈물이 솟아나게 했다. 불그레한 하늘의 한복판에 주정꾼의 얼굴처럼 벌겋게 부풀어 오른 커다란 태양이 나무숲 뒤로 떠올라 있었다. 땅은 새하얀 서리로 뒤덮여 있었다. 서리는 아직은 딱딱하게 얼어있어서 농부들의 발에 밟히면 사각사각 소리를 냈다. 하룻밤 사이에 포플러 나무 가지에 드문드문 붙어 있던 잎사귀들도 완전히 떨어져 버렸다. 길 너머 황량한 들판 저쪽으로 여기저기 하얀 물살이 보이는 푸른 바다가 보였다.

보리수는 돌풍이 불어 닥치자 갑작스레 잎이 다 떨어지고야 말았다. 얼음과 같은 바람이 불고 지나갈 때마다 갑작스런 서리 때문에 가지에서 떨어지는 나뭇잎이 소용돌이가 되어, 마치 작은 새가 날아가기라도 하는 듯이 바람 속으로 흩날려갔다. 잔은 옷을 입고 밖으로 나갔다. 그리고 뭐든시 하고 싶은 마음에 소작인들이 사는 데로 가보았다.

마르탱 집안은 두 손을 들어 환영해주었다. 여주인은 잔의 뺨에다 키스를 해주었다. 그녀는 과일주를 한 잔 억지로 마시게 했다. 잔은 또 다른 농가로 갔다. 이곳에서도 쿠야르 가족이 열렬히 환영해 주었고 여주인은 잔의 귀에 키스를 했다. 그들은 양까치밥 나무 열매로 만들었다는 리큐어 술을 작은 컵으로 한 잔 따라주며 마시게 했다. 그녀는 식사를 하기 위해 돌아갔다. 이날도 전날과 똑같았다. 다른 것이 있다면 전날은 구중중하게 습기가 차 있었는데 오늘은 날씨가 춥다는 것이다. 그리고 이주일의 또 다른 날도 이 이틀간의 일정과 다르지 않았다. 또한 이 달의 모든 주일이 처음 한 주일간과 흡사했다.

먼 나라들을 그리워하는 마음은 차츰 사라져 갔다. 습관은 그녀의 생활에 체념의 층을 덧씌워주는 것이었다. 마치 어떤 종류의 물이 사물 위에 석회질층을 덮듯 그렇게. 대신 일상생활의 갖가지 하잘것없는 것들에 대한 흥미, 평범하고 단순한, 판에 박힌 일에 대한 관심이 그녀의 마음속으로 다시 생겨나기 시작했다. 그녀의 가슴 속에는 울적한 듯한 우수와, 삶에 대한 막연한 환멸과도 같은 것이 번져 나갔다.

무엇이 필요한가? 무엇을 갖고 싶은가? 그녀 자신으로서도 알 수가 없었다. 어떤 세속적인 욕망도 어떤 쾌락에 대한 갈망도, 그 어떤 기쁨에 대한 갈망도 그녀의 마음을 사로잡지 못했다. 그리고 환희라고 해봤자 어떤 것이 있단 말인가? 시간이 흐름에 따라 점점 칙칙해져가는 객실의자처럼, 그녀의 눈에는 모든 것이 서서히 빛이 바래가는 것처럼 보였고, 모든 빛이 엷어져서 창백하고 음울한 색깔을 띠고 있는 것처럼 보였다.

쥘리앙과의 관계도 완전히 변했다. 신혼여행에서 돌아온 후부터는 아주 딴사람처럼 보였다. 배우가 자기의 배역을 다 끝내면 평소의 본얼굴로 되돌아가는 것과 똑같은 꼴이었다. 이제는 그녀에게 관심을 보이지 않았으며, 좀처럼 말을 걸어오는 일조차 없었다. 애정의 흔적도 갑자기 사라져버리고 말았다. 그리고 그가 아내의 방에 들어오는 밤도 드물어지고 말았다.

그는 재산이나 가사에 관한 관리를 손아귀에 움켜쥐고 임대 계약을 재조사하고 농부들을 들볶고 경비를 절약했다. 그리고 자기 자신도 촌귀족과 같은 차림새를 하고 있었기 때문에 약혼 시절의 세련되고 멋있던 모습은 거의 찾아볼 수 없게 되었다.

그는 독신 시절의 옷장 속에서 찾아낸 낡아빠진 사냥 옷을 벗으려 하지도 않았다. 이 옷은 구리 단추가 달려 있고 호랑이 털처럼 얼룩덜룩 더러워져 있었다. 이제는 여자들로부터 인기를 얻을 필요가 없는 사람처럼 칠칠치 못한 행색이었고, 면도도 하지 않은 얼굴로 다녔다. 그래서 아무렇게나 마구 손질한 긴 수염은 믿어지지 않을 정도로 그의 얼굴을 보기 흉하게 만들고 있었고 손도 다듬어 가꾸지를 않았다. 그리고 식사 후에는 으레 작은 컵으로 네댓 잔의 코냑을 들이켰다.

잔이 부드러운 어조로 몇 마디 핀잔을 주려고 하면,

"내 마음대로 하게 내버려둬."

하고 어찌나 퉁명스럽게 대꾸하는지 그녀는 두 번 다시 주의를 줄 용기가 나지 않았다. 그녀는 남편의 이와 같은 변모에 대해서 체념해버리고 있었다. 그것은 그녀 자신으로서도 놀랄 만한 일이었다. 그는 그녀에게 아주 남이 되어 있었다. 혼이며 마음이 아예 닫혀져버린 타인이었다.

그녀는 몇 번이나 그렇게 된 이유에 대해 곰곰이 생각해보았다.

그렇듯 우연히 만나서 열정적인 애정을 기울여 서로 뜨겁게 사랑했고, 마침내 결혼하여 부부가 된 사이인데도 불구하고, 느닷없이 나란히 한 이불 속에서 잔 일조차 없는 듯한, 거의 서로 남남처럼 되고 말다니, 도대체 어떻게 된 일인가. 아무리 생각해보아도 알 수가 없었다.

그건 그렇다 치고, 남편이 자기를 돌보아 주지 않는데도 이 사실이 왜 고통이 되지 않는 것일까? 이것이 인생이라는 것일까? 우리 두 사람은 서로를 잘못 알아왔던 것일까. 나의 미래에는 이제 아무것도 없는 것일까? 만일 쥘리앙이 그 전처럼 잘생기고 우아하고 매력적이라면 좀 더 심하게 괴로워했을까.

새해가 되어 신혼부부만 남고 아버지와 엄마는 루앙에 있는 집으로 돌아가 거기서 몇 달 동안 지내기로 했다. 젊은 부부는 올 겨울에는 레뻬플을 떠나기 않기로 했다. 이제부터 한평생을 지낼 이 고장에 빨리 익숙해지고 친해져 자리를 잡고 살 수 있도록 하기 위해서. 더욱이 가까운 곳에 살고 있는 사람들도 있으므로 쥘리앙은 그 사람들에게 아내를 소개해주려는 속셈도 있었다. 즉, 브리즈빌 가문, 쿠틀리에 가문, 그리고 푸르빌 가문 사람들이 그들이었다.

하지만 젊은 부부는 아직은 방문을 할 수가 없었다. 마차의 문장을 새로 칠할 화공이 아직 오지 않았기 때문이었다. 이 집의 낡은 마차는 남작으로부터 그 사위에게 양도되어 있기는 했지만, 라마르 가문의 방패형 문장이 르 페르튀 데 보 가문의 문장과 나란히 짝을 이루지 않는 한, 쥘리앙은 결단코 이웃 저택을 방문하지 않을 작정이었다.

이 고장에서 문장을 그릴 수 있는 전문기술자는 바타유라고 하는 볼베크의 화공 단 한 사람뿐이었다. 그가 유일하게 노르망디에 있는 저택의 모든 마차의 문짝에 귀중한 장식을 그리는 일을 담당하고 있었다.

이윽고 12월의 어느 날 아침, 식사가 끝나려고 할 무렵에 웬 사나이가 대문을 밀치고 똑바로 난 길을 따라서 이쪽으로 걸어오는 것이 보였다. 등에 상자를 짊어지고 있는 그 사내는 바로 바타유였다.

그는 곧바로 식당으로 인도되었고, 융숭한 대접을 받았다. 그 전문 기사가 시골 귀족들과 끊임없이 접촉을 하고 있다는 사실과 문장이나 신성한 문자 또는 표상 등에 정통해 있다는 사실이 그를 일종의 문장의 권위자이기라도 한 것처럼 대우받게 만들어, 귀족들은 그와 대등하게 악수를 주고받고 있었다.

사내가 식사를 하고 있는 동안, 남작과 쥘리앙은 곧바로 연필과 종이를 가져오게 하여 4등분이 된 방패형 문장의 밑 그림을 그리기 시작했다. 남작 부인은 이런 일이 생기면 금세 흥분하는 기질이어서 자기 의견을 내 놓았다. 잔도 호기심으로 의논에 끼어들었다.

바타유는 식사를 하면서 자기의 의견을 말하고, 때로는 연필을 들고 밑그림을 그리면서 여러 가지 예를 들어 이 고장의 귀족들이 가지고 있는 마차들을 하나하나 설명해주었다. 그런 그는 말과 정신까지도 스스로 귀족적인 분위기를 지니고 있는 것처럼 보였다.

그는 몸집이 조그맣고 희끗희끗한 백발이 섞인 머리를 짧게 깎고 손에는 그림물감이 묻어 있고 몸에서는 휘발유 냄새가 풍겼다. 정확한 것인지 모르나 옛날에 품행이 바르지 않다는 소문이 있었다고 했다. 그러나 지금 작위를 가진 모든 집안으로부터 존경을 받고 있기에 그런 결점은 희미해져 버렸다.

커피를 마시고 나자 사람들은 곧 그를 마차가 있는 곳으로 데리고 갔다. 마차에 씌워두었던, 납을 먹인 포장을 걷어낸 후 바타유는 마차를 점검했다. 그리고 자기의 구도에 꼭 필요하다고 생각되는 크기에 대해서 점잖게 말했고 이에 대해 다시금 의견이 오간 다음에 일에 착수하기 시작했다.

추위에도 불구하고 그가 일하는 것을 직접 보기 위해 남작 부인은 의자를 가져오게 했다. 또 얼어오는 발끝을 녹이려고 발을 쬐는 화로도 가져오라고 일렀다. 그리고는 조용히 화공과 이야기를 하기 시작했다. 자기가 미처 알지 못하는 귀족들의 결혼 이야기라든가 죽은 사람들이나 새로 태어난 아기들에 대해서 물었다. 이와 같은 정보를 수집함으로써 자기의 기억 속에 간직되어 있는 집안의 관계를 완전한 것으로 만들려고 했던 것이다.

쥘리앙도 장모 옆에서 의자에 걸터앉아 있었다. 그는 파이프담배를 피우면서 땅에 침을 퉤퉤 내뱉으며 이야기에 귀를 기울이면서 자기의 귀족 신분이 그림으로 그려지는 걸 지켜보았다.

조금 있자 시몽 영감까지도 어깨에 괭이를 둘러메고 채소밭으로 나가다가 멈추어 서서 화공이 일하는 광경을 우두커니 바라보았다. 또한 바타유가 왔다는 정보가 두 채의 농가

에 전해지자 소작인의 마누라 둘이 서둘러 구경하러 달려왔
다. 그녀들은 남작 부인의 양쪽 옆에 서서 넋을 잃고 멍하니
바라보면서 감탄했다.

"저렇게 꼼꼼히 그리려면 정말이지 손재주가 좋아야겠어
요."

마차의 양쪽 문에 방패 모양의 문장을 그리는 일은 그 다
음날 11시경이 되어서야 끝났다. 사람들이 우르르 몰려왔다.
사람들이 좀 더 자세히 보고 싶어 하자 마차를 마차간 밖으
로 끌어냈다.

문장은 나무랄 데 없었다. 일동은 다시 상자를 등에 지고
떠나는 바타유를 극구 칭찬했다. 남작이나 남작 부인, 잔, 쥘
리앙까지도 바탕유가 굉장한 솜씨를 갖고 있다는 것, 사정만
허락됐다면 틀림없이 훌륭한 미술가가 되었을 것이라고 이
구동성으로 말했다.

한편, 쥘리앙은 모든 면에서 절약하기 위해 온갖 개혁을
시도했다. 그러기 위해서는 새로운 변화가 필요하게 되었다.
노인인 마부는 정원사가 되었다. 대신 마차는 자작이 직접
몰기로 했다. 사료 값이 안 들도록 사륜마차의 큰 말은 팔아
치워 버렸다. 주인들이 말을 타지 않는 동안 말을 먹일 사람
이 필요하므로, 마리우스라고 하는 목동 소년을 머슴으로 두

었다. 마지막으로 그는 말을 공급받기 위해서 쿠야르 집안과 마르탱 집안과의 계약서 속에 특별히 한 항목을 삽입하여, 두 소작인은 각각 말 한 필씩을 주인이 지정하는 날짜에 제공하기로 하는 대신, 닭을 바친다는 조항은 면제해주기로 했다.

그래서 쿠야르 집안에서는 털빛이 누렇고 키가 큰 짐말을, 그리고 마르탱 집안에서는 털이 길고 키가 작은 흰 말을 끌고 왔다. 그래서 두 마리의 말이 나란히 마차에 매어졌다. 그러자 마리우스가 시몽 영감의 헐렁한 마부복 속에 파묻힌 몰골로 마차를 저택의 돌층계 앞에까지 끌고 나왔다.

쥘리앙은 산뜻한 차림새를 하고 윗몸을 홱 젖히고 있어서 얼마만큼은 옛날의 우아한 모습을 회복한 듯 보였다. 그래도 깎지 않은 수염이 귀족이라기보다는 평민의 모습으로 보이게 했다. 그는 말과 마차와 어린 마부를 살펴보고는, 이 정도면 됐다고 생각했다. 그에게 있어서는 새로 칠한 문장만이 중요했던 것이다.

남작 부인은 남편의 팔에 기대어 방에서 내려와 간신히 마차에 올라타 쿠션을 받치고 걸터앉았다. 이번에는 잔이 나타났다. 처음에 그녀는 처음으로 매어진 두 말의 모습을 보고 웃었다. 흰 말이 꼭 누런 말의 손자 같아 보였다. 그 다음에 마리우스의 모습을 보니, 휘장이 달린 모자 속에 얼굴이 파묻혀 코만이 모자가 흘러내리는 걸 막아주고 있었다. 양손은 소매 속에 들어가 있었고, 양쪽 다리는 옷자락 속에서 마치 스커트를 입고 있는 듯한 꼴이고, 엄청나게 큰 구두를 신은 발이 그 속에서 기묘한 모양을 하고서 밖으로 비어져 나와 있었다. 무언가를 보려면 머리를 뒤로 젖혀야 하고, 발을 옮기려면 마치 개울을 건너기라도 하는 것처럼 무릎을 치켜올려야 했고, 무슨 분부를 따를 때에는 헐렁헐렁한 옷 속으로 쑥 들어가 파묻힌 모습으로 장님처럼 허둥거리는 모습을 보자니, 그 꼴을 보고 잔은 웃음을 참을 수 없었다.

남작도 돌아서서 꼬마 녀석의 어리벙벙한 모습을 보고는 딸을 따라서 껄껄껄 웃고 말았다. 아내에게도 더듬더듬 거리며 외쳤다.

"저, 저, 저것 좀 봐, 마, 마, 마리우스를! 아이구, 그거 참 우습다."

남작 부인도 마차의 문에서 윗몸을 내밀고 소년을 바라보는 순간 역시 배꼽이 빠지도록 웃는 바람에 마차 전체가 용수철 위에서 마구 춤을 추어, 마치 마차가 울퉁불퉁한 길을 지날 때처럼 뒤흔들렸다.

그러나 쥘리앙만은 얼굴이 파랗게 질려서 날카롭게 쏘아

붙였다.

"대체 무엇이 그렇게도 우습단 말입니까? 정신이 이상해진 사람들 같군요!"

잔은 너무 웃어 배에 경련이 일어날 지경이 되었고 도저히 웃음을 진정시킬 수가 없어서 그만 현관 입구의 돌층계 위에 주저앉아버렸다. 남작도 따라 앉았다. 마차 속에서도 경련이 일어난 듯한 재채기와 꼬꼬댁거리는 암탉 울음소리 같은 소리가 계속해서 들려왔다. 그것은 말할 것두 없이 남작 부인이 웃음이 나와 숨이 콱콱 막히고 있는 증거였다. 그러자 갑자기 마리우스가 입은 마부복이 들썩거리기 시작했다. 틀림없이 그 아이도 사연을 짐작하고 모자 속에서 웃음을 터뜨리고 있는 듯싶었다.

그러자 쥘리앙은 화가 치밀어서 달려가 소년의 뺨을 후려갈겼다. 그 바람에 소년의 머리에서 커다란 모자가 떨어져 잔디밭 위로 날아갔다. 쥘리앙은 다시 장인 쪽으로 돌아서서, 분노에 떨리는 목소리로 떠듬거렸다.

"웃으시다니요? 장인어른께서는 웃으실 권리가 없습니다. 만일 장인께서 재산을 마치 물 쓰듯 탕진하지 않으셨다면, 저희들은 이 지경까지 되지 않았을 것입니다. 우리가 몰락한다면 도대체 누구 탓입니까?"

유쾌했던 웃음소리가 얼어붙은 듯이 뚝 그치고 정적이 흘렀다. 더 이상 아무 말도 하지 않았다. 잔은 울먹울먹하며 조용히 마차 위에 올랐고 어머니 옆에 살그머니 다가앉았다. 남작도 깜짝 놀라 입을 다문 채 두 모녀 앞으로 가서 앉았다. 쥘리앙은 뺨이 부어 눈물을 글썽거리는 소년을 자기 곁에 끌어올리고 나서 마부석에 자리를 잡고 앉았다.

마차가 달리는 동안 분위기는 우울하고 지루해졌다. 마차 안은 침묵이 흘렀다. 세 사람 다 우울하고 언짢아져서 지금 마음속에 걸려 있는 생각을 입 밖으로 꺼내고 싶지 않은 심정이었다. 그렇다고 딴 이야기를 꺼낼 수도 없었다. 그럴 정도로 고통스러운 생각이 그들 세 사람의 마음속을 쓰리게 했다. 그래서 이러한 쓰라린 문제에 대해서 이야기하는 것보다는 차라리 침묵하는 것이 나았다.

보조가 맞지 않는 두 필의 말에 끌려 마차는 농가의 앞마당을 따라 달렸다. 깜짝 놀란 검정 암탉들이 종종걸음으로 달아나 울타리 속으로 숨어들어 자취를 감췄다. 이따금 늑대 같은 개가 짖어대면서 뒤쫓아 오다가 털을 곤두세우고 집 쪽으로 되돌아가다가 다시 뒤를 되돌아다보고는 마차를 향해서 짖어대었다. 한 젊은이가 진흙투성이의 나막신을 신고 긴 다리를 질질 끌며 태평스럽게 손을 주머니 속에 찔러 넣은 채, 등판에 바람을 받아 펄럭이는 블라우스를 입고 걸어가고 있었는데, 마차를 보내기 위해 옆으로 비켜서서 어색한 솜씨로 모자를 벗자 머리털이 착 달라붙은 두개골이 드러났다. 농가와 다음 농가와의 사이에는 다시금 들이 펼쳐지고, 멀리 드문드문 다른 몇 채의 농가가 보였다.

이윽고 마차는 커다란 전나무 가로수 길로 들어섰다. 진창길에 바퀴가 빠져 마차가 한쪽으로 기우뚱거리자, 그럴 때마다 남작부인은 비명을 올렸다. 가로수 길이 끝나는 곳에 하얗게 칠을 한 대문이 있었고 마리우스가 대문을 열려고 달려갔다. 마차는 둥그렇게 원을 그린 길을 지나 넓고 큰 잔디밭을 빙 돌아, 쇠살문을 닫아버린 높직하고 널찍하며 음침하게 보이는 건물 앞에 섰다.

한가운데의 문이 갑자기 열리더니, 중풍을 앓는 늙은 하인이 앞치마로 일부분이 가려진 검정 줄무늬가 진 붉은 조끼를 걸치고 기우뚱거리며 현관의 층계를 내려왔다. 그는 방문객의 이름을 듣더니 넓은 객실로 안내하고는, 언제나 닫혀져 있었던 듯한 그곳의 쇠창살문을 끙끙거리며 간신히 열었다. 가구에는 모두 덮개가 씌워져 있었고 시계와 촛대는 흰 천으로 싸여 있었다. 곰팡내 나는 공기, 차갑고 축축한 옛날의 공기 때문에 폐와 심장과 피부까지 우울함이 채워질 것 같았다.

모두들 자리에 앉아서 기다렸다. 2층 복도로부터 발소리가 들려왔다. 뜻밖의 일을 만나서 허겁지겁 옷을 갈아입고 있는 중이었다. 한동안 시간이 걸렸다. 초인종 소리가 수없이 울렸다. 딴 발소리가 층계를 내려왔다가 또다시 올라갔다.

남작 부인은 몸속으로 냉기가 스며들자 계속 재채기를 했다. 쥘리앙은 방 안을 신경질적으로 왔다 갔다 했다. 잔은 침울한 기분으로 어머니 옆에 바짝 다가앉아 있었다. 그리고 남작도 난로의 대리석에 등을 기댄 채 눈을 내리감고 있었다.

마침내 큰 문이 열리더니 브리즈빌 자작 부부가 나타났다. 두 사람 다 키가 작고 야위었으며 걸음걸이는 품위가 없었다. 나이 또한 짐작을 할 수가 없었다. 모든 일에 너무나 의식을 차리는 사람들이어서 당황하는 빛을 감추지 못했다. 부인은 나뭇잎 무늬가 있는 옷을 걸치고 리본이 달린 모자를 쓰고 날카로운 목소리로 재빨리 인사했다. 주인은 꼭 끼는 화려한 프록코트를 입고 무릎을 굽혀 인사를 했다. 그 코도, 눈도, 잇몸이 드러나는 이도, 마치 초칠을 한 듯한 머리털도, 호화로운 옷도, 마치 정성껏 손질이 된 물품들처럼 모두 다 반짝반짝 빛나고 있었다.

환영의 뜻을 나타내는 최초의 인사말과 이웃끼리의 인사

치레가 오고가자 더 이상 할 말이 없었다. 그래서 아무 까닭도 없이 서로들 축하의 인사말을 주고받았다. 이와 같은 근사한 교제가 언제까지나 계속되기를 희망한다고 말했다. 일 년 내내 시골에만 처박혀 사는 처지로서는 서로들 만나는 것이 퍽 위안이 된다고 말했다.

그러나 객실의 얼어붙은 듯한 공기가 뼛속까지 스며들어 목이 쉬었다. 남작 부인은 재채기도 완전히 그치려 하지 않는 참에 이번에는 기침이 나올 지경이었다. 남작이 그만 가자는 눈짓을 했다. 브리즈빌 부부는 만류했다.

"아니, 왜 그렇게 빨리 돌아가십니까? 조금은 더 계실 수 있잖아요."

그래도 잔은 쥘리앙이 방문 시간이 너무 짧다고 눈짓을 하는 것도 모른 체 하고 자리에서 일어나고야 말았다. 하인을 불러 마차를 돌려놓으라고 이르려고 초인종을 울렸다. 그러나 초인종이 듣지를 않았다. 하는 수 없이 저택의 주인이 달려 나갔다. 이윽고 돌아와서 하는 말이, 말은 마구간에 넣어두었다는 것이었다.

그래서 또 기다리지 않으면 안 되었다. 저마다 뭔가 할 말들을 찾아보았다. 올 겨울에는 비가 많이 내릴 거라고 했다. 잔은 가슴이 답답해진 나머지 몸서리를 치면서, 일 년 내내 두 분께서는 무슨 일로 소일하느냐고 물어 보았다. 브리즈빌 부부는 이러한 질문에 그저 놀랄 따름이었다. 그들은 늘 할 일이 있었기 때문이다. 프랑스 전역에 흩어져 있는 친척 되는 귀족들에게 편지를 쓰거나, 자질구레한 일을 하면서 하루 종일 지낸다든지, 부부가 마주 대하고 있으면서도 마치 남을 대하듯 예절을 갖추어 하잘것없는 것을 가지고 엄숙한 말투로 이야기한다든지 하면서 그날그날을 바쁘게 보낸다는 것이다.

온갖 가구가 천으로 덮여 있는, 좀처럼 손님이 찾아오지 않는 이 휑뎅그렁한 객실의 높다란 천장 밑에 앉아 있는 단정한 몸차림의 부부 모습을 보고, 잔은 마치 통조림 같은 귀족의 표본을 보는 인상을 받았다.

마침내 마차가 그 두 필의 말에 이끌려 창 앞을 지나갔다. 그러나 마리우스의 모습은 보이지 않았다. 저녁때까지는 할 일이 없으리라고 믿고서 들판을 한 바퀴 돌아보러 나간 것이다. 화가 난 쥘리앙은 나중에 걸어서 돌아오라고 일러달라고 주인에게 부탁했다. 양쪽 집안사람들은 또 지겹도록 인사말을 나눈 후 다시 레뻬플로 돌아가는 길에 올랐다.

마차에 올라타자 잔과 아버지는 아까 쥘리앙에게서 한 소리를 들은 후여서 아직도 가슴에 답답한 여운이 남아 있기는 했지만, 그래도 역시 브리즈빌 부부의 몸짓이라든가 음성을 흉내 내며 웃기 시작했다. 남작은 주인을 흉내 내고 잔은 부인을 흉내 냈다. 하지만 남작 부인은 귀족을 존경하는 만큼 약간 기분이 언짢아져서 이렇게 말했다.

"그렇게 남을 조롱하면 못써요. 훌륭한 가문인데다가 흠잡을 데 없는 분들이에요."

부인의 기분을 상하지 않도록 하려고 두 사람은 입을 다물었다. 하지만 이따금 도저히 참을 수가 없는 모양안지, 아버지와 잔은 얼굴을 마주 바라보고는 다시금 흉내를 내기 시작하였다. 남작은 예를 갖추어 겉치레 인사를 해보이고는 엄숙한 어조로 말했다.

"부인, 레삐플은 몹시 춥겠지요. 하루 종일 바다에서 세찬 사람이 불어올 테니까요."

그러자 이번에는 잔이 그 말을 받아 새침한 표정을 짓고서는, 물에 잠긴 오리처럼 고개를 부르르 흔들면서 억지웃음을 섞어 이렇게 말했다.

"어머나, 여기는요, 일 년 내내 할 일이 많답니다. 편지를 쓰지 않으면 안 될 친척이 하도 많아서요. 브리즈빌로 말씀드리자면요, 모든 일을 다 나한테 맡겨버리고 있어요. 펠 신부님과 함께 학문상의 연구에 종사하고 계시는데요, 두 분께서는 노르망디의 종교사를 편찬 중이에요.”

이번에는 남작 부인도 미소를 지었다. 좋지 않은 일이긴 하지마나 너그럽게 보아준다는 식으로 이렇게 되풀이해서 말했다.

“그렇게 우리하고 같은 계급에 속한 분들을 놀리면 못써요.”

그런데 그때 마차가 갑자기 멈추고 쥘리앙이 뒤쪽에서 오고 있는 사람을 부르면서 고함을 치고 있었다. 무슨 일인가 하고 잔과 남작이 문 밖으로 몸을 내밀고 바라보니, 뭔가 기묘하게 생긴 것이 이쪽을 향해서 마구 뒹굴어 오는 모습이 보였다. 헐렁한 옷자락에 다리가 휘감기고 자꾸만 내리덮이는 모자 때문에 눈앞이 잘 안보여 마치 바람개비의 날개와도 같이 소매를 홰홰 내저으면서. 진흙투성이가 된 마리우스가 커다란 물웅덩이를 정신없이 건너고, 진흙을 튀겨 올리고, 길바닥의 돌멩이 하나하나마다 발이 걸려 넘어지고, 뛰어오르고 껑충거리며 그 양다리를 전속력으로 움직여 마차를 뒤쫓아 오고 있는 것이었다.

마침내 마차에까지 당도하자, 쥘리앙은 몸을 굽혀 상대방의 목덜미를 붙잡아 자기 옆에까지 끌어당겨 올렸다. 그러고는 고삐를 늦추더니 소년의 모자를 주먹으로 후려갈기기 시작했다. 그러자 모자가 소년의 어깨까지 푹 내리덮어 마치 북처럼 소리가 울렸다. 꼬마가 모자 속에서 비명을 지르며 어떻게 해서든지 빠져 달아나려고 하면 주인은 한쪽 손으로 꽉 움켜쥐고는 다른 한쪽 손으로 계속해서 마구 때리는 것 이었다.

잔은 어쩔 줄 몰라서 그만 입속말로 더듬거렸다.

"아빠…… 저걸 보세요! 아빠!"

남작 부인도 화가 나서 남편의 팔을 움켜쥐고 소리쳤다.

"아아니, 자크, 가서 좀 못 때리게 해요."

남작은 갑자기 앞의 유리창을 내리고 사위의 소매를 붙잡 으면서 떨리는 목소리로 말했다.

"어린애를 때리는 건 그만 두게."

쥘리앙이 어리둥절한 얼굴로 뒤를 돌아보았다.

"지금 이 녀석의 옷 꼴이 어떤지 모르십니까?"

그러나 남작은 두 사람 사이에 얼굴을 내밀고 말했다.

"아무래도 상관없어! 그렇게 함부로 때리는 게 아니야."

그러자 쥘리앙이 또다시 큰소리로 야단을 쳤다.

"내버려두세요. 장인께서 상관하실 일이 아니니까요!"

그러고는 다시 때리려고 손을 쳐들어 올렸으나, 장인은 날쌔게 그 손을 붙잡고 힘껏 아래로 끌어내렸기 때문에 손이 마부석 판자에 부딪쳤을 정도였다. 장인은 노여운 목소리로 외쳤다.

"그래도 그만두지 않으면 내가 내려가겠다. 내가 내려가서 네 놈을 말릴 테다."

말이 너무나 격했기에 자작도 갑자기 태도가 누그러지더니, 아무런 대꾸도 없이 어깨를 움츠리면서 채찍으로 말을 휘갈겼다. 말은 빠르게 달려가기 시작했다. 두 모녀는 얼굴이 새파랗게 질려 꼼짝도 하지 않았다. 남작 부인의 무거운 심장 고동 소리가 똑똑히 들려왔다.

저녁 식사 자리에서 쥘리앙은 여느 때보다도 싹싹했다. 마치 아무 일도 없었던 것처럼 다른 때보다 친절하게 행동했고 남작과 잔과 아델라이드 부인은 금세 모든 것을 잊어버리고 말았다. 오히려 쥘리앙의 친절한 태도에 감동하여, 마치 회복한 환자처럼 기쁨에 넘쳐 쾌활하게 떠들어대게 되었다. 그래서 잔이 또다시 브리즈빌 부부의 흉을 보기 시작하자, 이번에는 남편까지도 농담을 늘어놓는 것이었다. 그러나 곧 다급하게 덧붙였다.

"하지만 그 양반들은 품위 있는 사람들이었어."

그 다음부터는 누구나 다 그 마리우스 사건이 또 일어날까봐 두려워 다른 집을 인사 방문할 생각을 아예 하지 않게 되었다. 새해에는 가까운 이웃 사람들에게 카드만 보내주고 방문은 다음 해 이른 봄에 날씨가 따뜻하게 풀릴 때까지 기다렸다가 하기로 했다.

크리스마스가 되었다. 신부와 면장 부부를 만찬에 초대했다. 이것이 그날그날의 단조로운 연속을 깨뜨려주는 유일한 기분 전환이었다. 아버지와 엄마는 1월 9일에 레뻬플을 출발하기로 되어 있었다. 잔은 어떻게 해서든지 붙들고 싶었지만 쥘리앙은 거의 무관심했다. 남작은 사위가 나날이 냉담해지는 걸 보고 루앙 본가에 역마차를 불러오게 했다. 떠나기 전날 잔과 남작은 짐을 다 꾸리고 나서 날씨가 좋으므로 이뽀르까지 내려가 보기로 했다.

그들은 잔의 결혼식 날, 잔이 남편이 될 남자와 몸과 마음이 완전히 하나가 된 심정으로 산책한 그 숲을 지나갔다. 그곳은 그녀가 사내로부터 최초의 애무를 받고 최초로 전율을 느꼈던 숲이었고, 오타의 황량한 골짜기에 있는 생가에서 맑을 물로 두 사람의 키스를 뒤섞으면서 그녀가 비로소 알게 된, 그 관능적인 사랑을 예감한 일이 있는 숲이었다. 지금은 푸르렀던 나뭇잎도 덩굴도 없었다. 앙상한 나뭇가지와 가지가 서로 부딪히는 소리, 겨울에 헐벗은 잡목림이 내는 떠는 소리 외에는 아무 소리도 나지 않았다.

그들은 작은 마을로 들어섰다. 인적 없는 거리에서 바다와 해초와 생선 냄새가 떠돌고 있었다. 적갈색의 큼직한 그물을 여느 때와 마찬가지로 대문 앞에 걸쳐놓거나 강가의 자갈밭에 펼쳐놓고 햇볕에 말리고 있었다. 잿빛의 차가운 바다는 영원토록 쉴 새 없는 파도 소리를 내면서 썰물이 되기 시작하여 멀리 페캉 쪽에 가서 부딪치고는, 절벽 밑의 초록색 바위들을 드러내고 있었다. 바닷가 일대에 비스듬히 쓰러져 있는 큰 고깃배들은 마치 죽어 있는 커다란 물고기들 같았다.

저녁이 되었다. 어부들이 커다란 장화를 질질 끌며 삼삼오오 모래사장에 모여들었다. 목에는 털실로 짠 목도리를 두르고, 한쪽 손엔 1리터들이 브랜디 병을, 다른 쪽 손에는 배에서 쓰는 칸델라를 들고 있었다. 그들은 오랫동안 비스듬히 놓인 배의 주위를 빙빙 돌아다녔다. 노르망디인 특유의 느릿느릿한 동작으로 배에 싣는 건 그물, 부표, 큰 빵, 버터 항아리, 술컵 따위였다. 그러고 나서 배를 일으켜 세우고는 물 쪽으로 떠밀었다. 배는 커다란 소리를 내면서 조약돌 위를 미끄러져 물거품을 가르고 내려가 파도 위에 뜨게 되자 잠시 기우뚱거리더니, 이윽고 그 갈색 돛을 펴고 돛대 위에 조그만 등불을 켜고는 어둠 속으로 사라져갔다.

몸집이 큰 어부의 아낙네들이 그 다부지게 생긴 뼈대를 얇은 옷 속에 울퉁불퉁 드러내면서 마지막 어부가 떠나갈 때까지 바닷가에 남아 있었다. 그들은 곧 떠들썩한 목소리로 컴컴한 샛길의 깊은 잠을 뒤흔들면서, 꾸벅꾸벅 졸고 있는 듯한 마을로 되돌아갔다.

남작과 잔은 이렇게 어부들이 어둠 속으로 멀리 사라져가는 것을 감개무량한 심정으로 한참을 바라보았다. 그들은 굶어 죽지 않기 위해서 이처럼 매일 밤 목숨을 걸고 바다에 나가는 것이지만, 고기 같은 것은 먹어보지 못할 정도로 가난한 삶을 꾸려가고 있는 것이다.

남작은 대서양의 거친 파도를 눈앞에 두고 감동한 듯 중얼거렸다.

"바다란 무섭기도 하지만 아름답구나. 밤의 검은 장막이 내리덮이는 바다, 수많은 사람들이 위험에 부닥치곤 하는 이 바다, 얼마나 훌륭하냐! 그렇지 않니, 잔?"

그녀는 쓴 웃음을 지으며 대답했다.

"그러나 지중해만은 못해요."

그러자 아버지는 노기를 띤 목소리로 말했다.

"지중해? 그건 기름과 설탕물과 빨래통 속에 넣은 푸른 물이야. 자아, 보란 말이다. 이 바다로 말하면 물마루가 거품을 일으키고, 얼마나 멋이 있냔 말이다! 그리고 생각해보려무나. 바다로 배를 타고 나가서 이젠 보이지 않게 된 저 사람들을 말이다."

잔은 한숨을 내쉬면서 대답했다.

"네, 그렇기도 하네요."

그러나 그녀의 입술 위에 오른 '지중해'라는 낱말이 또다시 그녀의 가슴을 쓰라리게 하면서, 그녀의 꿈이 묻혀 있는 저 먼 나라들 쪽으로 그녀의 모든 생각을 실어갔다.

아버지와 딸은 돌아올 때는 숲을 통과하지 않고 큰길로 접어들어 무거운 걸음걸이로 언덕까지 올라갔다. 이별의 시간이 다가와 마음이 슬퍼졌기에 두 사람은 거의 입을 열지 않았다. 농가를 에워싼 도랑을 따라 걸어가고 있노라니까 어디선가 때때로 짓이겨진 사과냄새가 풍겨왔다. 이런 계절이 되면 노르망디의 어느 시골에서나 풍기는, 새로운 사과주의 새큼하고 신선한 냄새였다. 또한 가축우리에서 풍기는 느끼한 냄새, 소의 깔짚에서 발산하는 후텁지근한 냄새가 맡아졌다. 불이 켜진 조그만 창이 반짝여서 그곳에 사람이 살고 있는 집이 있음을 말해주고 있었다.

문득 잔은 자신의 영혼이 점점 커져서 눈에 보이지 않는 것까지도 알 수 있을 것 같은 기분이 들었다. 그러나 들판에

점점이 흩어져 있는 조그만 불빛들이 모든 존재에 대한 강
렬한 고독감을 가져다주었다. 그가 사랑하는 것들로부터 그
녀를 떼어내어 헤어지게 하고 멀리 끌고 가게 하는 인간이
면 누구나 다 느끼는 그런 뼈저린 고독감을.

잔은 힘이 빠진 목소리로 말했다.

"살아가는 일이 언제나 즐거운 일만 있는 건 아니군요. 인
생이란 게 말예요."

남작도 한숨을 내쉬었다.

"어쩔 수가 없다, 잔. 우리들도 어떻게 할 수가 없단다."

그 이튿날 아버지와 엄마는 총총히 떠났고 잔과 쥘리앙만
이 남게 되었다.

7

　　젊은 부부의 생활에 카드놀이가 새로 시작되었다. 날마다 아침을 먹고 나면 쥘리앙은 아내를 상대로 하여 파이프를 피우며 카드를 몇 판인가 하는 것이었는데, 그러는 동안에도 코냑을 대여섯 잔 마시는 것을 빼놓지 않았다. 그것이 끝나면 잔은 거실로 올라가 창가에 앉아, 빗발이 유리창을 치든가 바람이 유리창을 뒤흔드는 가운데 하염없이 페티코트의 장식을 수놓았다. 이따금 피곤해지면 눈을 들어 멀리서 어두운 바다가 하얀 물마루를 일으키는 걸 바라보곤 했다. 거의 몇 분간씩 이렇게 멍하니 바라다보고 나서 또다시 일감을 손에 들었다.

잔에게는 그 외에 아무것도 할 일이 없었다. 쥘리앙은 집안의 실권과 경제권을 모두 쥐고 꾸려나가고 있었다. 그는 아주 인색한 본성을 드러내어, 선뜻 팁을 내주는 일 따위는 절대로 없었으며 식사 등에도 필요한 것만 엄격하게 제한했다. 잔은 레뻬플에 온 후로 매일 아침 빵 굽는 사람더러 노르망디 풍의 조그만 갈레트를 주문해 먹고 있었는데, 쥘리앙은 이 비용까지 줄여 보통 구운 빵을 먹으라고 했다. 그녀는 언쟁이나 싸움을 피하기 위해서 한마디도 하지 않았지만 남편이 구두쇠의 모습을 보일 때마다 고통을 느끼지 않을 수 없었다. 돈 같은 것은 문제가 되지 않는 가정에서 자라온 그녀로서는 이런 것들이 천박하고 야비하게 느껴졌다. 그녀는 엄마에게서 "돈이란 쓰라고 있는 거지."라는 말을 이제까지 수도 없이 들어왔던 것이다.

그것이 이제는 쥘리앙의 다음과 같은 말을 듣는 것으로 바뀌어 버렸다.

"돈을 헤프게 쓰는 습관을 영 고치지 못하겠소?"

그리고 그는 고용인들의 급료나 계산서에서 얼마라도 깎게 되면, 빙그레 웃으며 잔돈을 주머니 속에 집어넣으면서 '티끌 모아 태산이 되는 법이요' 하고 말하는 것이었다.

그러면 잔은 또다시 공상에 잠기곤 하였다. 그때마다 손의 힘은 빠지고 눈은 침침해지면서 자기도 모르게 일손도 놓아버렸고 대신 아름다운 사랑이야기에 나오는 소녀 시절들을 다시금 몽상하였다. 그때 갑자기 쥘리앙의 목소리가 들리면서 시몽 영감한테 뭔가 명령이라도 내리거나 하면, 달콤한 몽상에서 불현듯 깨어나는 것이었다. 그녀는 그때 다시 끈기를 필요로 하는 일감을 손에 들어 올리며 '이미 지나간 일들이야, 이런 건 모두.' 하고 탄식 같은 혼잣말을 뇌까리는 것이다. 그러노라면 자신도 모르게 눈물 한 방울이 바느질을 하는 손가락에 떨어지곤 하였다.

그런데 어느 날 보니 전에는 그렇게도 명랑하게 노래를 그치지 않던 로잘리가 이제는 완전히 변해버린 모습이었다. 통통하게 볼 살이 보기 좋던 얼굴은 완전히 핏기를 잃었고, 거의 움푹 꺼지다시피 되었으며, 어느 때는 진흙이라도 바르고 있는 것이 아닌가 싶을 정도로 안색이 안 좋았다.

이따금 잔은 로잘리에게 물어보았다.

"어디 아프니?"

그럴 때마다 하녀는 아니라는 대답과 함께 재빨리 도망쳐버리는 것이었다. 요즘엔 그전처럼 잘 달리지도 못하고, 매우 느려져서 다리를 질질 끌며 걸었다. 통 몸치장도 안하고 있었다. 행상인들한테서도 아무것도 사지 않게 되어서 행상인들은 비단 리본이라든가 코르셋이라든가 여러 가지 향수 따위를 늘어놓아 보였지만 로잘리는 전혀 관심을 보이지 않는 것이었다.

이 커다란 집은 텅 빈 듯 음산했고, 바깥 벽 같은 데는 잿빛으로 된 기다란 빗물 자국이 나 있었다.

1월이 다 가서 처음으로 눈이 내렸다. 북쪽으로부터 커다란 구름이 멀리서 흘러오는 것이 보이더니 하얀 솜 같은 눈이 내리기 시작했다. 하룻밤 사이에 들판 전체가 하얗게 파묻혔다. 아침이 되자 나무들은 눈송이에 휩싸인 모습이 되었다.

쥘리앙은 긴 장화를 신고 선머슴 같은 모습으로 방풍림 깊숙이 벌판을 향한 도랑 속에 앉아 있는 일이 많았다. 철새를 기다리면서 시간을 보내는 것이었다. 이따금 총소리가 벌판의 얼어붙은 침묵을 깨뜨리는 순간 깜짝 놀란 검은 까마귀 떼가 커다란 나무들로부터 푸드덕 날아올라 빙빙 원을 그리다가 날아가 버렸다.

잔은 권태를 못 이겨 때때로 현관 앞 층계까지 내려오곤 했다. 그러면 창백하고 침울한 이 눈 덮인 이 세계의 저 너머에서 생활의 떠들썩한 소리가 저 멀리서 들려왔다가 잠들어 있는 듯한 고요 속에 되 울려 퍼져 나가 들리지 않았다. 그리고 희미하게 들리는 소리라고는 먼 파도 소리와, 쉴 새

없이 가랑눈이 지상에 떨어져 내려오는 소리뿐이었다. 쌓인 눈의 높이는 이 두껍고도 가벼운 눈송이가 한없이 떨어져 내림으로써 자꾸자꾸 높아져갔다.

이처럼 하염없이 눈이 내리던 날 아침, 잔은 거실의 벽난로 옆에서 꼼짝도 하지 않은 채 발을 쬐고 있었고, 날이 갈수록 사람이 달라져 가던 로잘리는 천천히 이부자리를 고쳐 놓고 있었다. 갑자기 등 뒤에서 괴로운 듯한 숨소리가 들려왔다. 잔은 돌아다보지도 않고 물었다.

"왜 그래?"

하녀는 여전히 똑같은 대답을 했다.

"아무것도 아니에요, 아씨."

하지만 숨이 넘어갈 것만 같은 헐떡거리는 목소리였다.

잔은 이미 다른 것을 생각하고 있었다.

그녀는 문득 하녀가 움직이지 않고 있다는 것을 깨닫고

"로잘리!"

하고 불러보았다. 아무런 소리도 없었다. 그래서 소리 없이 밖으로 나갔나, 생각하며 좀 더 큰소리로

"로잘리!"

하고 불렀다. 그리고 초인종을 울리려고 팔을 뻗치는데, 바로 옆에서 '응' 하는 깊은 신음 소리가 났다. 잔은 깜짝 놀라

벌떡 일어났다.

하녀는 얼굴이 하얗게 질리고 핏발이 선 눈을 하고서 두 다리를 뻗고 마룻바닥에 주저앉아 있었다. 잔은 달려갔다.

"왜 그러니, 왜 그래?"

하녀는 말 한마디 못하고 손 하나 까딱하지 못했다. 다만 광기 어린 눈길을 여주인에게 쏟고 있었다. 그러더니 지독한 고통으로 몸이 찢어져 나가는 것처럼 숨을 헐떡거렸다. 이어서 온몸에 잔뜩 힘을 주고 이를 악물고 비명을 지르지 않으려고 애를 쓰면서 뒤로 넘어졌다. 그때, 벌어진 가랑이에 찰싹 달라붙은 속옷 밑으로 뭔가가 꿈틀거렸다. 거기에서 금세 이상한 소리가 들려왔다. 물이 졸졸졸 흐르는 소리 같기도 하고, 목이 꽉 졸려 괴로운 나머지 내쉬는 숨소리 같기도 했다. 별안간 그것은 고양이의 긴 울음소리가 되었다. 가냘프기는 했지만 고통으로 가득 찬 호소! 이 세상에 태어난 아기가 지르는, 첫 울음소리였다.

잔은 순간 알아차렸다. 그래서 머릿속이 혼란되어

"쥘리앙, 쥘리앙!"

하고 외치면서 층계가 있는 데까지 달려갔다.

그는 아래쪽에서 대답했다.

"왜 그래?"

그녀는 가까스로 말했다.

"저기…… 저기 로잘리가……."

쥘리앙은 후다닥 층계를 두 계단씩 뛰어 올라가 성큼성큼 방 안으로 들어가더니 어린 소녀의 옷을 대번에 거칠게 걷어 올렸다. 알몸의 가랑이 사이로 주름투성이의 빽빽 우는 고깃덩어리. 경련을 일으키고 있는 주름투성이의 핏덩이가 꿈지락거리고 있었다.

그는 험악한 표정을 하고서 넋을 잃은 아내를 밖으로 내보냈다.

"당신은 나가 있어요. 밖에 나가 뤼디빈느와 시몽 영감을 보내라구."

잔은 온몸을 후들후들 떨면서 부엌으로 내려갔다. 두 번 다시는 올라갈 용기가 나지 않았다. 부모가 떠난 후론 불기가 사라진 객실에서 불안에 싸인 채 무슨 소식이 오기를 기다렸다.

이윽고 하인이 달려 나가는 모습이 보였다. 5분쯤 지나자 그는 산파를 데리고 돌아왔다. 그러자 이번에는 복도에 환자를 끌어내리는 듯한 소란이 들려왔다.

이윽고 쥘리앙이 찾아와서 그만 방으로 올라가도 괜찮다고 말했다. 그녀는 무슨 불길한 일이라도 당한 듯이 여전히 몸을 와들와들 떨고 있었다.

그녀는 다시금 난롯가에 앉아 남편에게 물었다.

"그 애는 좀 어때요?"

쥘리앙은 뭔가에 골몰한 듯이 신경질적으로 방 안을 왔다 갔다 했다. 몹시 분개하고 흥분되어 보였다. 처음에 그는 그 물음에 대답하지 않았으나, 몇 초가 지난 후에 걸음을 멈추면서 말했다.

"당신은 저 애를 어떻게 할 작정이오?"

그녀로서는 무슨 말인지 알 수가 없었다. 그래서 남편의 얼굴을 말끄러미 쳐다보면서 물었다.

"어떻게 하다니, 무슨 말씀예요? 무슨 말인지 못 알아듣겠어요."

그러자, 그가 버럭 고함을 쳐댔다. 몹시 화가 난 것 같았다.

"아니, 아비 없는 자식을 집에 놔둘 수는 없지 않냐는 말야."

그 말을 듣고 보니 잔도 아주 당혹스러웠다. 그녀는 한참 침묵한 후에 입을 열었다.

"하지만 여보, 유모에게 맡겨도 좋지 않을까요?"

"그럼, 누가 그 비용을 내지? 물론 당신이겠지?"

그녀는 한참동안 무슨 해결책이 없을까 하고 오랫동안 깊은 생각에 잠겨 있다가 겨우 이렇게 말했다.

"그거야 아기의 아빠 되는 사람이 내겠죠. 저 아기의 아빠와 로잘리가 결혼하면 그것으로 모든 문제는 해결될 거예요."

쥘리앙은 화가 나서 참을 수가 없다는 듯이 불쑥 일어나더니 잔의 말을 되받아 윽박질렀다.

"아빠라구!…… 아빠라구!…… 당신은 알고 있소?…… 그 아빠를? 모르지? 그러면 어떻게 되는 거지?"

잔도 흥분하여 성난 표정을 지었다.

"하지만 사내대장부가 저 계집애를 그대로 내팽개칠 순 없겠죠. 그런 짓을 한다면 비겁한 사람이에요! 이름을 물어보고 찾아보기로 해요. 그 사내의 설명을 듣지 않으면 안돼요."

쥘리앙은 가까스로 침착을 되찾고 또다시 방 안을 걷기 시작했다.

"이봐, 저 계집애는 말을 하려고 하지 않는단 말야, 그 사내의 이름을. 나한테도 말하지 않을 정도야. 당신한테 말할 턱이 없지. 게다가 결혼을 않겠다면 어떡하지, 그 사내가? 그렇다고 아비 없는 자식을 낳은 계집과 그 갓난아기를 우리 집에 그냥 놓아둘 수는 없겠지, 알겠어?"

잔은 여전히 끈덕지게 되풀이했다.

"그렇다면 사내가 비겁한 인간이잖아요. 어떻게 해서든지 사내가 누구인지 알아내야 해요. 그러고 나서 우리들이 나서서 해결하기로 해요."

쥘리앙은 얼굴이 시뻘게지더니 또다시 안달하기 시작했다.

"하지만…… 그때까지는 어떡하지?"

잔도 어떻게 해야 좋을지 알 수가 없었다. 그래서 남편에게 되물었다.

"당신이라면 어떻게 할 거죠?"

그는 재빨리 자신의 의견을 말했다.

"아아! 나 말이야, 그건 간단하지. 돈을 얼마쯤 쥐어주고 사내놈하고 같이 집에서 내쫓으면 그만이야."

그러나 젊은 아내는 분개하면서 반대했다.

"그것만은 절대로 안돼요. 저 애는 나의 젖동생이에요. 우리들은 같이 자라났어요. 저 애가 일을 저질러서 안타깝긴 하지만 그렇다고 해서 내쫓을 수는 없어요. 정 어떻게 할 수 없으면 내가 기르겠어요, 그 아기를."

그러자 쥘리앙의 분노는 폭발했다.

"그렇게 되면 우리가 어떤 소리를 들을지 알기나 해? 훌륭한 가문과 혈통을 가진 우리가 안 좋은 평판에 휩싸이게 된다구. 모두들 이런 말을 하겠지. 우리들이 매춘부를 감싸고 있다고 말야. 그리고 점잖은 분들은 우리 집에 발을 들여 놓으려고 하지도 않을 거야. 정말이지 당신은 어쩌자는 거야. 어떻게 그런 생각을 하는 거지? 미친 거 아니오?”

그러나 그녀는 침착한 태도를 잃지 않았다.

“로잘리를 내쫓는 그런 짓은 할 수 없어요. 만일 당신이 우리 집에 두기 싫다고 한다면, 우리 어머니라도 틀림없이 떠맡아주실 거예요. 아무튼 무슨 수를 써서라도 우리들은 아기의 아빠 이름을 알아내야 돼요.”

그러자 쥘리앙은 화가 머리끝까지 나서 문을 요란하게 닫으면서 소리쳤다.

“여자들은 모두 바보 천치들이야. 병신 같은 생각만 하고 있어!”

오후가 되자 잔은 산모의 방으로 올라갔다. 어린 하녀는 당퓌 과부의 간호를 받으면서 눈을 뜬 채 자리에 가만히 누워 있었다. 산파는 갓난아기를 양팔에 안고 흔들고 있었다.

여주인의 얼굴을 보자 로잘리는 얼굴을 담요로 가리고는 절망적으로 몸부림을 치며 흐느껴 울기 시작하였다. 잔이 키스를 해주려고 하자 로잘리는 얼굴을 가리고 저항하려고 했다. 그래서 산파가 끼어들어 얼굴을 내놓게 했다. 그러자 로잘리는 하는 대로 내버려두었다. 아직도 울고는 있었지만 조용히 소리를 죽이고 울었다.

난로 속에서는 불이 희미하게 타고 있었고 추웠다. 갓난아기는 울고 있었다. 잔은 차마 갓난아기에 대한 이야기를 꺼내지 못했다. 또 울까봐 겁이 났기 때문이다. 그래서 그녀는 하녀의 손을 붙잡고는 다음과 같은 말만 되풀이했다.

"괜찮아, 괜찮다니까."

이 가련한 하녀는 산파 쪽을 쳐다보고는 갓난아기의 울음소리에 몸서리를 쳤다. 아무리 참아두 발작적이 흐느낌이 솟아나왔고 참고 참으며 목구멍으로 삼켜 넘긴 눈물이 흐느낌이 되어 안쪽에서 울리고 있었다.

잔은 다시 한 번 로잘리에게 키스를 하면서 귓가에 대고,

"아기는 우리가 돌봐줄게, 알겠지."

하고 나지막한 소리로 속삭이며 위로했다. 그러고는 로잘리가 또 울까봐 재빨리 방에서 나왔다. 잔은 매일같이 산모의 안부를 물으러 로잘리의 방에 들렀다. 그때마다 로잘리는 울음을 터뜨렸다. 갓난아기는 근처에 사는 여자한테 수양아들로 내주었다.

그 동안 쥘리앙은 아내하고 거의 말을 하지 않았다. 하녀를 내쫓자고 했다가 거절을 당한 후로 그녀에 대한 심한 분노를 품고 있는 것 같았다. 어느 날, 쥘리앙은 이 문제를 또

다시 들고 나왔다. 그때 잔은 주머니 속에서 남작 부인의 편지를 꺼내어 보여 주었다. 그 애를 남편이 레뻬플에 두고 싶지 않다고 한다면 당장 자기한테라도 보내주기 바란다는 내용이었다. 쥘리앙은 버럭 화를 내면서 부르짖었다.

"당신 어머니도 당신만큼이나 큰 바보구려."

그러나 그도 더 이상은 고집을 부리지 않았다.

보름 뒤부터 산모는 자리에서 일어나 움직일 수 있게 되었다.

그래서 잔은 어느 날 아침에 로잘리를 자기 앞에 앉혀놓은 다음, 두 손을 잡고 뚫어지게 상대방을 응시하면서 말했다.

"로잘리, 나한테 모든 것을 이야기해줘."

로잘리는 부들부들 떨며 우물거렸다.

"아씨, 무얼 말씀예요?"

"누구 애니, 그 갓난아기는?"

그러자 어린 하녀는 또다시 절망적으로 몸부림치면서 어떻게든 손을 뿌리치고 얼굴을 가리려고 했다. 하지만 잔은 개의치 않고 로잘리에게 입을 맞추며 위로를 해주려고 했다.

"운이 나빴던 거야, 하지만 별수 없지. 네가 약했던 거야. 누구한테나 다 있는 일이야. 만일 아기 아빠가 너하고 결혼을 한다면 아무도 이상하게 여기지 않을 거야. 게다가 그 사람이 너하고 같이 우리 집에 있어줘도 괜찮아.”

그때 로잘리는 마치 고문이라도 당하는 듯이 신음 소리를 냈다. 그리고 이따금 몸을 빼내어 달아나려고 몸부림을 쳤다.

잔은 말을 계속했다.

“네가 창피하게 여기는 것은 나도 잘 알아. 하지만 너도 짐작하지. 우리들은 조금도 화를 안 내고 이처럼 조용히 이야기하고 있잖니. 남자 이름을 묻는 것도 다 너를 위해서야. 네가 그렇게 슬퍼하고 있는 걸 보니, 내 짐작으로는 그 남자가 너를 차 버린 듯한데, 나는 절대로 그렇게 하지 못하도록 할 거야. 틀림없이 쥘리앙이 그 남자를 만나러 갈 거야. 그렇게만 된다면 우리들은 무슨 짓을 해서라도 두 사람을 결혼 시킬 거야. 우리가 너희들 두 사람을 고용해서 남자로 하여금 너를 행복하게 해주도록 힘써주겠어.”

그러자 로잘리는 마구 몸부림을 쳐 여주인의 손에서 자기의 손을 비틀어 빼더니 미친 듯이 달아났다.

그날 밤 식사를 하면서 잔은 쥘리앙에게 말했다.

“내가 로잘리를 유혹했던 남자 이름을 고백시키려고 했는데 헛수고였어요. 이번엔 당신도 좀 힘써주세요. 우리들은 어떻게 해서든지 그 비겁한 녀석과 로잘리를 결혼시키지 않으면 안 되니까요.”

그러자 쥘리앙은 느닷없이 화를 내기 시작했다.

"이봐, 난 그런 이야기는 듣고 싶지도 않아. 당신이 저 애를 이 집에 두고 싶다면 그렇게 하구려. 하지만 그런 일로 나를 귀찮게는 하지 말아."

로잘리가 아이를 낳은 후부터 쥘리앙은 더 신경질이 늘었다. 아내에게 말할 때는 언제나 화를 내듯 몰아붙였다. 그럼에도 아내는 이와는 반대로, 모든 말다툼을 피하기 위해 목소리를 낮추고 고분고분하게 행동하며 타협적으로 나왔다. 그러나 밤이면 침대에서 우는 일이 한두 번이 아니었다.

남편은 이렇게 짜증을 부리면서도, 신혼여행에서 돌아온 후로 잊어버리고 있던 사랑의 습관을 다시금 계속하기 시작했다. 사흘 밤을 아내의 방에 들어왔다.

그 후 얼마 안 가서 로잘리는 완전히 회복되었다. 아직도 무엇인가 뭔가 정체를 알 수 없는 공포에 사로잡혀 있었지만 훨씬 명랑해졌다. 잔이 두어 번 또다시 캐물으려고 했는데 그때마다 달아났다.

쥘리앙은 갑자기 상냥해졌다. 그리하여 잔도 막연한 희망에 부풀기 시작했고, 그 옛날의 명랑한 기분을 되찾게 되었다. 그러나 입 밖에는 내지 않았지만 이따금 이상하게 기분이 언짢아져서 괴로워하는 적은 있었다. 눈이 녹는 계절은 아직 오지 않았다. 5주일 동안, 낮은 푸른 수정처럼 맑았다. 그리고 밤은 얼음꽃으로 착각하기 쉬울 만큼 아름다운 별들이 총총히 박힌 하늘과 함께 단단하고 평평하고 반짝이는 설원 위에 펼쳐졌다.

흰 서리로 덮인 수목의 장막 뒤로 네모진 뜰 안에 듬성듬성 흩어져 있는 농가들이 얼음층으로 새하얗게 화장된 커다란 나무들의 장막 뒤에 가려져 있는 모양은 흡사 흰 속옷 차림으로 졸고 있는 모습처럼 보이게도 했다. 사람과 짐승을 막론하고 아무도 밖으로 기어 나오지 않았다. 다만 이곳에도 생활이 영위되고 있음을 보여주는 신호인양, 초가지붕의 굴뚝에서 가느다란 연기의 실이 새어나와 얼어붙은 대기 속에 피어올랐다.

들판도, 울타리도, 빙 둘러싼 느릅나무의 장벽도 모두 추위에 얼어붙어 죽은 것 같았다. 이따금 나무들이 삐걱거리는 소리가 들려왔다. 마치 나무들로 된 손발이 나무껍질 속에서 부러지는 듯한 소리였다. 이따금씩 참으로 견디기 어려운 추위가 수액을 얼게 하여 나무의 섬유질을 부러뜨리면 커다란 가지가 뚝 부러져 떨어지는 일도 있었다.

잔은 따뜻한 산들바람이 하루 빨리 다시 불어오기를 불안한 가운데 기다렸다. 자신의 몸속에 뿌리박혀 있는 이 막연한 고통의 모든 것이 혹독한 추위 탓으로만 여겨졌기 때문이다. 잔은 때때로 아무것도 먹고 싶지 않았다. 어떤 음식을 보기만 하면 속이 메슥거리기 때문이었다. 어느 때는 맥박이 마구 심하게 뛰기도 했다. 또한 아주 조금밖에 먹지 않았는데도 소화가 되지 않고 토해버리는 일도 있었다. 그리고 긴장된 신경이 흔들리고 있었기 때문에 언제나 견딜 수 없는 흥분 속에서 생활해 나갔다.

어느 날 밤이었다. 온도계는 더욱더 내려갔다. 쥘리앙은 장작을 아끼기 때문에 늘 추운 식당에서 몸을 부르르 떨면서 식탁에서 일어났다. 그는 두 손을 문지르면서 중얼거렸다.

"오늘밤은 한방에서 같이 자는 게 좋을 것 같군. 어때?"

그는 옛날 그대로의 선량한 미소를 짓고 있었다. 그래서 잔은 그의 몸을 끌어안았지만, 공교롭게도 그날 밤은 몸 상태가 좋지 못 했다. 몹시 피로한데다가 신경이 날카로워서 남편의 입술에 키스를 하면서 아주 낮은 목소리로, 오늘밤은 혼자 자게 해달라고 부탁했다. 그녀는 몸이 아프다고 말했다.

"부탁이에요. 오늘은 몸이 불편해요. 내일은 아마 좋아질 거예요."

쥘리앙은 더 이상 고집을 부리지 않았다.

"그럼, 당신 좋을 대로 하지 뭐. 몸이 아프다면 잘 조리해야 할 테니까.”

그리고는 그는 다른 이야기를 했다. 잔은 일찍 침대에 누웠다. 쥘리앙은 이상하게도 자기 방에 자는 방에 난로를 피우라고 했다. 불이 잘 타고 있다고 하인이 알려오자, 그는 아내의 이마에 키스를 해주고 나가버렸다.

집 전체가 한기의 작용을 받고 있는 것 같았다. 추위가 스며든 벽은 몸을 떠는 것 같은 희미한 소리를 내고 있었다. 잔은 잠자리 속에서 오들오들 떨고 있었다.

그녀는 두 번이나 일어나 난로에 불을 지피고, 옷과 스커트 등을 찾아 침대 위에 포개어놓았다. 그렇게 해보아도 몸은 따뜻해지지 않았다. 발이 곱아드는 것 같고, 장딴지와 넓적다리까지도 오한이 났다. 그래서 자꾸만 몸을 뒤척였고, 신경은 극도로 초조해지고 흥분되었다. 이가 딱딱 마주치고 손은 덜덜 떨리며 가슴이 죄어들었다. 심장은 금방이라도 멎어버릴 것만 같았다. 숨이 몹시 헐떡거려져 이젠 공기가 들어가지 않는 것처럼 여겨질 정도였다. 견디기 어려울 정도의 추위가 뼛속에까지 스며듦과 동시에 무서운 불안이 그녀의 혼을 사로잡아버리고 말았다. 이런 일은 처음이었다. 이런 식으로 당장 숨을 거둘 것 같은 느낌은 태어나서 처음이었다. 그녀는 ‘나는 죽는구나…… 이렇게 영영 죽는가봐…….’라고 생각되는 순간 극심한 공포감을 느끼고 침대에서 벌떡 일어나 로잘리를 부르는 초인종을 울리고 기다렸다. 몇 번이나 눌렀다. 몸은 이미 얼음처럼 차가워져 마구 떨리고 있었다.

어린 하녀는 좀처럼 올라오지 않았다. 틀림없이 이제 막 잠이 들어 깊은 잠을 자고 있는 거구나 생각했다. 깊은 잠이 들었다면 깰 리 없었다. 잔은 기분이 왠지 오싹해져서 하녀의 방에 직접 가볼 생각을 했다. 맨발로 살그머니 층계를 올라갔다. 그러고는 손으로 더듬어 문을 찾아 방문을 열고

"로잘리!"

하고 부르고는 그냥 앞으로 걸어갔다. 침대가 발에 걸렸다. 두 손으로 그 위를 더듬어보았으나 침대가 텅 비어 있었다. 게다가 어떤 사람의 온기도 없이 아주 싸늘하게 식어 있었다. 깜짝 놀란 그녀는 마음속으로 생각했다.

'이게 웬일이야! 이렇게 추운데 아직도 밖에 있단 말인가!'

그때 갑자기 가슴이 떨리고 심장이 몹시 심하게 고동치면서 숨이 막혔다. 그녀는 쥘리앙을 깨울 마음에 비틀거리며 다시 층계를 내려갔다. 그녀는 정신없이 남편의 방 안으로 뛰어 들어갔다. 나는 이제 죽는다, 정신을 잃기 전에 남편을 만나야겠다, 하는 생각 때문이었다. 그 순간 꺼져가는 난로

의 불빛 속에서 그녀의 눈에 비친 것은 남편의 머리 옆에 베개를 나란히 베고 누운 로잘리의 머리였다.

엉겁결에 그녀가 지른 비명 소리에 두 사람 다 벌떡 일어났다. 그녀는 상상도 못한 광경에 까무러치게 놀란 나머지 한순간 얼이 빠진 채 있었다. 하지만 즉시 정신을 차리고 자기 방으로 줄달음쳤다. 쥘리앙은 소스라치게 놀라 "잔!" 하고 계속 불렀다. 그녀는 무섭기만 했다. 그를 보는 것이, 그의 목소리를 듣는 것이, 그가 변명하거나 거짓말을 하는 소리를 듣는 것이, 얼굴을 마주 대하고 시선을 마주치는 것이 지금 이 순간 전율스러웠다. 층계로 뛰어나오자 그녀는 그대로 층계를 내려갔다.

지금 그녀는 캄캄한 어둠 속을 달리고 있었다. 층계에서 뒹굴어 쓰러지든, 돌에 채어 손발이 부러지든 상관이 없었다. 오직 달아나고만 싶다, 아무것도 알고 싶지 않다, 아무도 만나고 싶지 않다는, 막다른 골목에 몰린 듯한 심정에 사로잡히면서 그저 앞으로 달려 나갔다.

아래로 내려가자 그대로 층층대 위에 주저앉고 말았다. 여전히 속옷 바람이요 맨발 그대로였다. 그녀는 그저 멍하니 거기에 못 박힌 듯 앉아 있었다.

쥘리앙은 침대에서 벌떡 일어나서 허둥지둥 옷을 입고 있었다. 그가 움직이고 걷는 소리가 그녀에게도 들렸다. 남편으로부터 도망쳐야 한다는 생각이 들어 그녀는 다시 일어섰다. 남편도 이미 층계를 내려오기 시작하며

"잔! 내 말 좀 들어."

하고 큰소리로 외치고 있었다.

아니, 듣고 싶지 않다. 손가락 끝도 건드리지 싫다. 그녀는 살인마한테 쫓기기라도 하는 듯이 달려가다가 식당으로 뛰어 들어갔다. 나갈 문은 없을까, 숨을 곳은 없을까, 어두운 구석은 없을까, 남편을 피할 방법은 없을까 하고 찾아 헤맸다. 식탁 밑에 웅크려보았다. 그러나 벌써 남편은 문을 열고 있었다. 그녀는 또다시 토끼처럼 뛰어나가 부엌으로 달려가 궁지에 몰린 짐승처럼 두 번인가 뱅글뱅글 돌았다. 그런데 남편은 여전히 뒤쫓아 오므로 뜰 쪽으로 난 문을 와락 밀어 젖히고 들판으로 뛰어나갔다.

맨살이 드러난 양다리는 때로 무릎까지 눈 속에 파묻혔지만, 피부에 차가운 감촉을 느끼자 갑자기 그녀에게 필사적인 힘이 솟아났다. 발가벗은 것이나 다름없으면서도 춥지 않았다. 아무런 감각이 없었다. 혼의 경련이 육체를 마비시키고 있었던 것이다. 그녀는 대지와 똑같은 새하얀 속옷차림으로 달리고 또 달렸다. 커다란 가로수 길을 따라 달리고, 방풍림

을 곧장 가로질러 나가고, 도랑을 건너뛰고, 황야를 가로질
렀다.

달도 없이 검은 밤하늘에는 별이 흩뿌려진 것처럼 반짝거
리고 있었다. 벌판은 밝았다. 흰 빛의 벌판은 얼어붙은 모습
으로 끝없는 침묵과 함께 펼쳐져 있었다. 잔은 작은 숨도 쉬
지 않았고, 아무것도 깨닫지 못했으며, 아무것도 생각지 않
고 그저 오로지 달렸다. 갑자기 낭떠러지 끝이 눈앞으로 나
타났다. 그녀는 본능적으로 멈춰 서서 그 자리에 털썩 주저
앉았다. 머릿속은 텅 비고 무엇을 어떻게 해야 할지 아무 생
각도 나지 않았다. 눈앞에 시커먼 구덩이 속에서 눈에 보이
지 않는 고요한 바다가, 썰물이 빠져나간 바닷가에 밀어 올
려진 해초의 비릿한 냄새를 풍겨주고 있었다.

그녀는 지칠 대로 지쳐서 그 자리에 오랫동안 가만히 앉
아 있었다. 느닷없이 온몸이 떨리기 시작했다. 바람에 나부
끼는 돛처럼 미친 듯이 떨렸다. 손과 팔다리가 참으로 저항
하기 어려운 힘에 의해서 뒤흔들리는 바람에 실룩거리고 깡
충깡충 뛰듯이 흔들리는 것이었다. 그런데 어느 순간 의식이
쿡 찌르는 것처럼 똑똑히 되살아났다. 이어서 옛날일이 차례
차례 눈앞을 스쳐 지나갔다. 라스티크 영감의 배를 '그'와
함께 타고 즐겼던 뱃놀이, 두 사람 사이의 잡담, 사랑의 싹

틈, 배의 명명식, 그리고 나서 훨씬 이전으로 거슬러 올라가 레뻬플에 도착했을 때 여러 가지 즐거운 꿈으로 들떴던 밤. 그런데 지금은! 지금은 어떻게 됐는가!

아아, 나의 생은 이제 산산조각으로 박살이 나고 말았다. 모든 환락은 끝장이 나고, 모든 기대도 허무하게 되고 말았다. 그리하여 번민, 배신, 절망으로 가득 찬 무서운 미래가 나타난 것이다. 이런 신세라면 차라리 죽어버리는 것이 낫다. 그렇게 한다면 모든 것이 한순간에 끝장이 나버리고 말겠지.

그런데 그때 멀리서 부르는 목소리가 들려왔다.

"여기다! 여기에 발자국이 있구나! 빨리빨리 이리로 와!"

그것은 쥘리앙이 아내를 찾는 소리였다.

아아! 싫다, 두 번 다시 그의 얼굴 따위 보고 싶지 않다. 눈앞에 있는 깊은 바다에서는 지금 희미한 소리가 들려오고 있었다. 바위에 밀어닥쳤다가 부서지는 파도의 둔탁한 소리가 저 밑에서 올라왔다.

이미 뛰어들 결의가 서 있었기에 그녀는 가만히 몸을 일으켰다. 그러고는 희망을 잃은 인생에 작별을 고하고 죽으려는 사람으로서의 마지막 말을 했다. 전쟁터에서 배를 찔린 젊은 병사가 입 밖에 내는 '어머니!'라고 하는 그 최후의 말처럼.

그러나 갑자기 엄마 생각이 머릿속에 번뜩였다. 흐느껴 우는 엄마의 모습이 보였다. 박살이 난 시체를 앞에 놓고 무릎을 꿇고 앉아 있는 아버지의 모습도 눈앞에 나타났다. 일순간에 그녀는 온몸으로 양친의 절망에 찬 고통을 받아들였다. 그 순간, 그녀는 또다시 기력을 잃고 눈 위에 폭 쓰러졌다. 그렇게 쓰러진 채 그녀는 쥘리앙과 시몽 영감이 칸델라를 든 마리우스를 데리고 왔을 때에도 그대로 있었다. 그들은 그녀의 팔을 붙잡자마자 뒤쪽으로 잡아끌었다. 그만큼 그녀는 낭떠러지의 가장자리 끝에 쓰러져 있었던 것이다.

그들은 그녀의 몸을 마음대로 다룰 수가 있었다. 그녀는 이제 꼼짝도 할 수 없는 상태였다. 그녀는 자신이 운반되어 침대에 내려지는 것을 알았다. 이어서 뜨거운 수건으로 마찰을 해주는 것을 느꼈다. 그 다음의 모든 기억은 사라지고, 의식은 완전히 사라지고 말았다.

그러한 다음에는 악몽이 그녀를 괴롭히기 시작했다. 그녀는 자기 방에 누워 있었다. 날이 밝았지만 일어날 수가 없었다. 왜 그럴까? 그 이유를 알 수가 없었다. 그러자 마루 위에서 희미한 소리가 났다. 세차게 긁는 듯한, 무엇이 마주 스치는 듯한 소리였다. 다음 순간, 갑자기 한 마리의 쥐가, 잿빛의 조그만 쥐가 모포 위를 재빨리 지나갔다. 그러자 금세 또 한 마리가 그 뒤를 이었다. 그러고 나서 세 마리째가 날쌘 종종걸음으로 가슴 쪽으로 달려왔다. 그녀는 무섭지도 않았다. 그래서 그것을 붙잡으려고 손을 뻗쳤으나 마음대로 되지 않았다.

그러자 또 다른 쥐들이 열 마리, 스무 마리, 수백 마리, 수천 마리, 연달아 꼬리를 물고 그 근방에 온통 가득히 나타났다. 그들은 원주를 기어오르거나 벽걸이 위를 쪼르르 달리거나 하면서 침상 전체를 뒤덮어버리고 말았다. 그러더니 잠시 후에는 이불 속으로 기어 들어왔다. 그놈들이 피부 위를 미끄러져 달리고 다리를 간질이면서 몸을 따라 올라갔다 내려갔다 하는 것을 그녀는 느낄 수가 있었다. 침대 다리를 타고 기어 올라왔다. 침상 속으로도 숨어들어 목구멍에까지 기어오르는 것이 보였다. 그래서 그녀는 몸부림을 치며 손을 뻗쳐 그 중의 한 마리를 붙잡으려고 했지만, 번번이 허공을 붙잡을 뿐이었다.

그녀는 기를 쓰고 달아나려고 큰소리를 질렀다. 하지만 누군가가 자신을 붙잡고 움직이지 못하게 하는 것 같았다. 억센 팔이 자신을 끌어안고 꼼짝도 하지 못하게 하는 것 같았다. 그런데도 거기에는 아무 것도 보이지 않았다.

얼마나 시간이 흘렀는지 모른다. 그녀는 시간에 대한 관념이 없었다. 오랜 시간, 아주 오랜 시간이 경과했음이 틀림없었다. 마침내 잠이 깼다. 아직도 고통을 느끼면서도 기분 좋은 깨어남이었다. 어쩐지 매우 허약해진 기분이었다. 눈을 떴을 때 엄마가 방 안에 있는 것을 보고도 그녀는 놀라지 않았다. 엄마는 자기가 모르는 뚱뚱한 사나이와 같이 있었다. 도대체 자신이 몇 살이나 먹었는지 그녀로서는 전혀 알 수가 없었고 아직도 어린 수녀인 것처럼 생각되었다. 기억이라는 것이 전혀 남아 있지 않았다.

뚱뚱한 사나이가 말했다.

"자아, 의식을 회복했습니다."

그 말을 듣고 남작 부인은 울기 시작했다. 그러자 뚱뚱한 사나이가 말을 계속했다.

"자아 자, 진정하십시오, 남작 부인. 이젠 괜찮다고 말씀드리지 않았습니까. 그러나 이야기를 하시면 안 됩니다. 절대로, 절대로 말입니다. 그저 편안히 잠을 자는 것이 중요하니까요."

잔은 무언가를 생각해보려 했으나 금세 졸음이 쏟아졌고, 이렇게 졸면서 아주 오랫동안 살아온 것 같은 생각이 들었다. 전에 있었던 일은 생각해내고 싶지 않았다. 막연히 현실

이 또다시 머릿속에 되살아나는 것을 무의식적으로 두려워
하고 있었던 것이다.

그런데 한번은 잠을 깨어 보니 쥘리앙이 혼자서 자기 옆
에 앉아 있었다. 그러자 불현듯 마치 과거의 생활을 가리고
있던 장막이 걷히기라도 한 듯 모든 것이 머릿속에 되살아
났다. 순간 그녀는 가슴에 굉장한 통증을 느끼고 또다시 도
망치려고 마음먹었다. 침구를 밀어젖히고는 마루로 뛰어내
렸지만 그 자리에 쓰러지고 말았다. 다리에는 움직일만한 힘
이 없었다.

쥘리앙이 그녀 쪽으로 달려들었다. 그녀는 비명을 지르며
자신을 건드리지 못하게 했다. 몸부림을 치며 데굴데굴 뒹굴
었다. 문이 열렸다. 리종 이모님이 당튀 과부와 함께 달려왔
다. 이어서 남작이 들어오고, 마지막으로 남작 부인이 숨을
헐떡거리면서 정신없이 달려왔다.

모두들 그녀를 다시 자리에 눕혔다. 그녀는 일부러 눈을
감았다. 그렇게 하면 입을 열지 않아도 되고, 멋대로 무슨
생각을 할 수도 없었기 때문이다.

남작부인과 이모가 간호에 열중하여 이것저것 시중을 들
으며 계속해서 물었다.

"잔, 우리를 알아보겠니?"

그녀는 들리지 않는다는 듯 아무 대답도 하지 않았다. 하지만 이제 해가 저물었다는 것은 아주 똑똑히 알 수 있었다. 밤이 닥쳐왔다. 산파가 곁에 앉아서 이따금 약을 먹여주었다.

그녀는 아무 말 없이 그것을 삼켰지만, 이젠 잠이 오지 않았다. 그녀는 괴로웠지만 추리를 해보려고 했다. 기억에서 달아나 있던 것을 이것저것 찾아 헤맸다. 마치 기억 속에 여기저기 구멍이 뚫려 있는 것 같았다. 거기에는 사건이 전혀 흔적을 남기지 않은 것처럼, 기억 속에 공백의 텅 빈 부분으로 있는 것이었지만 점차로 그녀는 모든 사실을 떠올리기 시작했다. 이제 진상은 명확해졌다.

엄마와 리종 이모님과 남작이 와 있는 것으로 보아 그동안 대단히 무거운 병을 앓고 있었던 것이 틀림없다. 그렇지만 쥘리앙은? 그 사람은 뭐라고 했을까? 아버지와 어머니는 사실을 아시고 계실까? 그리고 로잘리는? 어디 있을까? 게다가 도대체 어떻게 된 노릇일까? 어떻게 해야 좋을까? 어떤 좋은 생각 하나가 그녀의 마음을 밝게 해주었다. ― 그렇다, 아버지하고 어머니하고 같이 루앙으로 돌아가는 것이다, 옛날처럼. 그리고 쥘리앙과는 헤어지면 그만이다.

그래서 그녀는 때가 오기를 기다리기로 했다. 자기 주위에서 사람들이 이야기하고 있는 말에 귀를 기울이며 그 의

미를 잘 알면서도 그런 내색은 보이지 않은 채, 이렇게 이성
이 되돌아오는 것을 꾹 참으면서 남몰래 즐겼다.

저녁때가 되어서야 겨우 남작 부인과 단둘이 있게 되자,
그녀는

"엄마!"

하고 불렀다. 자기 스스로도 자기의 목소리에 놀랐다. 마치
딴사람 같았다. 남작 부인은 손을 꼭 쥐어주었다.

"오, 내 딸아, 나를 알아보겠니?"

"응, 엄마. 하지만 울지는 마세요. 제가 이야기할 것이 있
어요. 왜 내가 눈 속으로 달아났는지 쥘리앙이 이야기했나
요?"

"으응, 다 들었다. 귀여운 잔, 너는 아주 위험한, 지독한
열병에 걸린 거란다."

"그렇지 않아요, 엄마. 열이 난 것은 그 후의 일이에요. 하
지만 그 사람이 이야기했어요? 어째서 내가 열이 났는지, 어
째서 내가 달아났는지 말했어요?"

"아아니, 잔."

"그건 말예요. 로잘리가 그이의 잠자리에 있는 것을 내가
발견했기 때문이에요."

남작 부인은 그녀가 아직도 열 때문에 헛소리하는 것이라

고 생각하고 부드럽게 쓰다듬어주면서 말했다.

"자, 어서 자려무나, 잔. 마음을 차분히 가라앉혀. 자도록 해라."

그러나 잔은 계속해서 말했다.

"하지만 이젠 모든 것을 훤히 알 수 있어요. 엄마, 지난 2, 3일 동안은 헛소리를 했는지 모르지만, 이젠 그렇지 않아요. 어느 날 밤, 몸이 몹시 불편해서 제가 쥘리앙을 찾으러 갔더니 로잘리가 그이하고 같이 자고 있지 뭐예요. 저는 너무나도 슬프고 정신이 이상해져서 눈 속을 도망쳐 낭떠러지에서 몸을 내던지려고 했던 거예요."

그런데도 남작 부인은 그저 되풀이해서 말했다.

"그래그래, 사랑하는 잔, 너는 병이 났던 거야. 몹시 병이 났던 거야."

"그게 아녜요, 엄마. 전 쥘리앙의 잠자리에서 로잘리를 보았단 말예요. 이젠 쥘리앙하고 같이 살고 싶지 않아요. 저를 옛날처럼 루앙에 데려고 가줘요."

남작 부인은 의사로부터 잔의 뜻을 거스르지 말라는 말을 들었기 때문에,

"그래그래, 그렇게 하자꾸나."

하고 대답했다.

그러나 환자는 화를 내기 시작했다.

"어머니가 내 말을 잘 안 듣는 것을 너무나 잘 알고 있어요, 아버님을 데려다 줘요. 아버님이라면 틀림없이 이해해주실 거예요."

그래서 엄마는 마침내 자리에서 일어나 양손에 각각 지팡이를 들고 발을 질질 끌면서 나갔다. 몇 분이 지나자 남작에게 몸을 기대면서 되돌아왔다.

그들이 침대 앞에 앉자 잔은 재빨리 이야기를 하기 시작했다. 그녀는 자초지종을 조용히 가냘픈 목소리로, 그러나 명확하게 이야기했다. 쥘리앙의 이상한 성격이라든지 인색한 점이라든지, 그리고 마지막에는 그 배신행위에 대해서 이야기했다.

이야기를 마쳤을 때, 남작은 그녀가 하는 말이 거짓말이 아니라는 것을 깨달았다. 그러나 그로서는 이 사태에 대해 어떻게 생각해야 할 지, 앞으로 어떻게 해결해야 할 지, 지금 당장 뭐라고 대답해야 좋을지를 판단할 수 없었다.

그는 옛날에 동화를 읽어주면서 그녀를 잠들게 했을 때처럼 그녀의 손을 다정하게 붙잡았다.

"애야, 우선 신중히 행동하지 않으면 안 된다. 엉뚱한 생각일랑 하지 말고 남편에 대해서도 애써 꾹 참고 있어라.

내 결심이 서기까지는 말이다…… 약속해주겠느냐?”

그녀는 중얼거렸다.

“네, 알겠어요. 하지만 전 다 나은 후에는 여기선 살지 않겠어요.”

그러고 나서 목소리를 낮추어 물었다.

“로잘리는 지금 어디 있어요?”

남작이 말했다.

“이젠 네가 그 애를 만날 필요는 없어.”

그러나 그녀가 아직도 집에 있다고 말해 주었다. 그러나 가까운 시일 안에 내 보낼 거라고 잘라 말했다.

환자의 방에서 나오자 남작은 부모로서 마음에 상처를 받아 분노에 불타면서 쥘리앙을 만나러 갔다. 그래서 단도직입적으로 이렇게 말했다.

“이보게, 나는 지금 딸에게 자네가 한 행동의 해명을 들으러 왔네. 자네는 하녀하고 정을 통하고 딸을 속였더군. 이중으로 파렴치한 짓이야.”

그러나 쥘리앙은 딱 잡아떼고 나왔다. 하나님을 증인으로 내세우며 맹세하면서 애써 부인했다. 무슨 증거가 있단 말인가? 잔은 정신이 이상해졌던 게 아닌가. 뇌를 침범하는 열병에 걸렸던 것이 아닌가. 요전날 밤 눈 속으로 달아난 것은 발병 초기의 정신 착란 때문이 아닌가. 마침 그런 발작이 한창 일어나던 중이었다, 발가벗은 것이나 다름없는 모습으로 집에서 뛰어다니고 남편의 잠자리에서 하녀를 보았노라고 우겨댔던 것은!

그는 한술 더 떠 펄펄 뛰면서 고소하겠다고 으름장을 놓았다. 그러자 남작도 당황하여 변명을 하고 사과를 했고 그러고는 거짓이 없음을 다짐하는 뜻으로 손을 내밀었으나 쥘리앙은 그것을 잡기를 거절했다.

잔은 남편의 행동에 대해 전해 듣고 그다지 놀라지 않았다. 다만 이렇게 대답했다.

"거짓말을 한 거예요, 아빠. 하지만 이제 곧 틀림없이 자백하게 만들겠어요."

그로부터 이틀 동안, 그녀는 입을 꼭 다물고 뭔가 깊은 생각에 잠겨 있었다.

이윽고 사흘째 되는 날 아침, 그녀는 로잘리를 만나고 싶다고 말했다. 남작은 하녀를 부르기를 거절하고는, 이제 집에 없다고 잘라 말했다. 잔은 물러서지 않고 되풀이해서 말했다.

"그럼 누가 그 애가 있는 집에 가서 그 애를 데려다 주세요."

그녀가 안달을 하고 있는데 의사가 방 안으로 들어왔다. 의사의 판단을 듣기 위해서 남작은 자초지종을 이야기하였다. 그러자 갑자기 잔은 울음을 터뜨리더니, 극도로 신경이 곤두서서 거의 부르짖는 듯이 되풀이했다.

"로잘리를 데려다 줘요. 로잘리를 만나고 싶다니까!"

그러자 의사는 그녀의 손을 잡고 나직한 목소리로 말했다.

"부인, 진정하십시오. 흥분하시면 큰일 납니다. 부인은 지금 임신 중입니다."

그녀는 느닷없이 한 대 얻어맞기라도 한 것처럼 큰 충격을 받았다. 금세 몸속에서 무언가 움직이는 듯한 느낌이 들었다. 그때부터 그녀는 입을 다문 채 남의 이야기를 귀담아 들으려고도 하지 않고 단지 깊은 생각에 잠겨 있었다. 밤새도록 잠을 이룰 수가 없었다. 아기가 자신의 뱃속에서 살고 있다는 새롭고도 이상한 느낌의 생각에 사로잡혔기 때문이다. 그런데 아이가 쥘리앙의 자식이라고 생각하니 슬픔이 복받쳐 마음이 아팠다. 그 아이가 아버지를 닮지나 않을까 하고 걱정이 되었다.

날이 새자 그녀는 즉시 남작을 불러다 달라고 했다.

"아빠, 저는 결심을 했어요. 이제 와선 특히 모든 사실을 다 알고 싶어요. 아시겠지요. 꼭 알고 싶으니까요. 이런 상태에 놓여 있는 저를 거스르는 건 좋지 않다는 것쯤은 아빠도 잘 아시겠지요, 잘 들어주세요. 신부님을 불러야겠어요. 로잘리로 하여금 거짓말을 못하게 하기 위해서는 아무래도 신부님이 필요해요. 그리고 신부님이 오시거든 즉시 로잘리를 불러다 놓고 아빠나 엄마도 여기 계셔야 해요. 무엇보다도 쥘리앙이 눈치 채지 않게 주의해주세요.”

그로부터 한 시간 후에 신부가 찾아왔다. 신부는 이전보다도 더욱더 비만해졌고 남작부인처럼 숨을 헐떡거리고 있었다. 의자에 앉았는데, 아랫배가 벌린 두 다리 사이로 축 늘어질 정도였다. 그는 여느 때와 마찬가지로 체크무늬 손수건으로 쉴 새 없이 이마를 닦으면서 첫마디부터 서투른 농담 투로 말했다.

“남작 마님, 건강은 좀 어떠세요? 그런데 우리 두 사람은 전혀 살이 빠질 것 같지가 않네요. 아무래도, 우리들은 잘 어울리는 한 쌍인 것만 같습니다.”

그러고는 환자의 침대 쪽을 바라보며 말했다.

“이거 참 젊은 부인, 소문을 듣자니까 얼마 안 있으면 또 다시 새로운 명명식이 있을 모양이더군요. 핫, 핫, 핫! 하지만 이번에는 배가 아닌가보죠.”

그러고는 진지한 어조로 덧붙였다.

“그는 국가의 수호병일까요.”

그러고 나서 잠깐 생각에 잠기고는 남작부인에게 고개를 꾸벅 숙이면서 말했다.

“그렇지 않으면 마님처럼 현모양처일까요?”

그때 안쪽 문이 열렸다. 로잘리가 엉망진창인 몰골을 하고 눈물을 흘리면서 들어가기 싫다고 문짝 옆에 꼭 달라붙어 버티고 있었다. 그러자 남작이 그녀를 쿡 질러 방 안으로 밀어 버렸다. 그녀는 두 손으로 얼굴을 가리고 흐느껴 울었다.

잔은 그녀의 모습을 보자 발딱 일어나서 침상 위에 앉았다. 얼굴은 이불잇보다도 더 창백했다. 피부에 찰싹 달라붙은 얇은 속옷은 심장이 미친 듯이 고동칠 때마다 팔딱거렸다. 호흡이 곤란해지고 입이 열리지 않았다. 간신히 입이 열리긴 했으나, 그 목소리도 흥분으로 더듬더듬 나왔다.

“난…… 난…… 새삼스레…… 너한테 물어 본다…… 필요 없어…… 너를 보는 것만으로…… 내 앞에서…… 그렇게도 부끄러워하는 것만으로도…… 충분해.”

숨이 차서 잠깐 사이를 두었다가 그녀는 계속했다.

“그러나 나는 모든 걸 다 알고 싶구나. 모든 걸…… 모든 걸. 내가 신부님을 오시라고 한 것도 이것이 참회가 되기를 바라는 뜻에서야. 알겠니?”

로잘리는 움직이지도 못하고 선 채 덜덜 떨며 두 손 사이로 외마디 소리와도 같은 신음 소리를 내고 있었다.

남작은 분노에 떨면서 그녀의 두 손을 붙잡더니 우악스럽게 그걸 떼어놓으려고 했다. 그리고 억지로 침대 옆에 꿇어앉혔다.

"자아, 말해봐…… 대답해보란 말야."

로잘리는 그림에 그려진 막달라 마리아 같은 모습으로 마룻바닥에 엎으려 있었다. 모자는 비뚤어지고 앞치마는 마룻바닥에 늘어졌는데, 두 손으로 다시금 얼굴을 가렸다.

신부가 그녀에게 말했다.

"자아, 아가씨의 말을 잘 들어라. 그리고 대답을 해라. 우리들은 너를 괴롭히려는 것이 아니니까 말이다. 다만 어떤 일이 있었는지, 그것을 알고 싶은 거다."

잔은 침대의 가장자리로 다가가 허리를 구부리고 상대방을 한참 뚫어지게 바라보다가 이렇게 말했다.

"내가 그날 밤 느닷없이 방에 들어갔을 때, 네가 쥘리앙의 잠자리 속에 있었던 것은 사실이지?"

로잘리는 두 손 사이로 신음하듯이 말했다.

"네, 아씨."

그러자 남작 부인이 갑자기 목이 멘 듯한 소리를 내면서 울음을 터뜨렸다. 부인의 경련적인 흐느낌은 로잘리의 울음 소리를 반주하는 듯 들렸다.

잔은 하녀를 똑바로 보면서 물었다.

"언제부터 그런 일이 있었지?"

로잘리는 더듬거리면서 말했다.

"여기 오셨을 때부터예요."

잔은 무슨 말인지 알 수가 없었다.

"오셨을 때부터라니…… 그럼…… 지난봄부터라는 말이야?"

"네, 아씨."

"이 집에 처음 오셨을 때부터?"

"네, 아씨."

그러자 잔은 한꺼번에 갖가지 의문으로 숨이 막히는 듯 헐떡거리면서 다급하게 물었다.

"그럼, 어떻게 해서 그렇게 되었니? 어떤 식으로 너한테 유혹했지? 뭐라고 하던? 언제 어떻게 해서 너는 말을 듣게 되었지? 어떻게 해서 몸을 맡기게 됐지?"

그러자 로잘리는 이번에는 얼굴에서 두 손을 떼었다. 자기도 역시 이야기하고 싶은 의욕, 대답하고 싶은 욕망을 느꼈기 때문이다.

"저도 잘 모릅니다만, 아무튼 처음으로 이곳에서 저녁 식사를 하신 날 제 방에 들어오셨어요. 다락에 숨어 계셨던 거예요. 저는 소문이 날까봐 큰소리를 지를 수가 없었어요. 저하고 같이 주무셨지만 그때는 저도 제가 무슨 일을 당했는지 알 수가 없었어요. 주인님은 하고 싶은 짓을 하신 거예요. 저는 주인님이 미남이고 친절하고 인정 많은 분이라고 생각했기에 아무 말도 하지 못했어요."

그러자 잔은 큰소리로 물었다.

"그럼…… 네…… 네 아기도 그이 아이니?……"

로잘리는 흐느껴 울었다.

"네, 아씨."

그런 후에 두 사람 모두 입을 다물어버리고 말았다.

이젠 로잘리와 남작 부인의 울음소리밖엔 들리지 않았다.

잔은 맥이 탁 풀려서 이번에는 자신의 눈에서도 눈물이 흐르는 것을 알았다. 눈물방울이 소리도 없이 양쪽 볼을 타고 흘러내렸다. 하녀가 낳은 자식이 자기가 낳을 자식과 같은 아버지를 가지다니!

분노는 진정된 대신 그녀는 어두운 절망감이 가슴 속에 파고드는 것을 느낄 따름이었다. 깊고 완만하고 끝없는 절망감이.

그녀는 마침내 눈물에 젖은 목소리로 간신히 입을 열었다. 울고 있는 여자의 음성이었다.

"우리들이…… 저어…… 저어기서…… 여행에서…… 돌아온 후로는…… 언제부터 또다시 시작되었니?"

어린 하녀는 이제는 완전히 마루 위에 푹 쓰러져서 더듬거렸다.

"저어…… 돌아오신 바로 그날 밤이었어요."

말 한미디 한마디가 잔의 심장에 아프게 꽂혔다. 만약 그렇다면 그날 밤, 레뻬플에 돌아온 그 첫날 밤, 내 방에서 나간 것은 이 애한테 가기 위해서였구나. 그래서 그렇게 나를 혼자 자게 내버려 두었던 것이로구나!

이제는 모든 걸 충분히 알았다. 그 이상은 아무것도 알고 싶지 않았다. 그녀는 소리쳤다.

"나가, 그만 돌아가!"

하지만 로잘리는 멍하니, 움직이려고 하지도 않았다. 잔은 아버지를 불렀다.

"애를 데리고 나가세요."

그런데 이때까지 한마디도 없던 신부가 짧은 설교를 할 기회가 온 것이라고 판단했다.

"얘야, 지금까지 네가 저지른 일은 아주 좋지 않은 짓이

야. 자비로우신 하느님도 당장은 너를 용서하지 않으실 거
다. 앞으로 행실을 바로 하지 않으면 지옥이 너를 기다리고
있는 줄 알아라. 그 점을 명심해야 해. 지금은 자식을 가진
몸이니 처신을 단정히 하고 있거라. 남작 부인께서 틀림없이
너를 도와주실 것이고 우리도 너에게 네 남편감을 찾아줄
것이다……."

신부는 더 이야기를 하려고 했으나 그때 남작이 로잘리의
어깨를 거머쥐더니 문 있는 데까지 억지로 질질 끌고 가서
마치 짐짝이나 내던지듯이 복도에다 내팽개쳤다.

남작이 하녀보다 더 창백한 얼굴로 되돌아오자 신부는 재
빨리 말을 계속했다.

"어쩌겠습니까. 이 고장 계집아이들은 모두가 저 모양입
니다. 한스러운 일이긴 합니다만 어떻게 할 도리가 없습니
다. 인간본성의 약점에 대해서는 다소 너그러이 봐주지 않으
면 안 됩니다. 이 근방 여자들이 임신을 안 하고 시집을 가
는 일은 없으니까요. 마님."

그리고 그는 미소를 띠면서 말했다.

"이 고장 풍습이라고나 할까요."

그리고는 좀 분개하는 듯한 말투로 말했다.

"아무튼 어린 녀석들까지도 그 모양이라니까요. 지난해,

제가 묘지에서 발견했습니다만, 뜻밖에도 교리 문답을 하러 다니는 조그만 어린애들이었지요. 사내애와 계집애였지요. 부모들한테 일러 주었습니다만, 부모들이 뭐라고 대답한 줄 아세요?

"하는 수 없어요, 신부님. 그런 음란한 짓을 우리가 가르친 건 아니니까요. 우리로서는 어떻게 할 수도 없는 일이에요."

이렇게 말하지 않겠어요. 남작님, 댁의 하녀두 딴 계집애들하고 똑같은 짓을 한 것에 지나지 않습니다."

그러나 남작은 흥분에 떨면서 신부의 말을 가로 챘다.

"저런 하녀는 어떻게 되든 상관없습니다! 화가 나는 것은 쥘리앙입니다. 그 녀석이 한 짓은 파렴치 그 자체입니다. 나는 내 딸을 데리고 가겠습니다."

그렇게 말하고 남작은 여전히 흥분하면서 분을 참을 수 없어 방 안을 왔다 갔다 했다.

"내 딸을 이렇게 배신하다니, 못된 놈이야, 그놈은 파렴치한이고, 악당이야, 기어코 눈앞에서 그렇게 말하고 모욕을 줄 테다! 따귀를 갈겨주겠다! 지팡이로 때려죽이겠어!"

그러나 그때 신부는 눈물에 젖어 있는 남작 부인 옆에서 천천히 코담배를 빨아들이면서 어떻게 해야 이들을 진정시킬 수 있을까하고 궁리를 하다가 말참견을 했다.

"이봐요, 이봐요 남작님, 이건 우리끼리의 이야기지만, 그 사람도 역시 세상 남자들이 하는 짓을 한 데 지나지 않지 않습니까. 아내에게 충실한 남편을 남작님은 얼마나 많이 알고 계십니까?"

그러고 나서 장난기가 섞인 말투로 덧붙였다.

"어떻습니까, 남작님 자신도 그 같은 장난을 해보셨겠지요. 자아, 자, 가슴에 손을 얹고, 생각해 보세요."

남작은 그 순간 아픈 데를 찔리고 신부의 면전에 우뚝 멈춰 서고 말았다. 신부는 그러거나 말거나 계속했다.

"물론 남작님도 딴 사람들과 같은 짓을 하셨겠지요. 저 로잘리와 같이 불쌍한 하녀를 손을 대지 않았다고 누가 장담할 수가 있겠습니까. 흔히 하는 말입니다만, 세상 남자들이란 모두가 똑같답니다. 그런데 그렇다고 해서 그 때문에 마님의 행복이 적어진다든지 사랑을 적게 받게 되었을까요? 그렇지는 않습니다."

남작은 정신이 혼란하여 손끝 하나 꼼짝할 수가 없었다.

그렇다. 그렇게 따지자면 유감스럽게도 그건 사실이다. 자기도 역시 똑같은 짓을 해왔다. 그것도 자주, 기회만 있으면 해왔다. 장소가 부부와 한 지붕 밑이라고 해서 사양한 적이 없었다. 아내에게 딸려 있는 하녀라 해도 얼굴이 곱상하면 주저한 일이 없었다! 그렇다고 해서 자신이 나쁜 놈이었을까? 자신의 행위에 대해서는 벌을 받아야 한다고 생각지도 않는 주제에, 어찌하여 쥘리앙의 행위만은 그렇게 냉혹하게 비판하려고 하는 것일까?

남작 부인은 흐느껴 우느라고 아직도 목이 메어 있었지만, 남편의 젊은 혈기가 빚은 과오를 회상하게 되자 입가에 미소의 그림자가 떠돌았다. 그녀는 연애가 생활의 일부를 이루고 있는 것 같은, 그처럼 감동하기 쉽고 동정심이 많은 감상적인 인간이었다.

잔은 지칠 대로 지쳐버려 앞쪽에다 눈길을 던진 채 벌렁 드러누워서 양손을 힘없이 축 늘어뜨리고 뼈아픈 생각에 잠겨 있었다. 로잘리의 말이 다시 되살아나서 그녀의 영혼을 상처 입히고, 송곳처럼 심장을 좀먹어 들어갔다.

“저는 주인님이 미남이고 친절하고 인정 많은 분이라고 생각했기에 아무 말도 하지 못했어요.”

자신도 남편을 친절한 사람이라고 생각했다. 오직 그런 이유 때문에 자기 몸을 바치고 일생을 맹세했으며, 모든 희망을 버리고 예상하고 있던 온갖 계획을 단념했으며, 내일에 나타날 새로운 사랑을 단념했던 것이다. 그래서 그녀는 이 결혼 속으로 떨어지고 만 것이었다. 기어 올라갈 손잡이도 없는 구덩이 속에, 이 비참한 상황 속에, 이 슬픔 속에, 이 절망 속에 떨어져버리고 만 것이다. 그를 친절한 사람이라고 생각했기 때문에!

문이 요란한 소리를 내면서 열렸다. 쥘리앙이 나타난 것이다. 그는 심각한 표정이었다. 층계에서 울고 있는 로잘리를 발견하고는, 모두들 무슨 짓을 꾀했을 것이고, 하녀도 틀림없이 자백했으리라 생각하고 낌새를 알아보려고 들어온 것이다. 신부를 보자 그는 그 자리에 우뚝 멈춰 섰다.

그는 떨고는 있었지만 침착한 목소리로 물었다.

"웬일이십니까? 무슨 일이 있었습니까?"

조금 전까지 그토록 격분해 있던 남작도 지금은 아무 말도 할 수가 없었다. 신부에 대한 체면도 있고, 자기 자신의 과거를 사위로부터 지적당할까봐 두려웠다. 엄마는 한층 더 심하게 목메어 울었다. 그러자 잔은 두 손으로 몸을 일으켜, 자신을 이렇게도 잔혹하게 괴롭히고 있는 사내를 숨을 헐떡거리면서 뚫어지게 바라보았다. 그녀는 더듬거리면서 말했다.

"무슨 일이 있었냐구요? 우리들은 이제 모든 사실을 다 알았어요. 당신의 파렴치한 행위, 다 알고 있어요…… 당신이 이 집에 들어온 때부터 저지른 일을…… 저 하녀의 아이는 당신의 아이예요…… 마치…… 내 아이와 마찬가지로…… 두 아이는 형제가 되는 셈이군요.”

그렇게 생각하자 감당할 수 없는 슬픔이 왈칵 복받쳐 올라 그녀는 이불 속에 몸을 파묻고는 미친 듯이 울었다. 그는 입을 벌리고 멍하니 선 채로 뭐라고 말해야 할지, 어떻게 해야 좋은지를 모르고 있었다. 신부가 또다시 사이에 끼어들었다.

“자아, 자아, 그렇게 슬퍼하는 게 아닙니다. 자, 부인, 어서 진정하십시오.”

그렇게 말하고 신부는 자리에서 일어나더니 침대로 가까이 다가가서 미지근한 손을 절망에 빠진 잔의 이마 위에 얹었다. 이 같은 행위가 이상하게도 그녀의 기분을 누그러뜨리며 금세 힘이 빠지게 만들었다. 마치 이 시골뜨기 신부의 억센 손이 죄를 용서하는 방법이나 사람의 기운을 돋우어주는 애무에 익숙해 있어서, 그것이 조금 스치기만 해도 놀라운 진정 효과를 갖는 듯 했다.

신부는 선 채로 말을 계속했다.

“부인, 언제나 용서를 잊어서는 안 됩니다. 부인께는 커다란 불행이 덮치고 있습니다. 하지만 자비로우신 하느님께서는 하나의 커다란 행복으로써 그 불행을 보상해주신 겁니다. 왜냐하면 부인은 어머니가 되려하고 있으니까요. 그 아기는 부인의 위로가 될 것입니다. 나는 그 아기의 이름으로 부탁하는 바입니다. 쥘리앙의 잘못을 용서해 주십사 하구요. 아기는 두 사람의 새로운 끈이 되겠지요. 주인이 이후로는 부인에게 성실을 다하겠다고 맹세하는 보증이 되기도 할 것입니다. 자신의 뱃속에 그분의 씨를 지니고 있으면서 그분의 마음으로부터 떨어져 있을 수가 있을까요?"

그녀는 대답하지 않았다. 이제는 산산조각이 나도록 마음의 고통을 당하여 기진맥진한 상태가 되어 분노할 힘도, 원망할 힘도 없었던 것이다. 신경은 축 늘어져 가만히 끊어지기라도 할 것 같았다. 이제 그녀는 간신히 숨을 쉴 뿐이었다.

남작 부인이라는 사람은 남을 원망할 줄을 모르는데다 또한 그 혼이 오랫동안 무슨 일을 애써서 할 수가 없는 사람이었던 만큼, 가만히 속삭였다.

"얘야, 잔!"

이 기회를 놓치지 않고 신부는 쥘리앙의 손을 끌어 그 손을 침대 곁으로 끌어당겨 아내의 손 안에 쥐어지게 하였다. 그리고 좀 더 굳건한 인연을 이어주려는 듯 그 위를 탁 치며 설교 냄새가 나는 어조를 버리고 이렇게 말했다.

"자아, 이젠 됐어요. 내 말을 들으십시오. 그러는 편이 좋을 겁니다."

잠시 동안 억지로 합쳐졌던 두 손은 금세 다시 떨어져버렸다. 쥘리앙은 역시 잔에게는 키스를 하지 못하고 엄마의 이마에 키스를 하더니 홱 돌아서서 남작의 팔을 잡았다. 남작은 하는 대로 그대로 두었다. 그는 마음속으로 일이 이렇게 해결된 것을 다행으로 여겼다. 두 사람은 담배를 피우려고 함께 밖으로 나갔다.

지칠 대로 지친 환자가 꾸벅꾸벅 조는 옆에서, 신부와 엄마는 나직한 소리로 천천히 이야기하고 있었다. 신부는 연방 지껄여대면서 자신의 의견을 설명하고 그것을 부연했다. 남작 부인은 그 말에 일일이 고개를 끄덕였다. 마지막으로 신부는 이렇게 결론을 맺었다.

"그러면 부인께서는 저 하녀에게 바르빌 농장을 내주시는 겁니다. 그리고 저는 남편감을 구해주는 일을 맡기로 하지요. 정직하면서 성실한 젊은이를 말입니다. 천만의 말씀! 2만 프랑의 재산이 있으면 사람을 찾는 데에 충분합니다. 고르기가 어려울 정도지요."

이젠 남작 부인도 기쁜 듯이 미소를 짓고 있었다. 볼에는 두 방울의 눈물이 머물러 있었으나, 그것이 젖었던 자국은 벌써 말라 있었다.

부인은 여전히 끈덕지게 되풀이했다.

"알겠어요. 바르빌은 아무리 싸게 평가를 하더라도 2만 프랑의 값어치는 나갈 거예요. 그러나 이 재산은 갓난아기의 명의로 해놓기로 하겠어요. 아이의 부모는 살아 있는 동안은 그 농장에서 나오는 수입을 마음대로 써도 상관없기로 하고요."

신부는 자리에서 일어나 엄마의 손을 잡았다.

"제발 그대로 계십시오, 남작 부인. 제발 그대로 앉아 계시라니까요. 지금 걷는 것이 얼마나 고통스러운 것인지 저도 잘 알고 있습니다."

신부가 방에서 나가려고 할 때, 환자를 보러 온 리종 이모와 딱 마주쳤다. 그녀는 눈치 채지 못했다. 아무도 말을 하지 않았기 때문이다. 그래서 그녀는 여전히 아무것도 알 수 없었다.

8

로잘리는 이 집에서 나갔고, 잔은 고통스러운 임신 기간을 보내었다. 어머니가 된다는 걸 알고 있어도 기쁘다는 생각이 조금도 들지 않았다. 기쁨을 떠올리기에는 너무나도 심한 슬픔이 가슴을 짓누르고 있었다. 끝없는 불행이 덮쳐오는 게 아닐까 하는 불안에 아직도 짓눌려 있어서, 아무런 호기심 없이 아기가 태어나기를 기다리고 있었다.

봄이 소리 없이 왔다. 헐벗은 나무들은 아직도 찬바람에 떨고 있었다. 그렇지만 가을의 낙엽이 썩고 있는 도랑의 축축한 풀 속에는 벌써부터 노란 앵초 싹이 트기 시작하고 있었다. 온 들판에서, 농가의 마당에서, 물에 잠긴 논에서 발효

하는 듯한 축축한 냄새가 나기 시작했다. 그리고 초록색의 조그만 점들이 갈색 흙에서 무수히 싹터 나와 햇빛에 반짝거리고 있었다.

성채처럼 몸집이 건장한 여자가 로잘리 대신 하녀로 들어와, 남작 부인을 부축하고 가로수 길을 따라 왔다 갔다 하는 단조로운 산책을 계속했다. 더욱더 무거워진 부인의 다리는 끊임없이 그 발자국을 진흙으로 질척대는 산책길에 남겨놓았다.

잔은 아버지가 팔을 붙들어주었는데, 그녀 역시 지금에 와서는 몸이 무거워져 늘 숨을 헐떡거렸다. 그리고 리종 이모는 코앞에 닥쳐온 경사로 인하여 바쁘면서도 걱정스러운 눈치였다. 그녀는 다른 한쪽에서 잔의 손을 붙잡아주기는 했지만, 자신으로서는 영원히 알 도리가 없는 이 신비한 과정에 깜짝 놀라는 중이었다.

그들은 각기 이런 모양으로 모두들 한마디도 없이 몇 시간 동안을 왔다 갔다 하곤 했다. 한편, 쥘리앙은 새로이 승마라는 취미에 사로잡혀 말을 타고 근방을 뛰어 다녔다.

이젠 그들의 음울한 생활을 어지럽혀놓는 일은 아무것도 없었다. 남작 부처와 자작이 한 번 푸르빌 집안 저택을 방문한 적이 있었다. 어떤 과정으로 친숙하게 되었는지 분명히는 알 수 없었지만, 벌써부터 쥘리앙은 이 집안을 상당히 잘 알고 있는 것 같았다. 그 밖에 여전히 졸고 있는 듯한 그 저택에 숨어서 살고 있는 브리즈빌 집안과도 의례적인 방문이 오갔다.

어느 날 오후 4시경, 말을 탄 두 사람의 남녀가 저택 앞의 안뜰로 들어왔다. 쥘리앙은 굉장히 흥분하며 잔의 방으로 들어왔다.

"빨리 내려가 봐야 하오. 푸르빌 부부가 방문했어. 당신의 몸이 무섭다는 걸 알고, 인사하러 온 거야. 나는 나가 있을 테니까, 곧 돌아온다고 말해둬. 잠시 몸치장을 할 테니까 말야."

잔은 깜짝 놀라서 아래층으로 내려갔다. 수심이 깃들인 표정과 열정적인 눈매, 태양 빛을 한 번도 받은 적이 없는 듯한 윤기 없는 금발을 한 하얀 피부의 아름다운 젊은 부인이 서 있었다. 그녀는 남편을 조용히 소개했다. 그런데 그 남편이라는 사람은 일종의 거인으로서 붉은 수염을 텁수룩하게 기른 괴물이었다. 소개가 끝나자 그녀는 덧붙였다.

"라마르 자작님은 지금까지 종종 뵐 기회가 있었어요. 선생님한테서 부인께서 몸이 불편하시다는 말씀을 들었지요. 이 이상 더 부인께 문안을 드리는 게 늦어져서는 안 될 것 같아서, 격식이고 뭐고 차릴 것 없이 그저 이웃끼리 알고나 지내자는 뜻에서 찾아왔어요. 보시다시피 이렇게 말을 타고 온 것도 그 때문입니다. 게다가 요전에는 자작님과 남작님의 방문을 받게 되어 정말로 기뻤어요.”

그녀는 참으로 우아하고 고상한 태도로 말했다. 잔은 매력을 느끼고 금세 그녀를 아주 좋아하게 되었다. 좋은 친구가 생겼다고 생각했다.

그에 반하여 푸르빌 백작은 객실에 함부로 들어온 곰과 같은 모습이었다. 의자에 걸터앉더니 옆에 있는 의자에다 모자를 놓고, 잠시 동안 자기의 손을 어디다 둬야 할지를 몰라 무릎 위에 얹어놓았다가 안락의자의 팔걸이 위에다 올려놓았다가 끝내는 마치 기도라도 올리듯이 깍지를 꼈다.

바로 그때 쥘리앙이 불쑥 들어왔다. 잔은 깜짝 놀랐다. 그 당장은 그 사람이 남편이라고 생각되지 않았다. 면도를 했던 것이다. 두 사람의 약혼 시절처럼 아름답고 고상하며 매력적이었다. 쥘리앙은 그가 들어오는 바람에 잠이 깬 듯한 백작의 털투성이 손을 잡더니, 이번에는 백작 부인의 손에 키스를 했다. 부인의 상아와도 같은 뺨에 발그레한 빛이 살짝 돌고 눈까풀이 가볍게 떨렸다.

쥘리앙은 떠들어댔다. 결혼하기 전처럼 붙임성이 좋았다.

사랑의 거울이라고도 할 수 있는 그의 큼직한 눈은 마치 애무를 하는 것처럼 부드러운 어떤 것으로 되어버렸다. 조금 전까지만 해도 윤기도 없이 꺼칠꺼칠하던 머리카락도 브러시와 향유로 금세 부드럽고 광택이 있는 물결을 되찾아 넘실거리고 있었다.

푸르빌 부부가 돌아가려고 할 무렵이 되자 백작 부인은 쥘리앙 쪽을 돌아보며 말했다.

"어때요 자작님, 목요일에는 말을 타고 산책하러 가시지 않겠어요?"

"네에, 물론이죠. 백작 부인."

이렇게 중얼거리면서 쥘리앙은 고개를 떨어뜨렸다. 백작 부인은 잔의 손을 잡고는 애정이 철철 넘치는 미소를 띠면서 상냥하고 스며드는 듯한 목소리로 말했다.

"그래요, 부인께서도 몸이 회복되시면 우리들 셋이서 이 근처를 말을 타고 달리기로 해요. 틀림없이 즐거울 거예요. 안 그래요?"

그녀는 익숙한 동작으로 승마복의 옷자락을 걷어 올리더니 작은 새처럼 날렵하게 안장에 올라탔다. 그런데 남편은 어색하게 인사를 하고 나서 커다란 노르망디 말에 올라탔다. 몸을 뒤로 젖히고 버티고 앉아 있는 모습이 영락없는 그리스 신화에 나오는 반인 반마의 괴물처럼 보였다.

그들의 모습이 대문의 모퉁이로 사라지자, 쥘리앙은 매우 즐거운지 큰소리로 말했다.

"정말 매력적인 사람들이야! 저 사람들과의 교제는 우리들에게 틀림없이 유익할 거야."

잔도 어쩐지 흡족한 기분이 되어 대답했다.

"저 백작 부인은 아주 아름답네요. 저도 틀림없이 좋아하게 될 거예요. 하지만 주인은 좀 야만스럽게 생겼군요. 당신은 어디서 사귀게 되었어요?"

그는 마음이 들떠서 두 손을 비벼대며 말했다.

"저 브리즈빌 가에서 우연히 만났지. 주인 되는 사람은 약간 거칠더구먼. 지독한 사냥광인데, 그 사람이야말로 진짜 귀족이야."

저녁 식사는 참으로 즐거웠다. 마치 뭔가 숨어 있던 행복이 집 안에 들어오기라도 한 것 같았다.

그 후 7월 말까지는 별다른 일은 일어나지 않았다.

어느 화요일 저녁, 플라타너스 밑에서 조그만 컵 두 개와 브랜디 술병이 놓여 있는 나무 테이블에 일동이 빙 둘러앉아 있을 때였다. 느닷없이 잔이 비명을 질렀다. 그러더니 새파랗게 질려서 양손으로 옆구리를 꼭 눌렀다. 날카롭고 갑작스런 고통이 느닷없이 온몸을 휘감다가 금세 사라졌다.

하지만 10분쯤 지나자 다시 또 다른 고통이 온몸을 가로질렀다. 아까보다는 심하지 않았지만 좀 더 오래 계속되었다. 그녀는 아버지와 남편에게 안기다시피 하여 겨우 집 안으로 들어왔다. 플라타너스에서 방까지의 짧은 거리가 그녀에게는 끝없이 먼 것만 같았다. 그래서 무의식중에 소리를 치며 앉혀달라고 애원하는가하면 세워달라고 애원하기도 했다. 뱃속에 견딜 수 없는 무게를 느끼어 도저히 참을 수가 없었던 것이다.

해산은 9월로 예정이 되어 아직 산월은 닥치지 않았으나, 뜻밖의 사고나 생기지 않을까 걱정스러워 시몽 영감이 즉시 마차에 말을 매고 의사를 부르러 전속력으로 달렸다.

의사는 한밤중 가까이나 되어서야 찾아왔다. 그는 첫눈에, 조산할 기미가 보인다고 말했다.

자리에 눕자 고통은 어느 정도 가라앉았으나 무서운 불안감이 잔을 꽉 졸라댔다. 온몸을 덮쳐오는 절망적인 낙담. 어쩐지 죽음의 예감과도 같은 것, 죽음과 접촉하는 듯한 그런 신비로운 느낌이었다.

방 안은 사람들로 가득 차 있었다. 엄마는 팔걸이의자에 축 쓰러져 숨을 헐떡거리고 있었다. 남작은 양손을 부들부들 떨면서 여기저기로 뛰어다니며 뭔가를 가져오거나 의사하고 의논을 하거나 했으나 정신을 못 차리고 있었다. 쥘리앙은 바쁜 표정을 지으면서 방 안을 오락가락하고 있었지만 마음 속으로는 아주 냉정했다.

그리고 당튀 과부는 침대 맡에 서 있었는데, 무슨 일에나 동요되지 않는, 경험 있는 표정을 짓고 있었다. 간호사요, 산파요, 죽은 사람 옆에서 밤샘을 하는 여자이기도 한 이 여자는, 이 세상에 태어나는 아기를 받아 들고 그들의 첫 울음소리를 들으며 맨 먼저 씻어주고 배내옷으로 감싸주곤 했다. 그리고 그와 마찬가지 태도로 저 세상으로 떠나는 사람들의 마지막 유언과 마지막 헐떡임, 마지막 움직임에 귀를 기울이고, 또한 그들이 써버린 육체를 초로 닦아주고 수의로 감싸고 마지막 화장을 해주곤 했다. 이런 까닭에 출생과 사망의 모든 사건에 대해 조금도 동요되는 일이 없었다.

찬모인 뤼디빈느와 리종 이모는 조심스럽게 문 뒤에 숨어 있었다.

환자는 이따금 약한 신음 소리를 냈다.

그로부터 두 시간 동안, 해산을 하려면 아직 시간이 걸릴 것이라고 모두들 믿고 있었다. 그런데 새벽녘이 되자 갑자기 진통이 또다시 맹렬히 시작되었으며, 이윽고 차마 눈 뜨고

볼 수 없는 정도가 되었다.

잔은 악문 이와 이 사이로 자기 자신도 모르게 소리를 흘리면서도 줄곧 로잘리를 생각하고 있었다. 로잘리는 조금도 고통스러워하지 않았었다. 신음 소리 하나 내지 않았었다. 그 갓난아기, 즉 사생아는 고통도 없이 손쉽게 태어난 것이다.

천 갈래 만 갈래로 흐트러진 비참한 마음속에서 잔은 끊임없이 자기들 두 사람의 일을 비교하며 이전에는 그렇게도 옳나고 믿고 있었던 신을 저주했다. 운명의 사악함에 분노하고, 정의나 선을 설교하는 사람들의 죄 많은 허위에 대해 화가 치밀었다.

이따금 진통이 너무 심해서 머릿속의 생각이 모두 사라질 지경이었다. 지금은 이미 힘도 생명도 지각도 없어지고 오직 고통 밖에는 남아 있지 않았다.

진통이 가라앉아 있는 순간에 그녀는 쥘리앙으로부터 시선을 뗄 수가 없었다. 그러자 이와는 다른 아픔이, 혼의 아픔이, 그날의 일을 회상해보는 그녀의 가슴을 쥐어뜯듯 아프게 했다. 하녀가 바로 이 침대 방치에 쓰러져 지금 자기의 뱃속을 이렇게까지 잔혹하게 짓찢고 있는 아기의 형제인 갓난아기를 두 다리 사이에 끼고 있던 그날의 일을, 그리고 그녀의 흐리지 않은 기억 속에 똑똑히 보이는 것은, 이 쓰러져 있는 처녀를 앞에 두고서 남편이 취했던 몸짓과 눈동자와 말이었다. 그리고 지금 남편의 얼굴에서 그때 하녀에게 품었던 것과 똑같이 귀찮다는 기분, 똑같은 무관심, 아버지가 됨으로써 자극을 받게 되는 이기적인 남성의 냉담성을 읽을 수가 있었다.

그러나 그때 무서운 경련이 그녀를 덮쳤다. "죽을 것만 같아! 죽을 것만 같아!" 하는 소리가 저도 모르게 나왔을 정도로 잔혹하기 짝이 없는 경련이었다. 그러자 미친 듯한 반항심이, 저주하고 싶은 욕구가 그녀의 마음속을 가득 채웠다. 그래서 자신을 망쳐놓은 이 사내, 자신을 죽이려 하고 있는 이 미지의 아기에 대한 무분별한 증오가 불끈불끈 치밀어 올랐다.

이 무거운 짐을 자신으로부터 내던지려고 최후의 노력을 다하여 그녀는 몸을 꽉 버텼다. 그러자 갑자기 그녀의 배가 금세 텅 비는 듯한 느낌이 들었다. 그리고 고통이 가라앉았다.

산파와 의사가 그녀 위에 허리를 구부리고 몸을 마구 주물러대고 있었다. 두 사람이 뭔가를 들어올렸다. 그러자 갑자기 그녀가 이전에 들은 일이 있는, 질식시키는 듯한 소리가 그녀로 하여금 소스라치게 놀라 몸서리를 치게 했다. 이어서 그 괴로운 듯한 작은 부르짖음, 갓난아기의 고양이 같은 가냘픈 울음소리가 그녀의 혼 속에, 심장에 기운이 쑥 빠져버린 가련한 전신에 스며들었다. 그녀는 무의식적인 몸짓으로 양팔을 뻗치려고 했다.

그녀의 마음속으로 환희가 가로질렀다. 방금 꽃핀 행복으로의 도약의 순간이었다. 일순간 그녀는 해방되고 진정되고 행복하게 되었다. 이전에는 없었으리만큼 행복해진 것이다. 마음이나 몸에 다시 기운이 솟아나기 시작했다.

그녀는 어머니가 된 자기 자신을 느꼈다.

갓난아기가 어떤 모습을 하고 있는지 보고 싶었다. 너무나 일찍 태어났기 때문에 머리털도 없고 손톱도 없다. 그녀는 이 애벌레 같은 아기가 꼼지락거리는 것을 보았을 때, 그것이 입을 벌리고 울음을 터뜨리는 걸 보았을 때, 주름투성이의 찌푸린 얼굴을 한 이 살아 있는 조산아를 만져보았을 때, 저항하기 어려운 환희에 젖지 않을 수 없었다. 나는 살아났다, 모든 절망으로부터 수호된 것이다. 그 밖의 어떠한 일을 해야 할 것인지 알 수 없게 되었을 정도로 사랑하는 것을 붙잡게 되었다, 이런 것을 깨닫는 순간이었다.

그때부터 그녀의 마음속에는 단 한 가지밖에 없었다. 아기하고 같이 있는 것! 그것이었다. 그녀는 갑자기 열광적인 어머니가 되어버렸다. 사랑에 배신을 당하고 희망에 속았던 만큼 그것은 한층 더 열광적인 것이었다. 이제 언제나 자기의 침상 곁에는 요람이 있지 않으면 안 되었다. 그래서 자리에서 일어날 수 있게 되자 창가에 앉아 갓난아기의 가벼운 요람을 흔들어주면서 하루 온종일을 보내곤 했다.

그녀는 유모에 대해서 질투를 느꼈다. 젖에 목말라 하는 이 조그만 존재가, 푸른 혈관이 드러나 보이는 커다란 유방 쪽으로 팔을 뻗쳐 주름진 다갈색 젖꼭지를 그 탐욕스런 입술로 무는 것을 보면, 그녀는 핼쑥해지고 부들부들 떨면서 이 태연하고 늠름한 농사꾼 여편네를 노려보는 것이었다. 어린 아기를 상대방으로부터 빼앗고, 아기가 맛있게 빨아먹고 있는 상대방 여인의 가슴팍을 마구 때리고 손톱으로 찢고 싶은 충동마저 느끼지 않을 수 없었다.

그녀는 갓난아기를 예쁘게 꾸며주기 위해서 고급 옷감에다 공을 들인 고상한 무늬를 손수 수놓을 마음을 먹었다. 갓난아기는 레이스의 안개로 싸이고 근사한 모자가 씌워졌다. 그녀는 이젠 그러한 것만 이야기했다. 이야기를 도중에 중단하면서까지 배내옷이니 턱받이니 공들여 만든 리본 등을 꺼내어 상대방을 깜짝 놀라게 하곤 했다. 자기 주위에서 사람들의 이야기하는 말에 대해서는 귀도 기울이려고 하지 않았으며, 리넨 헝겊을 보고는 홀딱 반하여 그것을 언제까지나 만지작거리다가 손을 높이 쳐들고 뒤집어보기도 하고 찬찬히 바라보기도 하며, 나중에는 느닷없이 이렇게 묻는 것이었다.

"이거, 이 애한테 어울릴까?"

남작과 엄마는 이 같은 열광적인 모성애를 보고 미소를 짓곤 했다. 그러나 쥘리앙은 자꾸만 울어대는 이 전능한 어린 폭군의 출현으로 말미암아 평수의 슈콰이 어지럽혀지고, 자기의 지배적인 중요성이 감소되고 말았으니만큼, 가정 내에 있어서의 자신의 지위를 빼앗아 간 이 어린 존재에 대해 무의식적으로 질투를 느끼고 화를 내며 초조해 했다. 그는 소리치곤 했다.

"저 애새끼가 생긴 뒤로는 시끄러워서 죽겠군!"

잔은 아기에 대한 애정이 너무 강해져, 밤에도 요람 곁에 앉아 갓난아기가 잠자는 걸 보지 않고는 견딜 수 없게 되었다. 이처럼 아기를 바라보며 지내는 것이 너무나도 열광적이고 병적이기까지 했으므로, 그녀는 정력을 다 써버리고 휴식도 취하지 않아 몸이 쇠약해지고 야위고 기침까지 하게 되었다. 결국 의사는 그녀는 어린애로부터 떼어놓으라고 명령했다.

잔은 화를 내고 울면서 애원했다. 그러나 이 애원은 받아들여지지 않았다. 갓난아기는 매일 밤 유모 곁에서 자게 되었다. 그리하여 어머니는 매일 밤 맨발로 일어나서 열쇠 구멍에다 귀를 바싹 갖다 대고는 아기가 잘 자고 있는지, 잠을 깨지나 않았는지, 뭘 원하고 있지나 않은지 엿듣는 것이었다.

어느 땐가. 이 모습이 쥘리앙에게 발각되었다. 그는 푸르빌 가의 만찬에 초대받고 갔다가 늦게야 돌아오던 참이었다. 그래서 그 후로는 억지로 잔을 자리에 누워 있도록 하고 방에다 자물쇠를 채웠다. 그녀는 갇혀 지내는 처지가 되었다.

세례식은 8월 말경에 행해졌다. 남작이 대부, 리종 이모가 대모가 되었다. 아기는 피에르 시몽 폴이란 이름이 붙여졌는데, 보통은 폴이라 불렀다.

9월 초, 리종 이모는 소리도 없이 돌아갔다. 그녀가 없어진 것은 있을 때와 마찬가지로 아무도 알아차리지 못했다.

어느 날 밤, 저녁 식사 후에 신부가 나타났다. 어쩐지 거동이 어색해 보였고, 뭔가 비밀이라도 있는 것처럼 생각되었다. 그는 몇 마디 잡담을 늘어놓은 다음, 남작 부처에게 긴히 할 이야기가 있으니 잠깐만 뵙기를 원한다고 말했다. 세 사람은 밖으로 나가 뭔가 조급하게 이야기하면서 느린 걸음으로, 커다란 가로수가 끝나는 데까지 걸어갔다.

쥘리앙은 잔과 단 둘이만 남게 되자 뭔가 어리둥절한 채 의구심이 들었고, 뭔가 숨기고 있는 일이라도 있지나 않은가 하여 초조해 했다. 신부가 작별 인사를 하러 오자 쥘리앙은 신부를 바래다주고 오겠다고 했다. 두 사람은 함께 지금 막 저녁 종소리가 울리고 있는 교회 쪽으로 걸어가더니 이윽고 사라졌다.

날씨는 쌀쌀해서 거의 추울 정도였다. 일동은 이윽고 객실로 들어왔다. 얼마 후 모두들 잠시 꾸벅꾸벅 졸고 있는데 쥘리앙이 황급히 돌아왔다. 얼굴이 붉으락푸르락하며 몹시 화가 난 표정이었다.

잔이 거기에 있다는 것도 생각하지 않고 그는 문가에서부터 장인과 장모를 향해서 큰소리를 쳤다.

"모두들 정신이 어떻게 된 거 아닙니까? 어쩌려고 이러는 겁니까? 그 따위 계집에게 2만 프랑이나 주다니요."

대꾸하는 사람은 아무도 없었다. 그만큼 모두 질색을 한 것이다. 쥘리앙은 분노에 차서 고함을 치면서 말을 계속했다.

"세상에 이런 미친 사람들이 어딨담? 당신들은 우리한텐 단 돈 한 푼 남겨주고 싶지 않단 말입니까?"

그러자 남작은 간신히 침착성을 되찾고 상대방을 가로막으려고 했다.

"조용히 해! 아내가 눈앞에 있는 것도 생각지 않고서."

하지만 쥘리앙은 분하다는 듯이 발을 동동 굴렸다.

"무슨 상관입니까? 더구나 이 사람도 결과에 대해서는 알고 있어요. 이 사람 것을 훔쳐 이 사람에게 손해를 끼치는 짓이니까요."

잔은 깜짝 놀라서 무슨 영문인지도 몰라 눈만 휘둥그렇게 뜨고 있었다. 그저 입속말로 물었다.

"도대체 무슨 일이에요?"

쥘리앙은 아내 쪽으로 돌아섰다. 기대를 걸고 있었던 이익을 횡령당한 장본인으로서 아내를 증인으로 내세우려고 했다. 그가 그녀에게, 로잘리를 결혼시키려고 하는 음모에 대해서 불쑥 이야기했다. 그러니까 적어도 2만 프랑의 값이 나가는 바르빌 농토를 그녀에게 주었다는 사실이었다. 그러고는 거듭거듭 말했다.

"이봐, 당신의 아버지 어머니는 미친 사람들이야. 2만 프랑이야! 자그마치 2만 프랑이나 내주다니!"

잔은 그런 말을 듣고 있어도 아무런 감동도 일어나지 않고 화도 나지 않았다. 자기 자신으로서도 냉정한 것이 이상할 정도였다. 자기 아들과 관계없는 일에 대해서는 지금은 아무 관심도 생기지 않았다.

남작은 기가 막혔다. 아무 대꾸할 말도 나오지 않았으나 이윽고 울화통이 터져 발을 동동 구르며 소리쳤다.

"이봐, 무슨 말을 하고 있는 거야. 정말 너무 심하군. 그 자식 딸린 계집에게 지참금을 내주지 않으면 안 되게 만든 것이 도대체 누구 때문이지? 그게 누구 자식이야? 지금에 와서 내버릴 작정인가!"

쥘리앙은 남작의 결렬한 태도에 움찔하여 상대방을 물끄러미 지켜보고 있었다. 그래서 약간 차분해진 어조로 말을 이었다.

"그래도 말입니다. 1천 5백 프랑이면 충분하지요. 어느 처녀나 다 있어요, 어린애쯤은. 결혼 전에 말예요. 그것이 누구 자식이 되었든 간에 조금도 다를 것이 없는 거예요. 2만 프랑이나 나가는 농장을 내주다니, 이건 우리한테 막대한 손해일 뿐만 아니라 무슨 일이 있었던 걸 세상 사람들에게 퍼뜨리는 거나 다름없는 짓이란 말입니다. 적어도 우리들의 가문이나 지위를 생각해봐야 할 일이었어요."

이렇게 그는 엄연하게 단언했다. 자기의 권리를 주장하고, 자기의 논리의 정당성에 대해서 자신이 있는 사나이의 태도였다. 남작은 이와 같은 뜻밖의 논법에 황당하여, 다만 그 앞에서 입을 멍청히 벌리고 있을 뿐이었다. 그러자 쥘리앙은 형세가 자기에게 유리하다고 느끼고 결론을 내렸다. "아직 실행에 옮기지 않은 것은 마침 잘 된 일입니다. 나는 그 계집과 결혼하려고 하는 젊은이를 알고 있습니다만, 아주 성실한 사나이입니다. 그 녀석이라면 모든 게 잘 처리 될 것입니다, 뭐, 나한테 맡겨두십시오."

그렇게 말하고는 그는 즉시 밖으로 나섰다. 아마도 이 이상 더 말이 오가는 걸 두려워한 것이리라. 모두들 입을 다물고 있는 것을 동의하는 것이라고 간주하여 천만다행으로 생각했던 것이다.

그가 사라지자마자 남작은 몸서리를 치면서 외쳤다. 너무나 심한 놀라움을 참고 있을 수가 없었던 것이다.

"아아! 저 놈, 정말 지독해, 찔러도 피 한 방울 안 나올 놈이야!"

그런데도 잔은 아버지의 놀란 얼굴을 쳐다보면서 갑자기 웃음을 터뜨리고 말았다. 그녀는 무언가 우스울 때 짓는 옛날 그대로의 밝은 표정을 하고 있었다.

그녀는 되뇌었다.

"아버지, 들으셨어요? 그이가 몇 번이고 '2만 프랑!'이라고 하는 말을?"

그러자 쾌활해지는 것도 눈물을 흘리는 것만큼 빠른 엄마는 사위의 화난 표정이라든가 흥분해서 외치던 소리, 자기가 유혹했던 계집에게 자기 것도 아닌 돈을 내주는 것을 보고 기를 쓰고 만류하던 것들을 생각해보니, 더욱이 잔의 장난하는 태도마저 즐거워져서 웃음이 치밀어 오르는 바람에 눈에는 눈물이 가득히 괼 정도였다. 그러자 이번에는 남작도 부인의 그런 태도에 전염되어 피식 하고 웃음을 터뜨렸다. 그래서 세 사람은 모두 옛날의 즐거웠던 시절처럼 배꼽이 빠질 정도로 깔깔 웃어댔다.

웃음이 웬만큼 가라앉자 잔은 새삼스레 놀란 표정을 지으면서 말했다.

"이상해요. 저는 이젠 아무렇지도 않아요. 그이를 봐도 지금은 아주 남남인 것만 같아요. 제가 그이의 아내라니 믿어지지 않아요. 그래서 이처럼 그이의 야비한 짓이 우스워서 웃고 있는 거예요."

그러고는 까닭 없이 웃고 감동하며 무턱대고 서로 키스를 주고받았다.

그런데 그로부터 이틀이 지나서 점심을 먹은 후, 마침 쥘리앙이 말을 타고 밖으로 나간 뒤, 스물두 살에서 스물다섯 살쯤 되어 보이는, 키가 후리후리한 젊은이가 손목을 단추로 잠근 헐렁헐렁한 소매가 달린, 주름이 뻣뻣한 아주 새로운 푸른 작업복을 입고서, 마치 아침부터 그곳에 기다리고 있었다는 듯이 저택을 한 바퀴 돌고 나서, 여느 때처럼 플라타너스 밑에 앉아 있는 남과 두 사람의 부인 쪽으로 살금살금 다가 왔다.

세 사람을 보자 그는 사냥 모자를 벗었다. 그러고는 거북살스런 표정을 짓고서 인사를 하면서 앞으로 걸어왔다.

목소리가 들릴 만한 거리까지 다가오자 그는 입속말로 우물거리면서 말했다.

"안녕하셨습니까, 남작님, 마님, 그리고 아씨."

이렇게 인사하는데도 아무도 말을 걸어주지 않자 자기 스스로 이름을 댔다.

"제가 바로 데지레 르코크 입니다."

이 이름을 듣고서도 짐작이 가는 바가 없어서 남작은 "무슨 일이지?" 하고 물었다.

그러자 이 젊은이는 완전히 당혹스런 표정이었다. 자기의 용건을 설명해야 한다고 생각하니 난감한 모양이었다. 그는 자기 손에 들고 있는 사냥 모자와 저택의 지붕 꼭대기를 번갈아 바라보면서 중얼거렸다.

"신부님께서 이 일에 대해서 약간 말씀해주셨습니다만 ……."

그러더니 젊은이는 입을 다물어버리고 말았다. 무심코 지껄여댔다가 모처럼 굴러 들어온 재물을 놓쳐서는 큰일이라고 생각했기 때문이다.

남작은 전혀 알 수가 없어서 다시 물었다.

"이 일이라니, 뭘 말인가? 나는 모르겠는데, 도무지."

그러자 상대방은 목소리를 낮추면서 결심했다는 듯이 말했다.

"서어, 댁의 하녀의 일로…… 로잘리라고 하는……."

잔은 얼른 눈치를 채고 자리에서 일어나 아기를 안고 자리를 떴다. 그러자 남작은 "이리 오게." 하고 말하고는 딸이 일어선 의자에 앉게 했다.

농부는

"대단히 죄송합니다."

하고 중얼거리면서 즉시 걸터앉았다. 그리고 이젠 더 이상 할 말이 없다는 듯 가만히 기다리고 있었다. 상당히 긴 침묵이 흐른 후에 농부는 드디어 결심을 했는지 푸른 하늘을 쳐다보면서 말했다.

"아주 좋은 날씨로군요. 벌써 씨는 다 뿌려놨으니까, 땅으로는 아주 안성맞춤이죠"

그리고 나선 또다시 입을 다물고 말았다. 남작은 짜증이

나기 시작했다. 그래서 퉁명스런 말투로 딱 잘라 이야기를
꺼냈다.

"로잘리하고 결혼하겠단 사람이 바로 자네로구만."

사나이는 금세 걱정이 되기 시작했다. 노르망디 인 특유
의 교활한 계획이 어긋났기 때문이다. 그래서 경계를 하면서
전보다도 강한 음성으로 대답했다.

"그게 사정에 따라서는 할지도 모르고 안 할지도 모릅니
다."

이와 같이 빙 둘러서 하는 말에 남작은 화가 났다.

"마음대로 하게나! 탁 털어놓고 솔직하게 대답해주게. 그
문제로 왔는가, 그렇지 않으면 그게 아닌가? 장가를 가겠는
가 안 가겠는가?"

사나이는 갑자기 난처해져서 발밑만 응시하고 있었다.

"신부님께서 말씀하신 대로라면 아내로 맞이하겠습니다
만, 쥘리앙님 말씀대로라면 도저히 맞이할 수가 없습니다."

"쥘리앙은 뭐라고 말하던가?"

"쥘리앙님은 1천 5백 프랑 주겠다고 하셨습니다만, 신부
님은 2만 프랑 주실 모양입니다. 2만 프랑이면 승낙하겠습
니다만, 1천 5백 프랑이면 싫습니다."

그때 팔걸이의자에 깊숙이 걸터앉아 있던 남작 부인이 이

시골뜨기의 걱정스러운 표정이 우스워서 킥킥 웃기 시작했다. 농사꾼은 뭐가 그렇게 재미있는지 영문을 모르기 때문에 불만스러운 듯이 곁눈으로 부인을 노려보았다. 그러고는 대답을 기다렸다.

남작은 이 같은 흥정에 넌더리가 나서 싹 잘라 말했다.

"내가 신부님한테 말했네만, 바르빌 농장은 자네에게 주겠네. 자네가 살아있는 동안은 말이야. 그리고 그 후에는 아들 것이야. 그 농장은 2만 프랑의 값어치가 있지. 나는 거짓말 같은 건 안하네. 자아, 이젠 승낙하겠는가, 못하겠는가, 어느 쪽이야?"

사나이는 비열하고도 만족스러운 표정을 짓고서 싱긋 웃었다. 그리고 갑자기 떠들어대기 시작했다.

"그렇다면 싫다고는 안하겠습니다. 제가 마음이 내키지 않았던 것은 그 문제뿐이었습니다. 신부님한테서 말씀을 들었을 때는 당장이라도 떠맡으려고 생각했습니다. 남작님께서 만족하게 여기시는 일이라면 저도 역시 기뻐하겠습니다. 더구나 남작님께서도 역시 틀림없이 은혜를 베풀어주실 테고, 안 그렇겠습니까? 인간이란 서로 뭔가 신세를 졌을 때는 나중에 만나서 틀림없이 은혜를 갚는 게 아닐까요. 그런데 쥘리앙님이 오셔서 1천 5백밖엔 주지 못하겠다고 하시더군

요. 그래서 한번 찾아뵙고 말씀을 들어봐야겠다고 생각했지
요. 그래 이렇게 달려와 찾아뵈는 것입니다. 저는 딱 믿고
있었습니다만, 사실을 확인하고 싶었거든요. 셈이 깨끗해야
사귐도 깨끗해진다는 말이 있습니다만, 정말로 그런 것이 아
니겠습니까, 남작님……."

더 이상 지껄이게 놔둘 수는 없어 남작은 말을 자르고 물
어보았다.

"결혼식은 언제 올릴 작정인가?"

사나이는 갑자기 겁을 먹은 듯한 표정이 되더니 망설이는
눈치였다. 그러다 마침내 주저주저하면서 입을 뗐다.

"그 전에 저어, 뭔가 증서 같은 걸 써주시지 않겠습니까?"

남자고 이번에는 화가 폭발하고야 말았다.

"뭐라구, 괘씸한 놈 같으니라구! 결혼 증서가 만들어질 게
아니냐. 결혼증서가 뭣보다도 틀림없는 증서야."

농사꾼은 끈덕지게 버텼다.

"그때까지는 어쨌든 뭔가 써주십시오. 별로 해로울 것도
없잖습니까?"

남작은 당장에 결말을 지으려고 자리에서 일어났다.

"자아, 할 테냐 안 할 테냐? 대답을 해라, 지금 당장에. 네
가 싫으면 싫다고 해, 우리에겐 또 한 사람의 신청자가 있으

니까."

그러자 이 능글맞은 노르망디인은 갑자기 당황해 했다. 경쟁자가 있다는 것은 큰일이었다. 그는 마침내 결심을 하고서 암소를 사고 난 후처럼 한쪽 손을 내밀었다.

"예, 손을 마주 치시죠. 남작님, 이것으로 됐다고 여기고 한번 약속한 이상은 결코 어기지 않겠습니다."

남작은 손을 쳤다. 그런 다음 큰소리로

"뤼디빈느!"

하고 소리쳤다. 찬모가 창에서 얼굴을 내밀었다.

"포도주 한 병 가져온."

남작이 말했다. 포도주가 오자 계약이 성립된 표시로 두 사람은 축배를 들었다. 젊은이는 올 때보다 가벼운 발걸음으로 돌아갔다.

이 사나이가 다녀간 사실은, 쥘리앙에게 한마디도 하지 않았다. 결혼 증서는 비밀리에 준비되었다. 그리하여 결혼이 성립되었음을 발표하고, 곧 어느 일요일 아침에 결혼식을 올렸다.

신랑 신부의 뒤를 따라 이웃에 사는 여자가 갓난아기를 안고 왔다. 이것만큼 재산을 확실하게 보증하는 것은 없을 것이다. 이 고장 사람들은 어느 누구도 깜짝 놀라거나 하지 않았다. 다만 데지레 르코크를 부러워했을 따름이다. 그 녀석, 부자가 될 팔자를 타고났군, 하고 능글맞은 미소를 띠면서 이야기들을 하고 있었지만, 거기에는 분개하는 빛 같은 건 조금도 없었다.

쥘리앙은 아무한테나 화풀이를 했다. 이것이 양친으로 하여금 레뻬플에 머물러 있는 기간을 단축하게 만들었다. 잔은 별로 슬퍼하는 기색도 없이 그들은 떠나보냈다. 폴이 있으므로 그녀는 행복할 수 있었기 때문이다.

9

잔은 산욕기도 지나 완전히 건강을 회복했기 때문에 푸르빌 집안에 답례 인사를 하러 가고, 또 쿠틀리에 후작의 집에도 얼굴을 내밀기로 했다.

쥘리앙은 최근에 경매에서 새로운 마차를 샀다. 포장이 없는 가벼운 사륜마차였다. 이것은 말은 한 필만으로 족했다. 따라서 한 달에 두 번은 외출할 수 있게 되었다.

12월의 어느 맑게 갠 날, 마차에 말을 맸다. 노르망디의 벌판을 두 시간 동안이나 곧장 달려 나가자 조그만 골짜기로 내려가게 되었다. 그 양쪽 기슭은 숲으로 뒤덮이고 바닥은 경작지가 되어 있었다.

얼마 안 가서 씨가 뿌려진 밭이 나왔으나 그것도 이윽고 목장으로 변하고, 목장은 소택지로 변해갔다. 계절이 계절인 만큼 시들기는 했지만 키가 큰 갈대가 온통 사면에 우거져 있었고, 그 긴 잎사귀는 노란 리본처럼 사각거리고 있었다.

골짜기의 급커브를 돌자 느닷없이 브리예트의 대저택이 나타났다. 한쪽은 나무들이 무성하게 우거진 비탈을 등지고 있고, 다른 한 쪽은 돌담이 전부 연못 속에 잠겨 있었다. 그 넓고 큰 연못은 골짜기의 반대쪽인 정면을 뒤덮은 커다란 전나무 숲이 있는 데까지 계속되어 있었다.

주차장으로 들어가기 위해서는 고풍스러운 다리를 지나 루이 13세 식의 굉장히 큰 정면 현관을 빠져나가지 않으면 안 되었다. 이윽고 우아한 저택이 앞에 나섰다. 저택은 같은 시대의 건물로 벽돌로 테가 둘려 있고, 슬레이트로 지붕을 인 몇 개의 작은 탑으로 측면이 보호되어 있었다.

쥘리앙은 건물의 모든 부분을 잔에게 설명해주었다. 마치 저택의 구석구석까지 알고 있는 단골손님 같았다. 그 아름다움에 도취해서 자꾸만 찬탄하는 것이었다.

"저 봐, 저 정면 현관 좀 봐! 근사하지 않아. 이런 주택은 정말 세상에 다시없어. 안 그래? 뒤쪽의 내림벽 전체가 연못에 면해 있고 말야, 으리으리한 돌층계는 물가에까지 내려가 있거든. 그리고 그 돌층계 밑에는 언제든지 네 척의 보트가 매어져 있는 거야. 두 척은 백작 것이고 두 척은 백작 부인 것이지. 저것 좀 봐, 훨씬 저쪽의 오른쪽에 포플러 가로수가 보이지? 저기서 연못이 끝나. 그리고 저기서부터 페캉까지 흘러가는 시내가 시작된다구. 이 근방은 물새가 굉장히 많아서, 백작은 여기서 사냥하기를 아주 좋아하지. 이거야말로 진짜 영주의 저택일거야.”

입구의 문은 활짝 열려 있었다. 거기에 하얀 피부의 백작 부인이 나타나 미소를 지으면서 방문객을 맞이하러 걸어 나왔다. 옛날의 성주 부인처럼 긴 옷자락을 질질 끌고 있었다. 이 영주의 저택을 위해서 태어난 호수 위의 미인이라고 할 만 했다.

객실에는 창이 여덟 개 나 있었는데 그 중 네 개의 창은 연못을 향해서 나 있어서, 정면의 언덕을 뒤덮은 울창한 소나무 숲이 바라보였다.

거무칙칙한 나무들의 초록빛 숲으로 인하여 연못은 매우 깊고 삼엄하고 침울하게 보였다. 그리고 바람이 불어오면 나무들이 술렁거렸는데 그 소리는 어쩐지 늪의 소리처럼 들렸다.

백작 부인은 마치 어린 시절의 동무이기라도 한 듯이 다정스레 잔의 손을 붙잡고 그녀는 자리에 앉히고, 자기도 옆에 있는 낮은 의자에 걸터앉았다. 한편, 쥘리앙은 오랫동안 잊어버리고 있던 우아한 자태를 5개월 만에 되찾아서 오늘도 붙임성 있게 가슴을 터놓고 잘 웃고 잘 지껄였다.

백작 부인과 쥘리앙은 승마에 관한 이야기를 나누고 있었다. 그녀는 그가 말을 차는 요령이 약간 이상하다며 웃어대고는 '비틀비틀 기사'라고 놀려주었다. 그러자 쥘리앙도 이에 지지 않고 재빨리 '승마복의 여왕님'이라고 응수하면서 웃었다. 그때 창 밑에서 총 소리가 한 방 울렸다. 잔은 자신도 모르게 외마디 소리를 질렀다. 백작이 상오리를 쏘아 잡은 것이다.

즉시 부인은 백작을 불렀다. 노 젓는 소리와 배가 돌층계에 부딪치는 소리가 나더니 백작이 나타났다. 큰 몸집에 장화를 신고 역시 불그레한 두 마리의 흠뻑 젖은 개를 데리고 있었다. 개는 문 앞에 있는 융단 위에 엎드렸다.

백작은 자기 집이라서 그런지 예전의 어색함을 벗어나 훨씬 자연스러워 보였고, 그리고 방문객이 있음을 알고 기뻐했다. 난로에 장작을 지피고 나서 마데이라 산 포도주의 비스킷을 가져오게 했다. 그러더니 대뜸 큰소리로 말했다.

"물론 저녁 식사를 같이 하시겠지요?"

잔은 아기가 걱정이 되어 사양했다. 백작은 다시 권유했지만 잔은 여전히 사양했다. 그러자 갑자기 쥘리앙이 얼굴을 찡그렸다. 그녀는 쥘리앙의 걸핏하면 싸우려 드는 심술궂은 성질이 노출될까봐, 이튿날까지 폴을 못 보는 것이 몹시 괴로웠지만 하는 수 없이 승낙했다.

오후는 즐거웠다. 우선 수원을 구경하러 갔다. 샘은 이끼 낀 바위 밑에서 힘차게 솟아 나왔고, 그 맑은 샘물은 마치 펄펄 끓는 뜨거운 물처럼 계속해서 흔들려 움직이고 있었다. 뱃놀이도 했다. 시든 갈대가 우거진 사이로 뚫려 있는, 길처럼 보이는 곳을 한 바퀴 돌았던 것이다. 백작은 한순간도 쉬지 않고 코를 쑥 내밀고 냄새를 맡고 있는 두 마리의 개 사이에 앉아 배를 저었다. 노를 한 번 저을 때마다 커다란 보트는 쑥 쳐들려 그대로 앞쪽으로 나아갔다. 잔은 이따금 차가운 물에 손을 적셔, 손가락 끝에서 심장까지 전해져 오는 얼어붙는 듯한 차가운 감촉을 즐겼다. 배의 고물 쪽에서는 아까부터 쥘리앙과 솔을 뒤집어쓴 백작 부인이 서로 미소를 던지고 있었다. 너무나 행복해서 입조차 열 수 없는 사람들의 미소를 서로 지어 보이고 있었다.

해질녘이 다가오자 북풍이 얼음같이 차갑고 긴 전율로 바뀌어서 시든 골풀 사이로 지나갔다. 태양은 전나무 숲 너머로 져버렸다. 붉은 하늘에는 기묘한 모양을 한 진홍빛 조각 구름이 점점이 떠있어, 보기만 해도 오싹해질 만큼 차갑게 느껴졌다.

일동은 거대한 불이 활활 타고 있는 객실로 돌아왔다. 방에 들어서자마자 온기와 환희가 모두를 즐겁게 해주었다. 백작은 마음이 들떠 마구 떠들면서 마치 차력사 같은 팔로 아내를 끌어안더니, 마치 어린애처럼 가볍게 자기의 입 언저리까지 안아 올려, 흡족해 하는 호인답게 양쪽 뺨에다 커다란 두 개의 키스를 눌러댔다.

잔은 생글생글 웃으면서, 수염만 쳐다봐도 식인종 같은 이 마음씨 착한 거인을 바라보고 있었다. 그녀는 자기도 모르게 이렇게 생각했다.

'사람은 늘 타인을 어느 정도 오해하고 있다.'

그때 자기도 모르게 쥘리앙 쪽으로 눈을 돌리니, 그가 출입구 쪽에 선 채 소름이 끼칠 정도로 창백한 표정을 하고서 백작을 쏘아보는 것이 보였다. 그녀는 불안해져 남편 곁으로 다가가서 나직한 목소리로 물었다.

"어디가 아파요? 왜 그러시죠?"

그는 뭔가 약이 오른 목소리로

"아무것도 아냐. 내버려둬. 추워서 그래."

식당에 들어가려고 했을 때, 백작은 개를 데리고 들어가는 걸 양해해달라고 했다. 곧 개들이 들어와 주인의 좌우에 앞다리를 세우고 앉았다. 백작은 자꾸만 뭔가 먹을 것을 주고는 비단결처럼 매끈매끈한 긴 털을 쓰다듬어주었다. 개들은 목을 쏙 빼고 꼬리를 흔들더니 만족스러운 듯이 몸뚱이를 부르르 떨었다.

식후에 잔과 쥘리앙이 작별을 고하려고 하자 드 푸르빌 씨는, 횃불을 켜놓고 고기를 잡는 광경을 구경해달라면서 또다시 말렸다.

백작은 두 사람을 백작 부인과 함께 연못으로 내려가는 돌층계에 세워두고, 자신은 투망과 횃불을 든 하인과 함께 배를 탔다. 금모래를 흩뿌린 듯한 하늘 밑에서 밤은 밝고 살을 에는 듯이 차가웠다. 횃불은 너울너울 움직이는 불꽃의 꼬리를 수면에 비추며 갈대 사이에 춤추는 듯한 불 그림자를 던져 전나무의 장막을 환하게 비춰냈다. 갑자기 배가 빙글 도는가 싶더니 이상하고 거대한 그림자가, 그것은 사람의 그림자였지만, 환하게 비쳐진 숲의 가장자리에 떠올랐다. 그림자의 머리는 나무들 위로 뻗어 하늘 속으로 사라져버리고 다리만이 연못 속으로 기어 들어갔다. 이어서 그 터무니없이 커다란 녀석은 팔을 쭉 뻗어 별을 붙잡으려는 것처럼 보였다. 커다란 양쪽 팔이 갑자기 위로 올라가더니 다음 순간 아래로 내려왔다. 그러자 금세 수면을 채찍으로 치는 듯한 희미한 소리가 들렸다.

이때 배가 다시 한 번 느릿느릿 빙 돌았기 때문에, 이 이상한 유령은 도는 바람에 밑으로 비춰진 숲을 따라 쑥쑥 달려가는 것처럼 보였다. 다음에 그것은 눈에 보이지 않는 지평선 속으로 사라졌으나 조금 있자 또다시 나타났다. 이번에는 아까만큼 크지는 않았으나 좀 더 뚜렷해졌으며, 저택의 정면 현관을 배경으로 하여 그 독특한 동작도 확실하게 보였다.

백작의 굵직하고 탁한 목소리가 들려왔다.

"질베르트, 여덟 마리 잡았어!"

노가 물결을 쳤다. 거대한 그림자는 이제 우뚝 선 채 벽에 움직이지 않고 비치고 있었으나, 키나 폭은 점점 더 작아져 갔다. 머리도 조금씩 아래로 내려오고, 몸도 홀쭉해지는 것처럼 생각되었다. 그리고 푸르빌 씨가 횃불을 든 하인을 여전히 따라오게 하여 돌층계를 올라왔을 때에는 그 그림자는 방본인의 몸의 크기로 오그라들어 그의 동작을 그대로 하나하나 되풀이하고 있었다.

그가 들고 있는 그물 속에는 여덟 마리의 큼직한 고기가 펄떡펄떡 뛰고 있었다.

잔과 쥘리앙이 빌린 망토와 모포로 몸을 감싸고 귀갓길에 올랐을 때, 잔은 무심코 말해버렸다.

"백작은 참 좋은 분이에요!"

그러자 쥘리앙도 말을 몰면서 맞장구를 쳤다.

"그건 그래. 하지만 남 앞에서 언제나 예절이 바르다곤 할 수 없지."

그로부터 1주일이나 지나 그들은 쿠틀리에 집안의 저택을 방문했다. 쿠틀리에 집안은 이 고장에서는 제일 가는 귀족으로 여겨지고 있는 집안이었다. 대 저택은 카니의 커다란 마을과 접해 있었다. 루이 14세 시대에 새로 지어진 저택은 토담으로 둘러싸인 굉장히 큰 정원 속에 숨어 있었고, 약간 높은 언덕 위에서 보면 옛 저택의 폐허가 바라보였다. 제복을 입은 하인들이 두 사람의 방문객을 으리으리한 너른 방으로 안내했다. 방 한가운데는 일종의 원주가 서 있고, 그 위에는 거대한 세브르 산 술잔이 놓여 있었다. 그리고 그 대좌에는 왕의 친필 서간이 수정판 밑에 끼워져 있었다. 그 서간이란, 레오폴드 에르베 조제프 제르메르 드 바르느빌 드 롤 보스크 드 쿠틀리에 후작에게 보낸 것인데, 아무쪼록 왕으로부터 보내진 이 선물을 받아달라는 것을 당부하고 있었다.

잔과 쥘리앙이 이 국왕의 선물을 보고 있는데 후작 부부가 들어왔다. 부인은 머리에 분을 뿌리고 있었다. 체면상 호감을 사도록 행동하고 정중하고 예의바르게 보여주려고 했기 때문에 태도가 어딘지 모르게 부자연스러웠다. 주인이라는 사람은 백발을 똑바로 빗어 넘긴 뚱뚱보로, 행동이나 음성, 태도 전체에 자신의 존엄한 신분을 과시하는 듯한 거만스런 데가 있었다. 이들은 그 정신이나 감정이나 언어가 언제나 점잔을 빼는, 격식만을 중요시하는 그런 족속이었다.

그들은 상대방의 대답도 기다리지 않고 자기들만 지껄여댔으며, 무관심하게 간살부리는 웃음을 웃어대었다. 그것은 자기들의 신분에 주어진 의무, 즉 부근의 신분이 낮은 시골귀족을 예의바르게 접대하지 않으면 안 된다는 의무를 하는 수 없이 수행하고 있는 것처럼 보였다.

잔과 쥘리앙은 온몸이 뻣뻣하게 굳어진 채 애써 붙임성 있게 대하려고 했지만 그 이상 더 머물러 있기가 거북스러웠다. 그렇다고 해서 물러갈 만한 적당한 기회도 쉽게 찾을 수 없었던 차에 다행히 후작 부인이 이 방문에 대해서 결말을 지어주었다. 알맞게 알현을 끝마쳐주는 예의바른 여왕처럼 마침 적당한 대목에 가서 이야기를 끝냈기 때문에 아주 자연스럽고도 간단하게 이 방문이 끝날 수 있었다.

돌아오는 길에 쥘리앙은 말했다.

"당신만 좋다면, 우리들의 방문은 이 정도로 해둘까? 나에게는 푸르빌 가만으로도 충분해."

잔도 같은 생각이었다.

12월도 서서히 지나갔다. 12월은 음울한 달, 1년의 밑바닥에 뚫려 있는 어두컴컴한 구멍 같은 달이었다. 작년과 마찬가지의 동면 생활이 시작되었다. 그러나 잔은 언제나 폴에게 정신을 빼앗기고 있어서 전혀 지루하거나 따분하지가 않았다. 그러나 쥘리앙은 갓난아기를 짜증스럽고 불만스럽게 곁눈질로 흘겨보곤 했다.

세상의 어머니들이 어린아이를 양팔에 안고서 그 자식에게 품는 그 열광적인 애정으로 애무하거나 할 때면, 어머니 잔은 곧잘 그 아이를 아버지에게 내밀면서,

"자아, 뽀뽀 좀 해줘요. 당신은 전혀 이 아이가 귀엽지 않는 듯한 눈치군요."

하고 푸념을 늘어놓았다. 그러면 쥘리앙은 마지못해 갓난아기의 매끈매끈한 이마에 입술 끝을 살짝 댔다. 그렇게 하면서도 자신은 전신을 활처럼 굽혔다. 주먹을 꼭 쥐고 꼬물꼬물 꼼지락거리는 조그만 손에도 닿지 않으려는 듯, 그러곤 획 나가버렸다. 혐오의 감정을 더 이상 견딜 수 없다는 투의

표정으로.

면장과 의사와 신부가 가끔 저녁 식사 때에 찾아왔다. 그리고 이따금 푸르빌 부부도 찾아왔다. 푸르빌 집안과는 점점 더 친숙해져갔다.

백작은 폴이 아주 귀여운 모양이었다. 와 있는 동안 무릎에 줄곧 안고 있었고, 때로는 오후 내내 안고 있을 때도 있었다. 거인 같은 두툼한 손으로 능숙하게 다루면서 긴 콧수염 끝으로 어린 아기의 콧잔등은 간질이는가 하면, 갑자기 애정의 충동을 느끼기라도 했는지 어미처럼 뽀뽀를 해주는 일도 있었다. 그는 자기들 부부 사이에 아이가 없는 것을 한탄했다.

3월은 맑은 날이 계속되어 공기가 건조하고 따스하기까지 했다. 질베르트 백작 부인이, 넷이서 말을 타고 어디로든지 놀러 가자고 말했다. 잔은 지루한 초저녁이나 기나긴 밤이면 조금도 변함이 없는 단조로운 나날에 약간 권태를 느끼고 있었기에 이 제안에 몹시 기뻐하며 즐거이 승낙했다. 그래서 1주일 동안 승마복을 손질하는 것조차도 즐거웠다.

그리하여 다같이 말을 타고 멀리 놀러 나갔다. 그들은 언제나 두 사람씩 짝을 지어 나란히 달려갔다. 백작 부인과 쥘리앙이 앞장을 서고, 백작과 잔이 백 걸음쯤 뒤떨어져 따라갔다. 뒤따라가는 이 두 사람은 친구들처럼 조용히 이야기를 나누고 있었다. 그도 그럴 것이, 이 두 사람은 마음이 서로 통하여 사이좋은 벗이 되어 있었기 때문이다. 앞에 가는 두 사람은 나직한 목소리로 이야기하고 있었는데, 이따금 웃음을 터뜨리는 수도 있었다. 또한 갑자기 얼굴과 얼굴을 마주 바라보곤 하는 것은, 입으로 말할 수 없는 것을 눈으로 말하려고 하는 것 같았다. 그리고 어떤 때는 별안간 박자를 빨리 하는 것처럼 속도를 빨리하기도 하는데, 되도록 멀리 달아나고 싶은 충동에 사로잡힐 때 그러는 것이었다.

질베르트는 왠지 모르게 안달이 나는 모양이었다. 이따금 그녀의 새된 목소리가 미풍에 실려, 뒤따라가는 두 사람의 귀에 들릴 때가 있었다. 그럴 때면 백작은 미소를 지으면서 잔에게 말했다.

"아내는 요즘 매일같이 기분이 언짢답니다."

어느 날 저녁때, 말을 타고 멀리 갔다 돌아오는 길에 백작 부인이 암말의 옆구리에 박차를 가하고 힘껏 고삐를 잡아당기면서 말에게 자극을 주었다. 그러자 쥘리앙이 몇 번이고 그녀에게 소리치는 것이 들려왔다.

"조심해요. 그런 짓은 말아요. 말이 달아납니다."

그러자 그녀가 대꾸했다.

"미안하지만 당신이 참견하실 일이 아녜요."

그것이 어찌나 맑고 딱딱한 투였던지, 그 또렷한 말은 마치 공중에 떠 있는 것처럼 벌판에 온통 울려 퍼졌다.

말은 뒷다리로 껑충 일어서서 땅을 걷어차고 입으로는 거품을 내뿜었다. 백작은 불안해져서 갑자기 큰소리로 외쳤다.

"질베르트! 위험해"

그러자 그 말에 도전이라도 하는 듯, 아무것도 무서워하지 않는 여성 특유의 히스테리를 일으키며 질베르트는 난폭하게도 말의 양쪽 귀 사이를 채찍으로 한 대 후려갈겼다. 말은 미친 듯이 꼿꼿이 일어서서 앞다리로 허공을 걷어찼다. 이어서 그 다리를 땅바닥에 내려놓고 맹렬한 기세로 뛰어오르는가 싶더니 있는 힘을 다하여 그대로 쏜살같이 벌판을 달리기 시작했다.

말은 먼저 목장을 뛰어넘고, 이어서 경작지를 질주하면서 축축한 옥토를 모래 먼지처럼 걷어차 올렸는데, 그 속도가 마치 화살과도 같아서 말과 기수가 분간이 안 될 정도였다. 쥘리앙은 망연자실하여 그 자리에 우두커니 선 채, 다만

"부인, 부인!"

하고 부를 따름이었다. 하지만 백작은 신음하는 듯한 소리를 내는가 싶더니 땅딸막한 말의 모가지에 몸을 구부려 붙이고

는 온몸으로 밀어내듯이 하여 말을 달리게 했다. 그러한 자세 그대로 목소리와 몸짓과 박자로 자극을 주어 말을 미친 듯이 흥분시키면서 앞으로 내달리게 했기 때문에, 이 거대한 기수가 양쪽 사타구니 사이에 무거운 동물을 꼭 끼고서 운반해 가는 것처럼 보였으며, 그대로 하늘로 날아오르지나 않을까 하고 여겨질 정도였다. 이렇게 해서 두 필의 말은 믿어지지 않을 정도의 빠른 속도로 똑바로 치달려갔다. 그 광경을 바라다보고 있는 잔의 시야에서 백작 부부의 두 개의 그림자가 저 멀리 아득히 자꾸만 멀어지고 작아지고 희미해져서 마침내 사라져가는 것처럼 여겨졌다. 그것은 두 마리의 작은 새가 쫓고 쫓기고 하면서 지평선 저쪽으로 사라져가는 것과도 같았다.

쥘리앙이 태연히 느린 걸음으로 다가오더니 격앙된 목소리로 중얼거렸다.

"저 여자, 오늘은 머리가 돈 것 같군."

그들은 나란히, 눈앞에서 사라진 두 사람의 뒤를 쫓아갔다.

거의 15분쯤 지났을 때, 그들 부부가 돌아오는 모습이 보였다. 그래서 쥘리앙 부부도 그들과 합류했다.

백작은 얼굴이 새빨개지고 땀을 뻘뻘 흘리면서 만족스러

운 듯이 얼굴에 가득히 미소를 띠고 있었는데, 몸을 부르르 떨고 있는 아내의 말을 꽉 잡고 있는 모습에는 뿌듯함이 흘러 넘쳤다. 부인은 핼쑥해지고 경련이 일어 고통스러운 표정이었다. 남편의 어깨를 붙잡고 간신히 몸을 지탱하고 있는 모습이 금세라도 실신할 것처럼 보였다. 이날, 잔은 백작이 아내를 매우 뜨겁게 사랑한다는 것을 알았다.

그 후 한 달 동안 백작부인은 매우 쾌활해 보였다. 그리고 전보다도 빈번하게 레뻬플을 찾아오게 되었는데, 곧잘 웃음을 짓고 충동적으로 잔을 포옹하며 애정을 표출하는 일도 있었다. 그 어떤 신비한 황홀감이 그녀의 생활 속에 내려진 것 같았다. 남편인 백작은 아주 행복스러운 듯이 아내로부터 한시도 눈을 떼지 않았다. 그리하여 더욱더 깊어지는 애정으로 아내의 손이나 옷을 만질 기회를 찾으려고 애썼다.

어느 날 밤, 백작은 잔에게 이렇게 말했다.

"지금 우리는 행복합니다. 질베르트가 이렇게 상냥한 적은 여태까지 없었습니다. 언짢은 표정을 짓거나 화를 내는 일도 없어졌지요. 나를 사랑하고 있다는 걸 깨달았어요. 여태까지 나는 자신이 없었거든요."

양가의 친목이 각 가정에 평화와 기쁨을 가져다 준 듯 쥘리앙도 또한 사람이 변한 것처럼 생각되었다. 한층 더 쾌활해지고, 화를 내지도 않았다.

봄이 빨리 찾아왔다. 부드러운 아침부터 조용하고 미지근한 저녁때까지 태양은 대지의 표면을 싹트게 했다. 그것은 모든 싹이 일제히 급격하고 힘차게 벌어지는 움틈이고 저항하기 어려운 샘솟음이었다. 온 세계가 다시 젊어지는 듯한 축복받은 해에, 자연이 보여주는 갱생의 열기였다.

잔은 이와 같은 생명의 발효에 막연히 마음이 산란해짐을 느끼지 않을 수 없었다. 풀 속에서 조그만 꽃 한 송이를 보고도 마음이 갑자기 멍해졌고, 달콤한 우수에 잠기기도 하고, 또 몇 시간이고 나른한 몽상에 잠기며 보내기도 했다.

그리고 또한 사랑을 처음으로 알게 되었을 무렵의, 저 몸에 스며드는 듯한 추억에 잠기는 일도 있었다. 그렇다고 쥘리앙에 대한 애정이 되살아난 것은 아니었다. 그것은 끝나버린 것이었다. 영원히 끝나버린 것이었다. 그러나 자신의 온몸이 미풍에 애무를 당하고 봄의 향기를 마시노라면 마음이 산란해지고, 눈에 보이지는 않지만 상냥하게 부르는 소리에 유혹을 당하기라도 한 듯이 부들부들 떨리는 것이었다.

그녀는 혼자 있기를 좋아하게 되었다. 멍하니 햇볕을 쬐고 있는 것을 좋아하게 되었다. 관념 따위는 불러일으키지 않는 막연하고도 조용한 환희나 감각에 젖어들고 싶었다.

어느 날 아침의 일이었다. 이처럼 그녀가 꾸벅꾸벅 졸고 있노라니까 하나의 환영이 그녀의 머릿속을 스쳐갔다. 그것은 에트르타 부근에 있는 조그만 숲의 어두컴컴한 풀숲 속에 구덩이처럼 뻥하게 뚫린 듯이 햇살이 비치는 빈터의, 그 재빠른 환영이었다. 그렇다, 거기였다. 그녀가 처음으로 자신의 육체가 부르르 떨리는 것을 느낀 것은. 그 무렵엔 자신을 사랑해주었던 남자 곁에 있었다……. 그곳이었다. 그가 처음으로 자신의 수줍은 마음속을 입속말로 우물거리면서 고백한 것은. 그리고 역시 그곳이었다. 자신의 눈부신 희망의 미래가 갑자기 자기에게 찾아든 듯 느껴진 것은…….

그러자 그녀는 그 숲을 다시 한 번 보고 싶었다. 마치 그곳에 가보는 것이 자기 생활의 흐름에 어떤 변화를 가져다주기라도 할 것처럼 생각되었기 때문이다.

쥘리앙은 새벽녘부터 나가고 없었다. 어디로 가는지 그녀는 알지 못했다. 그래서 그녀는 요즘에 와서 자주 타는 조그만 백말에 안장을 얹도록 하여 그걸 타고 출발했다. 풀잎 하나, 잎사귀 하나, 어디를 가나 아무것도 까딱거리지 않는 그토록 조용한 날도 있는데, 그날이 그런 날이었다. 바람은 마치 죽어 있는 것 같고, 만물은 시간의 종말까지 영원히 움직이지 않을 것처럼 보였다. 벌레들마저도 그림자를 감춰버린 것만 같았다.

눌어붙을 듯한, 그리고 더할 나위 없는 정적과 함께 빛은 금빛 안개가 되어 태양으로부터 조용조용히 떨어져 내리고 있었다. 잔은 느릿느릿 걸어가는 조그마한 말의 잔등 위에서 흔들리면서 행복감에 젖어 있었다. 그녀는 때때로 눈을 들어 한줌의 솜뭉치만 한 잘디 잔 흰 구름 한 조각이라도 놓치지 않으려고 올려다보았다. 공중에 걸려 있는 솜조각 같은 수증기가 푸른 하늘의 한가운데에 남아 있었다.

그녀는 골짜기를 내려갔다. 그것은 에트르타의 문이라고 불리는, 그 여러 개의 커다란 아치 사이를 뚫고 바다에까지 내려가 있는 골짜기였다. 이윽고 조용조용히 숲 속으로 들어갔다. 아직은 가냘픈 푸른 잎사귀를 통해서 햇살이 빗줄기처럼 쏟아져 내리고 있었다. 그녀는 그 장소를 찾으려고 했지만 쉽게 발견되지 않아 좁은 길을 이리저리 헤맸다.

긴 샛길을 가로지르려고 했을 때, 갑자기 그 길의 끄트머리에 두 필의 말이 눈에 띄었다. 말들은 안장이 얹힌 채 나무에 매어져 있었다. 그것이 누구의 말인지 그녀는 금세 알았다. 질베르트와 쥘리앙의 말이었다. 막 고독감이 엄습하기 시작하는 참인만큼 그녀는 이 뜻하지 않은 만남이 참으로 기뻐서 말을 서둘러 가게 했다.

이렇게 오랫동안 매어져 있는 것에 익숙해진, 참을성이 많은 두 필의 말이 있는 데까지 가자 그녀는 소리를 질러 불러보았다. 대답이 없었다.

여자용 장갑 한 짝과 두 개의 채찍이 짓밟힌 잔디 위에 놓여 있었다. 그렇다면 두 사람은 이곳에 있다가 말을 남겨두고 어딘가로 좀 더 멀리 간 것이다.

그녀는 15분을 기다렸다. 20분을 또 기다렸다. 도대체 그들은 어디서 무슨 일을 하고 있는 것인지 알 수 없어 의아할 따름이었다. 그녀는 말에게 내려 나무에 가만히 기대어 있었기 때문에, 두 마리의 작은 새가 그녀가 있는 줄도 모르고 그녀의 바로 옆에 있는 풀 위로 날아 내려왔다. 다음 순간, 그 중의 한 마리가 분주하게 움직이기 시작하더니 펼친 날개를 흔들고 연방 고개를 조아리며 짹짹짹 지저귀면서 상대방의 주위를 깡충깡충 뛰어다녔다. 그런가 싶더니 갑자기 두 마리가 교미를 시작했다.

잔은 깜짝 놀랐다. 이제까지 이와 같은 일을 까맣게 몰랐던 것처럼. 그리고 가슴 속으로 중얼거렸다.

'그렇지. 봄철이 온 거야.'

그러자 또 하나의 생각이 머리를 스치고 지나갔다. 이제야 드는 의심이었다. 그녀는 새삼스레 장갑을 바라보았다.

채찍을 내려다보았다. 타고 와서 버려둔 두 필의 말을 바라다보았다. 그리고는 문득 그 자리를 떠나고 싶은 충동에 불쑥 말에 뛰어올랐다.

이제는 단지 레뻬플로 돌아가려고 말을 치달렸다. 그녀의 머리는 활발하게 돌아가며 추리하고, 사실을 연결하고, 상황을 이리저리 살펴보았다. 어째서 좀 더 일찍 눈치를 채지 못했을까? 어째서 아무것도 깨닫지 못했던 것일까? 쥘리앙이 집을 곧잘 비우게 된 것, 옛날의 멋부림이 또다시 시작된 것, 그리고 기분이 좋아진 것, 어째서 그 이유를 알지 못했던 것일까? 그 밖에도 짐작이 가는 바가 있었다. 질베르트의 급작스러운 신경질이며, 지나치게 아양을 부리는 태도, 얼마 전부터 그녀의 지극히 행복하다고 할 수 있는 생활 태도, 그리고 그에 따라 행복해진 백작 등이 그것이었다.

그녀는 말고삐를 늦추었다. 왜냐하면 신중히 생각해야 하는데 말의 빠른 걸음이 그녀의 생각을 어지럽혔기 때문이었다.

최초의 흥분이 사라지자 그녀의 마음을 다시금 거의 평온해졌다. 질투심도 없고 증오도 없었다. 다만 경멸감으로 가슴이 메슥거릴 뿐이었다. 이젠 쥘리앙 같은 건 거의 생각해 보지 않았다. 그의 행실로 그녀를 놀라게 할 만한 것은 아무

것도 없었다. 다만 자기 친구로서의 백작 부인의 이중 배신
은 그녀를 격분시켰다. 그러고 보면 이 세상 사람들은 한 사
람도 남김없이 믿을 수 없고 거짓말쟁이이며 가짜들뿐이다.
그렇게 생각하니 눈물이 왈칵 솟았다. 사람이란 때에 따라서
는 죽은 사람을 생각하여 우는 것처럼 환멸의 비애 때문에
눈물 흘리게 되기도 하는 것이다.

그렇지만 그녀는 아무것도 모르는 체하기로 결심했다. 이
세상의 평범한 애정 따위에 대해서는 자기 마음의 문을 닫
아버리고, 이젠 아들 폴과 부모만 사랑하기로. 다른 사람들
의 일 같은 건 아무렇지도 않은 듯한 표정으로 꾹 참기로 결
심했다.

집에 돌아오자 그녀는 부리나케 자기의 아들에게 뛰어들
어 자기 방으로 안고 가서는, 꼬박 한 시간동안 쉴 새 없이
마치 미치광이처럼 계속해서 뽀뽀를 해주었다.

쥘리앙은 저녁 식사 때 돌아왔다. 상냥하게 미소까지 띠
면서 여러 가지로 호의를 보여주었다. 그는 이런 것까지 물
었다.

"아버님과 어머님은 올해는 안 오시나?"

그녀는 그가 이렇게 친절하게 물어주는 것이 뼈에 사무치
게 기쁜 나머지 숲속에서의 일을 거의 다 용서해주고 싶은

심정이 되었다. 그리고는 폴 다음으로 가장 좋아하는 두 분을 뵙고 싶은 격렬한 욕망이 갑자기 치밀어 올라, 그들의 도착을 재촉하기 위해서 밤새도록 편지를 썼다.

그들은 5월 20일에 오겠다는 소식을 알려 왔다. 그런데 지금은 같은 달인 5월 7일이었다.

그녀는 날이 갈수록 안타까운 심정에 사로잡혀 양친이 오기를 애타게 기다렸다. 딸로서의 애정만이 아니라, 자기의 심정을 정직한 사람들의 마음과 접촉시키고 싶은 새로운 욕망이 솟았기 때문이다. 그 생활이나 그 행위, 그 생각, 그 욕망 모두가 완전한 사람들, 파렴치한 일 같은 건 전혀 없는, 마음이 깨끗한 사람들과 가슴을 터놓고 이야기를 나누고 싶은 욕구에 사로잡히기 시작했기 때문이다.

그녀가 지금 느끼고 있는 것은, 이와 같은 주위 사람들의 썩어빠진 양심 사이에 외따로 놓인 자신의 양심의 고독이었다. 이제 그녀는 자신의 감정을 속이고 감추는 걸 익혔고, 여전히 손을 내밀고 미소를 띠면서 백작 부인을 맞이했지만, 인간에 대한 공허감과 모멸감이 시시각각 더해지면서 자신을 휩싸오는 것을 느끼지 않을 수가 없었다. 게다가 매일같이 귀에 들리는 이 고장의 시시콜콜한 여러 가지 소문은 그녀의 마음속에 인간에 대한 한층 더 커다란 혐오의 마음, 한층 더 격렬한 경멸의 감정을 불어넣어 주었다.

쿠야르 집안의 딸이 아이를 낳아서 머잖아 결혼식을 올리려 하고 있다느니, 마르탱 집안의 하녀는 고아였는데 임신을 했다느니, 열다섯 살이 된 이웃 아가씨도 또한 애를 뱄다느니 하는 소문이 떠돌았다. 절름발이요, 더러운 가난뱅이 과부이며, '말뚱'이라는 별명까지 붙어 있는 굉장히 불결한 여자까지도 애를 뱄다는 것이다.

연달아 누가 누가 아이를 뱄다는 소문이 들려왔다. 그런가 하면 어디 사는 어느 처녀가 어쨌다는 둥, 한 집안의 주부요, 더구나 어머니가 된 농사꾼 여편네라든지, 세상 사람들로부터 존경을 받고 있는 지주 등이 바람난 소문들도 들려왔다.

열기에 찬 금년 봄은 초목의 수액처럼 인간의 체액까지도 뒤흔들어놓는 것 같았다.

그런데 잔으로 말하면, 그 감각도 사라져버려서 이젠 타오르지 않게 되고, 그 상처받은 마음, 감상적인 혼만이 풍성하고 훈훈한 미풍에 뒤흔들리는 것 같았으며, 욕망도 없이 기쁨을 느끼고 단지 몽상만을 하며, 육체적인 욕구에 대해서는 이젠 완전히 무감각해져 단지 꿈속에서만 정열을 불태울 뿐이었다. 그러므로 이러한 소문으로 듣는 불결한 짐승 같은 행위에 대해서는 오직 놀라고 어처구니없을 뿐이었으며, 가슴 속에 가득 찬 혐오의 마음도 증오의 감정으로 변할 따름이었다.

생물의 교접까지도 지금의 그녀로서는 마치 자연에 어긋나는 짓이나 되는 것처럼 분개했다. 그리고 설사 그녀가 질베르트를 원망하고 있다고 할지라도 그것은 자기의 남편을 빼앗았기 때문이 아니라, 그녀도 또한 세상 일반 사람들과 다름없이 진구렁 속에 빠졌다는 사실 그 자체 때문이었다.

그 사람이야말로 비천한 본능 따위에 지배되는 농사꾼들과는 달라야 할 텐데도 어째서 저 짐승들과 마찬가지로 몸을 타락시킬 수가 있었단 말인가?

양친이 도착하기로 되어 있는 바로 그날, 쥘리앙은 마음이 들떠서 마구 지껄이면서 그녀에게 빵집 주인의 이야기를 들려주었는데, 그것이 참으로 당연하고도 우스꽝스러운 일이라고 이야기하는 듯한 말투였기 때문에 그녀의 혐오감을 한층 더 깊어지게 했다. 그 빵집 주인이라는 사람이 어제 빵을 굽는 날도 아닌데도 화덕 속에서 무슨 소리가 나는 걸 듣고서 틀림없이 도둑고양이라도 들어가 있는 모양이라고 생각했는데, 뜻밖에도 '빵 아닌 다른 것을 화덕 속에 집어넣고 있는' 마누라를 발견했다는 것이다.

쥘리앙은 다시 덧붙여서 말했다.

"빵집 주인 녀석은 화덕 문을 닫아버렸지. 속에 들어 있는 연놈들, 하마터면 숨이 막혀 죽을 뻔했지만, 빵집 꼬마 녀석이 이웃 사람들에게 위급함을 알렸던 거야. 자기 어머니가 대장장이하고 같이 안으로 들어가는 걸 보았거든."

그렇게 말하더니 쥘리앙은 여전히 웃으면서 되풀이하였다.

"정말이지 웃기는 놈들이야. 우리에게 사랑의 빵을 먹이려고 했으니 말야. 그거 참, 라 퐁텐의 이야기와 똑같지 않아."

잔은 이젠 빵에 손을 대기조차 싫었다.

역마차가 현관 앞에 서고 남작의 기뻐하는 얼굴이 마차의 유리창에 나타났을 때, 젊은 아내의 마음과 가슴 속에는 깊은 감동이 치밀어 올랐다. 일찍이 그녀가 느껴보지 못했던 애정의 소란스러운 충동이었다.

그러자 그녀는 소스라치게 놀라며 우뚝 서서 실신할 뻔했다. 엄마의 모습이 보였기 때문이었다. 남작 부인은 지나간 겨울 6개월 동안에 10년이나 더 늙어 보였다. 뒤룩뒤룩 살이 쪄서 축 늘어졌던 커다란 볼은 자줏빛을 띠어 마치 피로 부풀어 오른 것 같았고, 눈은 빛이 사라진 것처럼 보였다.

그리고 양쪽 겨드랑이를 부둥켜안지 않으면 이젠 움직일 것 같지도 않았다. 숨쉬기가 괴로운 호흡은 피리 같은 소리를 냈는데, 그것이 어찌나 괴롭게 보이는지 옆에서 듣고 있는 사람도 괴로워서 견딜 수가 없을 정도였다.

남작은 그런 모습을 매일같이 익숙하게 보아서 그런지, 이렇게 쇠약해진 것도 별로 느낄 수가 없었다. 그래서 그녀가 끊임없이 숨이 가쁘다고 호소한다든지 몸이 자꾸만 더 무거워지는 걸 한탄하거나 하면, "여보, 그게 아니오. 당신은 언제나 이렇지 않았소" 하고 대답했다.

잔은 양친을 방에까지 안내하고 나서 자기 방에 틀어박혀 울었다. 넋을 잃고 정신없이 울었다. 그러고 나서 아버지 곁으로 가서 그 가슴에 몸을 내던졌으나 눈은 아직도 눈물로 가득 차 있었다.

"글쎄, 어머니는 어째서 저렇게 변하셨어요? 무슨 일이 있었어요? 자아, 말씀해주세요. 무슨 일이 있었어요?"

아버지는 몹시 당황하면서 대답했다.

"잔, 그렇게 보이니? 거, 이상하구나. 그럴 리가 있나. 나는 네 어미 곁을 떠난 일이 없으니까 말한다만, 내가 보기에는 평소와 똑같다."

그날 밤, 쥘리앙은 아내에게 말했다.

"당신 어머니, 몸이 몹시 상하셨더군. 병이라도 드신 거 아냐?"

그러자 잔은 갑자기 소리 내어 울음을 터뜨렸다. 그는 초조해졌다.

"여보. 어머님이 아주 글렀다고 한 것은 아니잖아. 정말이지 당신은 언제나 모든 일을 과장되게 생각한단 말야. 어머님은 변하셨다, 그저 그것뿐이야. 나이가 드신 만큼 별수가 없지."

일주일쯤 지나자 그녀는 이제 그런 건 생각지 않게 되었다. 어머니의 새로운 모습에 익숙해져버렸기 때문이다. 그녀는 공포심을 억제했다. 일종의 이기적인 본능에서, 혹은 마음의 평정을 바라는 자연적인 욕구에서, 눈앞에 닥친 공포나 걱정거리를 언제나 짓밟아 뭉개버리거나 내던져버리거나 하는 것과 같은 것이었다.

남작 부인은 걸어 다닐 힘조차 없어 요즘에는 하루에 30분간밖에는 외출하지 않게 되었다. '자기의' 산책길을 간신히 한 바퀴만 돌고 나면, 그 이상은 더 움직일 수 없게 되어 '자기의' 의자에 앉혀달라고 부탁하는 것이었다. 그리고 산책을 마지막까지 할 수 없을 때에는 그녀에게 말하는 것이었다.

“그만 쉽시다. 오늘은 내 심장비대증이 내 다리를 부러뜨릴 것만 같구나.”

남작 부인은 이제는 소리를 내서 웃는 일도 없었다. 작년 같으면 몸 전체를 뒤흔들면서 크게 웃었을 상황에도 그저 미소만 띨 뿐이었다. 다만 시력은 아직도 좋았기 때문에『코린느』나 라마르틴의『명상시집』을 다시 읽으면서 날을 보냈다. 그리고 또 때로는 ‘기념품이 든’ 서랍을 가져오라고 했다. 그리고 자기의 가슴속에 남아있는 그리운 옛 편지들을 자신의 무릎 위에 쏟아 놓고 빈 서랍은 옆에 있는 의자에 올려놓은 다음, 그녀의 이른바 ‘유물’을 한 장 한 장 천천히 다시 읽어보고 도로 서랍 속에 넣어두는 것이었다. 그리고 자기 혼자 있을 때에는, 정말로 자기 혼자만 있을 때에는 그 중의 몇 장에 키스를 하는 것이었다. 그것은, 지금은 세상을 떠나고 없는 옛날의 연인의 머리털에 가만히 키스하는 것과도 같은 것이었다.

때로 잔은 느닷없이 들어갔다가 울고 있는, 슬픈 눈물로 세월을 보내고 있는 어머니를 발견할 수가 있었다.

“엄마도 참, 왜 그러세요?”

그러면 남작 부인은 긴 한숨을 한번 쉬고 나서 대답했다.

“이런 일이 일어나게 만드는 것도 내 유물 탓이구나. 그렇게도 즐거웠던, 하지만 두 번 다시는 돌아오지 않을 여러 가지 일이 생각나는구나. 이젠 생각해본 일도 없는 사람이 느닷없이 눈앞에 떠오르는 때도 있구나. 그 사람의 모습이 보이고, 그 사람의 목소리가 들려온단다. 그러면 도저히 참을 수 없을 만큼 슬퍼지는 거야. 너도 역시 머잖아 알게 될 거야.”

이렇게 한탄하고 슬퍼하는 장면이 벌어지고 일을 때 남작이 우연히 들어오거나 하면 그는 작은 소리로 말했다.

“잔, 편지 같은 것은 태워버려라. 편지 같은 건 모조리, 엄마한테서 온 거나 나한테서 간 편지도 모조리 말이다. 늙은 후에 젊은 시절의 추억에 깊이 몰두하는 것만큼 무서운 일은 없단다.”

그러나 잔 역시 편지를 간수해두고 있고, 자신의 유물함을 마련해두고 있었다. 그녀는 어머니와 모든 점에서 다르기는 했지만, 다만 몽상하기 쉬운 감상성이라는 일종의 유전적인 본능만은 일치하고 있었던 것이다.

그로부터 며칠 후, 남작은 볼일 때문에 집을 비우지 않으면 안 되어 집을 떠났다.

계절은 정말 아름다웠다. 별빛이 총총한 평온한 밤이 고요한 황혼에 이어지고, 맑은 황혼은 휘황한 낮에 이어지고,

그리고 환한 낮은 눈부신 새벽에 이어졌다. 어머니는 얼마 안 가서 건강이 좋아졌다. 잔은 쥘리앙의 정사나 질베르트의 배신도 잊어버려서 자신을 거의 완전할 정도로 행복하게 느끼고 있었다. 들판은 온통 꽃으로 뒤덮여 향기로웠다. 언제나 평온한 바다는 아침부터 밤까지 태양 아래서 빛나고 있었다.

어느 날 오후에 잔은 폴을 팔에 안고 들판으로 나가보았다. 자기 아들의 얼굴과 길을 따라 흐드러지게 꽃이 피어 있는 들풀을 번갈아 바라보고는 그지없는 행복감에 겨워 눈물이 날 지경이었다. 연달아 아이에게 뽀뽀를 해주면서 정열적으로 꼭 껴안았다. 뭔가 달콤한 들판의 향기가 코끝을 스치고 지나가면 한없는 행복감에 젖어 정신이 멍해지는 느낌이 들었다. 그러면 그녀는 아들의 미래를 꿈꾸었다. 도대체 아들은 어떠한 사람이 될까? 권력을 쥔 유명한 위인이 되었으면 하고 생각하기도 했고, 보통의 평범한 인간이 되어 언제든지 자기 곁에 있어주고, 헌신적이고 상냥하며, 어머니를 위해서는 언제든지 팔을 뻗어주는 그런 아들을 꿈꾸어 보기도 했다. 어머니로서의 이기적인 마음으로 사랑할 때에는 아이가 자기의 자식이기를 바라고, 자기의 자식이 되어주기만 했으면 하고 바랐지만, 이성적으로 생각할 때는 뭔가 세계에 이름을 떨치는 사람이 되어주었으면 하고 열망했다.

그녀는 개울가에 앉아서 어린애의 얼굴을 찬찬히 살펴보았다. 그 순간, 갑자기 처음 보는 아기처럼 여겨졌다. 문득 이 조그마한 어린애가 장차 크게 자랄 것이고, 튼튼한 발걸음으로 걸어 다니게 될 것이며, 뺨에는 수염이 자라고 똑똑한 음성으로 말을 하게 될 것이라고 생각하니 새삼스레 놀라왔다.

멀리서 누가 부르는 소리가 들렸다. 마리우스가 달려오고 있었다. 누군가 손님이라도 온 것이 아닌가 싶어 일어서기는 했으나 모처럼의 생각을 방해받는 것이 불만스러웠다. 그런데 소년은 전속력으로 줄달음쳐 상당히 가까이까지 오더니

"아씨, 마님이 큰일 났어요!"

하고 외쳤다.

그녀는 갑자기 등뼈를 타고 찬물이 흐르는 것 같은 기분을 느끼며 정신없이 허겁지겁 달려갔다.

플라타너스 밑에 사람들이 몰려 있는 것이 먼빛으로 바라보였다. 그녀는 달려갔다. 사람들이 길을 비켜주었다. 거기에 어머니가 쓰러져 있는 것이 보였다. 두 개의 베개로 머리를 받치고 땅바닥에 쓰러져 있었다. 얼굴은 거무스름해지고 양쪽 눈은 감겨 있었다. 20년 동안 계속해서 헐떡거려온 가

슴은 이제 움직이지 않았다. 유모가 와서 젊은 부인의 팔에서 어린애를 빼앗아 그대로 안고 가버렸다.

잔은 허겁지겁 다급하게 물었다.

"왜 그래요? 빨리 의사를 모시고 와요."

그러면서 뒤돌아보니까 신부가 눈에 띄었다. 어떻게 소식을 들었는지 알 수 없었다. 신부도 소매를 걷어붙이고 병구완을 하느라고 여러 모로 분주히 애를 쓰고 있었다. 그러나 식초두, 오드콜로뉴도, 마찰도 아무런 효과가 없었다.

"옷을 벗기고 눕히는 건 어떨까요?"

하고 신부가 말했다.

소작인인 조제프 쿠야르도, 시몽 영감도, 뤼디빈도 모두 그 자리에 나왔다. 그들은 피코 신부의 도움을 받아 남작 부인을 옮기기로 했다. 그런데 안아 일으키고 보니 고개가 뒤로 축 처지고, 여럿이서 잡고 있던 옷도 찢어지고 말았다. 그토록 뚱뚱한 이 부인의 몸은 무거워서 움직이기가 어려웠다. 그러한 광경을 보고 잔은 너무나도 무서워 엉엉 울기 시작했다. 사람들은 뒤룩뒤룩 살이 찐 이 커다란 육체를 다시 땅바닥에 내려놓았다.

객실의 의자를 가지고 오지 않으면 안 되었다. 그녀를 의자 속에 앉히고서야 간신히 돌층계를 올라가 다시 계단을 올라갔다. 그렇게 간신히 거실에 도착하여 침대 위에 뉘어놓았다.

찬모가 옷을 벗기느라 애를 쓰고 있는데 당튀 과부가 마침 그 자리에 왔다. 신부도 그랬지만 그녀도 우연히 거길 찾아왔던 것이다. 하인들의 말에 의하면 두 사람 다 마치 죽음의 냄새를 맡은 듯 달려왔다고 한다.

조제프 쿠야르는 전속력으로 말을 몰아 의사를 부르러 갔다. 그런데 신부가 성유를 가지러 가려고 하자 당튀 과부가 그의 귓가에 대고 소곤거렸다.

"그러실 것 없습니다, 신부님. 이미 돌아가셨어요."

잔은 넋이 나가서 어떻게 해야 할지, 무슨 짓을 해봐야 할지, 어떤 약을 써야 하는지 가르쳐달라고 애원하고 있었다.

신부는 일단 속죄의 말을 중얼거렸다. 사람들은 이 자줏빛을 띤 생명 없는 몸뚱이 옆에서 두 시간 동안 기다렸다. 이제 잔은 허물어져 내리듯이 무릎을 꿇고 앉은 채, 불안과 고통으로 가슴이 찢어질 것만 같은 심정으로 흐느껴 울고 있었다.

문이 열리면서 의사가 나타났다. 잔에게는 구원과 위로와 희망이 함께 들어오는 것을 보는 듯한 느낌이었다.

그래서 그녀는 의사 쪽으로 달려가, 이번 일에 대해서 자기가 알고 있는 것을 모조리 더듬거리면서 말했다.

"어머니는 여느 때처럼 산책을 하고 계셨어요…… 어머니의 건강 상태는 좋았구요…… 아주 좋았다고 하여도 좋을 정도였어요…… 낮에는 수프와 계란 두 개를 잡수셨을 정도였는데…… 그만 느닷없이 쓰러져서…… 이렇게 시꺼멓게 변해버리더니…… 그만 움직이지 않게 되어…… 다시 살아나게 하려고 갖은 수단을 다 써보았습니다만…… 할 수 있는 일은 다 해봤지만……."

여기서 그녀는 입을 다물어버리고 말았다. 과부가 의사에게 이미 숨이 끊어졌다, 완전히 끝났다는 신호의 손짓을 하는 것을 보았던 것이다. 그래도 잔은 억지로 모르는 체하고서 불안한 듯이 되풀이해서 물었다.

"위독한가요? 위독하다고 생각하세요?"

의사는 겨우 이렇게 말했다.

"아무래도…… 숨을 거두신 것 같은데요. 정신을 차리십시오. 정말로 정신을 차려야 합니다."

그 말을 듣자 잔은 양팔을 벌리고 어머니 위에 몸을 던졌다.

그때 쥘리앙이 돌아왔다. 그는 우두커니 서 있었다. 어찌해야 좋을지 몰라서 당황한 듯한 태도였다. 슬픔의 외마디 소리도 지르지 않을뿐더러 절망의 빛도 나타내지 않고, 너무나도 뜻밖의 일을 당해 그럴듯한 표정과 태도를 얼른 꾸밀 수가 없는 그러한 태도였다. 그는 작은 목소리로 중얼거렸다.

"이렇게 될 줄은 이미 알았습니다. 이젠 글렀구나 하는 것을 나는 진작부터 느끼고 있었습니다."

그렇게 말하고는 손수건을 꺼내어 눈가를 닦더니 무릎을 꿇고 앉아 성호를 긋고서, 뭐라고 입 속으로 우물우물 중얼거렸다. 그러고 나서 일어나더니 아내도 일으키려고 했다. 그러나 그녀는 시체를 양팔로 꽉 끌어안고 눕다시피 하면서 키스를 퍼부었다. 그녀를 떼어내지 않으면 안 되었다. 그녀는 미친 사람처럼 보였다.

한 시간이 지나가 잔은 다시 그 방으로 들어갈 수 있었다. 다시 살아날 희망은 없었다. 방도 유해 안치소로 꾸며져 있었다. 쥘리앙과 신부가 창가에서 소곤소곤 이야기를 나누고 있었다. 당튀 과부는 팔걸이의자에 앉은 채 편안해 보였다. 죽음이 스며들어오기만 하면 남의 집도 자기 집처럼 느끼는, 저 밤샘에 아주 익숙해진 여자답게 일찌감치 졸고 있는 것이다.

밤이 되었다. 신부는 잔에게 가서 그 손을 붙잡고 기운을 북돋아주고는, 이미 위안을 받을 길이 없는 그녀의 마음에 신부답게 종교적인 부드러운 말을 퍼부었다. 고인에 대해서 이야기하면서 신부다운 문구를 늘어놓고 칭찬했다. 일부러 슬픈 듯한 사제 특유의 비통한 표정을 지으면서 오늘밤은 유해 옆에서 기도를 올리면서 보내겠다고 말했다.

그러나 그녀는 흐느껴 울며 그것을 거절했다. 이 고별의 밤을 혼자서 보내고 싶었기에 아무도 곁에 두지 않고 혼자 있기 원했다. 쥘리앙이 앞으로 나왔다.

"그럴 수는 없어. 우리들 둘이서 남아 있기로 하지."

그녀는 싫다고 고개를 가로저었다. 그 이상은 말을 할 수가 없었다. 간신히 이렇게 말했을 뿐이었다.

"우리 어머니에요, 우리 어머니. 저 혼자서 밤샘을 하고 싶어요."

의사가 중얼거렸다.

"하고 싶은 대로 하도록 내버려두시오. 옆방에 밤샘하는 여자가 있으면 괜찮겠지요."

신부와 쥘리앙은 각자 그렇게 되면 자기들은 편안히 잘 수 있겠다 싶어 그것을 승낙했다. 피코 신부는 무릎을 꿇고 앉아 기도를 하고 일어나서 나가다 말고, 마치 '주님은 그대와 함께'를 외칠 때와 같은 말투로 "이 분은 성녀 같은 분이

셨지요." 하고 말했다.

쥘리앙이 여느 때와 똑같은 목소리로 물었다.

"뭘 좀 먹지 않겠소?"

잔은 대답하지 않았다. 자기에게 이야기를 하고 있는 줄도 몰랐다. 그는 거듭해서 말했다.

"뭘 좀 먹어야 하지 않겠소 기운을 차려야지."

그녀는 건성으로 대답했다.

"아빠를 오시라고 사람을 보내세요."

그는 방에서 나가자마자 심부름꾼을 말을 태워 루앙으로 보냈다.

그녀는 정지된 고통 속에 놓여 있었다. 애도하는 절망적인 심정이 밀물처럼 밀어닥쳐 여기에 몸을 내맡기려고 마지막 시간을 기다리는 듯한 심정이었다.

방으로 그림자가 스며들어 사지를 캄캄한 어둠으로 뒤덮어버리고 말았다. 당튀 과부는 간호인 특유의 소리 없이 돌아다니며, 눈에 보이지 않는 물품을 찾기도 하고 치워놓기도 하였다. 두 자루의 양초에 불을 켜더니, 가만히 나이트 테이블 위에 가져다 놓았다. 그것은 흰 덮개가 씌워져 침대의 베개 맡에 놓여 있었다. 잔은 아무것도 보이지 않고, 아무것도 느낄 수가 없으며, 아무것도 이해할 수 없는 것처럼 보였다.

그녀는 혼자 남아 있게 되기를 기다리고 있었다.

쥘리앙이 돌아왔다. 식사를 하고 온 것이다. 그는 다시 한 번 물었다.

"뭘 좀 먹지 않겠소?"

아내는 머리를 가로저었다. 그는 자리를 잡고 앉았다. 슬프기보다는 체념의 표정으로 꼼짝도 않고 옆에 앉아 있었다. 그 세 사람은 저마다 움직이지 않고 따로따로 떨어져 있었다. 이따금 밤샘하는 여자가 가볍게 코를 골면서 졸고 있다가 갑자기 눈을 뜨곤 하였다.

드디어 쥘리앙은 일어나서 잔에게 가까이 다가가서는 물었다.

"그래 정말 혼자 있고 싶소?"

그녀는 격정이 치밀어 올라 자기도 모르게 남편의 손을 잡고 대답했다.

"네에, 그래요. 이대로 내버려두세요."

그는 아내의 이마에 키스를 하면서 중얼거렸다.

"가끔 보러 오지."

그는 당튀 과부와 함께 나갔다. 당튀 과부는 자신이 앉던 의자를 굴려서 가지고 갔다. 잔은 문을 닫고 두 개의 창문을 활짝 열어놓았다. 풀 깎는 계절의 훈훈한 밤공기가 얼굴로 불어왔다. 그 전날 베어놓은 잔디의 마른 풀이 달빛 아래 반짝였다. 이 같은 부드러운 감각이 그녀로서는 오히려 고통스러웠다. 너무도 모순적으로 느껴졌다. 그녀는 침대 옆으로 돌아와, 지금은 생기 없는 차가운 한쪽 손을 잡고서 찬찬히 어머니의 얼굴을 바라보았다. 어머니의 얼굴은 전에 없이 평온한 잠에 빠져 있는 듯이 보였다. 바람에 나부끼는 양초의 희미한 불꽃이 쉴 새 없이 얼굴의 그림자를 움직여서 마치 살아 있는 사람처럼 보이게 했다.

잔은 어머니의 얼굴을 샅샅이 훑었다. 그러자 소녀 시절 엄마가 수녀원 응접실로 찾아왔을 때의 일, 과자가 가득 든 종이봉투를 건네주었을 때의 표정, 수많은 자질구레한 사건들, 하찮은 사실들, 은근한 애정, 말씀, 말투, 버릇, 웃을 때 눈초리에 생기던 주름살, 앉을 때의 헐떡거리는 숨소리 등이 떠올랐다.

이렇게 그녀는 거기에 꼼짝도 않은 채 어머니를 바라보면서 정신이 혼미한 상태에서 몇 번이나 중얼거렸다.

"엄마는 죽었다."

그러자 이 말이 지닌 무서움이 단번에 그녀에게 밀려왔다.

여기에 누워 있는 사람, 엄마, 어머니, 아델라이드 부인은 죽은 것일까? 이젠 움직이지도 않을 것이고, 이야기할 수도 없을 것이며, 이젠 웃을 수도 없을 것이고, 절대로 아버지와 마주 앉아 식사를 할 수도 없을 것이며, "잘 잤니, 자네트?" 하고 말할 수도 없을 것이다. 어머니는 죽은 것이다! 곧 관 속에 넣고 못질을 하고 파묻을 것이다. 그렇게 되면 모든 것이 끝이 나게 된다. 두 번 다시는 볼 수 없게 된다. 그런 일이 있을 수 있을까? 어째서 그럴까? 그렇다면 이젠 어머니라는 것이 없어지는 것일까? 그렇게도 다정한 얼굴, 그것은 눈이 떠졌을 때부터 보고, 팔을 쳐들었을 때부터 사랑해온 것인데. 그 그리운 얼굴, 넘쳐흐르는 애정을 쏟아주었던 사람, 이 둘도 없이 소중한 사람, 자신의 마음에 있어서 다른 어느 누구보다도 소중한 어머니라는 사람이 이젠 벌써 없어져버린 것이다.

이 얼굴, 이제는 아무것도 생각지 않고 있다. 이젠 움직이지 않는 얼굴이지만, 그나마 앞으로 몇 시간밖에 볼 수 없는 것이다. 그리고 나선 아무것도 없게 된다. 다만 무로 돌아갈 따름이다. 뒤에 남는 것은 추억뿐이다. 잔은 절망의 무서운 발작에 사로잡혀 무너지듯 쓰러졌다. 씌워놓은 흰 천을 붙잡은 손을 덜덜 떨며 입을 침대에 가져다댄 채,

"아아, 엄마! 가엾은 엄마, 엄마!"
하고 찢어지는 듯한 소리로 울부짖었다.

이러다가는 그날 밤 눈밭 속을 달아났을 때처럼 미쳐버릴 것 같은 기분이 들어 그녀는 일어나 창가로 가서 머리를 식히고 새로운 공기를 들이마시려고 했다. 이 방 안의 공기가 아닌, 죽음의 공기가 아닌, 바깥 공기를 들이쉬고 싶었던 것이다. 베어낸 잔디, 나무, 광야, 머나먼 바다 등이 모두 조용한 평화 속에 쉬면서 달빛의 부드러운 매력 속에서 졸고 있었다. 기분을 누그러뜨려주는 이러한 부드러움이 잔의 몸속으로 얼마쯤 스며들었고 그녀는 이제 조용히 울기 시작했다.

한참을 그렇게 울다가 머리맡으로 돌아가, 그 자리에 앉아 엄마의 손을 자기의 손으로 꼭 쥐었다. 마치 환자를 간호하기라도 하는 것처럼. 그때 커다란 벌레 한 마리가 촛불에 매혹되어 들어왔다. 마치 총알처럼 벽에 부딪쳤다가는 방의 끝에서 끝까지 날아다녔다. 붕붕거리면서 날아다니는 이 벌레에 마음을 빼앗긴 잔은 눈을 들어 그것을 보려고 했지만, 흰 천장에 그 그림자가 빙빙 돌고 있는 것밖에는 보이지 않았다.

잠시 후엔 그 소리도 들리지 않게 되었다. 그러자 이번에는 벽시계가 조용히 똑딱거리는 소리가 들렸다. 그리고 또 하나의 다른 작은 소리, 소리라고 하기보다는 거의 알아들을 수도 없을 정도의 가느다란 소리가 들렸다. 그것은 엄마의 회중시계가 돌아가는 소리였다. 침대 발밑의 의자에 걸려 있는 옷 속에 들어 있었던 것이다. 갑자기 죽은 사람과 아직 멎어 있지 않은 이 기계와의 기막힌 대조가 잔의 마음에 고통을 되살려냈다.

그녀는 시간을 봤다. 이제 겨우 10시 반이었다. 그녀는 돌아가신 엄마의 침대머리맡에서 지내게 될 밤을 생각하고 소름이 끼칠 정도의 공포감을 느꼈다. 또 다른 추억이 떠올랐다. 그것은 그녀 자신의 생과 관계있는 추억 ― 로잘리, 질베르트 ― 그녀의 마음속에 쓰라린 환념을 물러일으키는 것들이었다. 그러고 보면 이 세상일이란 비참함과 슬픔과 불행 그리고 죽음에 지나지 않는다. 모두 속이고, 모두가 거짓말을 하고, 남을 슬프게 하고 울린다. 어디에서 휴식과 기쁨을 찾아야만 할 것인가? 틀림없이 저세상에서 찾아볼 수 있는 거다! 영혼이 지상의 시련으로부터 해방되는 그런 때다!

그녀는 이 해결되지 않는 신비에 대해 몽상하기 시작했다. 느닷없이 시적인 확신에 뛰어들었는가 싶으면, 그에 못지않게 막연한 다른 가설들이 바로 그것을 뒤집어버리고 말았다. 그렇다면 도대체 지금 어머니의 혼은 어디에 있는 것일까? 이 꼼짝도 하지 않는 얼굴처럼 차디찬 육체의 혼은? 틀림없이 아주 먼 곳이리라. 그것은 공간의 어디쯤 되는 곳일까?

그곳은 어디일까? 시든 꽃의 향기처럼 증발해버린 것일까? 그렇지 않으면 새장에서 달아난 보이지 않는 작은 새처럼 어딘가를 헤매고 있는 것일까? 하느님에게 불려가는 것일까? 그렇지 않으면 되는 대로 아무렇게나 새로운 창조물 속에 흩뿌려져, 돋아나는 새싹 속에 섞여 들어가는 것일까?

어쩌면 바로 가까이 있는 것이 아닐까? 이 방 안, 지금 막 그녀가 떠난 이 생명 없는 육체의 주위에 있는 것일까? 그러자 갑자기 잔은 어떤 입김이 자신을 스친 것만 같고 정령에 접촉한 것만 같아서 견딜 수가 없었다. 그녀는 무서웠다. 그것이 지독한, 너무나도 심한 무서움이었기 때문에 손 끝 하나 까딱하지 못하고, 숨을 들이쉴 수도, 뒤를 돌아다볼 수도 없을 지경이었다. 심장은 놀란 토끼처럼 콩콩 뛰었다.

그때 갑자기, 눈에 보이지 않는 그 벌레가 다시 날아 들어와 방안을 빙빙 돌면서 벽에 부딪치기 시작했다. 그녀는 발 끝에서부터 머리끝까지 소름이 쫙 끼쳤다. 그러나 다음 순간, 그것이 날벌레 소리라는 걸 알게 되자 갑자기 마음을 놓고 일어나서 뒤를 돌아다봤다.

그녀의 눈길은 스핑크스의 머리가 달린 책상, 유물이 들어 있는 가구 위에 멎었다. 그러자 다정하고도 신비한 생각이 떠올랐다. 그것은 마지막으로 밤샘을 하는 밤에 어울리도록 성경책을 읽듯이, 고인의 소중했던 해묵은 편지를 읽어보자는 생각이었다. 그것은 신성한 의무를 다하는 일이고, 세상을 떠난 엄마를 기쁘게 해주는 참다운 효도라는 생각이 들었다.

이것은 그녀가 전혀 알지 못하는 할아버지와 할머니의 해묵은 편지였다. 잔은 옛날에 돌아가신 분들의 딸의 육체 너머로, 저 너머의 세상 쪽으로 팔을 뻗쳐보고 싶었다. 이 애도의 밤에 그 사람들도 슬퍼하고 있을 것이므로 저 세상에 기보고 싶었다. 옛날에 이미 죽은 사람늘, 그리고 이번에 갓 죽은 사람, 그 다음에 아직 지상에 남아 있는 그녀 자신과의 사이에 애정의 신비로운 사슬 같은 것을 만들어보고 싶었다.

그녀는 일어나서 책상의 앞문을 빼내고 아래쪽 서랍에서 누렇게 바랜 조그만 편지 다발을 열 뭉치쯤 꺼냈다. 편지 다발은 정연하게 실로 동여매어 차곡차곡 정리되어 있었다.

그녀는 그것들 전부를 침대 위에 남작 부인의 팔 사이에 놓았다. 일종의 감상적인 동정심에서였다. 그리고는 읽기 시작했다.

그것들은 어느 것이나 유서 깊은 집안의 해묵은 책상 속에서 발견되는 낡은 편지였다. 지나간 시간의 냄새가 나는 편지들이었다.

맨 처음의 편지는 '나의 사랑스런 아기여'로 시작되어 있었다. 다른 한 통은 '나의 아름다운 어린 딸이여'로 시작되어 있고, 다음에는 '나의 귀여운 딸' — '나의 귀여운 아기' — '내가 최고로 좋아하는 딸' — '사랑하는 아델라이드' — '사랑하는 딸'로 되어 있었는데, 어린 딸에게 부친 것, 소녀에게 부친 것, 나중에는 젊은 아내에게 부친 것 등으로 각각 달랐다.

어느 것이나 더없이 따뜻한 사랑이 넘치는 것들이었다. 집안사람들끼리의 사소한 일, 전혀 관계없는 사람들의 눈으로 보면 사소하고 하찮은, 가정의 크고 작은 사건들뿐이었다. 예를 들면 "네 아버님이 유행 감기에 걸리셨다. 하녀인 오르탕스가 손가락을 불에 데었다. 고양이 '크로크라'가 죽었구나. 울짱의 오른쪽 전나무를 베어버렸다. 어머니는 교회에 갔다 돌아오는 길에 미사책을 잃어버렸다. 네 어미는 '도둑맞았다'고 생각하고 있단다." 등과 같은 내용이었다.

여기에는 또한 잔이 모르는 사람들에 관한 이야기도 씌어져 있었다. 비록 알지는 못하더라도 옛날 어린 시절에 잔이 막연히 그 이름을 들은 기억도 나는 사람들이었다. 이와 같은 사소한 점들에 그녀는 가슴이 두근거리는 것을 느꼈다. 어쩐지 그 하나하나가 계시처럼 여겨졌기 때문이다. 마치 그녀는 엄마의 과거의 숨겨진 생활 속으로, 엄마의 마음의 생활 속으로 느닷없이 뛰어든 기분이었다. 유해를 앞에 두고서 그녀는 갑자기 큰 목소리로 편지를 읽기 시작했다. 죽은 사람을 위해서 그 사람의 마음을 달래주고 위로해주려는 의식처럼.

그러자 시체도 참으로 행복해 보였다.

읽은 편지는 한 장 한 장 침대 밑에 떨어뜨렸다. 잔은 관 속에 꽃을 넣어주듯이 편지를 넣어주고 싶다는 생각을 했던 것이다.

그녀는 다른 편지 다발을 풀어보았다. 그런데 이것은 이제까지의 편지와는 다른 필적이었다. 그녀는 읽기 시작했다.

"나는 이젠 당신의 사랑 없이는 살아갈 수가 없습니다. 미칠 듯이 당신을 사랑하고 있습니다."

그 이상은 아무것도 씌어 있지 않았다. 보낸 사람의 이름조차 없었다.

그녀는 통 짐작이 가지 않아 편지를 뒤집어보았다. 수신자의 이름은 이렇게 적혀 있었다.

"르 페르튀 데 보 남작 부인"

그래서 다음 편지를 펼쳐보았다.

"오늘밤 와주십시오, 그 사람이 나가면 한 시간은 같이 있을 수 있습니다. 나는 당신을 뜨겁게 사랑하고 있습니다."

또 다른 편지에는

"헛되이 당신을 요구하면서 미친 듯한 하룻밤을 보냈습니다. 나는 내 마음속에 당신의 몸을 포옹하고 있었습니다. 당신의 입은 내 입술에, 당신의 눈은 내 눈 속에 있었습니다. 그러자 그와 동시에 당신이 그 사람 옆에서 잠들어 있다고 생각하자, 그 사람은 당신의 육체를 자유로 소유하고 있다고 생각하자, 분노로 말미암아 창밖으로 뛰어내리고 싶을 정도였습니다……."

잔은 놀라서 입을 벌렸다. 뭐가 뭔지 알 수가 없었다. 도대체 이게 어떻게 된 일일까? 이러한 사랑의 말은 누가 누구에게 보낸, 누구를 위해서 누구에 의해서 쓰인 것일까?

그녀는 계속해서 읽어 나갔다. 거기에서 발견되는 것은 미친 듯한 사랑의 고백이요, 신중하게 행동하라고 덧붙여 쓰인 밀회의 약속이었고, 마지막에는 다음과 같은 부탁의 말도 있었다.

"이 편지는 불태워버리십시오."

마지막으로 펴본 편지는 평범하고 간략한 것이었다. 다만 만찬 초대에 승낙한다는 내용뿐이었지만 필적은 똑같아서 '폴 덴마르'라고 서명이 되어 있었다. 이 사람은 남작이 지금도 이 사람을 부를 때면 '폴이란 녀석'이라고 부르곤 하는 바로 그 사람이었고 그의 부인이라는 사람은 남작 부인과는 가장 친한 친구였다. 그러자 잔의 머릿속으로 어떤 의혹이 스쳐 지나갔고 그것은 금세 확신이 되었다. 어머니는 그 사람을 연인으로 삼고 있었던 것이다.

그러자 갑자기 머리가 혼란해져 몸에 기어오른 독충이라도 떨쳐버리듯 추악한 종이다발을 단번에 내던지고 말았다. 그리고 창가로 달려가 자기도 모르게 통곡하고 말았다. 복받쳐 오르는 울부짖는 소리로 인하여 복은 터질 정도였다. 마침내 온몸의 힘이 빠져 맥없이 벽에 쓰러졌다. 하지만 남에게 신음 소리가 들리지 않도록 커튼으로 얼굴을 가리고 끝없는 절망 속에 흐느껴 울었다. 아마 밤새도록 그렇게 울면서 지새웠을 것이다. 옆방에서 발자국 소리가 나자 그녀는 벌떡 일어났다. 어쩌면 아버지가 오셨을까? 침대와 마룻바닥 위에는 편지가 잔뜩 흩어져 있으므로 그 중의 한 장만이라도 펴보는 날에는 그것으로 끝장이라는 생각이 들었다. 아버지가 그런 사실을 안다면?

그녀는 달려들었다. 그리고 누렇게 변색한 묵은 편지 — 조부모의 편지를 비롯해서 연인의 편지, 아직 펴보지 않은 것, 그리고 아직 책상 서랍 속에 실로 묶인 채 들어 있는 것

등을 전부 쓸어 모아 난로 속에 내던졌다. 그런 다음 나이트 테이블 속에서 타고 있는 양초 한 자루를 집어 그 편지 다발에 불을 붙였다. 큰 불길이 일어나 방을, 침대를, 시체를 그 춤추는 듯한 빛으로 비추고, 침대의 테이블 위에 굳어 버린 떨리는 옆얼굴과 이불 속에 있는 커다란 몸뚱이의 선을 까맣게 그려내고 있었다.

난로 바닥에 이미 한줌의 재밖에 남지 않게 되자, 이제 그 이상 유해 곁에 있을 용기가 없어지기라도 한 것처럼 그녀는 다시 창가로 돌아가서 거기에 앉고는 두 손으로 얼굴을 가리고 울면서 비탄에 젖은 신음소리를 냈다.

"아아, 불쌍한 우리 엄마! 아아, 불쌍한 우리 엄마!"

그러자 무서운 생각 하나가 떠올랐다. ― 만일 엄마가 죽어 있는 것이 아니라고 한다면, 단지 혼수상태에 빠져 잠들어 있는 것이라면, 그리하여 느닷없이 일어나서 말을 하기 시작한다면? ― 그처럼 무서운 비밀을 알아낸 것이 자식으로서의 애정을 감소시키는 것이 아닐까? 지금까지와 마찬가지로 어머니를 생각하는 입술로 어머니에게 키스를 할 수 있을까? 마찬가지로 신성한 애정으로 사랑할 수가 있을까? 안돼, 이젠 그럴 수 없어! 이런 생각이 그녀의 가슴을 찢어놓든 듯했다.

어둠의 장막은 점점 엷어져가고 별은 희미해지고 있었다. 새벽이 오기 전의 썰렁한 시간이었다. 날이 밝아오기 시작했다. 기울어진 달은 해면을 진줏빛으로 물들이면서 바다 속으로 지려하고 있었다.

그러자 레뻬플에 도착한 날 밤에 역시 창가에서 밝혔던 때의 추억이 잔의 가슴을 아프게 했다. 얼마나 먼 옛날의 일인가! 얼마나 모든 것이 변해버린 것일까! 얼마나 미래가 완전히 다른 것으로 보이는 것일까! 어느덧 하늘이 장밋빛이 되었다. 사랑스럽고 마음을 들뜨게 만드는, 즐겁고 매력적인 장밋빛이었다. 그녀는 참으로 불가사의한 현상을 접한 듯이 지금은 경이감에 사로잡혀 이 눈부신 새벽하늘을 넋을 잃고 바라보았다. 그녀는 이처럼 아름다운 여명을 맞이하는 이 땅에 기쁨도 행복도 없다는 것이 이상해서 견딜 수가 없었다.

문 여는 소리에 그녀는 깜짝 놀랐다. 쥘리앙이었다. 그는 물었다.

"어떻소, 피곤하지 않소?"

그녀는

"괜찮아요."

하고 입 속으로 말했다. 곁에 누군가 있다는 것이 기뻤다. 그는 말했다.

"자아, 이젠 가서 좀 쉬지 그래."

그래서 그녀는 어머니한테 괴롭고 고통스럽게 연달아 키스를 하고 나서 자기 방으로 돌아갔다.

죽음에 으레 따르게 마련인 여러 가지 준비가 슬픈 분위기 속에서 진행되는 가운데 하루가 흘러갔다. 남작은 저녁 무렵에 도착했다. 그는 몹시 서럽게 울었다.

장례식은 그 다음날 치러졌다.

잔 스스로 마지막 화장을 해준 그 싸늘한 이마에다 마지막 고별 키스를 하고 나서 관 속으로 유해가 들어가고 못질을 하는 것을 본 후에 그녀는 자기 방으로 물러갔다. 이제 조문객이 올 시각이었다.

질베르트가 맨 먼저 찾아왔다. 그녀는 흐느껴 울면서 잔의 가슴에 몸을 던졌다. 몇 대의 마차가 빠르게 달려와서 대문이 있는 곳에서 빙 도는 것이 창밖으로 보였다. 사람들의 목소리가 널찍한 현관에 울려 퍼졌다. 상복을 입은 여자들이 하나둘 방 안으로 들어왔다. 잔이 모르는 여자들이었다. 쿠틀리에 후작 부인과 브리즈빌 자작 부인이 잔에게 키스했다.

문득 그녀는 리종 이모님이 자기 뒤에 몰래 들어와 있다는 것을 깨달았다. 그녀는 늙은 처녀를 와락 포옹해주었다. 늙은 이모는 거의 실신할 지경이었다.

쥘리앙이 들어왔다. 으리으리한 상복을 입고 매우 멋진 모습으로 조객들을 맞았다. 그는 바쁜 듯이 돌아다니면서 사람들이 이렇게 많이 몰려드는 것이 만족스러운 눈치였다. 뭔가 의논할 것이 있기라도 한 듯이 그는 나직한 목소리로 뭔가 비밀 이야기를 하듯이 아내에게 속삭였다.

"귀족은 전부 왔는데. 이거 성대한 장례식이 될 것 같군."

그는 공손하게 귀부인들에게 인사를 하면서 밖으로 나갔다.

장례식이 거행되는 동안, 리종 이모와 질베르트 백작 부인만이 잔 곁에 남아 있었다. 백작 부인은 자꾸만 잔에게 키스하면서,

"가엾은 분, 가엾은 분"

을 되풀이했다.

아내를 찾으러 온 푸르빌 백작은 마치 자기의 어머니라도 돌아가신 듯 눈물을 흘렸다.

10

　장례식이 끝난 후의 며칠은 매우 슬펐다. 가까운 육친이 영원히 사라져버린 그 부재감에 의해서 집 안이 온통 텅 빈 듯 했고 음울했다. 고인이 늘 쓰던 물건에 뜻밖에 부딪칠 때마다 비통한 감정이 밀려드는 나날이었다.

　때때로 고인에 대한 추억이 가슴 속에 떠올라 마음을 아프게 했다. 여기에 그 사람이 앉았던 안락의자가 있고 현관에는 그 사람의 양산이 남아 있다. 하녀가 미처 치우지 않은 컵이 있다! 또한 어느 방에서나 고인을 생각나게 하는 물건이 눈에 띄는 것이다. 가위라든지, 장갑 한 짝이라든지, 뭉툭한 손가락 끝에 닳아서 페이지가 떨어진 책이라든지, 그 밖에 여러 가지 잡동사니 물건이 발견되는 것이다. 그것들은 갖가지 자질구레한 추억을 불러일으켜 그 하나하나가 슬픈 의미를 갖기 시작했다.

그리고 또 목소리라는 게 있다. 이것이 귀에서 늘 뒤쫓아 온다. 그것이 들려오는 듯한 느낌이 든다. 어디든지 좋으니까 달아나고 싶다, 마음속에 항상 따라다니는 이 집에서 달아나고 싶은 심정이 된다. 그러나 다른 사람들도 역시 이 집에 남아 괴로워하고 있으니 자신도 역시 이곳에 있지 않으면 안 된다.

게다가 잔은 자신이 발견한 어머니의 비밀로 인해 풀이 죽어 있었다. 그걸 생각하면 가슴은 무거워지고, 마음의 상처는 치유가 되지 않았다. 그녀의 고독감은 이 무서운 비밀 때문에 더욱더 심해져갔다. 그녀의 마지막 신뢰도, 그녀의 마지막 신앙도 더불어 땅에 떨어지고 말았던 것이다.

아버지는 잠시 있다가 곧 돌아갔다. 날이 갈수록 깊어져가는 괴로운 슬픔으로부터 벗어나고 싶고, 공기를 바꾸고 싶고, 움직이고 싶었기 때문이다.

이와 같이 해서 이따금씩 주인들 중의 한 사람이 사라져가는 것을 보아온 이 넓고 큰 집도 조용하고 규칙적인 생활을 되찾았다.

그러자 이번에는 폴이 병이 났다. 이 때문에 잔은 완전히 이성을 잃고 10여 일 동안 거의 한잠도 자지 못하고 지새웠고 밥도 거의 먹지 않았다.

폴은 완치되었다. 그러나 그녀는 폴도 죽을 수가 있다는 생각에 공포심을 느꼈다.

만일 그런 일이 일어나면 나는 어떻게 할 것인가?

어찌 될 것인가?

이렇게 생각하자 어린애가 하나 더 있었으면 하는 은근한 소망이 가만히 그녀의 마음속으로 숨어들었다. 얼마 안 가서 그녀는 이런 생각을 하게 되었다. 자기 주위에 두 명의 어린애, 아들 하나와 딸 하나를 가지고 싶다는 것은 오래 전부터의 소원이었지만, 또다시 그런 소망에 사로잡히게 되었던 것이다. 마침내 그것은 늘 따라다니는 집념이 되어 버렸다.

그러나 로잘리 사건 이후로 그녀는 쥘리앙과는 잠자리를 따로 하고 있었다. 두 사람이 지금과 같은 상태에서 다시 접근하기는 거의 불가능했다. 쥘리앙은 다른 여인을 사랑하고 있었다. 그녀는 그것을 알고 있었다. 더욱이 그의 애무에 또다시 몸을 맡긴다는 건 생각만 해도 혐오감이 들었다.

그렇지만 결국에는 각오하지 않으면 안 된다. 그만큼 어머니가 되고 싶은 욕망이 그녀를 괴롭혔다. 하지만 어떤 방법으로 다시 접촉할 수 있을 것인가 그녀는 생각했다. 자기의 생각을 눈치 채게 할 행동을 하자니 창피해서 죽는 편이 나을 것이다. 게다가 쥘리앙도 이젠 자기에게 관심을 가지고 있는 것 같지도 않았다.

그래서 그녀는 단념해야겠다고 생각하면서도 밤이면 밤마다 딸을 꿈꾸었다. 플라타너스 밑에서 폴과 함께 놀고 있는 딸이 눈앞에 나타나는 것이었다. 이따금 그녀는 일어서서 입을 다문 채 남편의 침실로 찾아가고 싶은 충동을 느끼는 일이 있었다. 두 번인가 그녀는 그 문 앞에까지 발소리를 숙여 찾아가긴 했지만 금세 황급히 돌아오고 말았다.

남작은 집으로 돌아갔고, 엄마는 세상을 떠나고 말았다. 지금의 잔에게 의논할 사람은, 마음속의 비밀을 털어놓을 수 있는 사람은 한 사람도 없었다.

그래서 그녀는 피코 신부를 만나러 가기로 결심했다. 비밀을 지켜준다는 조건하에 자신이 품고 있는 어려운 계획을 이야기해보려고 생각했던 것이다.

그녀가 갔을 때, 신부는 과일나무가 심어진 조그만 뜰에서 기도서를 읽고 있었다. 몇 분 동안 이런저런 이야기를 하고 나서 그녀는 얼굴을 빨갛게 붉히면서 입속말로 더듬거렸다.

"신부님, 저는 고해를 하고 싶어요."

신부는 깜짝 놀라 안경을 위로 올려 상대방의 얼굴을 유심히 살펴보았다.

"하지만 부인이 양심에 거슬리는 큰 죄를 짓고 있다고 보이지 않는군요."

그녀는 몹시 당황하며 말을 계속했다.

"아니에요, 그런 게 아니에요. 다만 상의하고 싶은 말씀이 있어서…… 상의라고는 하지만…… 그것이…… 그것이…… 대단히 말씀드리기 거북한 일이어서, 이처럼."

신부는 즉시 호인다운 모습을 버리고 참으로 성직자다운 표정을 지었다.

"그럼 고해실로 가서 말씀을 듣겠습니다. 자아……."

하지만 그녀는 부끄러운 이야기를 인기척이 없는 조용한 성당 안에서 하는 것이 면구스럽다는 생각이 들어 갑자기 발이 떼어지지 않았다. 그녀는 망설이며 신부를 불러 세웠다.

"그런데 혹시…… 신부님…… 저어…… 전 말씀예요, 신부님만 좋으시다면…… 전 오늘, 여기로 찾아뵌 연유를…… 여기서 말씀드려도 괜찮습니다. 저기 조그만 정자 밑으로라도 가서 앉을까요?"

그들은 천천히 그쪽으로 갔다. 그녀는 어떻게 말을 해야 좋을지. 어떤 식으로 말을 꺼내야 좋을지를 곰곰이 생각하고 있었다. 그들은 앉았다.

거기서 마치 고해라도 하듯이 그녀는 말을 하기 시작했다.

"신부님!"

그러고 나서 주저주저하다가 다시금

"신부님!"

하고 되풀이 했으나, 완전히 머릿속이 혼란스러워서 입을 다 물어버리고 말았다.

신부는 양손을 배 위에 깍지 낀 채 기다리고 있었다. 상대방이 당황해 하는 것을 보고 이시 말을 해보라고 재촉했다.

"그거 참, 어지간히 난처하신 모양인데, 자아 자, 용기를 내세요."

그녀는 위험 속으로 뛰어드는 겁쟁이 같은 심경이었으나 용기를 내었다.

"신부님, 저는 어린애 하나를 더 갖고 싶어요."

신부는 아무 말도 하지 않았다. 무슨 뜻의 말인지 전혀 알 수가 없었기 때문이다. 그래서 그녀는 설명을 하긴 했지만 울먹이는 목소리로, 그 목소리조차 띄엄띄엄 끊어지곤 했다.

"저는 지금, 이 세상에서 단 혼자서 살고 있어요. 나의 아버지하고 남편하고는 사이가 원만하지 않고, 어머니는 돌아가셨지요. 그리고……."

그녀는 몸을 부르르 떨면서 아주 나직한 목소리로 말했다.

"요전번에는 하마터면 자식을 잃을 뻔했구요! 그랬더라면 저는 어떻게 되었겠어요."

그녀는 입을 다물었다. 신부는 어떻게 이해해야 할지 몰라서 상대방의 얼굴을 바라보았다.

"자아, 그러면 요점을 말씀해 보세요."

그녀는 되풀이해서 말했다.

"저는 아기를 하나 더 갖고 싶어요."

그 말을 듣고 신부는 빙긋 웃었다. 신부 앞에서도 어려워하지 않는 농부들의 지독한 농담에 단련된 그였다. 그는 교활하게 고개를 끄덕이면서 말했다.

"하지만 그건 부인의 마음가짐 하나에 달려 있다고 생각되는데요."

그녀는 맑은 눈으로 신부 쪽을 바라보았으나, 갑자기 당황하여 우물거리면서 말했다.

"하지만…… 하지만…… 신부님께서도 잘 아시겠지만…… 저어…… 그 사건이 일어난 후로는…… 그 하녀의 사건이 일어난 후로는…… 주인과 저는, 저희들은…… 별거하는 바람에…… 저희들은 아주 따로따로 살아가고 있어요."

남녀가 마구 뒤섞여 지내는 시골의 습관이나 추잡한 풍속

에 익숙해져 있는 신부는 이와 같은 고백을 듣고 깜짝 놀랐
다. 그러나 금세 이 젊은 부인의 진정한 소망이 무엇인지를
알아차린 것 같았다. 그는 그녀를 곁눈질로 엿보았다. 그 눈
길에는 그녀의 비탄에 대해 호의와 동정의 마음이 넘쳐흐르
고 있었다.

"허어, 참, 이제야 정말 무슨 말씀이신지 알겠습니다. 저
도 충분히 이해할 수 있을 것 같습니다. 그…… 부인의 독수
공방의 괴로움을 말입니다. 아직 젊으신 데다가 건강하시기
도 하니까요. 그건 무리가 아니지요. 아부렴요, 무리가 아니
구 말구요."

시골신부의 방종한 성질이 고개를 들어 그는 빙글빙글 웃
었다. 신부는 잔의 손을 부드럽게 토닥거렸다.

"부인에겐 허용되어 있는 겁니다. 율법에 의해서 너무나
충분하리만큼 허용되어 있는 겁니다, 육체적인 관계는 결혼
한 뒤에만 구해야 한다고 말입니다. 부인은 결혼하셨습니다.
그렇지 않습니까? 뭐 조금도 가책 받을 일이 아니에요."

이번에는 잔 쪽에서 처음 한동안, 이 넌지시 일러주는 암
시가 무슨 뜻인지 알 수가 없었다. 그러나 그 뜻을 짐작하게
되자 얼굴이 새빨개지더니 눈에는 눈물조차 비치는 것이었
다.

"어머나, 신부님도 무슨 말씀을 하시는 거예요? 어떤 생각에서 그런 말씀을 하세요? 맹세코 말씀을 드립니다만……맹세코 말씀을 드립니다만……"

그러고는 오열로 목이 메었다.

신부는 깜짝 놀라 재빨리 그녀는 위로해주려고 했다.

"자아, 자, 부인을 괴롭게 해드려서 변명할 여지가 없습니다. 농담을 좀 해본데 지나지 않습니다. 마음만 정직하다면 농담을 했다 해도 상관없습니다. 뭐, 저를 믿어주십시오. 믿으셔도 상관없습니다. 제가 쥘리앙을 만나보겠습니다."

그녀는 이젠 뭐라고 해야 좋을지 몰랐다. 이런 식으로 신부를 사이에 넣어 교섭하는 것은 좋지 않은 결과가 되기 쉽고 위험하기도 하므로 이제 와서 취소하고 싶기도 했지만, 용기가 나지 않았다. 그래서 "감사합니다. 신부님." 하고 우물거리고는 도망치듯이 자리를 떴다.

일주일이 지났다. 그녀는 불안의 고통 속에서 그날그날을 보내고 있었다.

어느 날 밤, 저녁 식사 때, 쥘리앙은 남을 조롱할 때 하는 버릇으로 입술에 주름살을 모으면서 엷은 웃음을 짓고 이상한 시선으로 그녀를 바라보았다. 더구나 그 눈매에서는 희미하긴 하지만 야유가 섞인 일종의 아양 떠는 모습마저 엿보였다. 그리고 나중에 둘이서 어머니의 산책길을 거닐고 있는데 그가 그녀의 귓가에다 가만히 소곤거렸다.

"어쩐지 우리들이 다시 사이가 좋아진 것 같군."

그녀는 한마디도 하지 않았다. 눈을 내리깔고 그 똑바로 뻗은 선을 바라보고 있었다. 하지만 지금은 풀이 우거져서 눈에는 보이지 않았다. 그 선은 남작 부인의 발자국으로, 추억과 마찬가지로 그것도 점차로 사라져가고 있었다. 그러자 잔은 슬픔으로 인해 가슴이 죄어드는 느낌이었다. 그녀는 모든 사람들로부터 멀리 떨어지고, 인생에서 길을 잃은 느낌이었다.

쥘리앙은 계속해서 말했다.

"내가 원하던 바야. 다만 염려스러운 것은, 당신을 불쾌하게 만들지나 않을까 하는 거였어."

태양이 지기 시작하고 있었다. 공기도 온화했다. 잔은 울고 싶은 심정이었다. 친근한 사람에게 마음속을 온통 털어놓고 싶은 심정이었다. 이 슬픔을 하소연하면서 그 사람을 끌어안고 싶은 심정이었다. 오열이 그녀의 목구멍까지 치밀어 올랐다. 그녀는 두 손을 쳐들고 쥘리앙의 가슴에 몸을 던졌다. 그러고는 마음껏 울었다. 그는 얼떨떨해져서 아내의 머리카락을 내려다보고 있었다. 자기의 가슴에 파묻혀 얼굴은 보이지 않았던 것이다. 그는 아내가 아직도 자기를 사랑하고 있다고 여겨져 목덜미에 위로의 키스를 해댔다.

그들은 한마디도 하지 않고 집으로 돌아왔다. 그는 그녀의 방까지 따라가서 그날 밤을 그녀와 함께 지냈다.

이와 같이 해서 옛날의 관계가 또다시 시작되었다. 쥘리앙은 그것을 마치 의무인 것처럼 수행하고 있었으나 그렇다고 그다지 불쾌한 일은 아니었다. 그녀는 구역질이 날 정도로 지겹고 고통스러운 일이었으나 필요성이 있는 만큼 그것을 억지로 참아냈다. 그전처럼 또다시 임신했다는 걸 알게만 된다면 영구히 중지하리라는 결심이었다.

그런데 그녀가 곧 알아차린 것인데, 남편의 애무가 옛날과는 달라진 것처럼 생각되었다. 그 애무하는 방법은 같을지 모르지만 옛날만큼 완전하지는 않았다. 그는 그녀를 마치 조심스런 연인처럼 다루었던 것이다.

그녀는 여기에 놀라서 주의 깊게 관찰해보았고 남편의 행동은 그녀가 수태되는 상태가 되기 전에 중단된다는 것을 알아차리게 되었다. 그래서 어느 날 밤, 입에다 입을 꼭 댄 채 그녀는 속삭였다.

"당신은 어째서 예전처럼 완전히 몸을 맡기지 않으세요?"

그는 비웃듯이 말했다.

"할 수 없어. 당신을 임신시키지 않기 위해서야."

그녀는 몸이 오싹해서 부르르 떨었다.

"도대체 어째서 아기를 갖고 싶지 않은 거죠?"

이번에는 그가 깜짝 놀란 듯 중얼거렸다.

"응? 뭐라구? 미쳤나? 또 아기를? 흥, 천만에! 하나면 충분해. 빽빽 울기나 하지, 뒷바라지도 큰일이고, 돈도 더 들고. 아기는 더 이상 필요 없어!"

그녀는 양팔로 그를 끌어안고, 키스하고, 애정으로 감싸고, 그러고는 나지막한 소리로 속삭였다.

"여보, 제발 부탁예요. 한 번만 더 엄마가 되게 해줘요."

하지만 그는 화를 냈다. 기분이 상한 눈치였다.

"정말로 당신 머리가 어떻게 된 거 아니요? 그런 바보 같은 소리는 하지도 마. 제발 부탁이야."

그녀는 입을 다물었다. 그러고는 꾀를 써서라도 자기가 바라는 행복을 얻기로 결심했다.

그래서 그녀는 미친 듯이 열혈하게 연극을 꾸며, 키스 시간도 길게 끌려고 애를 쓰면서 황홀해 하는 상태를 가장하여 떨리는 양팔로 남편을 꼭 끌어안기도 하며 온갖 수단을 다 썼다. 그러나 남편은 이성을 잃지 않았고 한 번도 성공하지 않았다. 이렇게 되자, 그녀는 더욱더 욕망이 강해져서 참을 수가 없게 된 나머지, 무슨 짓이라고 해보자는 대담한 심정으로 다시금 피코 신부를 찾아갔다.

신부는 점심을 마친 참으로 새빨간 얼굴을 하고 있었다. 그는 식후에는 늘 심장의 고동이 빨라져 얼굴이 빨갛게 상기되었다. 그녀가 들어오는 것을 보더니 그는

"그래, 어떠십니까?"

하고 큰소리로 물었다. 자기가 교섭해 준 결과를 빨리 알고 싶었던 것이다.

이제는 그녀도 모든 결심이 서 있었기 때문에 창피해서 멈칫거리거나 하지도 않고 즉시 대답했다.

"그런데 남편은 이젠 더 이상 어린아이를 갖고 싶지 않대요."

신부는 흥미진진한 얼굴로 그녀 쪽으로 돌아앉았다. 규방의 비밀에 대해 신부다운 호기심이 동했던 것이다. 그래서 이렇게 물었다.

"그건 무슨 말씀이십니까?"

그런 말을 듣고 보니, 결심이 서 있다고는 하지만 뭐라고 설명해야 좋을지 몰라 난처해지고 말았다.

"그게…… 그게…… 남편은 싫어하는 거예요. 제가 아기 엄마가 되는 걸……."

신부는 알아챘다. 이런 일이라면 너무나 잘 알고 있었던 것이다. 그래서 마치 굶주려 있던 사람이 식탐을 하듯 세세한 점까지 꼬치꼬치 캐묻기 시작했다. 그러고 나서 잠시 동안 생각에 잠겨 있던 신부는, 풍년이 든 수확에 대해서 이야기하기라도 하는 것 같은 차분한 어조로, 요점을 하나하나 처리하면서 교묘하기 짝이 없는 계획과 방법을 전해주었다.

"이렇게 되고 보면 방법은 한 가지밖에 없습니다. 즉, 부인이 임신을 했다고 주인으로 하여금 믿게 만드는 것입니다. 그렇게 되면 상대방도 고집을 부리시 않게 될 것입니다. 그러면 이번에야말로 진짜로 임신을 하게 됩니다."

그녀는 눈 속까지 새빨개졌다. 하지만 결심이 충분히 서 있었으므로 더 버텨 나갔다.

"하지만…… 하지만, 제 말을 신용하지 않는다면 어떡하죠?"

신부는 사람을 조종하여 사로잡는 수단을 잘 알고 있었다.

"임신하신 것을 사람들에게 퍼뜨리는 겁니다. 어디를 가시거나 그 말을 퍼뜨리시오. 그렇기 하면 결국에는 주인 자신도 믿게 될 것입니다."

그러고 나서 그 책략을 변명이라도 하는 듯이 덧붙여 말했다.

"그것은 부인의 권리입니다. 교회가 남녀의 관계를 너그럽게 봐주고 있는 것은 자손을 늘린다는 목적을 위해서일 뿐입니다."

그녀는 이 교활한 충고에 따랐다. 반 달 후에 그녀는 임신한 것 같다고 쥘리앙에게 말했다. 그는 깜짝 놀라며 펄쩍 뛰며 말했다.

"설마! 그럴 리가 없을 텐데."

그녀는 자기가 생각해 낸 증세를 임신의 증거로 들어 보였다. 그러나 그는 단정하듯 말했다.

"아니, 좀 더 기다려봐. 나중에 알 게 될 테니."

그 뒤로 쥘리앙은 아침마다 물었다.

"어때?"

그 말에 그녀는 으레 이렇게 대답하는 것이었다.

"아직요. 임신한 것만은 틀림없어요."

이번에는 쥘리앙이 걱정이 되었다. 놀랐을 뿐만 아니라 화가 나고 풀이 죽었다. 그래서 자꾸만 되풀이하는 것이었다.

"아무래도 알 수 없군. 전혀 모르겠단 말야. 어째서 이런 꼴이 되었을까! 알 수만 있다면 목을 매달아도 좋을 지경이군."

한 달쯤 지나자 그녀는 사방팔방에 자기가 임신했다는 말을 퍼뜨렸다. 다만 질베르트 백작 부인에게만은 복잡 미묘한 수치심에서 알리지 않았다. 처음에는 불안을 느끼고 쥘리앙은 그녀에게 접근하려고 하지 않았다. 그러나 시간이 지나자 분개해 하면서도 체념을 하고서 또다시 아내의 침실로 들어오게 되었다. 그는 화를 내며 투덜거렸다.

"바라지도 않는 애새끼가 또 하나 생겼군."

신부의 예상은 근사하게 들어맞았다. 그녀는 임신을 한 것이다.

그리자 미칠 듯한 기쁨에 섞어 그녀는 매일 밤 자기 침실문을 잠그고, 자기가 숭배하는 막연한 성신에게 뜨겁게 감사하면서 이제부터는 영원히 순결할 것을 맹세하는 것이었다.

그녀는 다시금 행복해진 자기 자신을 느끼게 되었다. 어머니가 세상을 떠날 후 그 슬픔이 이렇게도 빨리 가셔지는 것일까 하고 자기 스스로 놀라기도 했다. 자기의 고뇌는 위로받을 수 없는 것이라고만 생각하고 있었는데, 아직 두 달도 안 가서 그녀의 생생한 상처 자리는 아물기 시작하고 있었다. 지금의 그녀에게는 달콤한 애수 밖에 남지 않았지만, 그것은 말하자면 생활상에 내던져진 슬픔의 베일 같은 것이었다. 이젠 어떤 사고도 일어날 것 같지가 않았다. 아이들은 크게 자라나겠지. 나 자신도 흡족하게 조용히 늙어가겠지.

그리고 남편 걱정 같은 것은 하지 않아도 된다.

9월 말경, 피코 신부가 작별 인사를 하러 왔다. 아직 일주일 밖에 입지 않은 새 제의를 입고 있었다. 그는 후임으로 온 톨비아크 신부를 소개했다. 아직은 아주 젊은 사람으로 야위고 몹시 키가 작으며 허풍을 잘 떨었다. 그리고 그 움푹 들어가고 언저리가 까만 눈은 격렬한 성격을 나타내주고 있었다. 노신부는 고데르빌의 수도원장에 임명되었다고 했다.

잔은 이 작별을 정말로 슬퍼했다. 신부는 젊은 부인의 모든 추억과 관련되어 있었다. 그녀를 결혼 시킨 것도, 폴에게 세례를 해준 것도, 남작 부인의 장례를 치러준 것도 모두 이 신부였던 것이다. 에투방을 회상할 때마다 농가의 뜰을 따라서 걸어가는 이 피코 신부의 불룩한 배를 생각하지 않을 수 없었다. 누구보다도 그녀는 이 신부를 좋아했다. 그는 쾌활하고 가식이 없는 사람이었다.

승진했는데도 불구하고 그는 별로 기뻐하지도 않았다. 그는 이런 말을 되풀이했다.

"저는 괴롭습니다, 정말 떠나기 괴롭습니다, 부인. 그럭저럭 여기 온 지 18년이 됩니다. 마을의 수입은 아주 한심스러워서 별것도 아닙니다. 남자들에겐 신앙심이 눈곱만큼도 없고, 여자들도 아시다시피 행실이 좋지 않습니다. 처녀들이

결혼을 하기 위해서 교회를 오는 것은 배불뚝이가 되어 성
모님을 뵙고 난 후의 일이지요. 그러니까 숫처녀인 신부가
쓰는 오렌지 화관도 이 고장에선 값이 안 나가게 되죠. 하지
만, 그런데도 불구하고 나는 이 마을이 좋았으니까요.”

새로 온 신부는 진저리나는 몸짓을 하고 있더니 점점 더
얼굴이 빨개졌다. 느닷없이 말을 하기 시작했다.

“내가 부임한 이상 그 모든 것을 뜯어고치겠습니다.”

영락없이 화를 잘 내는 어린애 같은 표정이었다. 허약하
게 보이는 깡마른 몸을 싸고 있는 제의는 이미 닳아서 떨어
지긴 했지만 깨끗했다. 피코 신부는 기분이 좋을 때면 언제
나 그렇게 하듯이 상대방을 곁눈질로 엿보고 있다가 다시금
이렇게 말했다.

“아, 이봐요 신부님. 그런 짓을 못하게 하자면 교구민을
사슬로 묶어두지 않으면 안돼요. 사슬로 묶어두었댔자 아무
소용도 없지요.”

몸집이 작은 신부는 통명스런 말투로 대답했다.

“두고 보면 아실 겁니다.”

그러나 노신부는 코담배를 맡으면서 미소 지었다.

“나이가 먹으면서 경험이 많아지면 당신도 마음이 진정될
겁니다. 만약 다 뜯어고치는 식으로 하다가는 성당에는 신자

가 한 사람도 남지 않을 거요. 이 고장으로 말하면 모두가 신자임에는 틀림없지만, 누구나 다 어쩔 수 없는 사람들이지요. 조심하시는 게 틀림없지만, 누구나 다 어쩔 수 없는 사람들이지요. 조심하시는 게 좋을 것입니다. 정말이지 아무래도 좀 배가 불룩하구나 하고 생각되는 처녀가 설교를 들으러 오는 것을 보면 말입니다, 나는 항상 이렇게 생각했지요. 아하, 이 여자는 교구민을 한 사람 더 데리고 왔구나, 하고요. 그러고는 그녀는 결혼시키도록 노력해주지요. 아시겠습니까? 당신은 말입니다, 그들로 하여금 과오를 범하지 못하게 할 수는 없습니다. 그러나 말입니다, 남자를 만나, 어머니가 될 여자를 버리지 못하게 할 수는 있지요. 두 사람을 결혼시켜주는 것이 좋아요. 신부님, 결혼시켜주는 겁니다. 그리고 그 이외의 일에 대해서는 너무 손을 대지 않을 일입니다."

새로 온 신부는 거칠게 대답했다.

"우리들은 생각이 다른 것 같습니다. 이 이상 이러쿵저러쿵 말해도 소용이 없을 것입니다."

그러자 피코 신부는 또다시 이 마을과 헤어지는 것이 괴롭다고 불만을 이야기하기 시작했다. 사제관의 창에서 바라보이는 바다니, 멀리 배가 지나가는 것을 내다보면서 기도를 하러 가곤 했던 깔때기 모양의 조그만 골짜기를 못 보는 것이 서운하다고 했다.

이윽고 두 신부는 작별 인사를 했다. 노신부는 잔에게 키스를 했다. 그녀는 울음이 터질 듯 했다.

1주일쯤 지나가 톨비아크 신부가 또다시 찾아왔다. 그는 그가 계획한 개혁에 대한 이야기를 했는데, 그것은 한 나라의 지배권을 쥐고 있는 왕후나 할 수 있을 듯해 보였다. 그는 자작 부인에게 일요일의 미사에 빠지지 말고 꼭꼭 나와 달라고 부탁하는 것이었고, 축제 때마다 반드시 싱체 배수를 하라는 것이었다.

"부인과 저는 이 지방의 주민들을 지도해야 할 입장에 있습니다. 그러니까 우리는 이 지방을 다스리고, 언제나 좋은 모범을 보여줄 필요가 있습니다. 강력한 권력을 쥐고, 또 존경을 받기 위해서는 힘을 합하지 않으면 안 됩니다. 교회와 저택이 손을 마주 잡는다면, 그 밖의 백성들은 우리들을 두려워하여 우리들을 따라올 것입니다."

잔의 신앙심은 완전히 감정적인 것이었다. 여자라면 누구나 다 가지고 있는, 몽상에 잠기기 쉬운 신앙심이었다. 그러므로 설사 그녀가 그럭저럭 의무를 다하고 있다 해도, 그것이 수녀원 시절부터 특히 몸에 배어 있던 습관에 의한 것이라 할지라도, 남작의 반종교적인 철학이 오래 전에 그녀의 신념을 뒤집어엎어 버렸던 것이다.

피코 신부는 잔이 내보이는 얼마 안 되는 신앙심을 만족스럽게 여겼으며, 결코 그 이상의 것을 요구하지는 않았다. 그러나 새로 온 신부는 그녀가 지난 일요일 미사에 나오지 않았다고 해서 걱정이 되어 엄격한 표정을 하고서 쏜살같이 달려왔다. 그녀는 신부와 사이가 틀어지고 싶지는 않았다. 그래서 비위를 맞춰주느라고 처음 얼마 동안은 열성적인 태도를 보여주기로 마음속으로 내심 작정을 하고서 약속해주었다.

그랬던 것인데 차츰차츰 그녀는 교회에 다니는 습관이 몸에 붙게 되었다. 그리하여 그 직설적이고 지배하기를 좋아하는 신부의 영향을 받게 되었다. 신비가인 그는 그 흥분된 몸짓과 열성적인 태도로 그녀를 기쁘게 만들었다. 모든 여자들이 그 혼속에 지니고 있는 종교적인 시정의 악기를, 그는 그녀의 마음속에서 울려주었던 것이다. 그의 완고하고 융통성이 없는 준엄성, 속세와 육욕에 대한 경멸, 인간 만사에 대한 혐오감, 신에 대한 사랑, 연소자다운 거친 무경험, 엄격한 말, 불요불굴의 의지 등이, 잔에게 순교자란 바로 이런 것인가 하는 인상을 주었다. 그러므로 이미 마음의 고생을 호되게 겪고서 미몽에서 깨어난 그녀였음에도 이 나이 어린 신부의 엄격한 광신에 매료되어갔다.

신부는 종교의 경건한 기쁨이 얼마나 그녀의 모든 고뇌를 정화시켜주는가를 역설하면서, 그녀를 위로하여 그리스도 쪽으로 깊이 인도해 나갔다. 그래서 그녀는 고해실에서 고작 15살 살 정도로밖엔 안 보이는 이 신부 앞으로 나가면, 마치 자신이 가냘프고 하찮은 존재인 것처럼 느끼고 몸을 낮추어 무릎을 꿇는 것이었다.

하지만 얼마 안 가서 이 신부는 온 마을 사람들이 미워하는 사람이 되고 말았다.

자기 자신에 대해서 융통성 없고 완고한 태도를 취하는 그는 남에 대해서도 인정사정없는 준엄한 태도를 취했다. 특히 그의 분노와 증오를 자아내게 하는 것이 남녀 간의 정사 사건이었다. 그는 거기에 대해서 설교 중에 언급하는 일이 있었는데, 그것을 성직자 특유의 준엄한 어조로 불같이 분노를 터뜨리면서 이야기했고, 시골 사람들인 청중에게 색욕을 꾸짖어 훈계하는 벼락같은 언사를 퍼부어댔다. 그러고는 몹시 흥분한 나머지 갖가지 망상에 사로잡혀 몸을 부르르 떨고 발을 동동 구르는 것이었다.

마을의 젊은이나 처녀들은 교회 안의 이곳저곳에서 남몰

래 음란한 눈길을 주고받곤 했다. 그리고 늙은 농부들은 언제나 이런 일을 가지고 농담하기를 좋아하는 사람들이거니와, 미사 끝나고 집으로 돌아가면서 푸른 작업복을 입은 아들이나 검은 외투를 걸친 아내를 상대로 하여 이 조그만 신부의 어리석음을 비난하는 것이었다. 그래서 온 마을이 들끓게 되었다.

신부가 고해실에서 너무나도 엄격하다느니, 그가 내리는 속죄가 준엄하다느니 하면서 사람들은 소곤소곤 이야기를 나누는 것이었다. 그리고 정조를 더럽힌 처녀들에 대해서 그가 완고하게 죄의 사면을 거절하여 비웃음을 받았다. 축제일의 대미사를 올릴 때가 되면 사람들은 곧잘 웃곤 했다. 젊은 사람들이 의자에 걸터앉은 채 다른 사람들과 함께 성체 배수를 하러 나가려고 하지 않았기 때문이다.

얼마 안 가서 신부는 젊은 연인들을 겨냥하여 그들의 밀회를 방해하기 시작했다. 그것은 마치 산지기가 밀렵자를 쫓아내는 식이었다. 달밤에는 농가의 도랑가에서, 헛간 뒤에서, 조그만 모래 언덕의 비탈면에 우거진 금작화 덤불 속에서 신부는 그들을 찾아내어 쫓아냈다.

어느 때인가 그는 그러한 두 사람을 발견했는데, 그들은 신부 앞에서도 떨어지려 하지 않았다. 그들은 서로 허리를 껴안은 채 자갈투성이의 움푹 팬 지대를 키스하면서 걸어가는 것이었다.

신부는 큰소리로 꾸짖었다.

"그만두지 못해, 이 잡것들아!"

그때 젊은이가 홱 돌아서서 대답했다.

"쓸데없는 참견 말아요, 신부님. 당신이 상관하실 일이 아니잖아요."

그러자 신부는 돌멩이를 주워 들고 마치 개라도 후려갈기듯이 두 사람에게 내던졌다. 두 사람은 기득기득 웃으면서 달아났다. 다음 일요일, 신부는 교회에 모인 사람들 앞에서 그들의 이름을 공표했다.

이제 이 고장 젊은이들은 아무도 미사에 나가는 것을 그만 두었다.

신부는 목요일마다 저택의 만찬에 참석하기로 되어 있었다. 그리고 딴 날도 이따금 참회하는 그녀와 이야기를 하기 위해서 찾아오곤 했다. 그녀도 그와 마찬가지로 흥분하여 정신계에 관하여 여러 가지 의논을 하고, 종교적인 논쟁의 상투적인 이야기와, 옛날부터 전해져 내려오는 복잡한 문제들을 모두 끌어냈다.

그들은 둘이서 나란히 남작 부인의 커다란 가로수 길을

산책하면서, 그리스도며 사도며 성모며 신부들에 관해서 마치 친지라도 되는 것처럼 이야기를 나누었다. 이따금 걸음을 멈추고 서서는 서로 심오한 질문을 주고받았는데, 이것을 기점으로 두 사람 다 신비적이고 종잡을 수가 없는 이야기 속으로 빠져 들어갔다. 그녀는 불화살처럼 하늘로 날아가는 시적인 이론에 몰두하였고, 그녀보다는 이성적인 신부는 원을 사각형으로 만들 수 있는 가능성을 수학적으로 증명하려고 하는 편집광처럼 이야기를 늘어놓았다.

쥘리앙은 새로 온 신부를 대단히 존경했다. 자꾸만 되풀이해서 다음과 같이 말했다.

"이번에 오신 신부님은 마음에 들어. 타협이라는 걸 하지 않으니까 말야."

그는 스스로 참회도 하고 성체 배수를 하러 나가기도 하여 훌륭한 모범을 보여주었다.

요즘에 와서 쥘리앙은 거의 매일같이 푸르빌의 저택에 가서, 이제는 그가 없이는 한시도 살 수 없도록 된 백작과 함께 사냥하러 나가기도 하고, 비가 오나 바람이 부나 백작 부인과 말을 타고 멀리 놀러 나가기도 하는 것이었다. 백작은 곧잘 이렇게 말하곤 했다.

"저 사람들은 말에 미쳤어. 하지만 아내를 위해서는 도리어 잘됐지 뭐야."

남작은 11월 중순 무렵에 돌아왔다. 그는 완전히 늙어버리고 의기소침하여 마치 딴사람처럼 변해 있었다. 마치 마음의 밑바닥에까지 어두운 슬픔이 스며든 것 같았다. 우울한 고독에 싸여 있던 몇 달 동안 애정이나 신뢰나 상냥함에 굶주렸던 듯 그는 딸에 대한 애정이 더 커진 듯 했다.

잔은 당장 자신의 마음속에 싹튼 새로운 생각을 아버지에게 털어놓고, 톨비아크 신부와의 친근한 교제를 비롯해서 자신의 종교적인 성열에 대해서 이야기했다. 그러나 아버지는 신부를 본 순간, 그에 대한 심한 적의가 싹트는 것을 느끼지 않을 수 없었다.

그날 밤 잔이 남작에게 물었다.

"그분, 어떻게 생각하셔요?"

아버지는 이렇게 대답했다.

"그 사내 말야? 그 친구는 종교재판소의 판사 같은 사람이야. 틀림없이 위험한 존재야."

그 뒤 그가 자기 친구들인 농부들로부터 젊은 신부의 엄격함, 난폭한 태도, 또한 인간이 태어나면서 지니고 있는 본능이나 자연 법칙에 대해서 그가 가하는 일종의 박해 등에 대한 이야기를 듣고서 그는 더더욱 증오심을 쌓아갔다.

이 남작으로 말하면, 자연을 숭배하는 저 옛날 철학자들의 무리에 속하는 사람이었다. 그는 두 마리의 동물이 겹쳐지기만 해도 감동을 하는, 일종의 범신론적인 신 앞에서 언제나 무릎을 꿇었지만, 가톨릭적인 신의 개념에 대해서는 반항했다. 사고방식에 대해서는 격분해 마지않았다. 그러한 신은 그가 보건대 그 전모를 알 수 없는 모든 현상, 엄연히 무한하고 전능한 창조를 굳이 작게 만드는데 지나지 않았다.

사고요 암석이요 빛이요 인간이기도 하며 공기도 되고 금수도 되고 별이 되기도 하며 '신'이기도 하고 곤충이기도 한 창조, 고물주인 까닭에 만물은 만드는 창조, 의지보다도 강하고 이론보다도 광대하며, 목적도 없고 이유도 없이 한도 끝도 없이 만물을 만들어내고, 모든 방향으로, 모든 형식으로 무한한 공간을 통과하고, 우연의 필연성에 따르며, 또한 세계를 따뜻하게 해주는 모든 별들에 입을 맞춤으로써 만물을 만들어내는 창조를 오히려 작게 만드는 것에 지나지 않았다.

창조는 모든 싹을 그 안에 간직하고 있어서, 사상이나 생명은 마치 꽃이나 열매가 나무에서 피어나고 열리듯이 이 창조에서 자라나는 것이다. 그러므로 남작에게 있어서 생식은 일반적인 대법칙이요, 신성하고도 존경할 만한 숭고한 행

위였으며, 참으로 이 행위야말로 우주적인 '존재'의 감추어
진 불변의 의지를 실현하는 것이었다. 그래서 그는 농가에서
농가로 집집마다 순회를 하면서 생명의 박해자인 이 고집스
럽고 어리석은 신부에 대해서 맹렬한 전투를 개시했다.

잔은 통탄하여 주님에게 기도하고, 아버지에게 애원했다.
하지만 아버지는 언제나 이렇게 대답하는 것이었다.

"그런 사람은 해치워야 해. 그건 우리들의 권리고 의무야.
그런 부류는 인간이 아니야."

그는 긴 백발을 흔들면서 되풀이해서 말하는 것이었다.

"저들은 인간이 아냐. 그들은 아무것도 모른단 말야. 어느
것 한 가지도 아는 게 없어. 그들은 숙명적인 꿈속에서 행동
하고 있는 거야. 그놈들은 자연의 법칙을 짓밟고 있어."

마치 저주하는 문구라고 내뱉듯이 '저들은 반자연주의자
들이야.' 하고 외쳐대는 것이었다.

신부는 남작을 분명히 자기의 강적이라고 느꼈으나 저택
과 젊은 부인을 손아귀에 넣어두고 싶었기 때문에 최후의
승리를 믿고 서서히 시기가 닥치기를 기다렸다.

그러는 동안 어떤 고정 관념이 신부의 머릿속에 달라붙었
다. 그도 그럴 것이, 우연히도 그는 쥘리앙과 질베르트의 불
륜을 알아내고, 어떤 희생을 치르더라도 두 사람의 사이를

갈라놓기로 마음먹었기 때문이다.

어느 날의 일이었다. 그는 잔을 만나러 와서는 오랫동안 신비적인 이야기를 나눈 다음에, 잔더러 제발 자기에게 협력해달라고 부탁했다. 그것은 지금 위기에 빠져 있는 두 사람의 혼을 구제하고, 그녀 자신의 가정 안에서 일어나고 있는 재앙과 싸워 그것을 없애기 위해서라고 했다.

그녀는 무슨 뜻인지 알 수가 없어서 무슨 말이냐고 되물었다. 신부는

"아직 그럴 시기는 아닙니다. 나중에 다시 찾아뵙겠습니다."

하고 대답하더니 허둥지둥 밖으로 나갔다.

마침 겨울이 끝나려 하고 있었다. 시골에서 썩은 겨울이라고 말하는 습기 차고 미지근한 날씨였다.

며칠 뒤 신부가 또다시 찾아왔다. 그는 모호한 말이기는 했지만, 하나도 나무랄 데가 없어야 할 사람들 사이에 맺어진 파렴치한 관계에 대해서 이야기했다. 그러한 사실을 안 사람으로서는 모든 수단을 다 써서 그것을 막아야 한다고 말하는 것이었다. 이어서 고상한 의견을 주고받은 다음에, 잔의 손을 잡더니 제발 눈을 좀 뜨라고, 자기가 하는 말을 이해하여 자기를 도와달라고 부탁했다.

마침내 그녀도 알아차렸다. 그러나 그녀는 잠자코 있었다. 지금은 평온무사하게 지내고 있는 집안인데, 앞으로 어떤 성가신 일이 일어날지도 모른다고 생각하니 어쩐지 두려웠기 때문이다. 그래서 신부가 하는 말이 이해되지 않는 듯한 태도를 취했다. 그러자 신부는 이제 주저함이 없이 분명하게 말했다.

"내가 이제부터 하려고 하는 일은 참으로 곤란한 의무이긴 합니다만, 자작 부인, 별다른 방법이 없으므로 어쩔 수 없습니다. 나는 나의 직분 상, 부인이 말리려고 마음만 먹는다면 막을 수 있는 일이지만, 부인에게 말을 안 하고 잠자코 있을 수는 없습니다. 그럼 분명히 말씀드립니다만, 부인의 주인어른은 푸르빌 부인과 불륜의 죄악을 맺고 있습니다."

그녀는 힘없이 고개를 수그렸다.

신부는 말을 계속했다.

"자, 어떻게 하실 작정입니까?"

그녀는 입 속으로 우물거리면서 말했다.

"저더러 어떻게 하라는 말씀이세요, 신부님?"

그는 격렬한 어조로 말했다.

"부인께서는 이 불륜 관계를 저지해야 합니다."

그녀는 울기 시작했다. 그러다 슬픈 소리로 말했다.

"하지만 주인은 이전에도 하녀와 함께 저를 속인 일이 있어요. 게다가 제가 하는 말은 듣지 않아요. 이젠 저를 사랑하지도 않는걸요. 뭔가 제가 뜻에 거슬리는 요구라도 하는 날에는 당장 야단을 당하고 말아요. 제가 무슨 짓을 할 수 있겠어요?"

신부는 그 말에는 직접 대답하지 않은 채 다만 이렇게 소리쳤다.

"그럼 부인께서는 굴복하시는 거군요! 체념하시는 거군요! 그래도 괜찮을까요? 간통이 부인의 지붕 밑에서 벌어지고 있는데도 부인께서는 너그럽게 봐주고 계십니다! 죄악이 부인의 눈앞에서 벌어지고 있는데도 부인께서는 외면을 하시려고 하는 겁니까? 그러고서도 부인께서는 남의 아내라고 할 수 있을까요? 그리스도 교도입니까? 어머니입니까?"

그녀는 흐느껴 울었다.

"그럼, 어떻게 하라는 말씀이세요?"

그는 되받아 대꾸했다.

"이런 파렴치를 용서해줄 바에야 차라리 무슨 짓이라도 하십시오. 아시겠습니까, 무슨 짓이라도 하는 겁니다. 주인 곁을 떠나십시오. 이런 더러운 집에서 나가십시오."

"하지만 저에겐 돈이 없어요. 게다가 신부님, 지금 저에게는 용기도 없어요. 뿐만 아니라 증거도 없는데 어떻게 나갈 수가 있겠어요? 그런 권리조차도 저에겐 없어요.”

신부는 일어섰다. 떨고 있었다.

“그렇게 겁이 많고 나약하십니까? 부인, 저는 부인을 잘못 보았습니다. 부인은 하느님의 자비를 받으실 가치가 없습니다!”

그녀는 쓰러지듯이 신부 앞에 무릎을 꿇었다.

“아아, 제발 부탁이에요. 버리지 말아주세요. 내게 취할 길을 가르쳐 주세요!”

그는 퉁명스럽게 잘라 말했다.

“푸르빌 씨에게 말하세요. 이 관계를 끊을 사람은 그 사람입니다.”

그녀는 그것을 생각해 보고 몸서리를 쳤다.

“아아, 신부님! 하지만 그분은 두 사람을 죽여 버리고 말 거예요, 신부님! 게다가 저는 밀고의 죄를 범하게 돼요. 그런 짓은 절대로 안돼요!”

그러자 그는 화가 치밀어 그녀를 저주하려는 듯 손을 번쩍 쳐들어 올렸다.

“그렇다면 부인의 치욕과 부인의 죄악 속에 영원히 빠져 계십시오. 부인은 그들보다도 죄가 깊으니까요. 부인께선 아주 너그러운 아내이십니다그려. 이런 곳에 저는 더 이상 있을 필요가 없어요.”

그러고는 벌떡 일어서서 나가버렸다. 분노를 참지 못한 나머지 온몸을 부들부들 떨고 있었다.

그녀는 정신없이 그 뒤를 쫓아갔다. 하라는 대로 하겠다고 약속이라도 해야 할 것 같았다. 그러나 그는 여전히 격분으로 몸을 떨면서 빠른 걸음으로 걸어갔다. 걸어가면서도 자기의 키보다도 클 것 같은 푸르고 큼직한 우산을 마구 휘둘러댔다.

쥘리앙이 대문 옆에 서서 나무의 가지치기를 지시하고 있는 모습이 신부의 눈에 띄었다. 그래서 그는 쿠야르의 농장을 가로질러 가려고 왼쪽으로 꺾어졌다. 그리고는 다시 되뇌었다.

“내버려두시오, 부인. 이젠 말씀드릴 게 없습니다.”

마침 지나가는 안마당의 한복판에 한 무리의 어린애들이 모여 있었다. 이 집 아이들과 이웃 아이들이 암캐인 미르자의 개집을 둘러싸고 진지한 듯이 뭔가를 구경하고 있었다. 입들을 꼭 다문 채 주의 깊게 들여다보고 있는 것이었다. 그 아이들의 한가운데에 남작이 뒷짐을 진 채 역시 진기하다는 듯이 보고 있는 모습은 영락없이 초등학교 선생이나 다름없었다. 그러나 저 멀리 신부의 모습이 눈에 띄자 당장 그 자리를 떠났다. 그와 맞닥뜨려 인사를 한다든지 이야기를 나눈다든지 하기가 싫었기 때문이다.

잔은 애원하듯이 말했다.

"신부님, 저에게 며칠만 여유를 주세요. 그러고 나서 저희 집에 와주세요. 그러시면 말씀드리겠어요. 제가 무슨 일을 할 수 있을지, 어떤 준비를 했는지를. 그런 다음에 의논을 하기로 해요."

그때, 두 사람은 아이들이 놀려 있는 곳까지 와 있었다. 신부도 가까이 다가가서 아이들이 뭘 가지고 이렇게 재미있어할까 하고 자신도 구경을 하려고 했다. 암캐가 새끼를 낳고 있었다. 개집 앞에는 벌써 다섯 마리의 강아지가 어미개의 주위에서 꿈틀거리고 있었다. 어미개는 가로누운 채 아주 걱정스러운 듯이 애정 어린 눈으로 그들을 바라보고 있었다. 신부가 들여다본 순간, 어미개의 몸뚱이가 오그라들었다가 쭉 내뻗는가 싶더니 여섯 마리째의 강아지가 나왔다. 그러자 개구쟁이들은 모두들 기뻐하며 손뼉들을 치며 소리소리 지르는 것이었다. 그들에게 있어서는 그것이 하나의 놀이였다. 조금도 불순한 것이 섞이지 않은 자연 그대로의 놀이였다. 마치 사과가 떨어지는 것을 바라보듯이 이 같은 탄생을 지켜보고 있는 것이다.

톨비아크 신부는 처음에는 어안이 벙벙했지만 우산을 치켜들어 거기에 몰려 있는 아이들의 머리를 힘껏 내리치기 시작했다. 깜짝 놀란 개구쟁이들은 쏜살같이 달아났다. 그러자 이번에는 암캐와 맞섰다. 산고를 치르고 있는 암캐는 일어나려고 했지만, 신부는 일어날 여유조차 주지 않았다. 마치 정신이 돌기라도 한 것처럼 팔의 힘을 다하여 패기 시작했다. 개는 사슬에 묶여 있어서 도망갈 수가 없었다. 그래서 내리치는 우산 밑에서 버둥거리면서 처참한 비명을 질렀다. 마침내 그는 우산을 부러뜨리고 말았다. 수중의 무기를 잃어버리자 이번에는 개 위에 올라타 정신없이 짓밟아 뭉개는 것이었다. 그러자 그 바람에 마지막 한 마리가 태어났다. 압박을 받고 밀려나온 것이다. 이제 갓 태어난 강아지들은 눈도 뜨지 못한 채 아장아장 꾸물거리고 깽깽 울어대면서 벌써부터 젖을 찾고 있는 중에, 피투성이가 되어 신음하고 있는 어미개를 그는 광포한 뒤꿈치로 급소를 밟아 죽여 버렸다.

잔은 달아났다. 신부는 별안간 누군가 목덜미를 꽉 잡아쥐는 것을 깨달았다. 그도 따귀를 얻어맞고 삼각모자가 날아갔다. 격분한 남작이 그를 대문이 있는 데까지 질질 끌고 가서 길바닥에 내동댕이쳤던 것이다.

개 주인이 들어와 보니까 잔이 울면서 무릎을 꿇고 강아지들을 치맛자락에 주워 담는 것이 보였다. 남작은 딸을 향하여 큰소리로 외쳤다.

"저거 보란 말야, 저런 놈이 제의를 입은 놈이다! 이번에야말로 잘 알았지!"

소작인들도 달려와 있었다. 모두들 배가 터진 개를 보고 있었다. 쿠야르의 마누라가 소리쳤다.

"어머나, 어쩌면 이렇게도 끔찍한 짓을 했을까!"

잔은 일곱 마리의 강아지를 주워 안고 집으로 네리고 왔고 모두 자기가 키우겠다고 우겨댔다. 우유를 먹여보았지만 세 마리는 이튿날 죽었다. 그래서 시몽 영감은 마을을 돌아다니며 젖을 먹여줄 암캐를 찾아 나섰다. 공교롭게도 그런 개는 발견되지 않았지만, 대신 암고양이 한 마리를 끌고 왔다. 그의 말에 의하면 충분히 젖을 먹여줄 것이라고 했다. 그래서 남은 네 마리 가운데 다시 죽은 세 마리를 제외한 마지막 한 마리를 이 종이 다른 유모에게 맡겼다. 암고양이는 즉시 강아지를 제 새끼인 줄 알고 벌렁 눕더니 그쪽으로 자기의 젖을 들이대는 것이었다.

젖어미가 탈진하지 않게 하기 위하여 이주일 후에는 젖을 떼고는, 잔이 손수 포유병을 써서 기르기로 했다. 그녀는 그

강아지에게 토토라는 이름을 붙였다. 남작은 독단으로 그 토토라는 이름을 바꾸어 '마사크르(학살이란 뜻)'라고 붙였다.

그런 일이 있은 후로 신부는 다시 오지 않았다. 그러나 다음 일요일에 그는 설교단 위에서 저택에 대한 저주와 욕설과 위협의 말을 퍼부어댔다. 상처가 난 것에 대해서는 시뻘겋게 달군 쇠꼬챙이를 갖다 대어야 한다고 떠들어댔고, 남작은 파문시키겠다고 떠들어댔지만, 장본인인 남작은 도리어 재미있게 여겼다. 또한 신부는 어느 정도 조심하는 듯한 모호한 말이기는 했지만, 쥘리앙의 불륜에 대해 은연중에 암시했다. 자작은 분개 했지만 이 놀랄 만한 추문이 퍼질까봐 염려스러웠기 때문에 그 분노를 삭이고 말았다.

그 후로도 신부는 설교를 할 때마다 계속해서 복수를 하겠다고 선언했으며, 하느님의 심판이 다가오고 있다는 것과 그의 모든 적은 하느님의 분노를 살 것이라고 예언했다.

쥘리앙은 대주교에게 공손하긴 하나 강한 어조가 담긴 한 통의 편지를 썼다. 그로 인해 톨비아크 신부는 좌천을 당할 것이라고 위협을 받자 입을 다물었다.

요즘에는 혼자서 긴 산책을 하고 있는 톨비아크 신부의 모습이 곧잘 눈에 띄었다. 뭔가 흥분이라도 하고 있는지 성큼성큼 걸어 다녔다. 질베르트와 쥘리앙도 말을 타고 산책을 하는 도중에 곧잘 그러한 그의 모습을 발견했다. 평원의 끝이나 낭떠러지의 언저리에 멀리 하나의 검은 점처럼 외따로 앉아 있는 모습이 보일 때도 있고, 때로는 두 사람이 들어가려고 하는 좁은 골짜기에서 기도서를 읽고 있는 때도 있었다. 그런 때에는 그 곁을 지나지 않으려고 말머리를 돌렸다.

봄이 돌아왔다. 봄은 그들의 사랑을 불타오르게 하여, 어느 때는 이곳, 어느 때는 저곳으로 말의 발길이 닿는 대로 온갖 그늘 속에서 두 사람으로 하여금 포옹하게 만들었다. 나뭇잎은 아직 무성하지 않았고 풀밭은 축축하여 한여름처럼 잡목림 속으로 깊숙이 헤치고 들어갈 수가 없었기 때문에 그들은 자기들의 포옹을 감추기 위해 양치기들의 이동식 오두막집을 이용하곤 했다. 오두막집은 작년 가을부터 보코트의 언덕 꼭대기에 방치되어 있었다. 그것은 낭떠러지에서 5백 미터쯤 되는, 골짜기의 급한 경사가 시작되는 지점에 이동용 수레바퀴 위에 실려 놓여 있었다. 그 속에 들어가 있으면 불시에 남의 눈에 들킬 염려는 없었다. 왜냐하면 들판이 한눈에 내려다보였기 때문이다. 오두막집의 수레 채에 매어 놓은 두 필의 말은 두 사람의 애무가 지칠 때까지 기다리곤 했다.

어느 날의 일이었다. 이 은신처를 떠나려고 하다가 그들은 톨비아크 신부의 모습을 발견했다. 그는 비탈면의 금작화 속에 거의 숨어 있는 듯한 자세를 취하고 있었다.

"다음에는 말을 골짜기 깊숙한 곳에 놓아두어야겠군요."

쥘리앙이 말했다.

"안 그러면 멀리서도 우리들이 있는 줄을 알 테니까요."

그리고 나서부터는 말을 가시나무가 우거져 있는 골짜기의 그늘 속에 매어놓기로 했다.

그런 일이 있은 후 어느 날 밤의 일이었다. 백작과 함께 만찬을 하려고 둘이 같이 브리예트로 돌아오다가 저택에서 나가려고 하는 신부와 딱 마주쳤다. 그는 두 사람을 지나가게 하기 위해서 길을 비켰다. 그리고 눈과 눈이 마주치지 않도록 고개를 수그려 인사를 했다. 두 사람은 한순간 불안했으나 곧 사라졌다.

바람이 몹시 부는 어느 날 오후, 잔은 난로 옆에서 책을 읽고 있었다. 때는 5월 초였다. 뜻밖에 푸르빌 백작의 모습이 눈에 띄었다. 그는 부리나케 걸어오고 있었는데, 그 걸음이 심상치 않아 무슨 불행이라도 일어난 것이 아닐까 하고 생각될 정도였다.

그를 맞으려고 급히 아래층으로 내려가다가 그의 얼굴과 딱 마주쳤다. 그는 거의 미친 사람처럼 보였다. 그는 언제나 자기 집에 있을 때에만 쓰는 모피가 달린 큼직한 사냥 모자를 쓰고 사냥 옷을 입고 있었는데, 얼굴이 너무나 창백해서 붉은 수염이 마치 불꽃처럼 보였다. 그리고 눈은 핏발이 서고 사고력을 잃은 것처럼 눈동자가 뒤룩뒤룩 움직이고 있었다.

그는 더듬거리면서 말했다.

"아내가 여기 와 있지요?"

잔은 질색을 하며 대답했다.

"아뇨. 오늘은 한 번도 뵙지 못했는데요."

그러자 그는 두 다리가 부러지기라도 한 것처럼 털썩 걸터앉았다. 그리고 모자를 벗더니 기계적으로 몇 번이고 손수건으로 이마를 닦았다. 그러고는 갑자기 불쑥 일어나는가 싶더니, 젊은 부인 쪽으로 서슴없이 다가와 두 손을 내밀고 입을 딱 벌린 채 무슨 이야기를 하려고 했다. 뭔가 무서운 고뇌를 털어놓으려고 하는 것 같았다. 그러나 그는 우뚝 서서 그녀를 물끄러미 바라보며 헛소리처럼 말했다.

"그런데 부인의 주인 말입니다…… 부인도……."

그렇게 말하더니 그는 바다 쪽으로 달려갔다.

잔은 그를 붙들고자 이름을 부르고 애원하며 뒤쫓아 갔다. 그녀는 생각했다.

'저이는 다 알고 있을 거야! 어떻게 하려고 저러는 걸까?

아아, 발각되지 말아야 할 텐데!'

그녀는 공포로 가슴이 꽉 조여 왔다. 그러나 그녀는 뒤쫓아 갈 수가 없었다. 게다가 백작은 그녀의 말 같은 건 들으려고도 하지 않았다. 자기의 목표에 확신이 있는 것처럼 아무런 망설임도 없이 오직 똑바로 달려갔다. 도랑을 건너 거인 같은 다리로 금작화를 타고 넘어 낭떠러지에 당도했다.

잔은 나무숲이 있는 비탈진 곳에 서서 오랫동안 그의 뒷모습을 눈으로 쫓고 있었으나 금세 보이지 않게 되어 집으로 돌아왔다. 하지만 걱정이 되어 견딜 수가 없었다.

백작은 오른쪽으로 돌더니 쏜살같이 달리기 시작했다. 파도가 높게 이는 바다가 물결을 밀어붙이고 있었다. 새까맣고 커다란 구름이 굉장히 빠른 속도로 달려왔다가 지나가고, 연달아 자꾸만 다른 구름이 몰려와선 그 하나하나가 맹렬한 빗발이 되어 바닷가로 쏟아졌다. 바람은 씽씽 휘몰아쳐 불어와 신음 소리를 지르면서 마치 물거품과도 같은 갈매기들을 먼 육지 쪽으로 실어갔다.

줄기차게 쏟아지는 빗줄기가 백작의 얼굴을 휘갈기고 뺨과 수염을 적셨다. 콧수염에서는 빗방울이 떨어지고, 귀는 빗소리로 박히고, 심장은 천 갈래 만 갈래 찢어지는 듯했다.

저 멀리 눈앞에는 보코트 골짜기가 그 깊고 험하고 좁은 입을 벌리고 있었다. 양이 없는 텅 빈 목장에 양치기의 오두막집만 보였다. 두 필의 말이 그 이동식 오두막집의 끝채에 매어져 있었다. ─ 이렇게 폭풍우가 몰아치는 날에 뭘 두려워할 것이 있겠는가?

말을 보자 즉시 백작은 땅바닥에 엎드렸다. 그러고 손과 무릎으로 앉은뱅이걸음을 한 채 앞으로 나아갔다. 진흙투성이의 커다란 몸뚱이에 모피 모자를 쓴 꼴은 마치 괴물처럼 보였다. 그는 그 외따로 서 있는 오두막집까지 기어가더니 그 밑에 숨어들었다. 들키기 않기 위해서였다.

두 필의 말은 백작을 보자 흥분했다. 그는 손에 든 칼로 천천히 고삐를 끊었다. 느닷없이 한바탕의 돌풍이 휘몰아쳐 불어오고 싸락눈이 후드득후드득 오두막집의 기울어진 판자 지붕을 휘갈기면서 수레 위의 오두막집을 뒤흔들리게 했다. 말들은 깜짝 놀라 달아나기 시작했다.

그때 백작은 무릎을 땅에 댄 채 상체를 일으켜 문짝 아래쪽에 눈을 꼭 붙이고서 뚫어지게 그 안을 들여다보았다. 이제 그는 꼼짝도 하지 않았다. 뭔가를 기다리고 있는 것 같았다. 상당히 긴 시간이 지나갔다. 백작이 불쑥 일어났다. 온몸은 진흙투성이였다. 그는 미친 듯한 몸짓으로 밖에서 잠그게 되어 있는 빗장을 힘껏 지르고는 끝채를 잡는가 싶더니, 오두막집을 부서져라 뒤흔들기 시작했다. 그러고 나더니 느닷없이 끌채 사이로 들어가 그 긴 몸을 구부리고 숨을 헐떡거리면서 있는 힘을 다 내어 소처럼 끌어내리기 시작했다. 그는 수레 안에 두 사람이 들어 있는 채로 그것을 끌고 경사진 절벽 쪽으로 끌고 갔다. 그 안에 들어 있는 사람들은 무슨 일이 일어났는지 깨닫지 못한 채 주먹으로 벽 판장을 두들기며 울부짖었다.

백작은 비탈면의 꼭대기까지 끌고 가더니 이 가벼운 오두막집을 손에서 놓아버렸다. 오두막집은 비탈면을 구르기 시작했다. 오두막집은 똑바로 떨어져 미친 듯이 굴러갔다. 떨어지면서 점점 더 속도가 붙어, 살아 있는 짐승처럼 툭 튀어 오르기도 하고, 비틀거리며 쓰러지기도 하고, 끌채로 땅바닥을 두들기기도 하면서 떨어져 내려갔다.

늙은 거지 하나가 우연히 개울 속에 웅크리고 있다가, 어럽쇼 하고 놀라는 사이에 그것이 자기의 머리 위를 뛰어넘어 떨어지는 것을 목격했다. 그는 그 나무 궤짝 속에서 처참하게 울부짖는 소리가 나는 것을 들었다.

갑자기 그것은 무언가에 부딪쳐 한쪽 수레바퀴가 빠졌기 때문에 이번에는 옆으로 쓰러진 모양이 되어 공처럼 다시금 굴러 떨어지기 시작했다. 바닥에서 벗어난 집이 산꼭대기에서 굴러 떨어지는 것 같았다. 그리하여 맨 마지막의 움푹 팬 곳의 언저리에까지 도달하자, 그것은 곡선을 그리면서 튀어 오르는가 싶더니 골짜기에 떨어져 달걀처럼 박살이 나고 말았다.

그것이 돌투성이의 지면 위에 산산조각으로 부서지는 것을 보자, 방금 그것이 자기의 머리 위를 지나가는 것을 본 그 늙은 거지는 가시나무를 헤치고 종종걸음으로 아래로 내려갔다. 참으로 촌사람다운 조심성에서 부서진 궤짝 쪽으로 가지 않고 근처에 있는 농가에까지 달려가서 뜻밖의 불행한 사고를 알렸다. 농부들이 달려왔다. 그들이 오두막집의 널판때기 조각을 뜯어내자 두 사람의 시체가 나왔다. 두 사람 다 상처투성이요, 엉망진창으로 부서져 피투성이가 되어 있었다. 사나이는 이마가 깨어져 얼굴이 온통 산산이 부서져 있었고, 여자의 턱은 부딪치는 바람에 퉁겨져서 축 늘어져 있었다. 그리고 그들의 부러진 손발은 마치 고기 속에 든 뼈가 없어진 것처럼 흐물흐물 하였다.

그러나 그것이 누구인지는 금세 식별할 수 있었다. 그래서 이 불행의 원인에 대해서 모두들 오랫동안 이러쿵저러쿵 이야기하기 시작했다.

"아니 이런 오두막집 속에서 뭘 하고 있었을까?"

하고 한 여자가 말하자, 늙은 거지가 폭풍우를 피하기 위해
서 그 안으로 뛰어든 게 틀림없다, 그런데 심한 바람으로 오
두막집이 뒤집히는 바람에 굴러 떨어졌을 것이라고 말했다.
더구나 그의 설명에 의하면, 사실은 자기 자신도 이 속으로
숨어 들어가려고 생각했었으나 끌채에 말이 매어져 있는 것
이 보여 이미 먼저 들어가 있는 사람이 있음을 짐작했다고
했다.

거지는 참으로 만족스러운 듯이 덧붙였다.

"그렇지 않았더라면 내가 죽을 뻔했지."

그때 어떤 사람이 소리를 질렀다.

"그러는 편이 낫지 않았을까?"

그 말을 듣고 거지 노인은 분개해서 얼굴빛이 달라졌다.

"어째서 그러는 편이 낫다는 거야? 나는 가진 돈이 없고,
이 사람들은 부자라고 그러는 거야? 자, 보란 말야, 이 사람
들의 꼴을, 이제 와선……."

그렇게 말하더니, 뚝뚝 빗방울이 떨어지는 누더기를 걸치
고 텁수룩하게 수염을 기르고 밑 빠진 모자 밑으로 긴 머리
털을 늘어뜨리고 있는 이 노인은 몸을 부들부들 떨면서 고
부라진 지팡이 끝으로 두 사람의 시체를 가리키며 소리쳤다.

"우리는 모두 평등해, 죽으면 다 저 모양이 되는 거야."

그런 중에도 계속해서 농부들이 몰려왔다. 그들은 불안함을 금치 못하면서도 교활하면서도 이기적이고 비굴한 시선으로 시체를 훔쳐보고 있었다. 이윽고 어떻게 할 것이냐는 의논이 나왔다. 그래서 시체를 양쪽 저택으로 옮겨다 놓기로 의논이 정해졌다. 사례금을 받을 수 있을지도 몰랐기 때문이었다. 새로이 까다로운 문제가 제기됐다. 어떤 사람들은 마차 밑에다 짚을 깔기만 해도 좋다고 했고, 다른 사람들은 예의상 요를 깔아야 한다고 주장했다.

조금 전에 입을 연 아주머니가 외쳤다.

"그렇지만 요가 피투성이가 될 거예요. 표백분을 푼 물로 빨아야 해요."

그러자 쾌활하게 보이는 얼굴의 뚱뚱한 농부가 말했다.

"그거야 저택에서 돈을 주겠지요."

모두 그 말에 수긍했다.

그래서 용수철이 없이 높기만 한 마차 두 대가 한 대는 오른쪽으로, 한 대는 왼쪽으로 재빨리 달려갔다. 마차가 흔들릴 때마다 조금 전까지만 해도 포옹을 하고 있었지만 이젠 영구히 만날 수가 없는 두 개의 유해가 전후좌우로 마구 뒤흔들렸다.

백작은 작은 오두막집이 급한 경사로 굴러 떨어지는 걸

확인한 뒤 폭풍우 속을 뚫고 쏜살같이 달아났다. 이렇게 몇 시간 동안 줄달음을 쳤다. 길을 가로지르고 낭떠러지를 건너 뛰고 울타리를 짓밟아 부쉈다. 그리하여 어떻게 돌아왔는지 알 수 없었으나 하여튼 해가 질 무렵에 집에 당도했다.

하인들은 안절부절 못하면서 주인이 돌아오기를 기다리고 있다가, 두 필의 말이 사람도 태우지 않은 채 돌아왔다고 보고했다. 쥘리앙의 말도 다른 한 필의 뒤를 따라온 것이었다.

그 말을 들자 백작은 비틀거렸다. 그러고는 띄엄띄엄 말했다.

"이렇게 고약한 날씨에 무슨 사고라도 났는지 모른다. 모두들 나가서 찾아보도록 해라."

그 자신도 밖으로 나갔다. 남의 눈에 띄지 않는 곳까지 가자 그는 가시덤불 속에 몸을 숨겼다. 그러고는 아직도 미친 듯이 사랑하고 있는 아내가 송장이 되어 돌아올 것인지, 혹은 빈사 상태의 모습으로 돌아올 것인지, 그렇지 않으면 불구가 되어 영구히 낫지 않을 추악한 몰골로 돌아올 것인지 도로 쪽을 엿보고 있었다.

이윽고 덜컥거리는 마차 한 대가 뭔가 이상한 것을 싣고 그의 앞을 지나갔다.

그것은 저택 앞에서 멈춰 서더니 안으로 들어갔다. 그렇다, 저거다, 아내임이 틀림없다. 하지만 무서운 고뇌가 그를 그 자리에 못박아놓았다. 엄청난 공포심인 것이다. 현실에 직면한 두려움이었다. 이젠 그는 꼼짝도 할 수 없었다. 산토끼처럼 웅크리고 앉은 채 바스락 소리만 나도 흠칫흠칫 놀랐다.

그는 한 시간을 기다렸다. 어쩌면 두 시간이었는지도 모른다. 마차는 나오지 않았다. 아내는 지금 숨을 거두려 하고 있는지도 모른다고 생각했다. 그러자 아내의 얼굴을 보거나 아내의 시선과 마주칠지도 모른다는 생각이 들자 소름이 쫙 끼치는 바람에, 숨어 있는 곳이 발각되어 억지로 임종의 자리에 끌려갈 일이 갑자기 무서워져서 더욱더 숲 속으로 깊숙이 달아났다. 다음 순간 불현듯, 아내에겐 틀림없이 간호할 사람이 필요하고, 아무도 간호할 사람이 없을 것이다, 라는 생각이 머릿속에 번뜩였다. 그래서 그는 마치 미치광이처럼 집으로 줄달음쳐 되돌아갔다.

가는 도중에 정원사를 만나자 큰소리로 물었다.

"어떻게 됐나?"

사나이는 대답하려 하지 않았다. 그래서 푸르빌 백작은 거의 으르렁거리는 소리로 고함을 쳤다.

"죽었단 말이냐?"

하인은 우물거렸다.

"예, 주인어른."

백작은 자신도 모르게 안도의 한숨을 내쉬었다. 갑작스런 안정감이 그의 혈액과 떨리는 근육에 되돌아왔다. 그래서 침착한 걸음걸이로 그 커다란 현관의 돌층계를 올라갔다.

또 한 대의 덜커덕거리는 마차도 레뻬플에 도착했다. 잔은 멀리서부터 눈치를 챘다. 요를 보고 사람의 몸이 그 위에 가로누워 있는 것을 알아채고 모든 것을 깨달았다. 너무나도 강한 충격이었기 때문에 그녀는 넋을 잃고 그 자리에 쓰러졌다.

의식이 돌아오자, 아버지가 머리를 붙들고 초로 관자놀이를 적셔주고 있었다. 그는 머뭇거리면서 물었다.

"알고 있었느냐……?"

그녀는 고개를 끄덕였다.

"네에, 아버지."

그녀는 일어나려고 해도 일어날 수가 없었다. 그만큼 고통스러웠다.

그날 밤 그녀는 아기를 사산했다. 여자아이였다.

그녀는 쥘리앙의 장례식을 전혀 보지 못했다. 그러므로 그 장례에 대해서는 아무것도 몰랐다. 다만 하룬가 이틀 후에 리종 이모님이 와 있다는 것을 알았을 뿐이었다. 그녀는 끈덕지게 항상 따라다니는 열이 나는 악몽 속에서, 노처녀가 요전번엔 레뻬플을 떠난 것은 언제였던가, 언제 무슨 까닭으로 떠났는가를 골똘히 생각해내려고 했다. 그렇지만 아무리 애를 써도 생각이 나지 않았다. 머릿속이 맑을 때도 안 되었다. 하지만 엄마가 세상을 떠난 후에 이모님을 보았던 기억만은 분명했다.

<h1 style="text-align:center">11</h1>

석 달 동안 그녀는 침대에서 떠나지 못했다. 몸이 쇠약해질 대로 쇠약해지고 파리해졌기 때문에, 사람들은 살아날 가망이 없다고 믿고 있었고, 입 밖에 내어 말을 하기도 했다. 그러는 동안 조금씩 건강이 회복되어가기 시작했다.

아버지하고 리종 이모는 두 사람 다 레뻬플에 눌러 앉아, 이젠 그녀 곁을 떠나려 하지 않았다. 그녀는 이번의 충격을 겪고 나서 일종의 신경병 같은 것에 걸려서 조그만 소리가 나기만 해도 기절을 하는가 하면 사소한 일에도 혼수상태에 빠지곤 했다.

쥘리앙의 죽음에 대해서 그녀는 자세한 것을 물으려 하지 않았다. 물어본들 무슨 소용이 있겠는가? 이미 충분히 알고 있지 않은가. 사람들은 모두 우연한 사건이라고 생각하고 있었다. 그러나 그녀는 너무나 잘 알고 있었다. 그 비밀을 알고 있었다. 비밀을 가슴 속에 품고 있으려니 고문을 받는 것 같은 고통이 왔다. 간통 사실과 더불어 그 비극이 일어난 날에 백작의 방문까지. 갑자기 굉장히 무섭고 사나운 표정을 하고서 찾아온 백작의 환영이 떠올랐다.

그러나 지금 그녀의 마음은 여러 가지 회상에 잠겨 있었다. 그 옛날 그녀기 님편으로부터 받은 저 잠깐 동안의 기쁨이 달콤하고 우수에 찬 회상과 함께 그리움으로 떠올랐다. 불현듯 옛날일이 머릿속에 떠올라서 가슴이 설레는 일이 종종 있었다. 약혼 시절의 남편의 모습이 그냥 그대로 눈앞에 선히 떠오르는 것이었다. 생각지도 못한 추억이 떠오를 때마다 그녀는 몸을 떨었다. 코르시카의 눈부신 태양 아래서 눈 뜬, 그녀의 일생 중에서 단 한번이라고도 할 만한 저 정열이 샘솟던 시간에 그녀가 사랑하던 남편의 모습도 눈앞에 떠올랐다.

남편이 지녔던 온갖 결점은 점점 작아지고, 온갖 잔인한 태도도 잊히고 심지어는 그의 불의까지도 닫힌 무덤이 점점 멀어지는 것과 같이 지금은 희미해져 가고 있었다. 예전에 자기를 양팔로 포옹해준 일이 있는 남자에 대한 일종의 막연한 감사의 마음으로 가득 찼다. 그리하여 지난날에 자기에게 가져다주었던 고통을 모두 용서해주고 싶은 심정이 되었고 지금은 즐거웠던 시절의 일밖엔 생각지 않게 되었다. 이러면서도 세월은 끊임없이 흘러, 날이 가고 달이 감에 따라서 마치 먼지가 쌓이듯이 그녀의 모든 추억과 고통 위에도 망각의 층이 덮였다.

이제 그녀는 자신을 자식에게만 바치게 되었다. 어린 아들은 그 주위에 모인 세 사람의 우상이 되었으며, 유일한 관심거리였다.

그래서 아들은 전제 군주처럼 그들을 지배했다. 그의 시중을 들어주는 이 세 사람의 노예들 사이에는 일종의 질투와 같은 심리조차도 생겨났다. 남작이 손자를 한쪽 무릎에 올려놓고 말놀이를 해준 후에 손자로부터 받는 커다란 뽀뽀를 잔은 신경질적으로 유심히 바라보기도 했다. 그리고 리종 이모는 집안사람들로부터 따돌림을 당해왔듯이 이 아이로부터도 무시를 당하여, 아직 말도 변변히 할 줄 모르는 이 어린 주인으로부터 마치 하녀와도 같은 취급을 받았다. 그리하여 거지처럼 구걸해서 겨우 얻은 애무와, 어머니나 할아버지를 위해서 따로 해주는 특별한 포옹을 비교하며 자기 방으로 달려가 울기도 했다.

어린애한테만 얽매여 있는 가운데 2년이라는 세월이 아무 일도 없이 조용히 지나갔다. 3년째가 되는 해의 겨울 초에, 루앙에 가서 봄철까지 살기로 의견이 정해져 온 가족이 이사를 했다. 그런데 오랫동안 비워두어 눅눅해진 집에 오자 폴은 이내 기관지염에 걸렸다. 그것도 늑막염이 일어날 우려가 있을 정도로 심각한 것이었다. 깜짝 놀란 세 사람은, 폴에겐 레뻬플의 공기 없이는 살 수 없다고 생각하게 되었고, 병이 낫자마다 즉시 다시 아이를 레뻬플로 데려왔다.

이리하여 단조롭고 조용한 몇 년간의 생활이 시작되었다.

그것은 언제나 어린애를 중심으로 벌어지는 생활이었다. 어느 때는 아이의 방에서, 어느 때는 큰 응접실에서, 때로는 뜰에서였다. 세 사람 다 어린애가 떠듬떠듬 말을 했다느니, 이상한 표정을 지었다느니, 몸짓을 했다느니 하면서 그것에 열중하는 것이었다.

어머니는 아기를 폴레라고 귀엽게 부르곤 했는데, 어린아이는 이 말을 똑똑하게 말할 줄을 몰라 풀레(병아리)라고 발음하곤 했다. 그래서 이것이 또한 모든 사람들로 하여금 끊임없는 웃음을 자아내게 하였다. 풀레라는 애칭은 언제까지나 남아 있어서, 모두들 그 이외에는 부르지 않게 되었다.

어린애의 성장은 빨랐다. 세 가족은, 남작의 표현에 의하면 '세 명의 어머니'는 이제 어린애의 키를 재는 데 몰두했다. 객실 문의 널빤지에는 어린애의 그날그날의 성장을 나타내는 일련의 가느다란 선이 나이프로 새겨져갔다. '폴레의 눈금'이라 불린 이 눈금은 집안 식구들의 생활에서 더없이 중요한 위치를 차지하게 되었다.

그러는 동안, 하나의 새로운 존재가 이 집에서 중요한 역할을 하게 되었다. 그것은 잔이 어린 아들한테만 전념하게 된 후로는 거의 무시 받아온 개 '마사크르'였다. 이 개는 뤼디빈느가 길러오고 있었는데, 마구간 앞의 헌 술통이 개집이었고, 언제나 사슬에 매인 채 혼자서 외롭게 살아오고 있었다.

그런데 어느 날 아침, 폴이 이 개를 보고는 안아보고 싶다고 칭얼대었다. 그래서 모두들 조심조심 그 아이를 개한테 데리고 갔더니, 개는 어린애를 크게 환영해주는 것이었다. 모두들 개하고 아이를 떼어놓으려고 하니까 어린애는 울기 시작했다. 그래서 마사크르는 사슬에서 풀려 집 안으로 들어오게 되었다.

개는 폴에게 있어서는 헤어지기 어려운 것, 모든 순간의 벗이 되었다. 그들은 함께 어울려 뒹굴기도 하고 양탄자 위에 나란히 드러눕기도 했다. 그러는 사이에 어린애는 한시도 마사크르를 떼어 놓으려고 하지 않았기 때문에 개는 어린애의 침대 속에서 잠까지 자게 되었다. 그래서 잔은 개벼룩 때문에 괴로움을 당하곤 했다. 리종 이모는 어린애의 사랑을 대부분 개한테 빼앗긴 느낌에 개를 원망했다. 자기가 그토록 받고 싶었던 사랑을 한낱 짐승에게 도둑맞은 듯한 느낌이 들었던 것이다.

가끔 브리즈빌 집안이나 쿠야르 집안이 번갈아서 방문을 하곤 했다. 면장과 의사도 방문하여 이 낡은 저택의 쓸쓸한 공기를 규칙적으로 깨뜨려주었다. 잔은 저 암캐가 학살당하는 장면을 본데다가 백작 부인과 쥘리앙의 무서운 죽음의 원인에 대해 신부에게 의혹을 품은 만큼 더 이상 교회에 나가지 않았다. 게다가 그녀는 이같이 잔인한 신부를 용서해주고 있는 하느님에 대해서 분노를 느꼈던 것이다.

톨비아크 신부는 때때로 공공연하게 이 저택을 저주했다. 이 집은 악의 정령과 영원한 반항의 정령과 오류와 허망의 정령과 부정의 정령, 타락과 불순의 정령이 사는 집이라고 했다. 그는 남작을 이러한 표현으로 불렀다.

한편, 성당은 나날이 쇠퇴해가고 있었다. 신부가 농민들이 쟁기질을 하고 있는 밭 곁을 지나가도 어느 누구 하나 일손을 멈추고 이야기를 하려고 하지 않았다. 돌아다보고 인사를 하려고도 하지 않았다. 게다가 그는 악령이 붙은 여자로부터 악령을 쫓아내 주었다는 이유로 마법사라는 소문이 퍼졌다. 사람들의 말로는 그는 저주를 물리치는 신비한 문구를 알고 있다는 것이었다. 저주라는 것은, 그의 말에 의하면 악마의 장난에 지나지 않는 것이었다. 푸른 젖이 나오거나 고리를 동그랗게 말아 붙인 소에게 그가 손을 대면 그것이 없어지고, 뭔지 까닭모를 말을 지껄이면 잃어버린 것을 찾게 된다는 소문이었다. 그의 편협하고 광신적인 정신은, 악마가 지상에 출현한 이야기라든지, 악마의 위력이 발견된 현상이라든지, 가지각색의 마술적인 영향이며, 악마가 가진 온갖 술책이라든지, 악마의 책략과 같은 내용이 쓰인 종교서의 연구에 몰두하고 있었다.

특히 그는 자기의 사명이 이처럼 신비적이고 불길한 힘을 타도하는데 있다고 믿고 있었으므로 종교서적에 나오는 악마를 물리치는 주문을 모두 외고 있었다. 어둠 속에는 언제나 악령이 헤매고 있다고 그는 고집스럽게 믿고 있었다. 그리하여 라틴어인 Sicut leo rugiens circuit quaerens quem devoret(사자가 먹이를 찾아 미친 듯 포효하며 헤매는 것처럼)라는 문장을 언제나 입에 달고 있었다. 그러자 일종의 공포가 퍼졌다. 신부가 가진 미지의 힘에 대한 공포였다. 그의 동료들인 다른 신부들도 사탄의 존재를 믿고 있었고, 이러한 신조 때문에 이와 같은 악의 힘이 나타나는 경우에 집행해야 할 의식의 세세한 규정에 머리가 혼란해져서 마침내 종교와 마법을 혼동해버리는 그러한 무리들이었기에 톨비아크 신부를 어느 정도 마법사처럼 생각하고 있었다. 그들은 그가 나무랄 데가 없는 엄격한 생활을 하고 있고 뭔가 불가사의한 위력을 지니고 있는 것에 경의를 표하고 있었다.

신부는 어쩌다가 잔을 만나는 일이 있었지만 인사는 하지 않았다. 이런 상황은 리종 이모를 불안하게 만들었다. 그녀로서는 성당에 나가지 않는 것을 이해하지 못했다. 그녀는 신앙심이 깊었다. 참회와 성체 배수도 하고 있었지만, 아무도 그것을 알지 못했고, 또한 알려고도 하지 않을 뿐이다. 폴과 단둘이 있게 될 때에는 그녀는 나직한 목소리로 폴에게 하느님에 관한 이야기를 들려주었다. 창세기의 기적에 관한 이야기를 할 때면 폴도 마지못해 귀를 기울이는 것이었다. 하지만 하느님을 사랑해야 한다, 많이 사랑해야 한다, 라는 말을 들으면 그녀에게 이렇게 되물었다.

"하느님은 어디 있어, 할머니?"

그러면 그녀는 하늘을 가리키면서 말하는 것이었다.

"저 높은 곳에 있단다, 풀레야. 하지만 그런 말은 하면 안 된다."

그녀는 남작이 뭐라고 야단칠까봐 걱정이 되었다.

그런데 어느 날, 그 풀레가 그녀에게 선언했다.

"선량하신 하느님은 말이야, 어디든지 다 있어. 하지만 성당에는 없어요."

그는 이모할머니가 말한 기적적인 계시를 할아버지에게 이야기했던 것이다.

어린아이는 10살이 되었다. 그러나 아이의 어머니는 마흔 살이나 되어 보였다. 그는 늠름하고 건강하고 나무에 기어오를 정도로 대담성이 있었지만, 아무것도 아는 것이 없었다. 공부하다가 싫증나면 금세 그만두고 말았다. 남작이 좀 오랫동안 책 앞에 앉혀 놓으면 언제나 반드시 잔이 들어와서 아버지에게 이렇게 말했다.

"자, 이젠 나가서 놀게 하세요. 아직 어린 것을 지치게 하면 안 되니까요."

그녀의 눈에는 언제나 아들이 6개월 아니면 한 살짜리로밖에는 보이지 않았다. 아들이 걷고 달리고 어른 같은 소리를 하는 것이 그녀의 눈에는 보이지 않았다. 그녀는 매일 근심 걱정의 연속이었다. 혹시 넘어지지나 않을까, 춥지 않을까, 뛰어다니다가 더위를 먹지 않을까, 너무 많이 먹어서 배

탈이 나지 않을까, 크는 것에 비해 너무 적게 먹는 것이나 아닐까, 하고 늘 걱정으로 지냈다.

아이가 12살이 되었을 때, 큰 문제가 하나 생겼다. 그것은 성체 배수의 문제였다.

어느 날 아침에 리종 이모는 잔에게 더 이상 아이에게 종교 교육을 시키지 않은 채 내버려둬서는 안 된다, 최초의 의무를 수행하는 것을 지체하면 안 된다고 지적했다. 그녀는 여러 가지의 이유를 들어 끈덕지게 주장했는데, 무엇보다도 평소에 늘 일굴을 마수 대하는 사람들의 입이 무서울 것이라고 말했다. 이 말에 어린아이의 어머니는 난처해져서 결심을 내리지 못하고 있다가, 조금만 더 기다려보자고 대답했다.

그런데 한 달 뒤에 그녀가 브리즈빌 백작 부인을 방문했을 때, 이 부인은 아무렇지도 않은 듯이 물었다.

"그건 그렇고, 금년인가요? 댁의 폴이 성체 배수를 처음으로 받는 것이?"

잔은 갑작스러운 질문에 당황한 나머지 대답했다.

"네, 그래요, 부인."

이 간단한 말이 그녀를 결심하게 만들었다. 그래서 아버지와 의논하지 않고 이모에게 부탁하여 아들을 교리 문답에 데리고 나가게 했다.

한 달간은 아무 일 없었다. 그런데 어느 날 저녁때, 풀레가 목이 쉬어가지고 돌아왔다. 이튿날은 기침을 했다. 어머니는 깜짝 놀라 까닭을 물었다. 알고 보니 품행이 나쁘다고 신부가 수업이 끝날 때까지, 바람이 불어오는 성당문 앞에 세워 두었다는 것이다.

그래서 그녀는 아들을 집에 잡아두고서 직접 종교의 초보를 가르치기로 했다. 한편, 톨비아크 신부는 리종이 애원했는데도 불구하고 폴에게 성체 배수자 속에 끼는 것을 거절했다. 교육을 충분히 받지 못했다는 것이 이유였다.

그 다음 해에도 마찬가지였다. 그 때문에 남작은 분개하여, 아이들이 올바른 인간이 되기 위해서 그리스도의 살과 피인 빵과 포도주가 필요하다니, 그 따위 어리석은 상징, 그런 어리석은 것을 믿을 필요는 없다고 잘라서 말했다. 그래서 아이는 천주교 신자로는 키우지 않기로 했다. 그리고 성년이 되면 자기가 좋아하는 인간이 될 수 있도록 자유롭게 키우기로 결정했다.

그런데 잔은 그로부터 얼마 후에 브리즈빌의 저택을 방문하였으나, 그에 대한 답례를 받지 못했다. 이 이웃 사람이 지나치게 세심할 정도로 예의가 바르다는 것을 알고 있었기에 잔은 이것에 놀랐다. 그런데 쿠틀리에 후작 부인이 이 회피의 이유를 오만한 태도로 밝혀주었다.

자기 남편의 지위로 보나 유서 깊은 작위로 보나 막대한 재산으로 보나 자기 자신은 노르망디 귀족의 여왕과 같은 존재라고 생각하고 있는 후작 부인은, 정말로 진짜 여왕이나 되는 듯이 행동했으며, 제멋대로 아무렇게나 말을 하고, 때와 장소에 따라서 붙임성이 있는가 하면 거만한 태도를 나타내고, 걸핏하면 꾸짖거나 타이르기도 하고, 때로는 입에 침이 마르도록 칭찬을 해주곤 하는 것이었다. 그런데 잔이 후작의 집을 방문하사, 이 부인은 몇 마디 쌀쌀한 말을 한 다음 퉁명스러운 어조로 다음과 같이 덧붙이는 것이었다.

"사회는 두 개의 계급으로 갈라져 있어요. 신을 믿는 사람들과 믿지 않는 사람들이지요. 한쪽 사람들은 가령 아무리 신분이 낮더라도 우리들의 친구이고 우리들과 대등한 사람들이지요. 그러나 신을 믿지 않는 사람들은 우리와 아무 관련이 없어요."

잔은 공격을 당하고 있는 것 같아 이렇게 대꾸했다.

"하지만 성당을 찾아가지 않고도 신을 믿을 수 있는 것이 아니겠어요?"

후작 부인은 대답했다.

"아아뇨, 그게 아니에요, 부인. 신자라는 사람이 신에게 기도를 올리기 위해서는 신의 교회에 가야 해요. 비유하자면, 사람을 만나기 위해서 그 사람이 살고 있는 집을 방문해야 하는 것과 같은 이치예요."

잔은 비위에 거슬려서 대꾸했다.

"하지만 신은 어디에나 다 계십니다, 부인. 제 의견을 말씀드리면, 저는 마음속으로 신의 자비를 믿고 있습니다만, 어떤 종류의 신부가 신과 저와의 사이에 끼어들면 벌써 신을 믿을 수 없게 됩니다."

후작 부인은 벌떡 일어섰다.

"신부님은 교회의 깃발을 들고 계신 분이에요, 부인. 이 깃발에 따르지 않는 사람은 누구든 신부님의 적이요 우리들의 적이랍니다."

이번에는 잔이 몸을 부들부들 떨면서 벌떡 일어났다.

"부인은 어떤 한 종파의 신을 믿고 계십니다. 저는 정직한 사람들의 신을 믿고 있습니다."

잔은 가볍게 인사를 하고 물러나왔다.

농부들도 풀레에게 최초의 성체 배수를 시키지 않았다고 하여 그녀를 비난했다. 농민들 자신은 미사에도 나가지 않을 뿐만 아니라 성체에 접근도 하지 않으면서, 또 설사 성체 배수했다고 할지라도 단지 교회의 형식적인 규칙만을 지키고,

부활제 때만 받으면서도 그게 자식들의 일이 되면 태도가 달라졌다. 아이들이면 누구나 준수해야 하는 일반적인 법규를 떠나서 아이들을 키우겠다고 하는 대담한 시도 앞에서 누구나 뒷걸음쳤다. 어쨌든 종교는 종교인만큼 어쩔 수 없다는 것이다.

그녀는 이러한 비난을 분명히 깨달았다. 그래서 이와 같은 순응주의에 대해 분개했다. 양심을 누르고, 타협하고 누군가가 말하면 두려워하고 모든 사람들의 마음속에 깃든 비굴함이 다른 사람 앞에 나타날 때는 도덕적인 가면을 쓰고 나오는 심리에 화가 나서 견딜 수가 없었다.

남작이 폴의 교육을 맡아서 라틴어를 가르쳤다. 어머니는 이제 한 가지의 주의밖에 하지 않았다.

"저 애가 너무 피로하지 않게 해주세요."

아버지는 그녀가 방 안에 들어오지 못하도록 했는데 그저 걱정스러운 듯이 공부방의 주위를 돌아다니면서, "폴레야, 발이 시리지 않니?"라든가, "폴레야, 골치가 아프지 않니?" 하고 묻거나, 그렇지 않으면 공부를 끝마치게 하려고 너무 말을 많이 시키지 말라거나 아이 목이 피곤해진다는 식으로 말하곤 해서 수업을 방해하기 때문이었다.

아이는 수업이 끝나면 당장 뜰로 내려가서 어머니와 할머

니와 정원의 흙을 매만졌다. 그들은 요즈음 식물을 재배하는
데 재미를 붙이게 되었다. 셋이서 봄이 되면 어린 나무를 심
거나 씨를 뿌려, 그것이 싹이 나고 자라는 것에 열중하기도
하고, 가지를 쳐주고, 꽃을 꺾어 꽃다발을 만들기도 했다.

소년은 샐러드 채소 가꾸기에 큰 관심을 갖고 있었다. 채
소밭에 있는 네 개의 커다란 묘판을 맡아 스스로 보살펴주
고 있었는데, 세심한 주의를 기울여 거기에 레튀, 로맹, 시코
레, 니겔라, 루아얄 등과 같은 샐러드용 상추로서 유명한 것
이면 어느 것이나 다 길렀다. 괭이로 흙을 일구고 물을 주고
김을 매고 묘목을 옮겨 심는 데 정신이 없어 옷과 손을 흙투
성이로 만들곤 했다. 그들이 몇 시간이나 줄곧 화단에 무릎
을 댄 채 옷과 손을 흙투성이를 만들면서 손가락을 똑바로
흙 속에 꽂아 구멍을 파 그 속에 어린 식물의 뿌리를 심어
넣는 데 열중해 있는 그런 장면이 곧잘 벌어졌다.

풀레도 자라서 15살이 되었다. 객실의 눈금은 1미터 58센
티미터를 나타내고 있었다. 그러나 머리 쪽은 아직 어린애
그대로였다. 두 명의 여자와 시대에 뒤떨어진 인품 좋은 늙
은이 사이에 끼어 지능의 발달이 억제되고 아무 것도 모르
며 머리가 둔해진 탓이었다.

마침내 어느 날 밤, 남작이 중학교 이야기를 꺼내자 잔은

당장에 울음을 터뜨렸다. 리종 이모는 깜짝 놀란 표정으로 어두운 방구석에서 숨을 죽이고 있었다.

어머니가 대답했다.

"그렇게 많이 알 필요가 있을까요? 우리가 아이를 밭을 가꾸는 농사꾼으로, 시골에서 사는 귀족으로 키우기로 해요. 저 아이도 틀림없이 자기의 토지를 가꾸겠지요. 많은 귀족들이 하고 있는 것처럼 말이에요. 저희들이 저 아이가 태어나기 이전에 살아온 집, 그리고 저희들이 죽어갈 이 집에서 저 아이도 행복하게 살 것이고 늙어갈 거예요. 그 이상은 아무 것도 바랄 것이 없어요."

그러나 남작은 머리를 가로저었다.

"그런데 말이다, 저 애가 스물다섯 살이 되었을 때, 저 애가 너더러 이렇게 말한다면 너는 뭐라고 대답할 작정이냐?

"나는 쓸모없는 인간이야. 어머니 때문에, 어머니의 이기주의 때문에 나는 아무 것도 아는 것이 없어요. 이제 나는 일할 능력도 없고 어떤 인물이 될 수도 없을 것만 같아 견딜 수가 없어. 게다가 나는 이런 음침한 그늘 속의 생활, 죽고 싶도록 비참한 생활을 하기 위해서 태어난 건 아니란 말야. 어머니의 앞을 내다보지 못하는 애정이 나로 하여금 이런 꼴을 당하게 만든 거야." 만일 이렇게 말한다면 너는 뭐라고 할 작정이냐?”

그녀는 계속해서 흐느껴 울면서 아들에게 애원하는 것이
었다.

“응, 풀레야, 내가 너를 너무 귀여워했다고 해서 나를 원
망하지는 않겠지?”

그러자 커다란 소년은 질겁하면서 약속했다.

“안 할 테야, 엄마.”

“맹세해주겠니?”

“응, 엄마.”

“너는 언제까지든지 여기 있겠지, 그렇지?”

“응, 엄마.”

그러자 남작은 단호하게 소리를 높여 말했다.

“잔, 너는 자식의 생활을 네 마음대로 처리할 권리가 없
다. 네가 하는 짓은 정말로 비겁하고 죄악에 가까운 짓이야.
너는 네 개인적인 행복을 위해서 네 자식을 희생시키려고
하고 있는 거야.”

그녀는 두 손으로 얼굴을 가리고 마구 흐느껴 울면서 더
듬거리며 말했다.

“하지만 저는 정말로 불행했어요…… 정말로 불행했던 거
예요! 이제야 겨우 이 애하고 조용히 살아갈 수 있으리라고

생각하고 살았는데 그 마저도 빼앗기고 만다면 저는 어떻게 되는 거지요? 저 혼자서 장차 어떻게?”

아버지는 불쑥 일어나더니 그녀 곁으로 다가앉아 양팔로 그녀를 안았다.

“그럼, 나는 어떠냐, 잔아?”

그녀는 와락 아버지의 목에 매달려 격렬하게 키스했다. 그리고 아직도 목메어 흐느껴 울면서도 분명하게 잘라서 말했다.

“네 그래요, 아비님 말씀이 옳아요…… 아마도…… 아버님, 제가 너무 고생을 해서 좀 머리가 돌았었나 봐요. 좋아요, 학교에 보내겠어요.”

그러자 자기가 어떻게 될 것인지도 모르는 주제에 이번에는 풀레까지도 훌쩍훌쩍 울기 시작했다.

그러자 이 세 사람의 어머니는 그에게 키스를 하고 달래며 기운을 북돋아주었다. 그리고는 이제 그만 잠을 자려고 모두들 자기 방으로 올라갔으나, 저마다 설움이 복받쳐 모두들 자기의 침대 속에 들어가 울었다. 꾹 참고 있던 남작까지도 울었다.

가을의 신학기에는 소년을 르아브르의 중학교에 입학시키기로 했다. 그는 여름 동안 내내 지금까지보다도 훨씬 더 귀염을 받았다.

어머니는 이별할 생각을 하니 자꾸만 한숨이 나왔다. 그녀는 아들이 10년쯤 걸리는 여행이라도 떠나는 듯한 어마어마한 여행 준비를 했다. 10월의 어느 날 아침, 한잠도 잠을 이루지 못한 채 밤을 하얗게 지새운 두 명의 여자와 남작은 아이를 데리고 마차를 탔다. 마차는 두 필의 말에 끌려 출발했다.

사전에 미리 와서 아이의 침실 자리와 교실의 자리를 미리 골라 두었었다. 잔은 리종 이모의 도움을 받아 하루 종일 옷가지를 조그만 옷장에 정리했다. 그런데 그 옷장에는 가지고 간 물건의 4분의 1도 들어가지 않았기 때문에 그녀는 교장을 찾아가 또 한 개를 얻으려고 했다. 그래서 출납계원이 불려왔다. 그 사람은 그렇게 많은 옷이나 속옷은 방해가 될 뿐이고 아무런 소용도 없다고 말하고는, 규칙을 내세워 또 하나의 옷장을 마련해주는 것을 거절했다. 어머니는 난처해진 끝에 가까운 곳에 있는 조그만 여관에 방 하나를 얻고, 풀레로부터 연락이 있으면 필요한 것을 여관집 주인 자신이 아들에게 가져다주도록 부탁을 해놓았다.

일행은 부두를 한 바퀴 돌면서 배가 항구에 들어오고 나가고 하는 것을 구경했다.

등불이 하나 둘 켜지기 시작한 거리에 어둠이 내리기 시작했다. 저녁 식사를 하기 위해서 레스토랑에 들어갔지만, 배고픈 사람은 하나도 없었다. 모두들 눈물어린 눈초리로 마주 바라보고 있는 사이에 접시는 차례차례 눈앞에 날라져 왔다가 거의 손도 대지 않은 채 또다시 치워졌다. 모두들 학교 쪽으로 천천히 걸어가기 시작했다. 키와 몸집이 가지각색인 소년들이 가족이나 하녀들을 따라 여기저기서 몰려왔다. 우는 아이들도 있었다. 희미하게 불이 밝혀진 교정 가운데서 훌쩍거리며 우는 소리가 여기저기서 들려왔다.

잔과 풀레는 오랫동안 서로를 껴안았다. 리종 이모는 잊혀진 채 손수건을 얼굴에 대고서 뒤쪽에서 기다리고 있었다. 그러나 남작은 가슴에 슬픔이 복받쳐 올라 작별을 빨리 끝내려고 딸을 끌고 갔다. 마차는 교문 앞에서 기다리고 있었다. 그들은 셋이서 마차를 타고 레뻬플을 향해 밤길을 달렸다. 이따금 갑자기 흐느껴 우는 소리가 어둠 속에서 들려왔다.

잔은 다음날 저녁때가 되도록 울었다. 그 다음날은 사륜마차에 말을 매고 르아브르를 향해 출발했다. 풀레는 벌써 가족과 떨어져 사는데 길들어 있는 듯 했다. 그는 난생 처음으로 친구라는 것을 가졌기 때문에 면회실 의자에 앉아 있어도 놀고 싶은 생각으로 몸을 꼼지락거렸다.

잔은 하루걸러 찾아왔다. 게다가 외출이 허락되는 일요일에도 찾아왔다. 휴식 시간과 휴식 시간 사이, 즉 수업 시간에는 어떻게 해야 좋을지 몰라 힐 수 없이 면회실 의자에 앉아 있었다. 학교에서 멀리 나갈 만한 힘도 없거니와 용기도 없었기 때문이다. 교장은 그녀더러 자기 방으로 오라고 하더니, 이렇게 자주 찾아오지 말라고 부탁했다. 그녀는 그런 쓸데없는 참견 따위는 문제시하지 않았다.

결국 교장은 그녀에게 경고를 하기에 이르렀다. 즉, 만일 그녀가 학교에 다니기를 그만두지 않고, 휴식 시간에 아이가 뛰어다니며 노는 것을 방해한다면, 딱하기는 하지만 아이를 도로 돌려보낼 수밖에 없다는 것이었다. 남작에게도 그 같은 통고가 왔다. 그래서 그녀는 마치 수인처럼 레삐플에서 감시를 받으며 지내야 했다.

그녀는 방학이 빨리 돌아오기를 아이들 이상으로 손꼽아 기다렸다.

그리고 노상 불안이 끊이지 않았다. 개 마사크르를 데리고 단 혼자서 공허한 꿈에 잠기면서 매일같이 종일토록 근처를 어슬렁거리고 다녔다. 이따금 낭떠러지 위에 걸터앉아 바다를 바라보면서 오후의 한나절을 보내는 일도 있었다. 또한 때로는 숲을 빠져나가 이쁘르까지 내려가 추억에 잠기면서 옛날의 산책을 되풀이하기도 했다. 그것은 얼마나 먼 옛날의 일이었던가. 얼마나 멀리 지나가 버린 날의 일이었던가. 젊은 처녀의 꿈에 도취하면서 이 고장을 여기저기 뛰어다닌 그 시절은.

그녀는 아들을 만날 때마다 10년이나 헤어져 있었던 것 같은 생각이 들어 견딜 수가 없었다. 그는 달이 갈수록 어른이 되어갔으며, 그녀는 날이 갈수록 할머니가 되어갔다. 아버지는 마치 그녀의 오빠처럼 여겨졌고, 리종 이모는 스물다섯 살 때 시든 이래 전혀 늙지 않아서 마치 그녀의 언니처럼 보였다.

풀레는 조금도 공부를 하지 않았기 때문에 제4학급을 두 번 하였다. 제3학급은 그럭저럭 무사히 지나갔으나 제2학급은 다시 한 번 되풀이 하지 않으면 안 되었다. 그런 까닭에 최고 학급인 수사학급이 되었을 때에는 벌써 스무 살이 되어 있었다.

그는 이제 당당한 금발 청년으로 성장하였다. 이미 짙은 구레나룻이 나고 콧수염 같은 것도 눈에 띄었다. 이번에는 일요일마다 자신이 레뻬플에 찾아오게 되었다. 훨씬 이전부터 승마 연습을 하고 있었기 때문에 말을 빌리기만 하면 두 시간이면 달려올 수가 있었다.

그날은 아침 일찍부터, 잔은 이모와 남작과 함께 아들을 만나보러 나가는 것이었다. 그런 때의 남작은 점점 허리가 구부러져서 몸집이 작은 노인처럼 아장아장 걸어가는 것이었는데, 양손을 등 뒤로 돌려 뒷짐을 지는 것은 아무래도 앞으로 폭 고꾸라지는 것을 방지하기 위해서인 것 같았다.

그들은 천천히 길을 걸어갔다. 이따금 개울가에 앉아 멀리 바라보면서 말을 탄 풀레의 모습이 보이지나 않을까 하고 두리번거렸다. 그리하여 하얀 도로 끝에 까만 점 하나가 나타나기만 하면 세 사람의 육친은 저마다의 손수건을 흔들어댔다. 그것을 보면 풀레 쪽에서도 말을 갈로프로 달리게 하여 마치 돌풍과 같이 휘몰았는데, 이것이 잔과 리종의 가슴을 조마조마하게 했다. 반면에 할아버지는 흥분해 기력이 약해진 노인이었지만 너무 열광한 나머지 '브라보'를 외쳐대는 것이었다.

폴은 키가 어머니보다도 머리 높이만큼 더 컸는데도 불구하고 그녀는 여전히 어린애 다루듯 하여 아직까지도,

"풀레야, 너 발이 시리지 않느냐?"

하고 묻곤 했다. 그리고 그가 식후에 엽궐련을 피우면서 현관 앞 같은 곳을 거닐고 있으면, 그녀는 창을 열고 소리를 지르는 것이었다.

“제발 부탁이니, 밖에 나갈 땐 꼭 모자를 쓰거라. 코감기
에 걸린다.”

그리고 그가 밤중에 돌아갈 때에는 그녀는 걱정이 되어
몸을 벌벌 떨 정도였다.

“폴레야, 무엇보다도 너무 빨리 달리지 말아라. 알았니,
주의해라. 네 불쌍한 어미도 좀 생각해라. 만일 너한테 무슨
일이 생기면 어미는 살아갈 수가 없단다.”

그런데 어느 토요일 아침, 그녀는 폴로부터 한 통의 편지
를 받았다. 내일은 일요일이지만 돌아갈 수 없다는 것이었
다. 왜냐하면 친구들이 파티에 자신을 초대해서 가기로 했다
는 것이다.

그 일요일 날, 그녀는 하루 종일 불안해서 가슴이 죄어드
는 듯한 느낌이었다. 무슨 사고나 일어나지 않을까 싶었기
때문이다. 그러고 나서 목요일이 되자 더 이상 참고 견딜 수
가 없어서 르아브르로 갔다.

어디가 어떻다고 확실히 알 수는 없었으나, 아들은 뭔가
달라진 것처럼 생각되었다. 어쩐지 들떠서 떠드는 것 같았
고, 전보다도 어른 같은 목소리로 이야기했다. 그런데 아닌
밤중에 홍두깨식으로 말하기 시작했다. 그것이 마치 당연한
일이라는 듯한 어조였다.

"그건 그렇고, 엄마, 오늘 엄마가 오셨으니까 이번 일요일에는 저는 레뻬플에 갈 수 없을 거예요. 사실은 지난 번 파티를 다시 한 번 갖기로 했어요."

그녀는 아들이 새로운 세계로 여행을 떠난다고 말하기라도 한 듯한 느낌이 들어 목이 메었다. 얼마 후 가까스로 입을 열었다.

"아니, 풀레야, 왜 그러니? 응, 말해봐, 무슨 일이야?"

그는 싱긋 웃고 어머니에게 키스를 하고 나서 말했다.

"하지만 아무것도 아니야, 엄마. 친구들하고 놀러 가는 것 뿐이야. 내 또래가 되는 애들은 누구나 다 하는 일이니까요."

그녀는 대꾸할 말이 없었다. 그래서 마차를 타고 혼자 있게 되자 이상한 생각이 떠올랐다. 자기의 풀레, 옛날의 귀여운 그 풀레의 모습을 이젠 찾아 볼 수 없었다. 이제야 비로소 그녀는 자식이 크게 자랐다는 것과 더 이상 자기의 소유물이 아니며 노인 같은 건 안중에도 없고 자기 멋대로 생활하려고 한다는 점을 깨달았다. 단 하루 사이에 아들이 변해 버린 것처럼 생각되어 그녀는 견딜 수가 없었다. 어떻게 된 노릇일까! 이것이 내 아들일까? 저 수염 난 얼굴을 가진 늠름한 청년이 옛날 나에게 샐러드용 야채를 옮겨 심게 했던 그 귀여운 어린 아들일까?

그로부터 3개월 동안, 폴은 아주 드물게 레뻬플에 왔다. 와도 어떻게 해서든지 빨리 돌아가고픈 마음에 저녁때가 되면 언제나 한 시간이라도 빨리 돌아가려고 했다. 잔은 어쩐지 조바심이 났으나 남작은

"내버려둬라, 그 녀석도 스무 살이다."

라며 그녀를 위로해주었다.

그런데 어느 날 아침의 일이었다. 차림새가 상당히 초라한 노인이 독일 말투의 프랑스 어로 '자작 부인'에게 면회를 청해 왔다. 지나치세 공손한 인사말을 장황하게 늘어놓고 나서, 그는 주머니 속에서 구접스럽게 생긴 지갑을 꺼내면서 말했다.

"잠깐 이 증서를 봐주십시오."

그는 기름때가 묻은 종이쪽을 펼쳐 내밀었다.

그녀는 그걸 몇 번이고 되읽은 다음 그 유태인의 얼굴을 바라보았다. 그리고 다시 한 번 읽어본 후에 물었다.

"이게 도대체 뭡니까?"

사나이는 아첨하는 웃음을 지으면서 설명했다.

"그럼 말씀드리겠습니다. 아드님께서 약간의 돈이 필요하다고 하시기에, 게다가 마님께서도 인자하신 어머님이라는 걸 알았기 때문에, 필요하다고 하는 돈을 빌려드렸습죠."

그녀는 부들부들 몸이 떨렸다.

"그렇지만 어째서 나더러 달라고 하지 않았을까요?"

유태인이 장황하게 설명한 바에 의하면, 이튿날 정오 전에 갚지 않으면 안 될 노름빚이 있었으나, 폴이 아직 성년이 되지 않아 아무도 빌려주지 않았기 때문에 자신이 이 청년에게 친절을 베풀어주었고, 그렇지 않았다면 청년의 체면은 매우 손상되었을 것이라고 말했다.

잔은 남작을 부르려고 하였다. 그러나 일어설 수도 없었다. 그만큼 마음의 동요가 심했기 때문에 몸이 말을 듣지 않게 되었던 것이다. 그녀는 할 수 없이 고리 대금업자에게 말했다.

"죄송합니다만, 초인종 좀 눌러주세요."

상대방은 무슨 책략이 있는 것이 아닌가 두려워서 망설였다. 그래서 우물거리면서 말했다.

"만일 지장이 있으시다면 갔다가 나중에 다시 들릅지요."

그녀는 고개를 내젓고는 그럴 필요는 없다는 뜻을 알렸다. 그래서 그는 초인종을 누르고, 두 사람은 마주 앉아 묵묵히 기다렸다.

남작은 들어오더니 금세 사정을 알아차렸다. 증서에는 1천 5백 프랑으로 되어 있었다. 남작은 1천 프랑을 주고는 상대방을 뚫어지게 쏘아보면서 말했다.

"두 번 다시 오지 말게!"

상대방은 꾸벅 절을 하고는 고개를 숙인 채 사라져버렸다.

할아버지와 어머니는 즉시 르아브르로 갔다. 하지만 폴이 벌써 한 달 전부터 학교에 나오지 않는다는 사실을 알게 되었다. 교장은 잔의 서명이 되어 있는 네 통의 편지를 받아놓고 있었다. 거기에는 학생이 병에 걸렸다는 것과 그 후의 용태가 적혀 있었다. 그리고 어느 편지에나 의사의 진단서가 첨부되어 있었다. 물론 전부 가짜였다. 두 사람 다 망연자실하여 그저 얼굴을 마주 바라볼 뿐이었다.

교장도 딱하게 여겨 그들을 경찰서장에게 안내했다. 그날 밤, 두 사람의 육친은 여관에서 잤다.

청년은 이튿날 시내의 한 창부 집에서 발견되었다. 할아버지와 어머니는 그를 레뻬플로 데리고 돌아갔다. 가는 도중에 그들 사이에는 한마디도 오가지 않았다. 잔은 손수건으로 얼굴을 가린 채 울고 있었다. 폴은 시치미를 떼고 바깥 경치를 내다보고 있었다. 채권자들은 그가 곧 성년이 된다는 사실을 알고 있었기 때문에 처음에는 표면에 나타나지 않았던 것이다.

힐책하며 꼬치꼬치 캐묻지는 않았다. 애정으로 아들의 마음을 돌이켜보려고 했던 것이다. 맛있는 음식을 장만해서 먹이고 소중하게 여기며 귀여워해주었다. 계절은 때마침 봄철이었다. 잔은 두렵기는 했지만, 폴을 위해서 이뽀르에서 보트를 한 척 빌려 실컷 뱃놀이를 시켜주려고 했다.

그러나 말은 자유로 내맡기지 않았다. 르아브르에 갈 염려가 있었기 때문이다.

그는 따분해져서 걸핏하면 화를 내곤 했다. 때로는 난폭한 것까지 했다. 남작은 손자의 학업이 중단되는 것을 걱정하고 있었다. 잔은 헤어질 것을 생각하면 괴로웠지만, 그러면서도 이제부터 장차 그 아이를 어떻게 해야 좋을지 갈피를 잡지 못하고 있었다.

어느 날 밤, 그는 돌아오지 않았다. 두 사람의 뱃사공을 데리고 배를 타고 나간 사실을 알았다. 어머니는 미치광이처럼 모자도 쓰지 않은 채 밤길로 이뽀르까지 내려갔다.

사나이들 몇 명이 바닷가에서 배가 돌아오기를 기다리고 있었다. 조그만 등불 하나가 난바다에 나타났다. 그것은 흔들거리면서 가까이 다가왔다. 하지만 그 배에 폴은 없었다. 그는 르아브르까지 실어다 달라고 했던 것이다.

경찰에서 수색을 해봤지만 허사였다. 이전에 그를 숨겨두고 있었던 여자도 자취를 감추고 없었다. 가재도구는 팔아치우고 방세도 깨끗이 치러버려서 아무런 단서도 남아 있지 않았다. 레뻬플의 폴의 방에서, 그를 뜨겁게 사랑하고 있었던 것 같은 이 여자의 편지 두 통이 발견되었다. 그 여자는 필요한 돈이 준비되었으니 영국으로 달아나자는 내용이었다.

저택에 남아 있는 세 식구는 정신적인 고문을 당하는 음울한 생지옥 속에서 쓸쓸히 지내게 되었다. 이미 회색으로 된 잔의 머리털도 이젠 새하얗게 세고 말았다. 그녀는 운명이 어찌하여 이렇게까지 자신에게 가혹한지 골똘히 생각해 보곤 했다.

그녀는 톨비아크 신부로부터 다음과 같은 편지를 받았다.

삼가 아룁니다. 신의 손길은 드디어 부인에게 무겁게 내려졌습니다. 부인께서는 아드님을 신 앞에 내놓기를 거절하셨습니다. 그러므로 신은 아드님을 부인의 손에서 빼앗아 그를 한 사람의 창부에게 던져주신 것입니다. 이 하느님의 가르침에 부인께서는 눈을 뜨지 않으시렵니까? 주님의 은혜는 무한합니다. 만일에 부인께서 다시 주님 앞으로 돌아오시어 무릎을 꿇으신다면 정녕 용서를 받으시리라 생각합니다. 저는 주님의 천한 종입니다. 만일 부인께서 오시어 문을 두드리신다면, 저는 신이 머물러 계시는 집의 문을 열어드릴 것입니다.

그녀는 이 편지를 무릎 위에 올려놓은 채 언제까지나 우두커니 앉아 있었다. 이 신부가 한 말은 아마도 사실일 것이다. 그렇게 생각하자 모든 종교적인 불안이 그녀의 양심을 분열시키기 시작했다. 신도 인간과 마찬가지로 질투가 심하고 복수하기를 좋아하는 것일까? 신이 질투가 심한 존재가 아니라고 한다면 아무도 신을 두려워하지 않을 것이고, 아무도 신을 숭배하지도 않을 것이다. 틀림없이 우리에게 신 자신의 존재를 명확히 하기 위해 바로 인간의 감정을 갖추고 우리들 인간 앞에 모습을 나타내는 것일 것이다. 망설이는 자, 방황하는 자를 성당 안으로 밀어 보내는 저 겁 많은 의심이 그녀의 마음속으로 스며들었다. 그래서 어느 날 밤, 그녀는 어두워지기를 기다렸다가 살그머니 사제관까지 달려가서 야윈 신부의 발밑에 무릎을 꿇고는 죄를 용서 빌었다.

신부는 절반만 용서해줄 것을 약속했다. 신은 남작과 같은 사람을 숨겨두고 있는 집에는 그 모든 자비를 베풀어줄 수가 없다는 것이었다.

"부인께서는 얼마 안 가서 신의 마음이 너그럽다는 증거를 느끼게 되실 겁니다."

하고 신부는 단언했다.

그런데 그 말대로 그로부터 이틀 만에 그녀는 아들로부터 한 통의 편지를 받았다. 마음고생으로 머리가 이상해져 있는 만큼, 그녀는 이 편지야말로 신부가 약속한 그 위로의 전조라고 믿었다.

　그리운 어머니, 걱정하지 마십시오. 저는 런던에 있습니다. 몸은 매우 건강합니다. 다만, 돈 때문에 몹시 곤란을 당하고 있습니다. 저희들은 이젠 돈 한 푼 없고, 게다가 매일같이 변변히 먹지도 못하고 있습니다. 저와 같이 있고, 제가 진심으로 사랑하고 있는 여성은 단지 저하고 헤어지기가 싫어서 자신이 가지고 있는 돈을 모두 써버렸습니다. 5천 프랑을 말입니다. 어머님께서는 이해해주시리라 믿습니다만, 우선 이 돈만은 명예를 걸고라도 갚아주지 않으면 안 된다고 생각합니다. 그래서 저도 머잖아 성년이 될 것이므로, 아버지의 유산 중에서 1만 5천 프랑만 보내주신다면 대단히 감사하겠습니다. 그렇게 해주신다면, 저도 커다란 곤궁에서 벗어날 수 있으리라고 생각합니다.
　그럼, 안녕히 계십시오. 그리운 어머님, 진심으로 키스를 보내 드립니다. 그리고 할아버지, 리종 할머니께도 안부 말씀 전해주십시오. 가까운 시일 안에 뵐 수 있기를 바라고 있습니다.

어머님의 아들
자작 폴 드 라마르 올림

편지를 보냈구나! 그럼, 나를 잊어버리진 않았구나. 염치없게 돈을 요구해 오리란 건 생각지도 못했다. 돈이 떨어졌다고 하니 부쳐주면 그만이다. 돈 같은 것이 문제가 아니다! 아들이 편지를 보내왔구나!

그녀는 기쁜 눈물을 줄줄 흘리면서 편지를 들고 남작한테로 달려갔다. 리종 이모도 불러들였다. 셋이서 그의 근황이 쓰여 있는 편지의 한 마디 한 마디를 다시 한 번 읽었다. 그리고 그의 말에 대해 의견을 나누었다.

잔은 절망의 구렁텅이 속에서 대뜸 일종의 희망의 도취로 도약한 심정으로 줄곧 폴을 변호했다.

"폴은 돌아올 거예요. 편지까지 쓴 이상 머잖아 틀림없이 돌아올 거예요."

하지만 남작은 좀 더 냉정했다. 그래서 이렇게 말했다.

"그렇지 않아. 그 놈은 계집애 때문에 우리들을 버린 거야. 그 녀석은 우리들보다도 그 계집애를 더 사랑하고 있어. 망설이지도 않고 그런 짓을 한 걸 보면 말야."

그러자 무서운 공포가 잔의 가슴을 뒤흔들어 놓았다. 금세 자신으로부터 아들을 빼앗아 간 그 여자에 대한 증오의 불꽃이 가슴 속에서 활활 타올랐다. 그것은 진정할 길이 없는 강렬한 증오였다. 질투심이 미친 듯이 끓어오르는 어머니의 증오였다.

　이제까지 그녀의 생각은 오직 폴에게만 쏠려 있었다. 닳고 단 계집이 그의 난봉질의 원인이 되리라고는 꿈에도 생각지 못했다. 그런데 남작의 경고가 홀연히 이 라이벌의 모습을 눈앞에 떠오르게 하고, 그 숙명적인 힘을 분명하게 그녀에게 보여주었던 것이다. 그래서 그녀는 자신과 이 여자와의 사이에 치열한 쟁투가 벌어지기 시작한 것을 느끼지 않을 수 없었다. 또한 그러한 계집애와 함께 자식을 가질 바에는 차라리 자식을 잃어비리는 편이 나을 것이라는 생각도 들었다. 이리하여 그녀의 모든 기쁨은 허물어져버렸다.

　그들은 1만 5천 프랑을 부쳤으나, 그로부터 5개월 동안 그에게선 아무런 소식도 없었다.

　그런 가운데 어떤 대리인이 쥘리앙의 상속 재산의 세목을 결정하기 위해서 나타났다. 잔과 남작은 아무런 불평도 없이 계산을 했으며, 당연히 어머니 몫이 되어야 할 용익권마저 포기해버렸다. 이리하여 파리에 와 있던 폴은 12만 프랑의 돈을 손에 넣게 되었다. 그는 6개월 동안에 네 통의 편지를 부쳤는데, 어느 것이나 간단하기 짝이 없는 사연으로 근황을 알려온 것이었으며, 끄트머리는 으레 애정을 맹세한, 판에 박힌 형식적인 문구로 맺어져 있었다.

"저는 일자리를 구했습니다. 거래소에 취직을 했습니다."

또는

"일간 가까운 시일 안에 레뻬플에 가서 친애하는 여러 어른들을 찾아뵙겠습니다."

라고 씌어져 있기도 했다.

그는 여자에 대해서는 한마디도 쓰지 않았다. 하지만 이 침묵은 4페이지에 걸쳐 그 여자에 대해서 이야기하는 것 이상으로 많은 것을 의미하고 있었다. 잔은 이 냉정한 편지 속에서 집요하게 그 여자가 몸을 감추고 있는 것을 느꼈다. 모든 어머니의 영원한 적인 창부의 존재를 눈앞에서 보는 것 같았다.

고독한 세 사람은 어떻게 해야 폴을 구제할 수 있을까 하고 여러 가지로 의논을 해보았지만 이렇다 할 좋은 생각이 떠오르지 않았다. 파리에 가보는 것이 어떨까? 하지만 그런 짓을 한댔자 무슨 소용이 있겠는가.

남작은 말했다.

"그 애의 정열이 식기를 기다리는 수밖에 없다. 그러면 혼자 돌아올 거다."

그들의 생활은 쓸쓸하고 비참한 것이었다.

잔과 리종은 남작 몰래 같이 성당에 다녔다.

폴로부터는 소식 한번 오지 않은 채 상당히 긴 세월이 흘러갔다.

그런데 어느 날 아침, 한 통의 절망적인 편지가 날아들어 그들을 경악하게 만들었다.

> 어머니, 나는 이제 파멸입니다. 어머님이 도와주러 오시지 않는다면, 저는 머리에 총알을 박아 넣을 수밖에 없습니다. 틀림없이 성공하리라고 생각하고 있었던 계획이 빗나가고 말았습니다. 8만 5천 프랑의 빚이 생기고 말았습니다. 이것을 갚지 않으면 저의 불명예가 되고 저는 파멸하고 맙니다.
>
> 저는 이젠 글렀습니다. 거듭 말씀드립니다만, 이런 치욕을 당하고 살 바에는 차라리 자살해 버리겠습니다. 한 번도 그 여자 이야기를 하지 않았습니다만, 저의 수호신인 그 여자의 격려가 없었더라면 아마도 저는 벌써 자살했을 겁니다.
>
> 그리운 어머님, 진심으로 키스를 보내드립니다. 아마도 이것이 마지막 작별이 될지도 모릅니다. 안녕히 계십시오.
>
> 폴 올림

이 편지와 같이 넣은 서류 뭉치가 실패하게 된 내역을 상세히 설명해주고 있었다.

남작은 즉시 어떻게 해서든지 좋은 방도를 강구해보겠다는 답장을 보냈다. 그러고는 정보를 얻기 위해서 르아브르에 나가, 토지를 저당 잡히고 돈을 빌려 폴에게 부쳐주었다.

청년으로부터 진심에서 우러난 감사와 정열적인 애정이 담긴 세통의 편지가 왔다. 그리운 여러분에게 키스를 하기 위해서 즉시 찾아뵙겠노라고 씌어 있었다. 그러나 오지 않았다.

1년이 지나갔다.

잔과 남작이 폴을 만나서 마지막 노력을 하기 위하여 파리에 가려고 할 즈음에 아주 간단한 편지가 와서, 그가 또다시 런던에 있다는 것을 알았다. '폴 드 라마르 주식회사'라는 상선 회사를 만들 계획이라는 것이었다. 편지에는 이렇게 씌어 있었다.

"이것은 재산이 제 손에 들어온 것이나 다를 바 없습니다. 필시 엄청난 부자가 될 것입니다. 더구나 모험을 하고 있는 것도 아닙니다. 이제부터 갖가지 이익이 돌아올 수 있다는 것을 아시게 될 것입니다. 다음에 뵙게 될 때에는 저도 세상에서 훌륭한 지위를 얻게 될 것입니다. 오늘의 난관을 극복하기 위해서는 오직 사업만이 있을 따름입니다."

그로부터 3개월쯤 지나서 상선 회사는 파산을 하고, 지배인은 장부를 위조했다는 혐의로 기소되었다. 잔은 신경발작을 일으키고 그것이 몇 시간이나 계속되었다. 결국은 병석에 눕게 되었다. 남작은 또다시 르아브르에 가서 형편을 조사해보고 변호사며 대리인이며 공증인이며 집행관 등을 만나 드라마르 회사의 적자가 23만 5천 프랑이 된다는 것을 확인했다. 그래서 이번에도 부동산을 저당에 잡혔다. 레뻬플의 저택과 그것에 딸려 있는 두 개의 농장이 빚에 맞먹는 금액의 저당물이 되었다.

이느 닐 밤, 대리인의 사무소에서 마지막 수속을 밟고 있던 남작은 별안간 뇌출혈을 일으켜 마룻바닥에 쓰러졌다. 파발마로 잔에게 이 사실을 알려왔다. 하지만 그녀가 갔을 때에는 그는 이미 죽어 있었다.

그녀는 아버지의 유해를 레뻬플로 옮겨 왔다. 완전히 망연자실해버려서 그 슬픔도 절망감이라고 하기보다는 차라리 마비 상태에 가까웠다. 두 여자가 갖은 수단을 다해 애원했지만 톨비아크 신부는 남작의 유해가 성당에 들어오는 것을 거절했다. 그래서 종교 의식은 일체 생략하고 해가 진 후에 매장했다. 폴은 자기 회사의 파산청산인으로부터 이 사실을 알게 되었다. 그는 아직도 영국에 숨어 있었던 것이다. 이 불행을 너무 늦게야 알게 되어서 돌아갈 수 없었다는 변명의 편지를 써 부쳤다.

　　그리운 어머님, 어머님께서 저를 이 위급한 처지에
서 구해주셨기 때문에 이번에야말로 프랑스에 돌아가
겠습니다. 그리고 머지않아 어머님께 키스를 할 수 있
을 것입니다.

　잔은 너무도 심한 정신적 허탈 상태에 있었으므로 이젠
아무것도 의식할 수 없게 되었다. 그 겨울도 다 끝날 무렵,
이미 예순여덟 살이나 된 리종 이모가 기관지염에 걸린 것
이 원인이 되어 폐렴을 일으켰다. 그녀는 숨을 헐떡거리면서
조용히 세상을 하직했다.
　"가엾은 잔, 신이 너에게 자비를 내리도록 하느님께 기도
하겠다."
　잔은 이모를 묘지까지 운반해 가서 관 위에 흙을 덮는 것
을 보고, 나도 죽고만 싶다, 이젠 더 이상 고통을 당하고 싶
지 않다, 이젠 아무것도 생각하고 싶지 않다는 심정으로 앞
으로 고꾸라졌다. 그 순간, 건강한 농사꾼 아낙네 하나가 양
팔로 잔을 꽉 끌어안았다. 그러고는 마치 어린 아기라도 안
듯 가뿐하게 데리고 갔다.

잔은 닷새 동안이나 이모의 머리맡에서 밤을 샜기 때문에
이 낯선 농사꾼의 아낙네가 이끌어 주는 대로 순순히 침대
에 뉘어졌다. 그리고는 한없는 피로와 정신적인 고뇌로 인하
여 기진맥진해 있었기 때문에 죽은 듯이 잠이 들어버렸다.

그녀는 한밤중에 잠이 깼다. 조그만 등불이 벽난로 위에
켜져 있었다. 웬 여자가 팔걸이의자에서 자고 있었다. 누구
일까, 이 여자는? 전혀 모르는 여자였다. 잔은 침대 밖으로
얼굴을 내밀고 깜박이는 등잔불 빛에 그녀의 얼굴을 자세히
보려고 애썼다.

그런데 이 얼굴은 어디선가 본 듯 했다. 하지만 언제였을
까? 어디서 보았을까? 여자는 편안히 자고 있었다. 고개를
한 쪽 어깨에 떨어뜨리고 두건은 방바닥에 떨어뜨린 채 무
심히 잠들어 있었다. 나이는 마흔에서 마흔 다섯쯤 되어 보
였다. 얼굴은 햇볕에 그을고 몸은 억세 보여 기운깨나 있어
보이는 여자였다. 큼직한 양손이 의자의 양쪽 가에 축 늘어
져 있었다. 머리털은 잿빛으로 변해 가고 있었다. 잔은 커다
란 불행으로 인하여 열병 같은 잠에 떨어졌던 인간이 그 잠
에서 깨어났을 때 느끼는 혼탁한 머리로 끈덕지게 그 여자
의 얼굴을 바라보았다. 확실히 어디서 본 얼굴이다! 옛날에
본 얼굴일까? 그렇지 않으면 최근의 일일까? 어느 쪽인지 도

저히 알 수 없지만 귀찮게 따라붙는 이 생각은 그녀를 초조하게 만들고 피로하게 만들었다. 이 잠자는 여자를 좀 더 가까이 가서 보려고 그녀는 살그머니 일어나서 발끝으로 다가갔다. 묘지에서 자기를 끌어안다가 침대에 뉘어준 여자였다. 그녀는 그런 사실을 어렴풋이 생각해냈다.

하지만 그보다는 딴 곳에서, 오랜 옛날 다른 시기에 만난 일은 없을까? 아니면 단순히 어렴풋한 기억 속에서 본 일이 있는 것처럼 믿어지는 것임에 지나지 않는 것일까? 그건 그렇고, 어째서 이곳에, 내 방에 와 있는 것일까? 도대체 어째서 그랬을까?

이때, 여자가 부스스 눈을 뜨고서 잔을 보더니 후다닥 일어났다. 두 사람은 가슴과 가슴이 닿을 정도로 가까이 마주 대하고 있었다. 이 낯선 여자는 꾸짖듯이 말했다.

"아니, 왜 일어나셨어요. 이런 밤중에, 감기 드시겠어요. 자자, 누워 계십시오!"

잔은 물었다.

"당신은 누구세요?"

그러나 그녀는 양팔을 벌리고 잔을 붙잡아서 또다시 끌어안더니 사나이 같은 힘으로 침대까지 데리고 갔다. 그리고는 요 위에 가만히 뉘어놓은 다음 거의 잔 위에 포개어지듯이 허리를 구부리고서 뺨이니 머리털이니 눈두덩을 가릴 것 없이 마치 미친 듯 키스를 퍼부으면서 울기 시작했다. 눈물로 잔의 얼굴을 흠뻑 적시며 입속말로 우물거리듯이 말했다.

"가엾은 아씨, 잔 아가씨, 가엾은 아씨, 저를 모르시겠어요?"

별안간 잔이 외쳤다.

"오오, 로잘리!"

그녀는 상대방의 목을 두 팔로 감고 키스를 하면서 끌어안았다. 두 사람은 힘껏 포옹을 한 채 서로의 눈물에 젖어 팔을 떼지 못하고 흐느껴 울었다.

로잘리가 먼저 정신을 차렸다.

"자아, 마음 가라앉히세요. 감기 드시면 큰일이에요."

그렇게 말하고 로잘리는 이불을 끌어당겨 잠자리를 고쳐주고 옛날의 여주인의 머리 밑에 베개를 베어주었지만, 여주인은 갑자기 가슴이 터질 것처럼 옛 추억으로 몸을 떨면서 여전히 목메어 울기만 하였다. 이윽고 그녀가 간신히 물었다.

"어째서 다시 왔지?"

로잘리는 대답했다.

"이렇게 되신 줄 알면서 아씨를 혼자 있게 놔둘 수는 없었어요!"

잔은 계속해서 말했다.

"얼굴을 자세히 보게 촛불 좀 줘."

등불이 나이트 테이블 위에 놓이자, 그녀들은 입을 다문 채 언제까지나 얼굴과 얼굴을 마주 바라보고 있었다. 마침내 잔은 늙은 하녀에게 손을 내밀면서 말했다.

"응, 네가 말해주지 않았더라면 나는 누군 줄 몰랐을 거야. 너도 많이 변했구나. 하지만 나만큼 변하지 않았겠지."

그 말을 듣자 로잘리는, 옛날에 헤어졌을 때에는 젊고 아름답고 싱싱했던 아씨가 지금 이렇게 바짝 말라버리고 백발이 성성한 할머니가 되어 있는 것을 찬찬히 바라보면서 대답했다.

"정말로 변하셨네요, 잔 마님. 생각했던 것보다도 더 엄청나게 변하셨어요. 사실 24년간이나 뵙지 못했으니까요."

두 사람은 또다시 생각에 잠겨 입을 다물고 말았다. 이윽고 잔이 중얼거렸다.

"하지만 자네는 행복했겠지, 적어도?"

로잘리는 너무나도 가슴 아픈 추억을 다시금 불러일으킬까봐 망설이고 있다가 더듬거리면서 겨우 말했다.

"네에…… 네…… 네…… 글쎄요 마님, 별달리 불평할 것도 없고, 마님보다는 행복했을 거예요…… 정녕. 하지만 단

한 가지, 언제나 마음에 맺혀 있는 것이 있었어요. 이 저택
에 있을 수 없게 된 일 말예요.”

무심코 그 사건을 들먹인 데 깜짝 놀라 그녀는 갑자기 입
을 다물어버리고 말았다. 하지만 잔은 상냥하게 말했다.

“그렇다고 어쩌겠니? 모든 일이 어디 마음먹은 대로 되
니? 사람이란 언제나 자기 마음대로 살 수 없는 거야. 자네
도 과부 신세가 된 건 아닌가?”

그러고 나서 어떤 고뇌가 그녀의 목소리를 떨리게 했지만
계수해서 말했다.

“너는 그 뒤 또 아이를 낳았니?”

“아아뇨, 마님.”

“그럼, 그…… 아들은…… 어떻게 됐지? 아들에 만족하
니?”

“네, 마님. 아주 훌륭한 청년이 되어서 일도 잘해요. 6개
월 전에 장가를 보냈지요. 제 밭을 지어먹고 있거든요. 하기
야 제가 이렇게 마님한테 돌아와 있으니까요.”

잔은 감동을 받아 몸을 떨면서 중얼거렸다.

“그럼, 너는 이제 내 곁을 떠나지 않겠지?”

그러자 로잘리는 급작스러운 목소리로 말했다.

“물론이에요. 마님. 그럴 작정으로 온 건데요 뭐.”

두 여자는 잠시 동안 입을 다물고 있었다.

잔은 자신도 모르는 사이에 자기들 두 사람의 삶을 비교해보기 시작했다. 하지만 지금으로서는 운명의 부당하고 잔혹한 처사에 대해서도 체념을 하고 있는 터이므로 마음의 고뇌는 조금도 느끼지 않았다. 그녀는 물었다.

"네 남편 말이야. 너한테 어떻게 했니?"

"그이는 좋은 사람이었어요. 마님. 건달은 아니었어요. 돈을 모으는 데 아주 능란했지요. 폐병으로 죽었어요."

이때 잔은 여러 가지로 더 알고 싶어서 침대 가장자리에 고쳐 앉았다.

"뭐든지 좋으니까 이야기 좀 해 줘. 이제는 그것이 내 마음의 위로가 될 거야."

로잘리는 의자를 끌어다 놓고 앉더니, 자기 집이라든가 자기가 살고 있는 주변에 관해서 이야기하기 시작했다. 시골 사람들이 그렇듯이 사소한 일까지 시시콜콜 말해 주었다. 자기 집의 뜰을 설명해주기도 하고, 과거의 즐거웠던 시절을 회상하기도 했다. 이따금 소리를 내어 웃기도 하고 이제는 남을 부리는 데 익숙해진 농가의 안주인답게 점점 목소리를 높였다. 그리고 마지막에는 이렇게 잘라서 말했다.

"아아, 이제 나는 부동산도 있어서 아무 걱정도 없답니다."

그렇게 말하고는 또 당황하여 목소리를 낮추어 말했다.

"다 마님 덕분입니다. 그러니까 분명히 말씀드립니다만, 저는 월급 같은 건 필요 없어요. 아무렴요, 당치도 않은 말씀이죠. 만일 그러는 게 싫으시다면 저는 돌아가 버리겠어요."

잔은 말을 이었다.

"설마 아무 보수도 받지 않고 내 시중을 들어주겠다고 하는 건 아니겠지?"

"원, 마님도 별말씀을. 논 같은 걸 받다니요! 마님한테 돈을 받다뇨! 이젠 저도 마님만큼이나 재산을 가지고 있는 걸요. 아아, 마님은 아시고 계세요? 저당이니 빚이니 하는 까다로운 문제가 남아 있는 것을. 이자는 내지 못하고 있지, 그나마 기한이 끝날 때마다 빚은 더욱더 쌓이고 쌓이지, 이런저런 것들을 빼고 나면 손 안에 남는 건 얼마나 되겠어요? 아시겠어요? 아니, 모르실 거예요. 제가 보기에는 1년에 1만 프랑도 안 될 거예요. 아시겠지요. 하지만 제가 어떻게 해서든지 잘 처리해보겠어요, 빠른 시일 내에 말씀예요."

로잘리는 또다시 큰소리로 이야기하기 시작했다. 이렇게 이익을 소홀히 해두었다느니, 파산이 눈앞에 닥쳐와 있다느니 하면서 분개하고 격분했다. 그리고 여주인의 얼굴에 가냘

프고 희미하게 민망스럽다는 미소가 떠오르는 걸 보고 분연
히 소리쳤다.

"웃으실 일이 아니에요, 마님. 사람이란 돈 없으면 일반
농사꾼이나 다름없으니까요."

잔은 로잘리의 손을 꼭 잡고는 그 손을 자기의 손 안에
넣었다. 그러고 나서 끈덕지게 자기를 따라다니고 있는 강박
관념에 여전히 쫓기면서 천천히 말했다.

"아아, 나는 운이 나빴어. 하나에서 열까지 모든 일이 나
에게 나쁘게만 돌아갔어. 악운만이 내 생활에 항상 붙어 다
니고 있었어."

로잘리는 고개를 내저었다.

"그럴 말씀 하시는 게 아닙니다, 마님. 그런 말씀 하시면
안돼요. 이유는 불행한 결혼을 했다는 것. 단지 그것뿐입니
다. 상대방을 잘 모르고 결혼한다고 해서 누구나 다 이런 팔
자가 된다고는 할 수 없는 것입니다."

그녀들은 늙은 친구 두 사람이 그렇게 하듯이 언제까지나
신세타령을 늘어놓고 있었다.

해가 떠오른 후에도 그녀들은 여전히 이야기를 나누고 있
었다.

12

로잘리는 일주일 안에 저택 내의 모든 일과 사람들을 완전히 지배하고 말았다. 잔은 모든 것을 내맡기고 로잘리가 하자는 대로 했다. 몸이 완전히 쇠약해져서, 옛날에 엄마가 그렇게 했던 것과 마찬가지로 다리를 질질 끌며 하녀의 팔에 매달려서 외출하면, 그 하녀는 잔을 천천히 산책시키고, 다정하면서도 무뚝뚝한 말로 설교를 하거나, 기운을 북돋아 주면서 마치 병든 어린애처럼 다루는 것이었다.

그들은 늘 지난 일을 이야기했다. 잔은 목이 메고 울먹이는 음성이었고, 로잘리는 평범한 시골여자의 조용한 목소리로 이야기했다. 늙은 하녀는 심각한 상태에 놓인 수입 문제에 대해서 몇 번이고 이야기를 꺼냈다. 그리고 서류를 자신에게 넘겨달라고 요구했다. 그것은 실무적인 일에 눈이 어두운 잔이 아들의 일이 창피스러워서 로잘리에게 숨기고 있는 서류였다.

그래서 일주일 동안 로잘리는 매일같이 페캉에 가, 잘 아는 공증인으로부터 모든 설명을 다 들었다.

어느 날 밤, 여주인을 침대에 누인 다음에 자기도 그 머리맡에 걸터앉아서 대뜸 말을 꺼내기 시작했다.

"자아 마님, 누우셨지요. 그러면 이야기나 좀 하시지요."

이윽고 그녀는 집안 살림의 모든 상태를 죄다 털어놓고 이야기했다.

모든 것을 정리해버리면 7, 8천 프랑의 연수가 남게 될 것이라고 말했다. 남은 것은 그것뿐이라고 했다.

잔은 대답했다.

"그래, 어쩌라는 건가, 나는 이제 오래 살지 못하리라는 것을 잘 알고 있네. 그 정도만 있으면 충분하지."

하지만 로잘리는 화를 냈다.

"마님은 뭐 그렇게 하셔도 괜찮으시겠죠. 그러나 도련님은 어떻게 하시렵니까? 그럼, 도련님껜 아무것도 남겨주시지 않겠다는 말씀입니까?"

잔은 몸서리를 쳤다.

"제발 부탁이야, 그 애 말은 하지 말라구. 생각만 해도 괴로워 죽을 지경이야."

"아니, 그럴 수는 없습니다. 저는 오히려 그 이야기를 하고 싶습니다. 왜냐하면 말입니다, 아시겠습니까, 마님은 용기가 없으시니까요, 잔 마님. 정말 도련님이야말로 바보 같은 짓을 하고 계세요. 그것도 오래 계속하지는 못하실 겁니다. 머잖아 결혼도 하시겠지요. 아이도 생기겠지요. 아이를 키우는 데엔 돈이 필요합니다. 자아, 제 말씀을 들어보세요. 마님께서는 레뻬플을 파셔야 합니다."

잔은 펄쩍 뛰어 일어나 침대 위에 앉았다.

"레뻬플을 팔라구! 어째서 그 따위 소릴? 당치도 않은 터무니없는 말을!"

하지만 로잘리는 끄떡도 하지 않았다.

"파십시오, 마님. 어쩔 수 없어요."

이렇게 말하고 그녀는 자기의 계산, 계획, 이유 등을 설명했다.

레뻬플과 거기에 딸려 있는 두 개의 농장을 자기가 발견한 살 사람에게 팔기만 하면 생레오나르에 있는 네 개의 농장을 확보할 수가 있고, 또 그곳은 저당에 들어가 있지 않으니까 1년에 8천 3백 프랑의 수입이 이 들어올 것이라는 의견이었다. 그 중에서 1년에 1천 3백 프랑을 집의 수리비나 유지비로 따로 떼어놓는다. 그러면 7천 프랑이 남으니까 그 중에서 5천 프랑을 생활비로 쓰고 나머지 2천 프랑을 뜻밖의 사고에 대비해서 저금해둔다는 것이었다.

로잘리는 다시 덧붙여 말했다.

"이젠 먹힐 수 있는 것은 모조리 먹혀버렸으니까, 남은 것이라곤 아무것도 없습니다. 그리고 말씀드립니다만, 열쇠는 제가 맡아 가지고 있을 테니 허락해주세요. 도련님의 것이라곤 이젠 아무것도 없으니까요. 눈곱만큼도 없으니까요. 도련님은 마님한테서 마지막 한 푼까지 뜯어가 버린 거예요."

잔은 훌쩍훌쩍 울고 있다가 중얼거렸다.

"하지만 먹을 것도 없다면?"

"배가 고프면 이 집으로 먹으러 오겠지요. 집에는 언제든지 침대와 스튜가 준비되어 있을 겁니다. 만일 마님이 맨 처음의 한 푼을 드리지 않았다면 그분도 그런 난봉은 부리지 않았을 거예요."

"하지만 그 애는 빚을 졌단다. 갚지 않으면 욕보게 될 지경이었어."

"마님이 한 푼도 없어지면 그것으로 그 분이 더 이상 빚

같은 걸 지지 않지 않을까요? 마님은 지금까지는 지불해주셨습니다. 그건 좋습니다. 하지만 이제부터는 한 푼도 안돼요. 분명히 말씀해두니까요, 자아 마님. 어서 주무십시오."

이렇게 말하고 로잘리는 나가버렸다.

그날 밤, 잔은 레뻬플을 팔고 어디로든지 가지 않으면 안된다, 나의 일생과 관계가 있는 이 집을 떠나지 않으면 안된다, 는 생각에 통 잠이 오지 않았다.

이튿날 로잘리가 자기 방에 들어왔을 때, 잔은 말했다.

"로잘리, 나는 이곳을 떠날 결심이 도저히 서질 않아."

그러자 하녀는 화를 냈다.

"하지만 그렇게 하시지 않으면 안돼요. 마님, 조금 있으면 공증인이 저택을 사고 싶어 하는 사람을 데리고 옵니다. 그렇게라도 하시지 않으면, 4년이 지난 후에는 마님은 빈털터리가 되고 맙니다."

잔은 정신이 멍청해진 채 자꾸만 되뇌었다.

"나는 못하겠어. 도저히, 도저히 못하겠어."

그러고 나서 한 시간 후에 우편배달부가 폴의 편지를 가지고 왔다. 그 편지에는 또다시 1만 프랑을 요구하고 있었다. 어떻게 할까? 곤란하게 된 잔이 로잘리에게 의논하자 로잘리는 단호하게 말했다.

"아까 뭐라고 말씀드렸지요, 마님? 제가 이 집에 돌아오지 않았더라면 두 분 다 알거지가 될 뻔했군요!"

결국 잔은 하녀의 의견에 굴복하여 다음과 같은 편지를 아들에게 써서 부쳤다.

> 보고 싶은 아들아, 나는 이젠 너를 위해서 아무것도 해줄 수가 없게 되었다. 너로 인하여 우리 집은 파산하고 말았다. 레뻬플도 팔지 않으면 안 되게 되었다. 하지만 네가 그토록 고생시킨 이 늙은 어미 곁으로 잠자리를 구하러 온다면 언제든지 네 몸을 의지할 곳은 마련하고 있다는 것을 잊지 말기 바란다.
>
> 어미로부터

공중인이 옛날엔 제당업을 했다는 조프랭 씨를 데리고 왔을 때, 잔은 손수 두 사람을 맞아들여서 집안 구석구석까지 둘러보도록 안내했다.

그로부터 한 달 후, 매매 계약서에 서명하고, 그와 동시에 바트빌 마을에 있는 어느 조그만 여염집을 샀다. 이 집은 고데르빌에 가까우며 몽티빌리에 길가에 면해 있었다.

그렇게 하고 나서 잔은 그전에 엄마가 다니던 산책길을 저녁때까지 혼자서 거닐었다. 감개무량한 감회에 젖어 지평선이며 나무들이며 플라타너스 나무 밑에 있는 벤치 등에 대해서 말을 걸지 않을 수 없었다. 그녀의 눈 속에나 마음속에 들어가 있다고 생각될 만큼 그녀가 샅샅이 잘 알고 있는 이러한 사물 − 그 방풍림, 그녀가 가끔 앉으러 갔었던, 광야가 내려다보이는 그 비탈면, 쥘리앙이 죽던 그 무서운 날, 푸르빌 백작이 바다 쪽으로 달려가는 것을 그녀가 보고 있었던 그 비탈면, 그녀가 언제나 찾아와서 몸을 기댔던, 우듬지가 부러진 늙은 느릅나무, 정든 뜰의 구석구석 절망적인 심정에 사무쳐 마지막 이별의 말을 하지 않을 수 없었다.

그때 로잘리가 와서 팔을 붙들고 억지로 집으로 끌고 돌아갔다.

스물다섯 살쯤 되어 보이는, 몸집이 큰 농부가 문 앞에서 기다리고 있었다. 마치 오래 전부터 알고 있기라도 한 것 같은 친근한 말투로 인사를 했다.

"안녕하십니까, 잔 마님. 건강은 좀 어떠하십니까? 이사하시는 걸 도와주라고 어머님이 말씀하셔서. 날라다 드려야 할 것을 말씀해주시면 좋겠는데요. 들일을 하는 사이에 틈이 나는 대로 가끔 날라다 드릴까 합니다."

그는 하녀의 아들이었다. 쥘리앙의 아들, 폴의 형제였다.

그녀는 심장이 뚝 멈춰 서는 것만 같았다. 그래도 이 청년에게 키스를 해주고 싶었다.

그녀는 상대방의 얼굴을 찬찬히 뜯어보면서, 혹시 쥘리앙을 닮지나 않았을까, 아들을 닮지나 않았을까 하고 살펴보았다. 불그스름한 얼굴을 한 건강하게 보이는 청년인데, 어머니를 닮아 금발에다 푸른 눈을 가지고 있으면서도 한편으로 쥘리앙을 닮았다. 어디가 닮은 지를 따지면 잘 알 수가 없지만, 다만 얼굴 전체가 어딘지 모르게 닮은 데가 있었다.

젊은이는 말했다.

"지금 당장 일러주시면 고맙겠습니다만."

하지만 새로 산 집은 몹시 작았기 때문에 뭘 가지고 가야 좋을지 그녀는 아직 결심이 서 있지 않았다. 그래서 주말에 다시 한 번 와달라고 부탁했다.

이렇게 되자 이사 문제로 머릿속이 꽉 차게 되었다. 이것이 그녀의 암담하고 기대할 것이 없는 생활에 일종의 기분 전환을 가져다주었다.

그녀는 이 방 저 방 가구를 찾으러 돌아다녔는데, 그것들은 어느 것이나 다 그녀에게 여러 가지 추억을 떠올리게 했다. 그것들은 자기의 인생의 일부분을 이루고 있는, 아니 자신의 존재의 일부분을 이루고 있다고도 할 수 있는 친근한 세간들이었다. 어려서부터 잘 알고 있고, 기쁜 추억이나 슬픈 추억이 결합되어 있어서 자신의 역사의 날짜가 새겨져 있는 것들이었다. 자신이 즐거웠던 때나 우울했던 때의 말없는 친구이고, 자신의 곁에서 낡아버리고 닳아져 갔으며, 펴 놓은 덮개는 군데군데 구멍이 뚫리고 안은 찢어져서, 군데군데 틀어지고 빛이 바랜 세간들이었다.

그녀는 그것들을 하나하나 골라냈다. 일대 결심을 할 때와 같이 어찌할 바를 모르고 이따금 망설였다. 한번 결정한 물건을 자꾸만 다시 생각해보기도 하고, 두 개의 팔걸이의자의 값어치를 서로 저울질해보기도 하고, 낡아빠진 사무용 책상과 오래된 작업용 책상을 비교해보기도 했다.

그녀는 서랍을 열어보고는 옛날 일을 회상하기도 했다. 그러다 '그렇지, 이걸 가지고 가자.' 하고 자신에게 타이르기라도 하고 나면 즉시 그 물건은 식당으로 운반되었다. 그녀는 자기가 거처하는 방의 세간들, 즉 침대, 색실로 무늬를 짜 넣은 벽걸이, 탁상시계까지 모두 가지고 가고 싶었다.

객실의 의자도 몇 개는 가지고 가기로 했다. 특히 그것들에 그려진 무늬가 어린 시절부터 좋았기 때문이다. 요컨대 여우와 황새, 여우와 까마귀, 매미와 개미, 우울한 해오라기 등의 그림이었다.

그 뒤 가까운 시일 안에 떠나게 될 이 집의 구석구석을 거닐곤 하는 사이에, 어느 날은 다락방으로 올라간 일이 있었다. 그녀는 놀란 나머지 그 자리에 우두커니 서버렸다. 그곳에는 온갖 종류의 잡동사니들이 어수선하게 쌓여 있었다. 찢어져 있는 것이 있는가 하면 단지 때가 좀 묻어 있기만 한 것도 있었다. 옛날에 본 기억이 있는 잡동사니 중에서 언제부터인가 갑자기 보이지 않게 되었던 것들이 눈에 띄었다. 그것은 이전에 자기가 직접 손으로 만져보았던 시시한 물건이요, 15년간이나 자기 옆에 뒹굴어 다니고 있어서 매일같이 보고 있으면서도 별로 주의하지 않았던 하잘것없는 케케묵은 소도구들이기도 하였다. 그것들이 갑자기 이곳, 이 다락방 속에 그것들보다도 훨씬 더 오래된 다른 기물, 다시 말하면 자기가 이곳에 온 맨 처음에 어디 놓여 있었는지를 잘 기억하고 있는 기물 옆에서 발견되자, 갑자기 잊어버리고 있었던 증인이나 오랜만에 다시 만나는 벗과 똑같은 중요성을 띠게 되는 것이었다. 오랫동안 서로 가슴을 터놓고 이야기하는 일도 없이 교제해온 사람들이 갑자기 어느 날 밤 사소한 일이 계기가 되어 끝도 없이 지껄이기 시작하여, 서로들 추측조차 하지 못했던 마음의 밑바닥까지도 속속들이 털어놓고 이야기하는 것과도 같은 느낌이었다.

가슴이 설레는 듯한 기분으로 그녀는 하나하나 돌아보았

다. ‘이 중국 찻잔은 내가 깬 거야. 틀림없이 결혼하기 2, 3일 전인 어느 날 밤에…… 어머나, 여기에 엄마의 조그만 제등이, 그리고 아버님의 지팡이가 있구나. 빗물에 젖어 나무가 부푼 울짱을 열려고 하다가 부러뜨린 거야.’ 하고 속으로 중얼거렸다.

그리고 또한 거기에는 그녀가 알지 못하는 물품도 많이 있었다. 조부 시절에 생긴 것인지, 그렇지 않으면 증조부 시절에 생긴 것인지, 아무튼 그녀에게는 아무것도 생각이 나지 않았다. 벌써 자기들의 세기는 아닌 시대에 추방당한 듯한 모습을 하고서, 자기들이 버림을 받은 것을 슬퍼하는 듯이 보이는 먼지투성이의 물품이었다. 아무도 그것들의 유서나 운명을 알고 있지 못했고, 그것을 고르고 사고 소유하고 사랑했던 사람들을 아무도 보지 못했으며, 또한 그것을 허물없이 만지작거린 손도, 그것을 즐거운 듯이 바라보았던 눈도 어느 누구도 알고 있는 사람은 없었다.

쌓인 먼지 위에 손가락 자국을 내면서 잔은 그러한 물건들을 건드려보기도 하고 뒤집어보기도 했다. 그리고 지붕에 끼워진 몇 장의 조그만 유리를 통해서 새어드는 엷은 햇살을 받으면서 이러한 고물들에 에워싸여 우두커니 서 있었다.

세 다리의 의자를 면밀히 차근차근 살펴보면서 무슨 생각나는 일은 없을까 하고 고개를 갸웃거리기도 하고, 동으로 만들어진 탕파나, 본 기억이 있는 듯한 찌그러진 각로, 그 밖에 이젠 쓸모가 없어진 부엌 살림도구들을 꼼꼼하게 살펴보기도 했다.

그러고 나서 가지고 가고 싶은 것을 따로 챙겨놓고 아래층으로 내려가 로잘리에게 가지러 보냈다. 하녀는 이 따위 '잡동사니'를 내려가기를 단호히 거절했다. 그러나 이제는 의지력조차 전혀 없는 잔이 이번만은 끝까지 버텼기 때문에, 그녀의 말을 들어주지 않으면 안 되었다.

어느 날 아침, 쥘리앙의 아들인 젊은 농부 드니 르코르가 제일 먼저 이삿짐을 나르기 위해서 짐수레를 끌고 달려왔다. 로잘리는 짐을 푸는 것을 감독하고 세간을 하나하나 적당한 자리에 들여놓기 위해 아들을 따라갔다. 혼자 외톨이가 되자 잔은 절망적인 무서운 발작이 일어나서 저택 안의 방들을 어슬렁거리고 다녔다. 열광적인 사랑의 충동에 사로잡혀, 가지고 갈 수 없는 모든 것들에 키스를 했다. 객실의 벽걸이인 커다란 백조라든가 헌 촛대 등, 손에 닥치는 대로 키스를 했다. 방에서 방으로 마치 정신이 돌기라도 한 것처럼 한없이 눈물을 흘리면서 돌아다녔다. 그러고 나서 바다에 '이별을 하기' 위해 밖으로 나갔다.

9월 끝 무렵이었다. 무겁게 내려앉은 잿빛 하늘이 마치 온 세계를 덮어 누르는 듯 했다. 슬픈 누런빛을 띤 바다가 눈길 닿은 데까지 펼쳐져 있었다. 그녀가 낭떠러지 위에 선 채 언제까지나 우두커니 있노라니까 천 갈래 만 갈래의 괴로운 추억들이 주마등처럼 머릿속을 스치고 지나갔다. 그녀는 땅거미가 지기 시작했기 때문에 집으로 돌아갔으나, 이날 하루 동안에 지금까지의 쓰라린 슬픔이 모두 하나로 모인 느낌이었다. 로잘리는 벌써 돌아와서 잔을 기다리고 있었다. 로잘리는 이번에 이사 갈 집이 아주 마음에 들어서, 길에 면해 있지 않은 이런 궤짝 같은 집보다는 훨씬 더 밝고 좋다고 말했다.

잔은 밤새도록 울었다.

저택이 팔렸다는 사실을 알게 된 후부터 소작인들은 그녀에 대해서 필요이상의 존경을 보이지 않았으며 그녀를 가리켜 '미친 여자'라고 불렀다. 그것은 아마 그들 특유의 본능에 의해서, 날이 갈수록 심해지는 그녀의 병적인 감상성, 도를 넘은 몽상벽, 거듭되는 불행 때문에 뒤흔들린 그녀의 가련한 마음의 온갖 혼란을 꿰뚫어보았기 때문일 것이다.

출발하기 전날, 그녀는 우연히 마구간에 들어갔다. 그 순간, 동물이 끙끙거리는 소리가 들려 그녀는 몸서리를 쳤다.

그것은 마사크르였다. 지난 수개월 동안 이런 개 따위는 염두에도 없었던 것이다. 이와 같은 동물이 도달할 수 없을 정도의 나이를 먹은 이 개는 눈도 보이지 않고 몸도 말을 듣지 않게 되었지만, 지금까지도 잊지 않고 시중을 들어주고 있는 뤼디빈느 덕택으로 짚이 깔린 자리 위에서 아직도 목숨을 이어가고 있었다. 잔은 그 개를 팔에 안아 키스를 하고 집 안으로 데리고 들어갔다. 술통처럼 살이 찐 개는 양쪽으로 벌어진 어색한 다리로 간신히 몸을 질질 끄는 것처럼 걷고, 아이들의 장난감 개처럼 짖어대는 것이었다.

마지막 날 밤이 마침내 샜다. 자기 방은 이미 이부자리가 치워져 있었기 때문에 잔은 쥘리앙의 방에서 잠을 자고 있었다.

그녀는 침대에서 나왔으나, 몸은 나른할 정도로 피곤하고 숨은 가빠서 마치 먼 길을 걸어온 후와도 같았다. 트렁크니 세간들의 나머지를 싣는 마차는 뜰 가운데서 이미 짐을 다 실어놓고 있었다. 또 한 대의 이륜마차에도 말이 매어져 있었는데, 이것이 여주인과 하녀를 태우고 가게 되어 있었다.

시몽 영감과 뤼디빈느는 새 주인이 올 때까지 둘이서 남아 있기로 했다. 그런 다음에 그들은 친척 집으로 가서 몸을 의탁하기로 되어 있었다. 잔한테서 약소하나마 연금을 받았기 때문이었다. 게다가 그들은 돈을 모아둔 것도 있었다. 이제 그들도 그저 시끄럽게 떠벌리기만 하고 아무 쓸모도 없는, 쇠약해지고 늙어빠진 하인이 되고 말았던 것이다 .마리우스는 장가를 가서 오래 전에 이 집에서 나가고 없었다.

8시 가까이 되어 비가 내리기 시작했다. 바다에서 불어오는 미풍에 실려 내리는 차가운 가랑비였다. 마차에 포장을 치지 않으면 안 되었다. 벌써부터 나뭇잎이 가지 끝에서 떨어지고 있었다.

부엌의 테이블 위에서는 우유를 탄 커피 찻잔에서 김이 오르고 있었다. 잔은 자기 찻잔을 앞에 놓고 앉아 조금씩 홀짝홀짝 마셨다. 그러곤 일어나,

"자아, 떠나자!"

하고 말했다.

그녀는 모자를 쓰고 숄을 둘렀다. 그리고는 로잘리로 하여금 고무신을 신기게 하면서 목이 꽉 메는 듯한 소리로 말했다.

"로잘리, 너 기억하니? 우리들이 루앙을 떠나 이곳으로 올 때 얼마나 비가 많이 내렸었는지 말야."

그렇게 말하고는 경련이라도 일어났는지 양손을 가슴에 대더니 의식을 잃고 갑자기 벌렁 뒤로 쓰러졌다. 그녀는 한

시간 이상이나 죽은 듯이 누워 있었다. 이윽고 눈을 뜨긴 했지만 다시금 경련이 일어나고, 그와 함께 쉴 새 없이 눈물이 펑펑 쏟아졌다.

가까스로 진정이 되긴 했지만 기운이 쑥 빠져버린 모양인지, 아예 일어나지도 못했다. 로잘리는 이 이상 더 출발을 늦추다가는 또다시 발작이 일어나지나 않을까 두려워서 아들을 부르러 갔다. 둘이서 잔의 몸을 안아 일으켜 마차까지 떠메고 가서 납을 먹인 가죽을 깔아놓은 나무 의자에 앉혔다. 그런 다음 늙은 하녀는 잔 옆에 올라타더니 다리를 감싸주고 커다란 망토를 어깨에 폭 씌워주었다. 그러고는 머리 위에 우산을 펴 들고서 큰소리로 외쳤다.

"빨리! 드니야. 어서 가자."

젊은이는 어머니 옆에 기어 올라왔으나 앉을 자리가 없어서 엉덩이만 살짝 대고는 갑자기 말을 달리게 했다. 말이 세차게 달렸기 때문에 두 여자의 몸뚱이가 공중으로 껑충껑충 튀어 오르곤 했다.

마을의 모퉁이를 돌 때 큰길에서 왔다 갔다 하는 남자의 모습이 보였다. 이 출발을 엿보고 있는 듯한 톨비아크 신부의 모습이었다. 신부는 마차를 통과시키기 위해서 걸음을 멈췄다. 흙탕물을 뒤집어쓰지 않으려고 한쪽 손으로 제의 자락을 쳐들고 있었는데, 검정 양말을 신고 있는 깡마른 정강이 끝에 진흙투성이의 커다란 구두가 드러나 보였다.

잔은 신부와 눈길이 마주치지 않으려고 눈을 내리깔았다. 그런데 로잘리는 어느 것 하나도 모르는 것이 없었기 때문에 분개했다.

"이 못된 놈! 못된 놈!"

그녀는 이를 갈며 중얼거리다가 아들의 손을 잡으며 소리쳤다.

"자, 채찍으로 한 내 살겨줘라."

그런데 신부 곁을 지날 때 젊은이가 마침 덜커덕거리는 마차의 수레바퀴를 갑자기 구덩이 속으로 빠뜨렸기 때문에 흙탕물이 튀어 올라 신부는 머리끝에서부터 발끝까지 온통 흙탕물을 뒤집어쓰고 말았다.

그러자 로잘리는 너무도 좋아서 뒤를 돌아다보고는, 커다란 손수건을 꺼내 몸을 훔치고 있는 신부를 향해 주먹을 쳐들어 올렸다.

5분쯤 달려갔을 때 갑자기 잔이 소리쳤다.

"마사크르를 깜박 잊고 왔구나!"

그래서 마차를 세우지 않으면 안 되었다. 드니가 마차에서 내려 개를 가지러 달려갔다. 그 동안 로잘리가 고삐를 잡고 있었다.

 얼마 후, 젊은이가 털이 빠진 볼품없는 커다란 개를 안고 나타나 두 여자의 치마 사이에 올려놓았다.

13

　그로부터 두 시간 후, 마차는 조그만 벽돌집 앞에 멈췄다. 한길을 따라서 배나무가 방추형으로 손질된 과수원의 한복판에 세워진 집이었다.

　인동덩굴과 여러 덩굴이 뒤얽힌 격자 울타리가 있는 네 개의 정자가 각각 정원의 네 귀퉁이를 이루고 있었다. 정원이라 하지만 그것은 과실나무로 테두리가 둘린 몇 가닥의 좁은 샛길로 구분된, 조그만 네모꼴로 된 채소밭처럼 생긴 것이었다. 높다란 산울타리가 사방으로 빙 둘러쳐져 있고, 이웃 농가와의 사이에는 밭이 있었다. 한길에서 백 발작쯤 떨어진 곳에 대장간이 있었다. 이 집을 제외하면 가장 가까운 인가라고 해도 1킬로미터나 떨어져 있었다.

주위의 전망은 코 지방의 평야 일대에 펼쳐져 있었다. 여기저기에 흩어져 있는 농가는 사과나무가 심어져 있는 안마당을 사방에서 둘러싸고 있는 두 줄의 커다란 가로수로 울창하게 감싸여 있었다.

잔은 도착하자마자 쉬고 싶다고 졸라댔지만, 로잘리는 또다시 몽상이라도 시작하면 큰일이다 싶어 그것을 허락하지 않았다.

고데르빌의 목수가 가구를 방 안에 들여놓기 위해서 와 있었다. 잠시 후에 도착하기로 되어 있는 마지막 한 대를 기다리는 동안, 이미 도착해 있는 가구류를 정리하는 일에 즉시 착수했다.

그것은 여간 큰일이 아니어서 오랫동안 곰곰이 생각해야 했고, 서로들 의견을 내세워 의논을 하지 않으면 안 되었다.

이윽고 한 시간쯤 지나서 짐수레가 대문 밖으로 나타났다.

해질녘쯤 되자 집 안은 어수선하게 쌓여 있는 짐짝들로 가득 차서 몹시 혼란스러웠다. 잔은 녹초가 되도록 피곤해져서 잠자리에 들어가자마자 잠이 들고 말았다.

그 후 며칠 동안, 그녀는 일에 빠져서 슬픈 생각에 잠겨 있을 틈이 없었다. 게다가 새 집을 아름답게 꾸미는 데 어떤 즐거움까지 느끼고 있었다. 아들이 이 집에 돌아올 거라는 생각도 항상 그녀의 머릿속에 달라붙어 있었다. 원래 자기의 거실을 장식하고 있던 벽걸이는 식당에 걸어놓았는데, 식당 또한 객실까지도 겸하고 있었다. 그녀는 2층에 있는 두 개의 방 중에서 하나를 특히 정성들여 정리했다. 그녀는 그것을 남몰래 머릿속으로 '폴레의 방'이라고 명명했다.

또 하나의 방은 그녀 자신의 것으로 하고, 로잘리는 그 위에 있는 헛간 옆에서 거처하게 되었다.

이 조그만 집도 꼼꼼하게 수리를 하자 그럴듯하게 되었으며, 잔도 어쨌든 뭔가 부족한 것이 있기는 했지만 이 집이 마음에 들었다.

어느 날 아침, 페캉의 공증인의 서기가 3천 6백 프랑을 부쳐 보냈다. 레뻬플에 남겨두고 온 가구를 가구 장수가 평가한 대금이었다. 그녀는 이 돈을 받으면서 몸이 떨릴 정도로 기뻐했다. 심부름 온 사내가 돌아가자마자 그녀는 부리나케 모자를 썼다. 되도록 빨리 고데르빌에 가기 위해서였다. 한시라도 빨리 이 생각지도 않은 돈을 폴에게 부쳐주기 위해서였다.

그러나 그녀는 한길을 급히 가다가 시장에서 돌아오는 로잘리와 딱 마주치고 말았다. 하녀는 그 당장에는 무슨 영문인지 알 수 없었지만, 어딘지 좀 이상하다고 생각했다. 곧 사실을 알게 되자 시장바구니를 땅바닥에 내려놓았다.

그녀는 주먹을 허리에 짚고서 큰소리로 꾸짖어대기 시작했다. 그리고 오른팔로는 여주인을, 왼팔로는 시장바구니를 끼고는 여전히 화를 내면서 집 쪽으로 걸어갔다.

집에 돌아오자마자 하녀는 그 돈을 자기에게 달라고 요구하였다. 잔은 그 중에서 6백 프랑을 숨기고 나머지를 내주었다. 그러나 이 돈도, 미리 짐작하고 있던 하녀에게 당장 들키고 말았다. 그녀는 돈을 모조리 건네주지 않으면 안 되었다.

그렇기는 하지만, 로잘리는 잔이 몰래 감추려고 한 돈만은 청년에게 부쳐주자는 데 동의했다.

4, 5일 후, 아들로부터 감사하다는 편지가 왔다.

그리운 어머님, 덕택에 큰 도움이 되었습니다. 아무튼 저희들은 몹시 곤궁한 처지에 있었으니까요.

그런데 잔으로서는 이 바트빌에 아무래도 익숙해질 수가 없었다. 이전처럼 편안히 숨을 쉴 수가 없는 듯한 느낌이 자꾸만 들고, 이전보다도 더욱더 우두커니 혼자 있기를 잘하고, 더욱더 버림을 당하고 더욱더 구렁에 빠져 들어가는 듯한 느낌이 들어 견딜 수가 없었다. 그녀는 그 주변을 한 바퀴 돌아볼까 하고 외출하여 베르뇌유 마을까지 갔다가 거기에서 트루아마르를 지나 돌아왔다. 그런데 돌아오자 또다시 나가고 싶은 충동에 사로잡혀 자리에서 일어났다. 그것은 그녀가 가기로 되어 있는 그곳, 그녀가 산책하고 싶은 그곳에 가는 걸 잊어버린 듯한 기분이었다.

이런 일이 매일같이 반복되었다. 그런데도 이 이상한 욕구의 정체를 알 수가 없었다. 그런데 어느 날 저녁때, 무의식중에 그녀의 입 밖에 튀어나온 말을 통해 이 안절부절 못하는 기분의 비밀이 밝혀졌다. 저녁 식사를 하려고 테이블에 앉으려다가 그녀는 무의식적으로 "아아, 바다가 보고 싶다!"고 내뱉었던 것이다.

그토록 그녀의 가슴 속에 공허를 느끼게 했던 것은 바로 바다였다. 25년 동안 그녀의 이웃이었던 바다, 짭짤한 맛이 나는 공기와 분노와 으르렁거리는 소리와 세찬 바람을 가진 바다, 그녀가 매일같이 레뻬플의 창가에서 보던 바다, 그녀가 밤낮없이 호흡하던 바다, 자기의 몸 가까이 느끼고 있었던 바다, 이상하게 여기지도 않은 채 마치 인간이기라도 한 것처럼 사랑하기 시작했던 바다가 옆에 없었던 것이다.

마사크르도 역시 마지막으로 발버둥을 치면서 살아가고

있었다. 도착한 날 밤부터 부엌의 찬장 밑에 주저앉아버려 이젠 거기에서 나가게 할 수도 없었다. 거의 꼼짝도 않은 채 하루 종일 그곳에 틀어 박혀 있었다. 다만 이따금 둔한 신음 소리를 내면서 몸을 뒤척일 뿐이었다.

하지만 밤이 되면 재빠르게 일어나 벽에 부딪치면서 뜰에 있는 문간 쪽으로 다리를 질질 끌고 나갔다. 그렇게 문 밖에서 필요한 몇 분간을 지내고 나면 되돌아와 아직도 따뜻한 난로 앞에서 찰싹 꼬리를 붙이고 주저앉아, 두 여인이 잠자기 위해 나가면 짖어대기 시작했다.

그걸 시작으로 밤새도록 짖어댔다. 애처롭고 슬픈 소리로 울부짖는데, 이따금 한 시간쯤 울음을 그쳤는가 싶으면 이번에는 한층 더 비통한 소리를 짜내어 우는 것이었다. 그래서 집 앞에 있는 빈 통에다 붙들어 매두었다. 그러자 이번에는 창 밑에서 짖어댔다. 그래서 이젠 병신이나 다름이 없이 죽어가고 있으므로 다시금 부엌에 들여놓았다.

잔에게 있어서 이제 잠을 잔다는 것은 불가능한 것이 되었다. 이 늙어빠진 개는 이젠 자기 집에 있는 것이 아니라는 것을 잘 알고서 이 새 집에서 자기의 거처를 찾으려고 끊임 없이 발버둥을 치고 신음 소리를 내고 했기 때문이다.

무슨 수를 써도 개를 안정시킬 수는 없었다. 낮에는 그저 꾸벅꾸벅 졸기만 하였다. 온갖 생물이 생기에 차서 나돌아다니고 있을 때인데도 그의 찌부러진 눈과 몸이 말을 안 든는다는 의식이 움직이는 걸 방해하는 것만 같았다. 그러나 일단 해가 지기 시작하면 쉴 새 없이 어슬렁거리고 다녔다. 온갖 생물을 장님으로 만들어버리는 어둠 속이 아니고는 살거나 움직이거나 할 수가 없는 것이 아닌가 하고 여겨질 정도였다. 그러던 것이, 어느 날 아침, 죽은 채 발견되었다. 모두들 안도의 한숨을 내쉬었다.

겨울은 깊어갔다. 잔은 어찌할 수 없는 절망감에 사로잡혀 있었다. 그것은 가슴을 쥐어짜는 것과 같은 날카로운 고통이 아니라 그늘 속에 틀어박힌 암담하고 침울한 슬픔이었다.

그녀의 눈을 뜨게 해주는 속 시원한 것은 아무것도 없었다. 그녀를 염려해주는 사람은 아무도 없었다. 좌우로 뻗어 있는 문 앞의 한길에는 거의 언제나 사람의 그림자라곤 보이지 않았다. 이따금 가벼운 이륜마차가 빠르게 지나갔다. 얼굴이 붉은 사나이가 그걸 몰고 있었는데, 그가 입고 있는 작업복은 바람을 안아 마치 푸른 풍선처럼 부풀어 있었다. 또한 때로는 짐수레가 느릿느릿 지나갔다. 그런가 하면 멀리서 두 사람의 농부가 오고 있는 것이 보이기도 했다. 아무래도 그것은 남자와 여자로, 지평선 저쪽에 마치 콩알만큼 작게 보이던 것이 점점 커져서 마침내 집 앞을 지나가 버리면 또다시 작아져서 아득한 저쪽, 보이는 끝까지 뻗어 있는 하얀 선의 끝에서는 마치 두 마리의 벌레만한 크기가 되었으며, 그것이 대지의 완만한 기복을 따라서 올라갔다 내려갔다 했다.

풀이 다시금 싹트기 시작하자, 짧은 스커트를 입은 어린 아가씨가 매일 아침 야윈 젖소 두 마리를 몰고 대문 앞을 지나갔다. 소는 도로의 도랑을 따라 푸른 풀을 뜯어먹으면서 걸어갔다. 저녁때가 되면 그 소녀는 다시 마찬가지의 졸리는 듯한 걸음걸이로 돌아왔다. 소의 뒤를 10분마다 한 발짝씩 떼어놓는 정도였다.

아직도 잔은 밤마다 자신이 아직도 레뻬플에 살고 있는 꿈을 꾸었다.

옛날처럼 그녀는 아버지와 엄마와 거기에서 살고 있는 것이었다. 때로는 리종 이모도 같이 있었다. 그녀는 잊혀진 일들을 다시 해보기도 하고, 아델라이드 부인을 부축하면서 그 좁은 길을 걸어가기도 했다. 잠이 깨면 으레 눈물이 주르르 흘렀다.

그녀는 항상 폴을 생각하며 '뭘 하고 있을까? 지금은 어떻게 지내고 있을까? 때로는 나를 생각해주기도 할까?' 하고 자신에게 물었다. 농장과 농장 사이의 움푹 팬 길을 천천히 걸어가면서 자신을 괴롭히는 이러한 생각을 머릿속에서 되풀이하곤 했다. 그렇지만 특히 자기의 아들을 빼앗아 간 그 알 수 없는 여자에 대한 참을 수없는 질투로 괴로워하지 않을 수 없었다. 이 증오만이 그녀를 묶어두고 있었다. 이것이 그녀가 아들을 찾으러 가는 것을 막는 이유였다. 그 여자가 문지방에 서서 "무슨 일이십니까, 아주머니?" 하고 캐묻는 모습이 눈앞에 보이는 듯했다. 어머니로서의 자존심은 이 같은 만남의 가능성에 대해서 몹시 반발했다. 또한 항상 순결하여 과실도 없거니와 오점도 없는 여자의 오만한 자부심 때문에, 마음까지도 비천하게 만드는 저 육체적 사랑의 추악한 행위에 더욱더 분개하지 않을 수 없었다. 그녀는 감각의 온갖 불결한 비밀이나 사람을 타락시키는 애무를 생각할 때, 또한 떼어놓기 어려운 양성 결합의, 지금은 그 정체를 알게 된 그 모든 신비를 생각할 때, 인간이 불결한 존재로 생각되어 견딜 수가 없었다.

또다시 봄이 지나가고 가을이 지나갔다.

하지만 가을이 그 장마와 잿빛 하늘과 음산한 구름과 함께 또다시 돌아왔을 때, 그녀는 이 같은 생활이 아무래도 권태로워 자기의 풀레를 되찾기 위해서 일대 노력을 해보기로 결심했다.

청년의 정열도 지금쯤은 식어버렸을 것이 틀림없었다.
그녀는 눈물을 흘리면서 편지를 썼다.

사랑하는 아들아, 내 곁으로 돌아오기를 간곡히 부
탁한다. 나는 늙고 병들어 일 년 내내 하녀를 상대하면
서 외롭게 살아가고 있다는 것을 생각해 보렴. 지금은
한 길가에 있는 조그만 집에서 살고 있다. 매우 슬픈
나날을 보내고 있다. 하지만 너만 여기에 있어주면 나
에게는 모든 것이 달라질 것이다. 이 세상에 오직 너
하나밖에 없으니까. 그럼에도 불구하고 너를 벌써 7년
씩이나 만나지 못하고 있구나! 내가 얼마나 불행했는
가, 얼마나 너 하나만을 마음의 의지로 삼고 있었는가,
너로서는 도저히 알 수가 없을 것이다. 너는 나의 생명
이요 나의 꿈이었다. 나의 단 하나의 희망, 나의 단 하
나의 사랑이었다. 그런데도 너는 내 곁에 있지를 않는
구나. 너는 나를 버린 거야.
알겠느냐! 돌아와 다오. 나의 사랑하는 풀레야. 돌아
와서 나한테 키스해다오. 너의 늙은 어미한테 돌아와
다오. 나는 너에게 절망의 팔을 뻗치고 있는 거란다.
잔

그로부터 며칠 후에 답장이 왔다.

그리운 어머님, 찾아뵈러 갈 수만 있다면 그보다 더한 기쁨이 없겠습니다만, 유감스럽게도 한 푼도 없는 형편입니다. 조금이라도 좋으니 부쳐주시지 않겠습니까? 그러면 당장 찾아가 뵙겠습니다. 그러잖아도 진작부터 찾아가 뵈려고 마음먹고 있었습니다. 말씀드리지 않으면 안 될 계획이 있는데, 이 계획이 뜻대로 실행된다면 저도 어머니의 희망에 따를 작정입니다.

제가 지금 궁핍한 생활을 하는데도 나의 반려자인 여자가 내게 쏟는 헌신적인 태도는 여전히 변치 않고 무한합니다. 이처럼 충실한 사랑과 헌신을 공적으로 인정하지 않은 채 더 이상 내버려둘 수 없습니다. 게다가 예의범절도 제대로 알고 있습니다. 교육도 제대로 받았고 책도 많이 읽었습니다. 저에게 있어서 그녀가 어떤 존재인가 하는 점에 대해서는, 짐작건대 어머님께서는 모르실 것입니다. 만일에 제가 그러한 그녀에게 감사의 뜻을 나타내지 않는다면, 저는 짐승이나 다름없는 놈이라고 해도 어쩔 수가 없을 것입니다. 그러니 제가 그녀와 결혼하는 것을 허락해주시기 바랍니다. 제가 집을 나간 데 대해서는 너그러이 용서해주시고, 저희들이 어머님의 새 집에서 함께 사는 걸 허락해주십시오.

만일 그녀를 알게 되시면 당장에라도 승낙해주시리라 믿습니다. 장담하고 말씀드립니다만, 아주 훌륭한, 참으로 완벽한 여자입니다. 틀림없이 어머님께서도 귀여워해주시리라 믿습니다. 저로서는 그녀 없이는 살아갈 수 없습니다.

  그리운 어머님, 엎드려 답장을 기다리겠습니다. 그리
고 저희들 두 사람, 진심에서 우러난 키스를 보냅니다.

어머님의 아들
자작 폴 드 라마르

잔은 크게 실망했다. 편지를 무릎 위에 올려놓은 채 꼼짝
도 하지 않았다. 자기의 아들을 끊임없이 붙잡아두기 위해
한 번도 돌려보내지 않았던 이 계집, 좋은 기회가 오기를,
다시 말하면 절망한 늙은 어머니가 아들을 안아보고 싶다는
욕구를 참지 못하고 마음이 약해져서 모든 것을 승낙해줄
기회를 기다리고 있는 창부의 간계를 꿰뚫어 보았던 것이다.

그리고 폴이 이 계집을 끈덕지게도 편애하고 있는 데 대
한 커다란 고뇌가 그녀의 마음을 산산조각으로 찢어놓았다.
그녀는 되풀이해서 곱씹는 것이었다.

'그 녀석은 나를 사랑하고 있지 않다. 사랑하고 있지 않아.'

그때 로잘리가 들어왔다. 잔은 중얼거렸다.

"그 애가 그 여자와 결혼하겠다고 하는군."

하녀는 펄쩍 뛰었다.

"아이고머니! 당치도 않습니다. 허락해주시면 안돼요. 도
런님도, 어디서 그런 천한 여자를 집에 들여 놓으려 하다니

요. 정신이 돈 모양이에요."

잔도 힘이 다 빠지기는 했으나 악이 받쳐서 대답했다.

"절대로 허락 안할 테다. 오고 싶지 않다면 우리가 만나러 가주지. 암 그렇고말고, 내가 말이야. 그래서 우리들 두 사람 중 어느 쪽이 이기는지 해보자구."

그녀는 즉시 폴에게 편지를 써서 자기 쪽에서 만나러 가겠다는 것, 다만 그 바람둥이 계집이 살고 있는 집 이외의 딴 곳에서 만나고 싶다는 것을 알렸다.

그러고 나서 답장을 기다리면서 여행 떠날 준비를 했다. 로잘리는 헌 트렁크에 여주인의 옷과 속옷 등을 챙겨 넣기 시작했다. 그런데 그 가운데 한 벌, 낡은 산책 옷을 개키면서 그녀는 소리쳤다.

"오, 입을 만한 것이 한 벌도 없네요. 이런 꼴을 하고선 도저히 가실 수 없어요. 보는 사람이 창피하게 여겨요. 파리의 여자들은 틀림없이 하녀라고 생각할 거예요."

잔은 하녀가 하자는 대로 따랐다. 그리하여 두 여인은 같이 고데르빌에 가서 초록색 체크무늬의 옷감을 골라 동네의 양장점에서 옷을 맞췄다. 그러고는 공증인인 루셀 씨의 사무소에 들어가 여러 가지로 여행상의 주의를 들었다. 루셀 씨는 해마다 파리에 반달쯤 여행을 해왔기 때문이다. 그런데 잔은 28년 동안이나 파리를 본 적이 없었다.

루셀 씨는 차를 비키는 요령이라든지 돈을 소매치기당하지 않는 방법 등에 대해서 여러 가지 주의를 해주고, 돈은 옷의 안섶에 넣고 꿰매버릴 것이며 주머니에는 당장 필요한 액수만 넣어두라고 충고했다. 값이 싼 음식점에 대해서 장황하게 이야기하고 나서, 특히 부인 손님들이 잘 가는 음식점을 두세 군데 일러주었다. 그리고 여관은 정거장 옆의 노르망디 호텔을 지정해주었다. 이곳은 자기의 단골 여관이므로 자기한테 소개를 받았다고 하면 잘 대해줄 것이라는 것이었다.

6년 전부터 파리와 르아브르 사이에 철도가 개통되어 가는 곳마다 화제가 되고 있었다. 그러나 잔은 슬픔에 잠기어 우울한 나날을 보내고 있었기 때문에 이 고장 사람들을 그토록 떠들썩하게 놀라게 한, 증기로 달린다는 그 기차를 아직 본 일이 없었다.

그런데 폴의 답장은 오지 않았다.

그녀는 일주일 동안 기다려보았다. 그리고 다시 2주일을 기다렸다.

매일 아침 우편배달부를 만나러 한길에 나가서는 부들부들 떨면서 가까이 다가가 소리를 지르곤 했다.

"말랑댕 아저씨, 나에게 편지 온 건 없나요?"

그러면 배달부는 비바람에 시달린 목쉰 소리로 언제나 똑같이 이렇게 대답했다.

"이번에도 없는데요, 부인."

폴로 하여금 편지를 못하게 하는 것은 분명히 그 계집임이 틀림없다고 잔은 생각했다.

그래서 잔은 곧 떠나기로 결심을 했다. 그녀는 로잘리와 같이 가고 싶었지만, 하녀는 여비가 많이 들 것을 걱정하여 같이 가는 걸 거절했다. 뿐만 아니라 그녀는 여주인이 3백 프랑 이상 가지고 가는 걸 허락하지 않았다.

"돈이 더 필요하시거든 편지를 해주세요. 그러면 공증인에게 부탁하여 그 돈을 부쳐 드릴 테니까요. 이보다 많은 돈을 드리면 도련님한테 빼앗기시는 게 고작일 거예요."

그래서 12월 어느 날 아침, 그녀들은 드니 르코크의 마차를 탔다. 젊은이는 두 사람을 역까지 태워다 주기 위해 맞이하러 왔던 것이다. 로잘리도 여주인을 역까지 전송해주기로 했던 것이다.

그녀들은 우선 차비가 얼마인지 물어보고 나서 모든 걸 처리했다. 트렁크도 수하물로 부쳤기 때문에 나머지는 선로 앞으로 나가서 기다리는 것만이 남게 되었다. 어떻게 해서 이런 것이 움직일까 라고 생각하면서 그 신비스러움에 마음을 빼앗기고 있었기 때문에 서글픈 여행의 목적 따위는 잠시 까맣게 잊고 있었다.

이윽고 멀리서 기적 소리가 들려오자 두 여인은 돌아다보았다. 까만 기계가 보이는가 싶더니 그것이 점점 커졌다. 그것은 요란한 소리를 내면서 도착하여 그녀들 앞을 지나갔다. 마치 굴러가는 작은 집을 꽁무니에 달아매고 지나갔다. 다음 순간, 역부가 문을 하나 열었다. 잔은 눈물을 흘리면서 로잘리에게 키스를 하고 나서 지정석으로 들어갔다.

로잘리는 울먹거리며 소리쳤다.

"안녕히 다녀오세요, 마님. 조심하시고, 빨리 돌아오세요!"

"잘 있어, 로잘리!"

다시 한 번 기적이 울리는가 싶더니 까만 수레가 또다시 굴러가기 시작했다. 처음에는 천천히 굴러갔으나 차차 빨라지더니 나중에는 굉장히 빠른 속도로 달려갔다.

잔이 탄 찻간에는 두 사람의 신사가 양쪽 구석에 등을 기대고 잠이 들어 있었다.

그녀는 들판이라든가 나무들, 밭, 마을들이 눈앞을 스쳐 지나가는 걸 내다보고 있었다. 이와 같은 속력에 간담이 서늘한 채 새로운 생활에 끌려 들어가는 자신을 느끼지 않을 수가 없었다. 이제까지의 저 조용한 소녀 시절의 세계, 저

단조로운 생활의 세계와는 전연 다른 새로운 세계로 실려 가는 기분이었다.

기차가 파리에 들어섰을 때에는 벌써 땅거미가 지기 시작하고 있었다.

고용인처럼 보이는 사나이가 잔의 트렁크를 잡아챘기 때문에 그녀는 깜짝 놀라서 그 사나이의 뒤를 따라갔다. 붐비는 사람들 틈을 헤치고 나가지 못하여 사람들에게 떠밀리곤 하면서, 그 사나이를 놓쳐서는 큰일이다 싶어 그 뒤에서 거의 뛰다시피 하면서 따라갔다.

호텔의 프런트까지 당도하자 그녀는 황급히 말했다.

"루셀 씨로부터 소개를 받고 왔습니다만."

매우 의젓해 보이는 뚱뚱한 안주인이 계산대 앞에 앉아 있다가 물었다.

"누구신데요, 그 루셀 씨라는 분이?"

잔은 당황해 하며 말을 이었다.

"고데르빌의 공증인인데, 해마다 이 여관에서 묵는다고 하던데요."

뚱뚱보 아주머니는 잘라서 말했다.

"그런지는 모르지만, 저는 모르겠는데요. 방을 드릴까요?"

"네."

그러자 사환이 짐을 들고 앞장서서 층계를 올라갔다.

그녀는 가슴이 꽉 죄어드는 듯한 심정이었다. 조그만 테이블 앞에 앉자 수프와 영계구이를 주문했다. 새벽부터 아무것도 먹지 않았기 때문이다. 그녀는 촛불 밑에서 착잡한 심정으로 생각에 잠겨 식사를 했다. 신혼여행을 하고 돌아오는 길에 이 도시에 들렀던 일, 그 파리에 머물러 있을 무렵에 쥘리앙의 성격의 첫 징후가 나타났던 일 등이 생각났다. 그러나 그 무렵의 그녀는 젊었다. 남을 의심할 줄도 모르고 생기발랄했었다. 하지만 지금의 그녀는 늙어빠지고 몸도 자유롭지 못하며, 게다가 몹시 겁을 잘 내게 되고 체력도 쇠약해져서 하찮은 일에도 마음이 산란해지곤 하는 것이었다. 식사가 끝나자 그녀는 창가로 가서 사람들로 붐비는 거리를 내다보았다. 외출을 하고 싶었지만 그럴 만한 용기도 없었다. 틀림없이 길을 잃을 것만 같았기 때문이다. 그래서 잠자리에 들어가 불을 껐다.

그렇지만 소음과 알 수 없는 도시 특유의 감각과 여행의 피로가 겹치어 좀처럼 잠을 이룰 수가 없었다. 시간은 무작정 흐르고 있었다. 바깥의 떠들썩한 소리는 점차로 고요해지고 있었지만, 대도시의 완전히 조용해지지지 않는 어중간한 정적에 신경이 흥분되어 도통 잠을 이룰 수가 없었다. 그녀는 인간, 동물, 식물 등 모든 것을 잠들어버리게 하는 저 전원의 고요하고 깊은 잠에 길이 들어 있었다. 그런데 지금 그녀는 자기의 주위에서 영문 모를 신비로운 소란을 느끼고 있었다. 거의 알아들을 수 없을 정도의 사람의 음성이 여관의 벽을 타고 숨어들기라도 하는 것처럼 그녀가 있는 곳까지 들려왔다. 이따금 마룻바닥이 삐걱거리기도 하고, 문을 닫는 소리가 나기도 하고, 초인종 소리가 울리기도 하였다.

새벽 2시경, 드디어 꾸벅꾸벅 졸기 시작했을 무렵, 느닷없이 옆방에서 여자의 외마디 소리가 들렸다. 잔은 놀라서 침대 위에 일어나 앉았다. 그러자 이번에는 사나이의 웃음소리가 난 듯했다.

이윽고 날이 밝아옴에 따라 잔은 폴 생각이 나서 견딜 수가 없었다. 그래서 날이 훤하게 새기 시작하자 즉시 옷을 입었다.

폴은 시테 구의 소바주 거리에 살고 있었다. 그녀는 거기까지 걸어가기로 했다. 되도록 돈을 아껴 쓰라는 로잘리의 의견에 따르기 위해서였다. 맑은 날씨로 차가운 공기가 살갗을 스쳤다. 행인들은 바쁜 걸음으로 보도를 걸어가고 있었다. 그녀는 가르쳐준 거리를 되도록 빠른 걸음으로 걸어갔다. 그 거리의 끝까지 가면 오른쪽으로 꼬부라지고, 그런 다음 왼쪽으로 꼬부라져서 이윽고 광장에 나서게 되는 것이다. 거기서 다시 한 번 물어보라는 말을 들었던 것이다. 그런데 그 광장이 나오지 않아 빵집에 가서 물었더니 빵집 주인은 엉뚱한 길을 가르쳐주고 말았다. 그녀는 다시금 걷기 시작했으나 길을 잃어버려 여기저기를 방황하다가 행인에게 물어보고 그대로 걸어갔지만 마지막에는 완전히 길을 잃고 말았다.

미칠 듯한 심정이 된 그녀는 이제는 거의 아무렇게나 발 닿는 데로 걸어가고 있었다. 마차를 부를까 하고 생각하는데 때마침 센 강이 바라보였다. 그래서 강둑을 따라 걸어갔다.

약 한 시간 후에 간신히 소바주 가에 들어섰다. 그것은 좁은 골목길 같은 거리였다. 그녀는 문 앞에서 걸음을 멈췄다. 가슴이 벅차올라 이젠 한 걸음도 옮겨놓을 수가 없었다.

여기에 있는 거다. 이 집에 풀레가 있는 거야.

그녀는 무릎과 손이 떨려서 견딜 수가 없었다. 그녀는 간신히 안으로 들어갔다. 통로를 따라 들어가니 문지기의 집이 보였다. 그래서 은화 한 닢을 내밀면서 물어보았다.

"미안합니다만, 폴 드 라마드 씨에게 가서서 어머니의 친구라는 늙은이가 아래서 기다리고 있다고 전해주시지 않겠습니까?"

문지기가 대답했다.

"그분은 이젠 여기서 살고 있지 않습니다. 부인."

그녀는 오싹 소름이 끼치며 전신이 후들후들 떨렸다. 그래서 더듬거리면서 말했다.

"네? ……어디에 ……그럼 지금, 어디서 살지요?"

"나는 모릅니다."

금방이라도 졸도할 것처럼 그녀는 눈앞이 캄캄해졌다. 한동안은 말도 안 나왔다. 간신히 있는 힘을 다하여 정신을 가다듬어 중얼거렸다.

"언제 이사를 갔나요?"

문지기는 자세히 일러주었다.

"벌써 한 보름 됐는뎁쇼. 여느 때나 다름없이 어느 날 밤 두 분이 나갔습니다만, 그런 뒤로는 돌아오지 않았습니다. 이 근처 사방에 빚을 져서 주소를 적어두고 가지 않은 게 당연한 일이었지요."

잔은 눈에서 불이 났다. 마치 눈에 총이라도 맞은 것처럼 확 하고 커다란 불길이 오르는 듯한 느낌이 들었다. 그러나 하나의 집념이 그녀를 잡아 세우고 겉으로는 냉정을 잃지 않게, 그리고 사려 깊게 만들어주고 있었다. 그녀는 어떻게 해서든지 풀레가 어디 있는지를 알아내어 찾아내고 싶었다.

"그럼, 나갈 때 무슨 말을 하지 않던가요?"

"그런 말을 할 리가 없습죠. 밤에 줄행랑을 치는 것과 똑같은 거니까요."

"하지만 누구를 시키든지 편지를 찾으러 보낼 텐데요."

"전해줄 만한 편지 같은 것도 없는 걸입쇼. 대개 1년에 열 통도 안 오니까요. 하지만 나가기 이틀 전에 한 통 가져다 준 일은 있습죠."

그것은 틀림없이 자기의 편지였을 것이다. 그녀는 기회를 놓치지 않고 말했다.

"여보세요. 저는 그 애의 어미 되는 사람이에요. 그 사람의 어미란 말입니다. 이렇게 그 애를 찾으러 왔습니다만. 자아, 10프랑을 드릴 테니 그 애에 대해서 무슨 소식을 듣게 되거든 알려주세요. 저는 르아브르 가의 노르망디 호텔에 묵고 있어요. 사례는 충분히 드리겠어요."

"예, 그렇게 합지요, 부인."

그녀는 달아나듯이 그 자리를 떠났다.

어디로 갈 것인지 신경도 쓰지 않고 그저 무작정 걷기 시작했다. 무슨 중요한 용건이라도 있는 사람처럼 급한 걸음으로 걸어갔다. 보따리를 든 사람과 부딪치기도 하며 벽을 따라 걸어갔다. 마차가 오는 것도 모르고 한길을 가로질러 가다가 마부한테 욕을 얻어먹기도 하고, 무심코 보도를 걸어가

다가 층계에 발이 걸려 넘어지기도 하였다. 허탈감에 빠져서 그저 덮어놓고 앞으로 걸음을 재촉해 나갔다.

갑자기 공원이 나왔다. 몹시 지쳐 있었기 때문에 거기 있는 벤치에 걸터앉았다. 자기 스스로도 의식하지 못한 채 울면서 거기에 앉아 있었다. 사람들이 우두커니 서서 바라보던 걸로 보면 줄곧 울고 있었던 것이리라. 이윽고 그녀는 심한 한기를 느꼈다. 그래서 다시 나가려고 일어섰으나, 두 다리는 가까스로 그녀를 옮겨주는 정도에 불과했다. 그만큼 피곤하고 쇠약해져 있었다.

어느 음식점에라도 들어가 수프나 마실까 생각했으나, 그런 건물 안으로 들어갈 용기가 나지 않았다. 그것은 일종의 수치, 일종의 공포 때문이었다. 자신의 가슴 속에 복받쳐 오르는 슬픔이 분명하게 얼굴에 나타나 있음을 창피스럽게 여겼기 때문이었다. 문 앞에 멈춰 서서 안을 들여다보고는 사람들이 테이블에 앉아 식사를 하고 있는 것이 눈에 띄자 갑자기 무서운 느낌이 들어 달아났다. 다음 음식점에 들어가자고 자신에게 타일렀지만, 다음 음식점에 서면 더욱더 들어갈 수가 없었다.

결국 어느 빵집에서 초승달 모양의 조그만 빵을 사가지고 걸어가면서 먹기 시작했다. 목이 말라 견딜 수가 없었지만,

물을 마시려면 어디로 가야 하는지 몰라서 그냥 꾹 참았다.

둥근 천장 밑을 빠져나가자 아케이드에 에워싸인 다른 공원이 나왔다. 그때 그녀는 그것이 팔레 루아얄이라는 걸 알았다.

햇볕을 쬐며 계속해서 걸었기 때문에 좀 더운 것 같아 그녀는 거기에서 또 한두 시간 걸터앉아 쉬었다.

한 무리의 사람들이 들어왔다. 모두 다 우아한 모습으로 지껄이기도 하고 웃기도 하고 인사를 주고받기도 했다. 여자는 아름답고 남자는 부자여서 장신구와 환락을 위해서밖에는 살지 않는 듯한 행복한 사람들이었다. 잔은 이같이 눈부시게 화려한 사람들 사이에 끼여 있는 데 당황한 나머지 일어나서 달아나려고 했으나, 문득 이런 곳에서 폴을 만날 수 있을지도 모른다는 생각이 번쩍 들었다. 그래서 이러한 사람들의 얼굴을 엿보면서 막연히 걷기 시작했다. 조심스러운 빠른 발걸음으로 공원의 끝에서 끝까지 쉴 새 없이 왔다 갔다 했다.

돌아서서 그녀를 유심히 바라보는 사람도 있었다. 손가락질을 하면서 웃는 사람도 있었다. 그런 줄을 알게 되자 그녀는 달아났다. 틀림없이 저 사람들은 자신의 모습과 자신의 옷차림을 보고 우스꽝스럽게 여기고 있을 것이라고 생각되

었다. 로잘리가 골라서 로잘리의 지시에 따라 고데르빌의 양
장점에서 맞춘 초록색의 체크무늬 옷이었다.

이제 그녀에겐 지나가는 사람들에게 길을 물을 기력도 없
었다. 하지만 용기를 내어 길을 물어 간신히 자기의 호텔을
찾을 수가 있었다. 그녀는 그날의 나머지 시간을 침대 옆의
의자에 앉아 꼼짝도 않고 앉아서 보냈다. 그리고 전날처럼
수프와 고기를 조금 먹었다. 그리고 습관적으로 움직이면서
침대 속으로 들어갔다.

날이 밝자 그녀는 경시청에 가서 아들을 찾아달라고 부탁
했다. 경시청에서는, 꼭 찾아주겠다며 장담은 할 수 없지만
힘써보겠다고 말했다.

그런 다음에도 그녀는 아들을 만날 수 있을지도 모른다는
희망을 여전히 버리지 않고 이 거리 저 거리를 어슬렁거리
고 다녔다. 혼잡한 군중 속에 있으니까, 인기척 없는 들판
가운데 있는 것보다도 한층 더 고독했다. 더욱더 버림을 당
한 듯한 비참한 심정이 되었다.

저녁때 호텔에 돌아오니, 누군가 폴 씨한테서 왔는데 내
일 다시 오겠다는 말을 남기고 갔다는 것이었다. 대번에 확
하고 피가 심장에 밀려들어 그날 밤 그녀는 한잠도 자지 못
했다. 혹시 그 애가 아닐까? 여러 가지로 자세한 것을 물어

본 결과, 그것만으로는 그 애라고 단정은 할 수 없다 하더라도, 그렇다, 틀림없이 그 애임이 틀림없다는 생각이 들었다.

아침 9시경에 문을 두드리는 사람이 있었다. 그녀는 양팔을 쳐들고 달려들어 안을 태세를 취하며 소리쳤다.

"들어오세요!"

그런데 눈앞에 나타난 것은 생전 처음 보는 사나이였다. 그 사나이는 방해를 해서 죄송하다고 사과를 한 다음, 자기의 용건, 즉 폴에게 꾸어준 돈을 청구하러 왔음을 설명하였다. 그러는 동안 그녀는 보이지 않으려고 해도 자꾸만 눈물이 솟아나 눈가에 괼 때마다, 손가락 끝으로 닦아내지 않으면 안 되었다.

사나이는 소바주 가의 문지기한테서 잔이 왔다는 말을 듣고, 청년을 찾을 수가 없으므로 어머니에게 의논하러 왔던 것이다. 사나이가 내민 종이쪽지를 그녀는 아무 생각 없이 받아 들었다. 거기에는 90프랑이라는 숫자가 씌어 있었다. 그녀는 지갑에서 돈을 꺼내어 갚아주었다.

그날, 그녀는 한 발짝도 밖에 나가지 않았다.

이튿날이 되자 또다시 딴 채권자가 찾아왔다. 20프랑만 수중에 남겨두고 그녀는 가진 돈을 전부 지불해버리고 말았다. 그래서 로잘리에게 편지를 띄워 현재의 형편을 알렸다.

하녀로부터 답장이 오기를 기다리는 동안, 그녀는 거리를 방황하면서 그날그날을 보냈다. 무엇을 해야 좋은지도 모르고, 어디서 슬픈 시간을, 언제 끝날지 알 수도 없는 시간을 보내야 할 것인지도 모른 채, 또한 다정하게 이야기를 나눌 사람도 없을뿐더러 자기의 비참한 심정을 이해해줄 사람도 전혀 없었다. 이렇게 거리를 정처 없이 거닐면서, 지금은 빨리 이곳을 떠나고 싶다, 저 쓸쓸한 길가에 있는 작은 집으로 돌아가고 싶다는 심정으로 가득 찼다.

바로 며칠 전만 하더라도 그녀는 그 집에서는 더 이상 살아갈 수가 없었다. 그 정도로 쓸쓸함이 그녀를 짓누르고 있었던 것이다. 그런데 지금은 그와 정반대였다. 자신의 음울한 습관이 뿌리를 뻗고 있는 그 집이 아니면 살아갈 수 없다고 느끼게 되었던 것이다.

어느 날 저녁때, 마침내 그녀는 한 통의 편지와 2백 프랑을 받았다. 로잘리는 편지에서 이렇게 말하고 있었다.

잔 마님, 빨리 돌아오세요. 이 이상은 더 부쳐드릴 수가 없으니까요. 도련님은 소식을 듣는 대로 제가 모시러 가겠어요. 그럼 안녕히 계십시오.

마님의 하녀 로잘리 올림

그래서 잔은 눈이 내리는 몹시 추운 아침, 바트빌을 향해서 출발했다.

14

그 후로 잔은 일체 외출하지 않았고 이제는 몸을 움직이려 하지도 않았다. 매일 아침 똑같은 시간에 일어나선 창 너머로 날씨를 살피고, 아래층으로 내려가 식당의 벽난로 앞에 앉았다. 그녀는 매일같이 그 자리에 그렇게 앉아 꼼짝도 하지 않은 채 꼬박 하루를 보냈다. 활활 타오르는 불꽃을 물끄러미 바라보면서 종잡을 수 없는 뼈아픈 생각에 깊이 잠기거나, 자신의 비참한 생애의 슬픈 여정을 뒤쫓곤 했다. 땅거미가 조금씩 이 조그만 방으로 숨어들어도 그녀가 몸을 움직이는 것은 난로에 장작을 지피는 정도의 일이었다. 그래서 로잘리가 램프는 들고 와서는 소리를 지르곤 했다.

"자아 마님, 조금은 몸을 움직여야 해요. 그러지 않으시면 오늘밤에도 배가 꺼지지 않을 테니까요."

그녀는 걸핏하면 강박 관념에 사로잡혀 아주 사소한 일도 신경을 쓰며 그로 인하여 괴로움을 당했다. 특히 그녀는 과거 속에서 살게 되었다. 과거라고는 하지만, 그녀의 생애 중에서 초기 무렵이나 저 코르시카에서 신혼여행을 하던 일 등이 나오는 먼 과거였다. 먼 옛날에 잊어버렸던 그 섬의 풍경이 느닷없이 눈앞에 있는 난로의 타다 남은 장작 속에 나타나는가 하면, 온갖 자질구레한 일들이라든가 온갖 사소한 사실들, 그곳에서 만났던 별의별 사람들이 얼굴이 회상되곤 했다. 안내인이었던 장 라볼리의 얼굴이 귀찮게 자꾸만 따라 붙는 것이었다. 때로는 그의 음성까지도 들리는 듯한 느낌이 들었다.

그러고 나면 폴의 소년 시절의 즐거웠던 일이 회상되었다. 폴이 그녀더러 샐러드 야채를 옮겨 심으라고 조르는 통에 리종 이모와 나란히 기름진 흙 위에 꿇어앉은 채 둘이서 모종을 보살펴주면서 어린아이의 마음에 들려고 한다든지, 누가 더 능숙하게 모종을 할 수가 있는가, 누가 더 많이 기를 수 있는가 하고 둘이서 경쟁을 하던 일 등이 회상되었다.

그래서 그녀의 입술은 희미한 소리로 소곤거리는 것이었

다.

'풀레, 나의 귀여운 풀레!'

마치 상대방에게 이야기라도 하듯이. 그러나 그녀의 몽상도 이 풀레라는 말이 입 밖에 나오자 그쳐버리고, 그 다음에는 몇 시간 동안이고 이 말을 구성하고 있는 문자를 손가락을 뻗쳐 공간에다 끼적거리는 것이었다. 그녀는 난로 앞에서 그러한 문자들을 천천히 썼는데, 마치 글씨가 보이는 듯한 느낌이 들었다. 그러다 틀리게 썼다고 생각되면, 지쳐서 떨리는 팔로 'P'부터 다시 쓰기 시작하여 마지막까지 이름을 쓰려고 노력하는 것이었다. 그리하여 다 쓰고 나면 또다시 처음부터 쓰기 시작했다.

마지막에는 아무것도 쓸 수 없게 되었다. 무엇이든 다 뒤죽박죽이 되어 엉뚱한 말이 구성되는 바람에 짜증이 나고 머리가 점점 이상해지는 것이었다.

그녀는 고독한 사람이 흔히 갖는 편집광적인 버릇에 사로잡히고 말았다. 하찮은 물건의 위치가 바뀌기만 해도 짜증을 냈다. 로잘리는 종종 여주인을 억지로 걷게 하려고 한길로 끌고 나갔다. 그러나 잔은 불과 20분도 지나지 않아, "더 못 걷겠어, 이제 나는 아무래도 틀렸어." 하고 비명을 지르고는 도랑가에 주저앉아버리는 것이었다. 나중에는 몸을 움직이는 일이라면 도무지 싫어하게 되어, 되도록 늦게까지 침대 속에서 뭉그적거렸다.

단 하나, 어린 시절부터의 습관만이 여전히 변함없이 계속되고 있었다. 그것은 우유를 탄 커피를 마시면 즉시 벌떡 일어나는 습관이었다. 게다가 그녀는 이 우유를 탄 커피에 대해서는 극단적인 정도의 집착을 갖고 있어서 이것이 없이 지내는 것은 견딜 수 없는 일이었다. 매일 아침, 그녀는 로잘리가 오기를 조급한 심정으로 기다리곤 했다. 마침내 찰찰 넘치게 따른 찻잔이 나이트 테이블 위에 놓이면 재빨리 침상 위에 앉아 거의 탐욕스럽게 단숨에 마셔버리는 것이었다. 그러고 나서 이불을 걷어차고 옷을 입기 시작했다. 그런데 찻잔을 받침 접시에 놓고 나서 잠시 동안 무슨 생각에 잠기는 버릇이 점점 붙게 되었다. 그러고는 또다시 침상에 드러누웠다. 날이 갈수록 이 빈둥거리는 시간이 늘어났기 때문에 마지막에는 로잘리도 화를 내며 되돌아와서 억지로 옷을 입혀주게까지 되었다.

그뿐만 아니라 그녀는 이젠 의지라는 것을 가지고 있는 것 같지도 않았다. 하녀가 조언을 해달라고 하거나 질문을 하거나 의견을 묻거나 하면, 그때마다 으레 이렇게 대답하곤 했다.

"글쎄, 좋을 대로 하려무나."

그녀는 자신이 지독한 불운에 쫓기고 있다고 굳게 믿은 나머지 마침내 동양인처럼 숙명론자가 되어버렸다. 꿈은 모두 깨지고 모든 희망이 허물어지는데 익숙해져, 아주 간단한 일을 하는 데 있어서도 며칠이고 망설였다. 언제나 자신은 운이 나쁜 사람, 그 일은 틀림없이 원만히 이루어지지 않을 것이라고 굳게 믿어버리곤 했다.

그녀는 노상 입버릇처럼 되뇌곤 했다.

"나는 참 이 세상에선 운이 없는 사람이야."

그러면 로잘리는 소리쳤다.

"아니, 마님이 먹을 것을 벌기 위해 일하지 않으면 안 된다고 한다면 뭐라고 하시겠어요? 날품팔이 일을 하러 나가기 위해서 매일 아침 6시에 일어나지 않으면 안 된다고 한다면 말예요! 그런데 그렇게 하지 않으면 안 되는 사람들이 이 세상에는 얼마든지 있어요. 그리고 늙으면 가련하게 죽어가는 거예요."

잔은 대답했다.

"글쎄 생각 좀 해보라구. 나는 외톨이 신세인걸. 아들마저 나를 버렸어."

그러면 로잘리는 벌컥 화를 냈다.

"그런 걸 가지고 그러세요? 하지만 자식이 군대에 끌려 나갔다면 어떻게 되는 거죠? 미국에서 살기 위해서 떠나게 된다면 어떻게 되는 건가요?"

로잘리에게 있어서 미국은 한 밑천 만들러 돈벌이를 하러 가서 절대로 돌아오지 못하는 막연한 나라였다.

로잘리는 계속해서 말했다.

"언젠가는 헤어지지 않으면 안 될 때가 틀림없이 있는 거예요. 늙은이와 젊은이는 언제까지나 같이 살 수 있도록 되어 있지 않으니까요."

그러고 나서 잔혹한 어조로 이렇게 끝을 맺었다.

"아니, 그러면 도련님이 돌아가시면 어떻게 할 겁니까?"

이 말을 듣더니 잔은 더 이상 한마디도 대꾸하지 않았다.

봄이 태동하기 시작하여 날씨가 포근해지자 잔도 어느 정도 기운을 차리기 시작했다. 그러나 모처럼 회복되기 시작한 활력을 그녀는 더욱더 침울한 수심에 잠기는 데에 쓰고 있었다.

어느 날 아침의 일이었다. 뭔가를 찾으려고 고미다락방으로 올라갔다가 우연히 낡은 캘린더가 잔뜩 들어 있는 궤짝을 열었다. 시골 사람들이 흔히 그렇게 하듯이 소중히 간수해둔 모양이었다.

그녀는 거기에서 자기의 과거의 세월 그 자체를 다시금 보는 듯한 생각이 들었다. 그래서 이 수북이 쌓인 네모진 판지를 앞에 놓고, 혼잡스럽고도 이상한 감동에 사로잡혀 그 자리에 우두커니 서 있었다.

그녀는 그것들을 아래층 식당으로 가지고 갔다. 그 캘린더들은 큰 것 작은 것 등 각양각색이었다. 그녀는 그것들을 테이블 위에 연대순으로 늘어놓기 시작했다. 대뜸 맨 처음에 눈에 띈 것이, 그녀가 레뻬플에 가지고 왔던 그 캘린더였다.

그녀는 오랫동안 물끄러미 그것을 바라보았다. 수녀원을 나온 그 이튿날, 즉 루앙을 출발했던 그날 아침, 자기 손으로 지웠던 날짜가 그 모양 그대로 있었다. 그러자 눈물이 나왔다. 천천히 흘러내리는 슬픈 눈물이었다. 눈앞의 테이블에 펼쳐진 비참한 자기의 생애를 역력히 보게 된 노파의 애절한 눈물이었다.

그러자 하나의 생각이 그녀를 사로잡았다. 그 생각은 이윽고 무서운, 한순간도 지치지 않는 무서운 집념이 되었다. 요컨대 그녀는 이제까지 자기가 해온 일을 거의 모든 날짜를 따라서 다시 한 번 찾아보고 싶었던 것이다.

그녀는 벽과 벽걸이 위에, 누렇게 색이 변한 이들 판지를 한 장 한 장 핀으로 꽂아 나갔다. 그런 다음 그 중의 한 장

앞에 우뚝 서서는, '이 달에는 무슨 일이 있었던가?' 하고 자기 스스로 물으면서 몇 시간이고 보냈다.

자기의 생애에서 기념할 만한 날짜에는 이미 줄이 쳐져 있었기 때문에 때로는 한 달 전부를 회상해낼 수가 있었다. 뭔가 중요한 사건 전에 일어났거나 후에 일어났거나 한 온갖 사소한 사실들을 모으거나 서로 연결하거나 하여 하나하나 다시 만들어 나갔다.

이렇게 끈덕질 정도로 주의력을 활동시켜 기억의 실을 만지작거려 의지를 집중시킨 덕택으로 레뻬플에 있어서의 최초의 2년간을 거의 완전히 되살려내는 데 성공했다. 그녀의 생애에서의 까마득한 기억이 이상하리만큼 손쉽게, 마치 돌에 새겨진 조각처럼 가슴 속에 떠올랐기 때문이었다.

그런데 그 다음에 이어지는 몇 년간은 서로 얽히고설키어 마치 안개 속에서 잃어버리기라도 한 것 같았다. 그래서 때로는 끝도 없이 서 있다가 지치는 수도 있었다. 캘린더 쪽에 얼굴을 내밀고 '먼 옛날' 쪽으로 정신을 집중해 봐도 이 기억만은 과연 이 판지 속에서 찾을 수 있을지 어떨지 조차 의심스러웠다.

식당의 사방의 벽에는 마치 그리스도의 수난을 그린 판화처럼 지나가 버린 나날의 그림이 죽 돌아가며 붙여져 있는 셈이었다. 그녀는 그것들을 하나하나 바라보면서 거닐었다. 그러다가 갑자기 그것들 중의 한 장 앞에 의자를 끌어다 놓고 앉아서 꼼짝도 하지 않은 채 밤중까지 그것을 지켜보면서 이런저런 생각을 하다가 말 때도 흔히 있었다.

이윽고 모든 수액이 따뜻한 햇볕을 받아 눈을 뜨고, 농작물이 밭에서 싹이 나고, 나무들도 초록색을 띠기 시작하고, 정원의 사과나무가 장밋빛 구슬처럼 흐드러지게 꽃이 피어 들판이 온통 향기로워질 무렵이 되자 그녀는 갑자기 심한 흥분에 사로잡혔다. 벌써부터 그녀는 한 곳에 가만히 앉아 있을 수가 없게 되어 나갔다가 들어왔다가, 하루에도 몇 번이고 들락날락했다. 그런가 하면 옛날을 그리워하는 정에 이끌려 때로는 멀리 농장을 따라 헤매기도 했다.

풀숲 속에 다소곳이 피어 있는 데이지나 나뭇잎 사이로 새어드는 햇빛이나 푸른 하늘이 비쳐 있는 바퀴 자국의 물웅덩이를 보아도, 꿈을 꾸면서 들판을 거닐었던 무렵의 소녀의 감동의 메아리처럼 먼 옛날의 감각이 되살아나 그녀의 마음은 동요되고 눈물지으며 산란해지는 것이었다.

아직 미래에 기대를 걸고 있었을 무렵에도 이와 똑같은 마음의 충동에 떨렸었다. 따뜻한 날이면 이와 똑같은 달콤한 기분, 이와 똑같이 번민에 찬 도취를 맛보았었다. 그런데 미래의 문이 닫힌 지금도 그녀는 옛날 그대로 모든 것을 다시금 발견하는 것이었다. 그래서 마음속으로 여전히 그것을 즐길 수가 있었다. 동시에 그것은 괴로운 것이기도 했다. 마치 새로이 눈뜬 세계의 영원한 환희가 그녀의 꺼칠꺼칠한 피부, 차갑게 식어버린 혈액, 피곤해진 영혼 속으로 숨어들어도 이젠 약하고 고통스러운 매력밖에는 가져다 줄 수가 없는 것 같았다.

그녀는 자기 주변이 어디를 보거나 뭔가가 조금씩 달라진 듯한 느낌이었다. 태양도 소녀 시절에 비해서 약간 열이 식었음이 틀림없었다. 하늘도 그 푸름이 약간 가셔지고, 풀도 그 초록빛이 약간 덜하며, 꽃들도 빛이 바래고 향기도 희미해져 옛날처럼 흠뻑 도취해지지 않는 것 같았다.

그러나 어떤 날은 삶의 행복감이 가슴 벅차게 느껴져 다시금 꿈을 꾸고 희망을 품고 기대하는 때도 있었다. 운명이 아무리 가혹하다 할지언정, 화창하게 갠 날이 오면 어찌 희망을 품지 않을 수 있겠는가?

그녀는 마음이 들떠 우쭐거리기라도 하는 것처럼 몇 시간이고 무턱대고 앞으로 걸어 나가는 일이 있었다. 때로는 갑자기 걸음을 멈추고 길바닥에 주저앉아 여러 가지 슬픈 생각에 잠기는 일도 있었다. 어째서 나는 다른 사람들처럼 사랑을 받지 못했던 것일까? 어째서 나는 조용한 생활의 단순한 행복이라는 것을 몰랐던 것일까?

또한 때로는 자신이 이젠 할머니가 되어 있는 사실을 깜빡 잊어버리는 순간도 있었다. 자기 앞에는 이젠 슬프고 고독한 몇 년밖에는 아무것도 남아 있지 않다는 것, 자신의 삶의 길은 이미 다 걸어와 버렸다는 사실을 잊어버리는 때가 있었다. 그리하여 옛날 열여섯 살의 소녀처럼 달콤한 계획을 세워 여러 가지 즐거운 미래의 토막들을 짜 맞춰 보는 것이었다. 그러면 이번에는 냉혹한 현실감이 덮쳐왔다. 그러면 마치 허리뼈를 부러뜨릴 것 같은 무거운 물건 밑에 깔려 있기라도 한 것처럼 녹초가 되도록 느른해져서 간신히 일어나 자기 집으로 천천히 돌아가는 것이었는데, 길을 가면서 이렇게 중얼거리는 것이었다.

'미친 늙은이야! 내가 미친 늙은이야.'

요즘 로잘리는 늘 잔에게 말했다.

"자아, 가만히 좀 앉아 계세요, 마님, 그렇게 안절부절 못하실 일이라곤 아무것도 없잖아요."

그러면 잔은 슬픈 듯이 대답했다.

"하지만 어쩔 수가 없는걸. 나도 죽기 전의 마사크르와 똑같단 말야."

어느 날 아침, 하녀는 여느 때보다도 일찌감치 그녀의 방에 들어갔다. 나이트 테이블 위에 우유를 탄 커피를 가져다 놓고는 말했다.

"자아, 자아, 어서 마시세요. 드니가 문 앞에 와서 우릴 기다리고 있어요. 자아, 레뻬플에 볼 일이 있으니 저와 함께 가셔요."

잔은 너무나 감격한 나머지 정신이 아찔해지는 것만 같았다. 그래서 흥분으로 부들부들 떨면서 옷을 입었다. 그 정다운 자기 집을 다시 한 번 눈앞에 보는가 하고 생각하니 그저 정신이 아득하기만 했다.

눈부신 하늘이 이 세계 위에 펼쳐져 있었다. 조그만 말도 쾌활하게 들떠서 때로는 껑충껑충 달려가곤 했다. 에투방 마을에 들어서자 그녀는 이젠 가슴이 두근거려서 숨이 가빴다. 대문의 벽돌 문설주가 바라보였을 때, 그녀는 몇 번이나 자신도 모르게 낮은 목소리로 외쳤다.

"오! 오! 저런!"

그녀는 마음을 얼떨떨하게 만드는 광경을 보기라도 한 것 같았다.

쿠야르의 집에서 말을 풀었다. 로잘리와 그녀의 아들이 볼일을 보러 간 사이에 소작인들이 잔에게 저택을 한 바퀴 돌아보는 것이 어떻겠느냐고 말했다. 마침 지금 주인들이 집에 없다고 하면서 열쇠도 건네주었다.

그녀는 혼자서 나섰다. 바다를 향한 쪽의 낡은 저택 앞에 왔을 때, 그녀는 걸음을 멈추고 그 집을 바라보았다. 옛날 그대로였다. 잿빛을 띤 커다란 건물은 그 칙칙한 벽 위에 그 옛날의 따뜻한 햇살의 미소를 머금고 있었다. 덧문은 전부 닫혀 있었다.

말라 죽은 나뭇가지 한 토막이 그녀의 옷 위에 떨어졌다. 그녀는 눈을 들어 쳐다봤다. 그것은 플라타너스에서 떨어진 것이었다. 그녀는 파르스름하고 매끈매끈한 살결을 가진 그 커다란 나무에 가까이 다가가서 마치 동물인지 뭔지 되는 것처럼 손으로 쓰다듬었다. 그녀는 풀숲 속에서 썩은 나무토막에 발이 걸려 비틀거렸다. 그것은 그녀가 노상 가족들과 함께 와서 앉았던 벤치, 쥘리앙이 처음으로 찾아와서 걸터앉았던 그 벤치의 쇠락해 버린 마지막 모습이었다.

현관의 이중문이 있는 곳으로 갔다. 그걸 여는 데 한참 애를 먹었다. 녹이 슨 열쇠가 말을 안 들었기 때문이다. 자물쇠는 용수철이 삐걱거리는 소리를 내면서 가까스로 열렸다. 문짝은 약간 뻑뻑하기는 하지만 한번 떠밀자 안으로 쑥 들어갔다.

잔은 즉시 거의 뛰다시피 해서 자기의 방으로 뛰어 올라갔다. 그 방은 밝은 벽지로 도배를 해서 마치 딴 방처럼 되어 있었다. 그러나 창을 열었을 때는, 살 속까지도 감동에 젖어 그 자리에 우두커니 서버리고 말았다. 눈앞에 펼쳐진 것은 자기가 그토록 사랑해 마지않던 전망이었다. 방풍림, 느릅나무, 광야, 멀리 꼼짝도 하지 않고 있는 다갈색 돛이 드문드문 보이는 바다.

다시 휑뎅그렁한 커다란 집 안을 헤매기 시작했다. 벽 위에는 옛날 그대로의 얼룩이 눈에 띄었다. 하얗게 회칠한 벽에 남작이 뚫어놓은 조그만 구멍 앞에서도 멈추어 섰다. 남작이 이곳을 지나갈 때마다 곧잘 젊은 시절의 추억 때문인지 벽을 향하여 지팡이로 검술을 했던 흔적이었다.

'엄마'의 방에서는 침대 옆의 어두운 한쪽 구석에서, 대가리가 금빛으로 된 가느다란 핀이 문짝에 꽂혀 있는 것을 발견했다. 그것은 그 옛날 그녀가 여기에다 꽂아두고서 그 후 몇 년간이나 찾곤 했지만 찾지 못했던 것이다. 잔은 그것을 뽑아냈다. 그것이 말할 수 없을 정도로 귀중한 유물처럼 생각되어 무심코 핀에다 키스를 했다.

그녀는 집 안을 샅샅이 돌아다니면서, 새로 도배를 하지 않은 방의 벽지에서 거의 알아볼 수 없을 정도의 얼룩 자국을 찾아가지고는 그것을 회상했다. 그것은 천 또는 대리석의 무늬이거나 세월의 흐름에 따라 생긴 천장의 음영 같은 것으로, 그것에 상상력을 작용하면 이상하게 보이는 그 같은 사물의 모습도 옛날 그대로였다.

쥐 죽은 듯이 고요한 굉장히 큰 저택 안을 그녀는 단지 혼자서 묘지라도 걷는 듯이 가만가만 발소리를 죽여가면서 걸어갔다. 그곳에는 그녀의 전 생애가 흩어져 있었다. 객실로 내려갔다. 덧문이 닫혀져 있어서 어두웠다. 그래서 눈앞이 분간되기까지는 한동안 시간이 걸렸다. 이윽고 눈이 어둠에 익숙해지자, 새가 날아다니고 있는 그 높다란 벽걸이가 조금씩 보이기 시작했다. 두 개의 의자가 벽난로 앞에 여전히 놓여 있는 언저리에는 방금 누군가가 그곳에서 나간 듯한 느낌이 들었다 .그리고 이 방의 냄새 그 자체, 인간이 저마다 어떤 냄새를 지니고 있듯이 방이라는 것이 언제나 가지고 있는 냄새, 케케묵은 방이 가지고 있는 그 아련하고 달콤한 향기가 잔의 가슴 속으로 스며들어 여러 가지 추억으로 그녀를 감싸서 그녀의 기억을 취하게 만들었다. 이 과거의 입김을 들이쉬면서, 이 두 개의 의자를 바라다보면서, 그녀는 숨을 헐떡거리며 그 자리에 우두커니 서 있었다. 그러자 갑자기 그녀의 집념에서 생겨난 갑작스런 환각 속에, 그녀가 종종 보아왔던 자세 그대로 아버지와 어머니가 난로 앞에서 발을 쬐고 있는 것이 보이는 듯했다. 실제로 보였다. 그녀는 소스라치게 놀라 뒤로 물러섰다. 등이 문의 가장자리에 부딪쳤다. 쓰러지지 않으려고 몸을 거기에 기댔으나, 눈은 여전히 팔걸이의자를 바라보고 있었다.

환영은 사라졌다.

그녀는 한참 동안 멍하니 서 있었다. 그런 가운데 점점 정신이 맑아오게 되자, 미치지나 않을까 겁이 나서 달아나려고 했다. 그때 문득 자기가 기대고 있는 널판자 위에 시선이 멎었다. 풀레의 키를 쟀던 눈금이 보였다.

가느다란 금이 불규칙한 간격으로 페인트 위로 점점 뻗어 올라가 있었다. 나이프로 쓴 숫자가 나이와 달과 그리고 아들의 성장의 지난 자취를 나타내주고 있었다. 유별나게 큰 남작의 글씨가 있는가하면 좀 더 작은 그녀 자신의 글씨도 있고, 또한 약간 비뚤어진 리종 이모의 글씨도 있었다. 그러자 옛날의 자기 아들이 거기에, 자기 앞에 있는 듯한 느낌이 들어 견딜 수가 없었다. 금발 머리를 하고 조그만 이마를 벽에다 바짝 붙이고서 키를 재고 있는 것이었다.

남작이 외치는 소리가 들렸다.

"이것 봐라 잔, 6주일 동안에 1센티나 자랐는데."

그녀는 미칠 듯한 애정을 담아 널판자에 대고 키스를 하기 시작했다.

그런데 바깥에서 자기를 부르는 소리가 들렸다. 로잘리의 목소리였다.

"잔 마님, 잔 마님, 점심이에요. 모두들 기다리고 있어요."

그녀는 허둥지둥 밖으로 나갔다. 이제 누가 무슨 말을 해도 전연 알아들을 수가 없었다. 내주는 것을 먹고, 무슨 말인지도 모르고 그저 남의 이야기에 귀를 기울이고, 자기의 건강을 묻는 소작인의 마누라일 여자와 이야기도 하고 키스도 받으며, 자기 쪽에서도 내밀어진 뺨에다 키스를 하고, 그러고 나서 다시금 마차에 올랐다.

저택의 높다란 지붕이 나무들 사이로 보이지 않게 되자 그녀는 가슴이 찢어지는 듯한 고통을 느꼈다. 영원히 자기 집에 작별을 고하는 기분이었기 때문이다.

일행은 바트빌로 돌아왔다.

새 집으로 들어가려고 하다가 그녀는 문간에서 뭔가 하얀 것이 있음을 발견했다. 집에 없는 사이에 우편배달부가 끼워 놓고 간 편지였다 .폴에게서 온 편지임을 첫눈에 알 수 있었기 때문에 그녀는 불안감으로 벌벌 떨면서 뜯어보았다. 편지의 사연은 이러했다.

그리운 어머님, 제가 좀 더 빨리 편지를 올리지 않은
것은 어머니에게 공연한 파리 여행을 시키고 싶지 않았
기 때문이었습니다. 사실은 제 자신이 당장에라도 어머
님의 뵈러 찾아가지 않으면 안 되기 때문입니다. 지금
저는 몹시 불행한 처지를 당하여 매우 곤란한 입장에 놓
여 있습니다. 아내가 사흘 전에 딸애를 낳은 후 죽어가
고 있습니다. 수중에는 돈이 한 푼도 없습니다. 갓난아
이는 문지기 아주머니가 우유로 간신히 키워주고는 있
습니다만, 앞으로 어떻게 해야 할지 저로서도 알 수가
없습니다. 죽이지나 않을까 염려스럽습니다. 어머님이
맡아주시지 않겠습니까? 정말로 어떻게 해야만 좋을지
몰라 난처합니다. 누구한테 양육을 부탁하려 해도 돈이
없습니다. 편지 받으시는 대로 즉시 답장 주십시오.

어머님을 사랑하고 있는 아들
폴 올림

잔은 의자에 맥없이 털썩 주저앉았다. 간신히 로잘리를
불렀다. 하녀가 들어오자 둘이서 같이 편지를 다시 읽었다.
그러고는 서로 얼굴을 마주 바라본 채 오랫동안 잠자코 있
었다.

이윽고 로잘리가 입을 열었다.

"제가 아기를 데리러 가겠어요, 마님, 제가 말씀예요. 이

렇게 내팽개쳐둘 수도 없으니까요.”

잔은 대답했다.

“그래, 자네가 좀 갔다 오게.”

두 사람은 또다시 입을 다물었다. 잠시 후에 하녀가 이야기를 계속했다.

“자아, 마님, 모자를 쓰세요. 그리고 저하고 같이 고데르빌 공증인한테 가세요. 도련님은 그 여자가 죽기 전에 결혼을 하지 않으면 안돼요. 갓난아이의 장래가 달려 있으니까요.”

잔은 묵묵히 모자를 썼다. 무어라 말할 수 없는 기쁨이 그녀의 마음에 가득 찼다. 그것은 어떻게든 다른 사람에게는 숨기고 싶은 부도덕한 기쁨이자 이율배반적인 기쁨이었다. 신비스러운 마음의 밑바닥에서 남몰래 강렬하게 느끼는 그런 기쁨. 그것은 아들의 정부가 죽어가고 있다는 사실이었다.

공증인은 하녀에게 몇 가지를 자세하게 지시해주었고 그녀는 그것을 몇 번이고 되뇌었다. 마침내 이 정도면 실패할 염려가 없다고 자신을 얻자 그녀는 잘라 말했다.

“염려하실 거 없어요. 이렇게 된 바에는 제가 떠맡겠어요.”

그날 밤 안으로 그녀는 파리로 떠났다.

잔은 그로부터 이틀 동안 마음이 산란해져서 아무것도 생각할 수가 없었다. 사흘째 되는 날 아침, 로잘리로부터 저녁 때 기차로 돌아가겠다는 간단한 편지를 받았다. 그 외에는 한마디도 씌어 있지 않았다.

3시경, 이웃집의 마차에 말을 매게 하여 하녀를 마중하러 갔다.

그녀는 플랫폼에 서서 지평선 끝까지 점점 좁아지면서 저쪽으로 멀리멀리 뻗어 나간 레일의 하얀 선을 바라다보고 있었다. 이따금씩 역의 커다란 시계를 쳐다보았다 — 앞으로 10분 — 앞으로 5분 — 앞으로 2분 — 드디어 도착 시간이 되었다. 멀리 뻗어 나간 설로 위에는 아무것도 나타나지 않았다. 이윽고 느닷없이 하얀 것이 바라보였다. 그것은 연기였다. 그리고 그 연기 밑으로 까만 점 하나가 보이는 가 싶더니, 그것은 시시각각 점점 커지고 더욱더 커지면서 전속력으로 달려왔다. 마침내 그 커다란 기계가 속도를 늦추고 증기를 내뿜으면서, 객차의 문을 정신없이 지켜보고 서 있는 잔의 앞을 지나갔다. 여러 개의 문이 열리더니 몇 명의 승객이 내렸다. 작업복을 입은 농부, 바구니를 긴 농가의 아낙네, 부드러운 중절모자를 쓴 소시민 등이 내려왔다. 드디어 그녀는 로잘리를 발견했다. 로잘리는 리넨 보따리 같은 것을 안고 있었다.

그녀는 하녀 쪽으로 달려가고 싶었지만 다리에 기운이 없어서 쓰러질 것만 같았다. 하녀 쪽이 먼저 잔을 보고 여느 때와 다름없이 침착한 태도로 곁으로 다가왔다.

"그간 안녕하셨어요, 마님? 저도 잘 다녀왔어요. 그렇게 쉬운 일은 아니더군요."

잔은 가슴이 떨려 더듬더듬 말했다.

"그래, 어떻게 됐나?"

"그 여자는 어젯밤에 죽었어요. 결혼식은 올렸대요. 자아, 이게 갓난아이예요."

로잘리는 옷에 둘둘 말린, 보이지도 않는 갓난아이를 내밀었다.

잔은 기계적으로 그 아기를 받았다. 그녀들은 정거장을 나와 마차를 탔다.

로잘리가 다시 입을 열었다.

"도련님은 장례식이 끝나는 대로 돌아오신대요. 내일 이 기차로 오실 거예요."

잔은

"폴."

하고 중얼거릴 뿐, 그 이상은 한마디도 덧붙이지 않았다.

지평선 쪽으로 기울어지는 해가 초록빛 들판을 포근히 감싸주고 있었다. 황금빛으로 흐드러지게 핀 장다리꽃과 핏빛 개양귀비가 들판을 얼룩덜룩하게 만들고 있었다. 수액이 오르는 평온한 대지에는 끝없는 정적이 흐르고 마차는 전속력으로 달리기 시작했다. 말을 재촉하며 마부석에 앉아 있는 농부가 계속 혀를 쯧쯧 찼다.

잔은 눈앞의 허공을 똑바로 바라보고 있었다. 그 하늘을 제비 떼가 곡선을 그리며 날아갔다. 그러자 갑자기 기분 좋은 포근함이, 생명의 온기가 그녀의 옷을 통하여 다리로 전해지고, 몸의 내부에까지 스며들었다. 그것은 그녀의 무릎 위에서 잠들어 있는 어린 것의 체온이었다.

그러자 무한한 감동이 잔의 온몸을 적셨다. 갑자기 그녀는 아직도 보지 못한 갓난아이의 얼굴을 덮고 있는 덮개를 들쳤다. 아들의 딸이었다. 순간, 이 연약한 생물이 갑자기 따가운 햇살을 받고 입을 오물거리면서 그 푸른 눈을 떴다. 잔은 아이를 양팔로 안고서 키스를 비 오듯이 퍼부으며 미치광이처럼 꼭 껴안았다. 하지만 로잘리는 기쁘기도 하면서 짜증스런 표정을 지으면서 잔을 말렸다.

"자아, 자아, 잔 마님, 그만 좀 해두세요. 그러시다간 애를 울리겠어요."

그러더니, 아마도 자기 스스로에게 하는 말이겠지만 이렇게 덧붙였다.

"그리고 보면 인생이란, 사람들이 생각하듯 그렇게 좋은
것만도 나쁜 것만도 아니군요."

자연주의자의 감성과 형식

이 재 복(한양대학교)

1.

기 드 모파상(Guy de Maupassant, 1850.8.5~1893.7.6)은 19 세기 후반의 프랑스 소설가이다. 우리에게는 장편 『여자의 일생』이나 중편 『비곗덩어리』 등을 통해 자연주의 작가로 잘 알려져 있다. 그는 다채로운 지형과 풍광 그리고 독특한 문화를 지닌 노르망디의 미로메닐에서 출생하였으며, 이러한 노르망디의 자연은 그의 소설 세계에 커다란 영향을 주었다. 그의 어린 시절은 비록 부모의 별거라는 사건이 있긴 했지만 비교적 행복했다고 할 수 있다. 유년기에는 주로 어머니에 의해 양육

되면서 그녀로부터 문학적 감화를 받았고, 이후 파리에서 법률 공부를 시작하였다. 하지만 1870년 프로이센과 프랑스 사이에 전쟁이 일어나자 학업을 중단하고 군에 지원 입대하였다. 이때의 전쟁 체험은 그로 하여금 염세주의적인 사상에 빠지게 한다. 그의 염세주의는 문학을 추동하는 힘으로 작용하면서 이를 계기로 본격적인 문학 수업의 길에 들어서게 된다. 이후 그는 자신의 문학적 스승인 G 플로베르를 만나 문학 지도를 받게 된다.

그가 당대의 사실주의 문학의 거장인 플로베르를 만날 수 있었던 것은 그가 어머니와 어린 시절부터 알고 지낸 사이였기 때문이다. 플로베르와의 만남은 당시의 쟁쟁한 문인들과 교유하는 장이 되었으며, 그의 소개로 이때 교유한 대표적인 문인이 바로 자연주의 문학의 거장인 E.졸라이다. 파리 교외에 있는 졸라의 저택에는 젊은 문학가들이 자주 모여 문학을 논하였는데, 이들 중 6명의 젊은 작가들(이 중에는 졸라와 모파상이 포함되어 있다)이 각각의 작품을 써서 문학집을 출간하기에 이른다. 주로 프랑스와 프로이센 전쟁에서 소재를 취해 그것을 소설로 형상화한 이 문학집의 제목은 『메당 야화 Les Soirées de Médan』이다. 모파상은 이 문학집에 『비곗덩어리 Boule de suif』를 싣는다. 이 작품은 그의 출세작이자 대표작이다. 인간 사회의 위선과 비열함을 예리하게 파헤친 이 작품을 두고 플로베르는 '후세에 남을 걸작'이라고 격찬한다.

『비곗덩어리』는 이후 모파상의 문학 미학의 토대가 되었으며 이로 인해 그는 문단에 자신의 이름을 알리게 된다. 이 작품을 시작으로 1891년 신경질환으로 요양소에서 감금 생활을 하기까지 10여 년 동안 문학 약 300편, 기행문 3권, 시집 1권, 희곡 몇 편 외에 장편 6권을 발표한다. 『메종 텔리에 La Maison Tellier』(1881) 『피피양 Mademoiselle Fifi』(1882) 등의 문학집과 『여자의 일생 Une vie』(1883), 『벨아미 Bel-Ami』(1885), 『몽토리올 Mont-Oriol』(1887), 『피에르와 장 Pierre et Jean』(1888), 『죽음처럼 강하다 Fort comme la mort』(1889), 『우리들의 마음 Notre cœur』(1890) 등의 장편 소설이 바로 그것이다. 10여 년이라는 짧은 기간 동안의 이러한 엄청난 양의 작품 발표는 젊은 시절부터 무서운 병과 싸워야 했던 점을 고려하면 실로 기적과도 같은 것이라고 할 수 있다. 실명과 탈모는 점점 온몸에 번져 신경 이상으로 이어졌고, 1892년 1월 2일 니스에서 자살을 기도한 뒤 파리 교외의 정신 병원에 입원하게 된다. 그리고 결국 이듬해 7월 6일 그곳에서 43세의 젊은 나이로 생을 마감한다.

2.

모파상의 소설은 자연주의적인 경향을 드러낸다. 자연주의는 에밀 졸라에 의해 창시된 것으로 흔히 낭만주의와는 대척점을 이룬다. 자연주의의 기본 정신은 인간을 자연의 상태로 보려는 사고방식이다. 낭만주의가 인간의 가능성이나 이상성을 지향하는 경향을 보인다면 자연주의는 환경에 지배를 받는 인간의 어두운 면을 적나라하게 드러내 보인다고 할 수 있다. 이때의 환경이란 인간의 생태를 이루고 있는 유전적이고 본능적인 세계를 의미한다. 이러한 환경의 지배를 강하게 받기 때문에 인간은 당연히 본능이나 생리의 필연성에 의해 사고하고 행동한다. 환경이란 외부로부터 가해지는 힘이자 실존의 조건이라는 점에서 인간의 내면을 풍부하게 혹은 심층적으로 드러내는 데에는 일정한 한계가 있다고 할 수 있다. 따라서 자연주의적인 경향의 소설은 내면적으로는 빈약하고 단순할 수밖에 없다.

그러나 내면의 빈약함과 단순함이 곧 소설 미학의 빈약함으로 이어지는 것은 아니다. 인간의 어둡고 추악한 면이 외부 현실에 대한 직접적인 반영이면서 동시에 인간의 숨겨진 본능을 표상한다는 점에서 그것은 인간과 세계에 대한 새로운 발견이라고 할 수 있다. 모파상의 소설이 지금까지 생명력을 유지하면서 많은 사랑을 받고 있는 이유가 바로 여기에 있는 것이다. 모파상의 소설, 그 중에서도 문학 소설은 환경에 따른 인간의 자연적인 본능과 생리를 독특한 형식으로 형상화한 작품들이다. 자연적인 본능과 생리에 충실한 인간은 늘 현실과 충돌하고 갈등을 유발할 뿐만 아니라 그것에 적절하게 대처하지 못해 비극적인 종말을 맞이하는 경우가 대부분이다. 자연적인 본능과 생리에 충실하면 현실의 원칙이 지배하는 세계에서는 볼 수 없는 낯선 세계가 나타나게 되는데 모파상의 소설에서의 극적인 상황 전개와 의외의 결말이 그것을 잘 말해준다.

모파상의 문학 소설에서 이러한 인간의 자연적인 본능과 생리에 충실한 모습을 형상화하기 위해 작가가 주목한 것은 물질에 대한 탐욕이다. 인간이 물질에 대해 과도한 욕심을 보이는 데에는 그것이 곧 돈과 밀접한 관련을 맺고 있기 때문이다. 그의 문학 소설 중에서 「보석」과 「목걸이」는 물질에 대한 탐욕이 어떻게 인간을 지배하고 또 파멸로 이끄는지를 적나라하게 보여준다. 먼저 「보석」을 보자. 이 소설의 주인공 랑탱은 내무성 사무관이다. 그의 부인은 보석을 몹시 좋아하여 그것을 사서 몸에 걸치고 다니는 것이 취미이다. 그러던 어느 겨울 그녀는 폐렴으로 세상을 떠난다. 부인과 사별한 후 랑탱은 가세가 점점 기울자 그녀의 보석을 내다 팔기로 한다. 그는 부인의 보석이 모두 모조품이라고 생각했다. 하지만 보석상의 감정 결과 그것이 모두 값비싼 진짜 보석으로 판명나자 자신이 다니던 관청에 사표를 제출한다. 아내의 보석을 하나씩 팔 때마다 그는 자신이 마치 무엇이라도 된 것처럼 우쭐한다. 보석이 그의 마음을 지배하면서 그는 이성적인 판단을 상실하고 만다. 그 결과 6개월이 지나 재혼하게 되는데, 그녀는 성격이 까다롭고 늘 그를 달달 볶는 그런 인물이다. 견물생심(見物生心)의 결과가 어떠하며 그것으로부터 헤어나지 못하는 인간의 모습을 적나라하게 잘 보여주고 있는 소설이라고 할 수 있다.

부인의 보석이 모조품이 아니라 진짜임에도 불구하고 그것이 마치 가짜인 것처럼 행동하는 부인의 태도가 이 소설의 반전의 묘미를 제공한다. 그의 또 다른 걸작인 「목걸이」에서도 이런 반전의 묘미가 잘 드러난다. 이 소설은 하급 관리와 결혼한 한 여성에 관한 이야기이다. 그녀는 하급 관리의 처라는 지위 때문에 늘 자신이 꿈꿔온 우아하고 고상한 삶이 한낱 공상에 지나지 않는다는 것을 누구보다도 잘 알고 있다. 하지만 그 욕망만큼은 버릴 수 없어 어느 날 남편이 문부 대신 조르주 랑포노 부처가 주최하는 파티의 초대장을 가지고 오자 거기에 참석하기로 한다. 그녀는 친구인 포레스티에 부인을 찾아가

목걸이를 빌려 파티에 참석한다. 그 목걸이로 인해 누구보다
도 화려한 주목을 받으며 그녀는 새벽까지 파티를 즐긴다. 그
러다가 집에 돌아와 거울을 보는 순간 목걸이가 없어졌음을
알게 된다. 그 후 여러 경로로 그것을 찾았지만 모두 허사였
다. 결국 전재산을 저당 잡히고 대금업자로부터 고리대금을
빌려 보석 값 3만 6천 프랑을 마련한다. 부부는 이 돈을 10년
에 걸쳐 닥치는 대로 일을 해서 갚는다. 이로 인해 그녀는 남
들이 알아보지 못할 정도로 늙어버린다. 그러던 어느 날 잠시
휴식을 하기 위해 나선 샹젤리제 거리에서 목걸이를 빌려준
친구인 포레스티에 부인을 만난다. 여기에서 그녀는 자신이
빌려간 목걸이가 진짜가 아니라 기껏해야 5프랑밖에 되지 않
는 가짜 모조품이라는 것을 알게 된다.

"내가 준 것은 모양은 똑같지만 다른 거였어. 그래
그것을 갚느라고 10년이 걸렸지. 이해할 수 있겠지만
아무것도 없는 우리로선 쉬운 일이 아니었지⋯⋯. 그러
나 결국 다 해결했어. 내 마음은 후련해."
포레스티에 부인은 발걸음을 멈추었다.
"그럼 내 것 대신에 다른 다이아몬드 목걸이를 사 왔
단 말이야?"
"그럼, 아직까지 몰랐구나. 하긴 모양이 아주 똑같으

니까."

　그녀는 자랑스럽고 순박한 기쁜 미소를 지었다.

　포레스티에 부인은 감격해서 친구의 두 손을 붙잡았
다.

　"아! 가엾는 마틸드! 내 것은 가짜였어. 기껏해야 5
백 프랑밖에 안 나가는……."

　한 여인의 허영이 어떤 결과를 초래했는지를 극적으로 보여
주고 있는 대목이다. 마틸드의 보석에 대한 욕망은 작가가 재
미를 위해 꾸며낸 허황된 이야기가 아니라 충분히 현실에서
일어날 수 있는 개연성을 지닌 이야기라고 할 수 있다. 그녀가
보여준 욕망은 일종의 과시욕, 다시 말하면 누군가로부터 자
신을 돋보이게 하려는 인간의 속물근성을 드러낸 것이라고 할
수 있다. 누군가에게 잘 보이고 싶어 하는 욕망은 한 개인의
차원을 넘어 한 사회의 의식이나 가치를 반영하고 있는 것으
로 볼 수 있을 것이다. 마틸드가 파티에 화려한 복장과 보석으
로 몸을 치장하려고 한 것도 그곳에 참석하는 상류 사회 사람
들에게 고작 하급관리의 부인밖에 되지 않는 자신의 신분과
계층을 들키지 않으려는 의도가 숨어 있다고 할 수 있다.

　한 여인의 허영이 초래한 결과에 대해 작가는 그것을 설명
하려하지 않고 단지 제시만하고 있을 뿐이다. 이 소설에서는

작가의 제시의 방법이 앞의 사실을 극적으로 뒤집어버림으로써 인간의 욕망을 좀 더 적나라하게 드러내거나 강하게 부각시키는 효과를 창출하고 있다. 10여 년의 세월을 잃어버린 목걸이를 위해 살아온 부부의 삶이 단돈 5프랑의 가짜 모조품으로 전락한다는 것은 분명 허무한 결론이지만 그것이 환기하는 인간의 추하고 어두운 삶의 모습은 대단히 사실적이라고 할 수 있다. 이러한 극적인 반전이 이야기를 위한 이야기로서의 구성 방식이 아니라 은폐된 인간의 추하고 어두운 삶의 모습을 사실적으로 드러내기 위한 것이라면 그것은 자연주의적인 미학을 형상화하기 위한 구성 방식이라고 할 수 있다.

3.

모파상의 자연주의적인 경향은 인간의 애정 문제를 다룬 소설에서도 빛을 발한다. 그가 애정의 문제를 소설의 주요 제재로 다루는 데에는 그것이 지니고 있는 본능적이고 생리적인 측면 때문이라고 할 수 있다. 인간에게 있어 애정은 이성으로 통제하기 힘든 속성을 지닌다. 특히 그 애정의 문제가 사랑하는 남녀 사이라든가 가족 사이에 이루어지는 경우는 더욱 그렇다. 남녀 사이의 애정은 당사자가 아니면 그것의 진실을 알기 어렵다. 남녀 사이의 애정에 관한한 여기에는 계급이나 계층, 지식의 유무가 크게 작용하지 않는다. 가난한 자와 부유한 자가 계층을 초월해 서로 사랑하는 경우라든가 아니면 이념이나 이데올로기를 초월한 사랑 혹은 서로 원수처럼 지내는 집안이나 가문임에도 불구하고 서로 사랑하는 이야기는 동서고금을 막론하고 어디에서나 흔히 볼 수 있는 예이다. 남녀 사이의 애정은 기존의 관념이나 제도나 구조를 초월해 존재하는 경우가 많기 때문에 인간이 지니고 있는 본성과 본능을 직나라하게 드러낸다고 할 수 있다. 이때 드러나는 인간의 본성과 본능은 고상하다거나 숭고한 경우도 있지만 그것보다는 동물같은 추악하고 어두운 경우가 훨씬 더 많다. 흔히 남녀 사이의 애정이 '치정(癡情)'으로 치닫는 경우가 바로 그것이다.

인간의 애정이 복잡하고 이해하기 어렵기는 가족의 경우도 마찬가지이다. 혈연으로 맺어진 관계 속에서의 애정은 객관적이고 합리적인 사고에 의해 이루어지는 것이 아니라 순전히 '정' 혹은 '정리(情理)'에 입각해 이루어지기 때문에 그것을 온전히 이해하기가 어렵다. 부모와 자식 간의 관계, 형제자매 사이의 관계는 순전히 정이나 정리에 의해 이루어지며, 이것은 거의 동물 수준의 보호본능이나 소유욕, 광적인 집착 등의 형태로 나타난다. 아무리 대외적으로 존경을 받고 높은 지위를 유지하고 있다고 하더라도 가족 내에서 그러한 존경과 지위가 유지되리라는 법은 없다. 혈연으로 얽히면 인간은 본능적으로 극단적으로 강해지거나 혹은 약해지거나 한다. 흔히 모성애라든가 부성애라는 말 속에 은폐되어 있는 의미가 바로 그것이다. 어쩌면 이것 역시 인간성의 적나라한 모습인지도 모른다.

모파상은 「의자 고치는 여인」에서 남녀 간의 애정을 '기질'의 문제로 이해하고 있다. 이 소설에서 그는

"사랑은 있는 기력과 심혼을 다해 몇 번이라도 할 수 있는 것이라고 나는 말씀드리는 바요. 두 번 다시 사랑할 수 없다는 증거로 사랑 때문에 자살한 사람들을 들지만, 바보같이 자살하지 않았다면 그들은 회복되었을 것이라고 나는 대답하겠소. 자살을 했기 때문에 정열이 재발할 기회를 빼앗겨버렸던 거요. 그들은 다시 시작하여 죽을 때까지 사랑했을 거요. 사랑하는 인간이란 주정뱅이와 같소. 술도 마셔본 자가 마실 수 있고 사랑도 해본 자가 할 수 있소. 그것은 기질 문제죠."

일동은 의사에게 판결을 내려주기를 기대했다. 그는 파리 태생이나 은퇴해서 시골로 온 늙은 의사였다. 일동은 그의 의견을 듣고자 했다.

확실하게 말한다면 그는 자기 의견을 갖고 있지 않

았다.

"후작께서 말씀하신 것처럼 그것은 기질 문제지요. 내가 아는 경우란 하루도 쉬지 않고 55년을 이어오다 죽음으로 끝맺은 사랑이지요."

이 대목에서 가장 주목해야 할 것은 사랑을 '기질'의 문제라고 한 점이다. 인간의 기질이 어떠냐에 따라 사랑의 모습도 결정된다는 후작과 의사의 말은 사랑을 관념으로 이해하는 경우와는 차이가 있다. 사랑의 형태가 어떤 보편적인 관념에 의해서가 아니라 사람마다의 기질에 의해 결정된다는 사실은 마치 세계의 모든 본질과 현상을 유전적인 것으로 이해하려는 태도와 다르지 않다. 인간은 각자의 기질이 어떠냐에 따라 사랑의 형태도 달라진다는 후작과 의사의 말은 자칫 사랑을 본능적이고 생리적인 결정론으로 몰아갈 위험성이 있다. 하지만 여기에 대해 의사는 '하루도 쉬지 않고 55년을 한 남자를 짝사랑하다 죽은 노파의 이야기'를 예로 들어 그것을 반박한다. 이 노파의 이야기는 이성적으로 혹은 합리적으로 도저히 이해할 수 없는 측면이 있다. 그것은 정열, 다시 말하면 노파의 기질 때문에 가능한 일이다.

이러한 노파의 기질을 지닌 인물이 모파상의 소설에는 자주 등장한다. 「여로」의 청년 역시 노파와 다르지 않다. 그 청년의 백작 부인에 대한 사랑을 작가는 '구원받은 짐승이 감사한 마음에서 목숨을 바쳐 헌신하는 그런 사랑'이라고 말하고 있지만 이때의 사랑을 우리가 이해하는 데에는 어려움이 있다. 청년과 백작 부인 사이에 이루어지는 사랑은 '서로 말을 주고받은 적이 없으며, 단지 20년 전부터 알고 지낸 사람 같은 느낌'으로 이루어지는 그런 사랑이다. 그렇다면 이들은 왜 이러한 이상한 사랑을 하는 것일까? 이 물음에 대해 우리는 분명하게 답을 하기가 어렵다. 단지 두 사람의 기질 때문이라고 밖에 답을 할 수가 없는 것이다.

모파상은 남녀 사이의 애정의 문제에 있어서 이러한 기질이 어떤 비극을 불러오는지에 대해 「첫눈」에서 그것을 잘 보여주고 있다. 이 소설의 주인공인 남편과 아내 사이에 일어나는 비극은 서로 다른 기질을 가진 두 사람의 소통 부재에서 비롯된다. 남편은 모든 것들을 자기중심적으로 생각하는 기질을 소유한 자이고, 아내는 지나치게 소심하고 소극적인 기질의 소유자이다. 이런 이유로 남편은 아내의 입장에서 이해하려 들지 않는다. 아내가 뼛속까지 파고드는 추위 때문에 난로를 하나 사달라고 하자 이것을 오로지 자신의 입장에서만 이해해 그것을 거절하는 태도가 바로 그것이다. 아내 역시 적극적으로 난로가 필요한 이유를 남편하게 말하지 않은 채 속으로 끙

끙대다가 폐출혈로 정신을 잃기까지 한다. 둘 사이에 발생한 문제를 해결하는 것은 남편이 아내의 입장에서 생각하고 또 아내는 남편을 믿고 자신의 처지를 솔직하게 털어놓는 것이다. 어떻게 보면 아주 간단한 것이다.

그러나 작가는 이 간단한 것조차 쉽게 해결할 수 없을 정도로 인간은 그 특유의 기질을 지닌 존재하는 사실을 부각시키고 있는 것이다. 이 아주 손쉬운 것조차 해결할 수 없는 존재 혹은 그러한 기질을 가지고 있는 존재가 바로 인간이라는 사실을 적나라히게 폭로히고 있는 것이다. 인간과 인간 사이의 애정의 문제가 꼭 사랑하는 남녀 사이에서만 발생하는 것은 아니다. 그것은 부자지간(부녀지간)이나 모자지간(모녀지간) 같은 부모와 자식 사이에서도 발생한다. 특이 이 사이에 틈이 생기거나 문제가 생기면 이들의 애정 관계는 걷잡을 수 없는 파토스와 파국의 정서를 불러일으킨다. 그의 소설 중에 여기에 해당하는 걸작이 「올리브나무 숲」이다. 이 소설은 아버지와 아들이라는 관계에서 일어날 수 있는 비극을 다룬 작품이다.

이 소설, 다시 말하면 아버지와 아들의 관계가 비극을 띠게 된 것은 젊은 시절 아버지인 빌부아 신부가 한 여배우를 만나면서부터이다. 빌부아는 그녀의 매력에 흠뻑 빠졌고 그녀와 결혼하여 행복하게 사는 꿈을 꾸었다. 하지만 그녀가 친구와 부정을 저지른 것을 알게 되면서 그 행복한 꿈은 끔찍한 악몽으로 바뀐다. 격한 배신감과 분노의 감정을 참을 수 없어 그녀를 죽이려고 했지만 임신한 아이가 자신이 아닌 다른 사람의 아이라는 그녀의 말을 듣는 순간 그 행위를 멈춘다. 그 후 그는 방황하다가 신부가 된다. 그러던 어느 날 한 청년이 찾아와 자기가 신부의 아들이라고 말한다. 신부는 부정했지만 결국 그녀가 자신에게 거짓말을 했다는 것을 알게 된다. 자신의 어린 시절의 모습과 같은 청년의 모습을 확인하고 그의 말을 인정하게 된다. 자신의 아들인 그 청년의 죄와 벌로 점철된 불행한 과거와 자신을 향한 적의를 느끼면서 신부 역시 자신의 감정을 통제하지 못한다.

옛날 자기를 속인 정부 앞에서 신부를 미치게 했던 그 분노가 다시 이 추잡한 놈의 얼굴 앞에서 솟아올랐다. 고백실의 신비 속에서 속삭인 수많은 죄악의 비밀을 신의 이름으로 용서해준 그가 지금 자기 자신의 이름으로는 인정도 용서도 받을 수 없음을 스스로 느꼈다. 그는 이제 자기를 위하여 저 구원과 자비의 신을 부르지 않았다. 그는 천상과 지상의 어떠한 도움도 이 세상에서 이러한 불행을 받은 자를 구하지는 못한 것임을 깨달았기 때문이다.

스스로 구원을 포기해버리는 신부의 모습은 그가 신이 아니라 사람의 아들이라는 것을 드러낸다. 자신이 저지른 죄를 신이 아니라 스스로 판단한 신부의 행위는 분명 불경스러운 것이다. 더욱이 용서받기를 포기한 채 자살해버리는 신부의 행위는 도저히 용서받을 수 없는 죄악이라고 할 수 있다. 그로 하여금 25년 동안의 신의 은총과 축복을 거부하게 만든 것은 인간의 내부에 도사리고 있는 추악하고 어두운 힘이다. 그 힘이 신부로 하여금 한순간 자신이 일구어온 신성과 구원의 탑을 무너트리게 한 것이다.

그러나 엄밀하게 따지고 보면 그 힘이란 자식에 대한 아버지로서의 관계 속에서 만들어진 것이다. 자식이 저지른 죄악이 자신으로부터 비롯된 것이라는 아버지로서의 자책감이 신으로부터의 용서와 구원보다 더 강하게 작용한 결과라고 할 수 있다. 신부의 자살은 결과적으로 자식을 살인자로 몰아 또 다른 굴레를 그에게 씌우는 비극을 잉태하기에 이른다. 신부와 청년의 비극은 사회 문화적인 관계 속에서 이루어지는 것이 아니라 부자간의 욕망의 관계 속에서 이루어지는 것이라고 할 수 있다. 사회 문화적인 맥락이 아니라 개인의 기질이나 성격이 우선한다는 논리는 「고아」에서도 잘 드러난다. 고아를 데려다 키워준 양어머니가 어느 날 피살되자 사람들은 그를 의심한다. 하지만 그 무시무시한 의심은 차츰 잊혀 진다. 그것은 그가 베푸는 친절과 능란한 말솜씨 때문이다. 급기야 사람들의 의심에 대한 망각은 그를 읍장이 되게 한다.

이 소설에서 신부가 보여준 이러한 태도는 인간의 어두운 면을 들추어낸 것일 수 있다. 인간이 정해놓은 선과 악이란 종이 한 장 차이에 불과하며, 그것을 도저히 극복할 수 없는 거리로 인식하는 데에는 이분법적인 도그마가 작용한 결과라고 할 수 있다. 인간의 어두운 면으로서의 악은 인간이라면 누구나 지니고 있는 것으로 그것은 아무리 감추려고 해도 온전히 감추어지지 않는, 언젠가는 자연스럽게 들어날 수 있는 그런 성질의 것이다. 인간은 자신의 실존에 위기나 위험이 닥치면 언제나 그 욕망을 숨기지 않고 드러낸다. 신부처럼 인간은 아버지로서의 존재성이 흔들리는 위기의 순간에 자살을 선택할 수도 있고 또 「쥘르 삼촌」에서처럼 혈연간이라도 자신에게 이익이 되지 않으면 외면할 수도 있는 그런 존재인 것이다. 인간이라고 해서 늘 선하게 사고하고 또 행동하는 것은 아니다. 오히려 인간은 선의 이면에 이러한 악의 그늘을 강하게 지니고 있기 때문에 반대급부적으로 선을 강조하고 있다고 볼 수 있다.

4.

인간의 추악한 일면이 가장 잘 드러나는 때는 실존의 위기
나 위험 앞에서이다. 이 실존의 위기나 위험의 순간에 인간은
반인간적이나 비인간적인 행위를 자연스럽게 드러낸다. 인간
이 처한 실존의 위기나 위험 중에서 가장 위협적인 것 중의 하
나가 바로 전쟁이다. 전쟁이란 인간이 이룩한 문명 자체를 송
두리째 파괴하고 인간을 실존의 극한 상황까지 이르게 하는
불가해한 괴물 같은 것이라고 할 수 있다. 이런 상황에서 인간
은 한없이 무기력해지기도 하지만 그동안 은폐해 온 악마성과
동물적인 본능과 생리적인 욕구를 가감 없이 드러내기도 한다.
전쟁으로 인한 인간의 이러한 욕망과 욕구는 크게 보면 삶
과 죽음에 대한 태도와 관련이 있다. 전쟁과 같은 실존의 극한
상황에서 살아남으려는 욕구는 평상시보다 더 강하게 일어나
는 것이 사실이다. 하지만 삶에 대한 강한 욕구는 반대로 다른
생명에 대한 죽임을 가볍게 여기는 아이러니한 상황을 발생시
킨다. 내가 살기 위해서는 다른 사람을 죽여야 하는 논리가 바
로 그것이다. 이렇게 되면 생명은 한낱 깃털보다도 가벼운 존
재로 취급되어 도덕이나 윤리는 그 기능을 상실하게 된다. 전
쟁 상황에서의 인간의 광기는 생명에 대한 무수한 학살로 표

상된다. 아우슈비츠에서의 대학살을 통해 우리는 인간이 이성이나 생명에 대한 경외감이 있다면 어떻게 이러한 일을 저질렀을까하고 깊은 회의와 반성을 하지만 그것은 어디까지만 전쟁 상황이 종료되고 어느 정도 거리를 두었을 때이다. 전쟁 상황에서는 인간도 어느 악마 못지않게 생명에 대한 끔직한 학살을 저지를 수 있다는 것을 아우슈비츠는 잘 말해준다.

모파상의 소설에서도 그러한 학살이 드러난다. 이것은 그의 소설에 보불 전쟁 체험이 배경으로 존재하기 때문이다. 가령 「두 친구」에서

"발사!"
열두 발의 총알이 한꺼번에 나갔다.
소바주 씨는 코를 땅에 박고 넘어졌다. 좀 더 키가 큰 모리스 씨는 비틀거리면서 빙그르 돌더니 얼굴을 하늘로 향하고 자기 동료의 몸 위로 가로 쓰러졌다. 뿜어 오른 핏줄기가 찢어진 속옷으로 배어 나왔다.
……
두 사람의 병정이 모리소 씨의 머리와 다리를 잡았다. 다른 두 병정이 소바주 씨를 같은 자세로 붙잡았다. 그들은 두 시체를 잠깐 힘을 주어 앞뒤로 흔들다가 멀리 내던졌다.
……

수면 위로 핏물이 살짝 번졌다.

여전히 아무 일 없었다는 듯한 기색이던 장교가 작은 목소리로 말했다.

"자, 이제는 생선을 처치할 차례다."

……

흰 치마를 두른 병정 하나가 뛰어왔다. 프러시아인은 총살당한 두 사람이 낚은 고기를 그에게 던지면서 이렇게 명령했다.

"이 조그만 생선들을 죽기 전에 곧 튀겨 오너라. 그 맛이 일품일 게다."

와 같은 장면이 등장한다. 강에서 낚시를 하던 프랑스인 두 친구를 첩자로 몰아 총살하고 그 시체를 강물에 던진다. 이들은 군인이 아니라 민간인이다. 이들을 첩자라고 판단해서 총살한 것은 프러시아 병사들의 실수라고 할 수도 있지만 그것보다 더 문제적인 것은 그들을 죽인 후의 병사들의 태도이다. 이들의 시체를 강물로 던진 후 '여전히 아무 일 없었다는 듯'한 태도를 취하는 프러시아 장교와 '죽은 프랑스인들이 잡은 고기를 죽기 전에 튀겨오라며 그 맛이 일품일 것'이라고 말하는 프러시아 병사의 태도는 생명에 대한 그 어떤 경외감이나 학살에 대한 죄의식 같은 것을 전혀 느낄 수 없다. 이들에게서 느낄 수 있는 것은 자기 방어 본능과 식욕과 같은 단순한 욕구이다.

　이처럼 전쟁은 인간이 얼마나 더 본능과 욕구에 충실한 존재인지를 잘 드러낼 뿐만 아니나 인간의 본성이 악할 수도 있다는 사실을 절실하게 느끼게 해준다. 비록 전쟁이라는 상황이 인간을 그렇게 만들었다고 할 수도 있지만 여기에서 정작 중요한 것은 인간도 그 이면에는 동물적인 본능과 욕구 그리고 추악한 면을 지니고 있다는 사실이다. 인간의 자기 보호 본능 혹은 자기 방어 본능은 전쟁 상황이 아니라 평상시에도 드러난다. 그의 소설 중에 「걸인」과 「노끈 한 오라기」가 여기에 해당한다. 자신에게 실질적인 위해를 끼치지 않음에도 불구하고 그가 걸인이라는 이유로 그를 배척하고 급기야는 도둑놈으로 몰아 죽게 하는 마을 사람들의 행태는 타자에 대한 배려가 없는 자기 중심주의적인 방어 본능의 결과라고 할 수 있다. 마찬가지로 노끈 한 오라기를 주었을 뿐인데 어느 못된 자에 의한 모함으로 그 마을에서 배제당하고 소외받다가 죽음을 맞는 이야기 역시 인간의 편협하고 추악한 면을 잘 보여주고 있는 예라고 할 수 있다.

　인간의 자기중심적인 본능과 욕구는 결국 타자와의 소통의 부재를 야기할 뿐이다. 타자와 소통하지 못하면 인간은 정상적인 삶을 영위할 수 없다. 이런 맥락에서 볼 때 「걸인」과 「노끈 한 오라기」에 등장하는 걸인과 노인뿐만 아니라 마을 사람들의 삶은 정상적인 것이라고 말할 수 없다. 인간에게는 타자와의 소통을 통해 사회성을 획득하려는 욕구도 있지만 또 한편으로는 그것을 방해하고 차단하는 자기중심적인 본능과 욕구가 존재한다. 알프스의 한 산장에서 동료 노인과 함께 생활하다 그가 사냥을 나가서 돌아오지 않자 온갖 외로움과 두려움에 고통을 당하다 결국 미쳐버린 「산장」의 주인공 울리히 쿤시를 통해 우리가 알 수 있는 것이 바로 그것이다. 걸인과 노인, 마을 사람들, 울리히 쿤시 같은 소설 속의 인물들이 의미하는 것은 인간이라는 존재가 가지고 있는 양면성, 그중에서도 어두운 면이라고 할 수 있다. 인간의 이 어두운 면에 대한 탐구와 성찰을 통해 작가가 겨냥하고 있는 것은 인간의 참된 모습에 대한 발견이라고 할 수 있다.

5.

자연주의적인 경향은 모파상의 대표작 중의 하나인 장편 『여자의 일생』에서도 그대로 드러난다. 이 소설이 출간된 시기가 19세기 말(1883)이라는 점을 고려하면 이러한 경향은 그다지 낯선 것은 아니다. 19세기 말이란 자연주의가 문학은 물론 미술, 연극, 음악 등에 널리 영향력을 행사하던 시기이며, 모파상 역시 이러한 영향을 크게 받았다고 할 수 있다. 이 소설은 제목 그대로 '잔'이라는 여자의 일생을 시간의 흐름에 따라 그리고 있다. 주인공 '잔'은 부유한 귀족 집안의 딸로 아버지의 철저한 통제 하에서 성장한다. 이러한 이유로 그녀는 이렇다할만한 사회생활을 경험하지 못한다. 이것은 그녀의 일생에 커다란 비극을 가져다주기에 이른다. 그녀의 일생 중 가장 중요한 결혼의 과정에서 그녀는 결혼 상대자와의 별다른 교제 없이 아버지의 반강제적인 이벤트에 이끌려 결혼을 하게 된다.

남자에 대한 별다른 경험이 없은 상태에서 결혼 전 '잔'이 할 수 있는 것은 몽상뿐이다. 그녀는 사랑이라는 걸 다음과 같이 꿈꾼다.

그는 어떤 사람일까? 물론 그녀는 분명하게 알 수가 없었다. 자기 자신에게 물어볼 마음조차 나지 않았다. 그 사람은 '그 사람'이겠지. 그 뿐이었다. 다만 그녀가 알고 있는 것은 단 하나, 자기는 그 사람을 진심으로 뜨겁게 사랑하고, 그 사람도 힘껏 자기를 사랑해줄 것이라는 것이었다. 오늘밤과 같은 밤, 두 사람은 언제나

같이 산책을 할 것이다. 별에서 쏟아져 내리는 빛을 받
으면서 두 사람은 손에 손을 마주 잡고 바싹 다가붙어
걸어갈 수 있을 것이다. 서로의 가슴이 뛰는 소리를 들
으면서, 서로의 어깨에서 체온을 느끼면서, 달콤한 여
름밤에 서로의 사랑에 젖어서 산책할 것이다. 두 사람
은 굳게 결합되어 있어서 사랑의 힘만으로 서로의 생각
깊은 곳까지 손쉽게 이를 수 있을 것이다. 그리고 그것
은 영원히 계속되는 불멸의 사랑이 될 것이다.(31쪽)

그녀의 사랑에 대한 생각이 현실적이지 못하고 유아적인 몽
상에 사로잡혀 있는 것은 집안 환경의 영향 때문이기도 하지
만 그것은 또한 그녀의 기질 때문이기도 하다. 그녀는 자신의
'느낌'을 중시한다. 그녀가 '쥘리앙'을 만나면서 '알 수 없는
어떤 힘'에 이끌리게 되고 다양한 감정의 변화를 경험하게 된
다. 어떤 순간적인 느낌이나 감정에 휘둘리면서 결혼이라는
지극히 현실적인 상황에 대해 그녀는 이렇다할만한 이해와 판
단을 행하지 못한다. 남편 '쥘리앙'에 대해 그녀가 할 수 있는
일이란 순간순간의 감정의 변화 밖에 없다. '쥘리앙'이 어떤
사람인지 여기에 대한 구체적인 이해와 판단이 없었기 때문에
결혼 이후의 그녀의 삶은 비극의 나락으로 떨어질 수밖에 없
었던 것이다.

　‘쥘리앙’이 하녀인 ‘로잘리’를 겁탈해서 그녀로 하여금 아이를 낳게 한 사건이 벌어졌을 때에도 그녀가 한 일이란 들판을 달리거나 악몽을 꾼 것이 전부였다. 하녀인 ‘로잘리’를 다른 남자와 결혼시키고 그 집을 떠나게 한 사람은 그녀의 아버지(남작)이다. 이 일 이후 ‘잔’은 자신이 임신을 했으며 곧 어머니가 된다는 것을 알게 되지만 기뻐하지 않는다. 하지만 아기가 태어나자 그에게 엄청난 집착을 보인다. 그녀의 집착은 너무나 과도한 것이어서 결국에는 방에다 자물쇠를 채워 그녀를 가두게 되는 지경까지 이르게 한다. 아이에 대한 지독한 집착은 또 다른 임신에 대한 욕망으로 이어져 남편과의 잠자리를 통해 그것을 실현하려고 한다. 남편이 이것을 거부하자 거짓으로 임신 사실을 퍼트려 결국 남편을 굴복시킨다.

　‘잔’의 이러한 집착은 현실 상황에 대한 판단을 불가능하게 하여 남편의 간통을 눈감아주는 지경까지 이르게 된다. 남편에 대한 그녀의 무관심과 허무적인 태도는 더 큰 비극을 불러온다. ‘쥘리앙’이 ‘로잘리’를 겁탈하여 아이를 낳게 한 사건은 그녀의 아버지가 돈으로 적당히 해결을 했지만 ‘질베르트 부인’과의 간통은 그녀의 남편에 의해 두 사람(쥘리앙과 질베르트 부인)이 모두 죽임을 당하고 ‘잔’은 둘째 아이를 사산하기에 이른다. 남편에 대한 그녀의 이러한 태도는 아들인 ‘폴’에

대한 더욱 강한 집착으로 이어진다. 아들에 대한 그녀의 비현
실적인 집착은 그녀가 생을 마감하는 순간까지 계속된다. 그
녀의 비현실적인 태도를 적절하게 규제하고 통제한 사람은 아
버지인 남작과 남편인 '쥘리앙' 그리고 하녀인 '로잘리'이다.
하지만 남편은 죽임을 당하고, 아버지도 죽으면서 규제와 통
제가 약화되기에 이른다. 그녀는 자신이 지니고 있는 기질대
로 혹은 감정의 움직임대로 행동한다.

이 소설은 '잔'의 일생에 초점이 맞춰져 있으며, 그것은 20
세기 이후의 여성을 주인공으로 내세운 소설과는 다른 이야기
의 의미 구조를 지니고 있다. 이 소설에서 보여 지고 있는 그
녀의 일생이란 지극히 수동적이고 운명론적인 것이다. 자신의
인생에 대해 어떤 개혁 의지도 없을 뿐만 아니라 이와 관련하
여 어떤 뚜렷한 전망도 제시하지 않고 있다. 그녀는 단지 '운
이 나빴다'고만 말한다.

"아아, 나는 운이 나빴어. 하나에서 열까지 모든 일
이 나에게 나쁘게만 돌아갔어. 악운만이 내 생활에 항
상 붙어 다니고 있었어."(408쪽)

자신의 불행을 단순히 '운'으로 치부해버리는 그녀의 태도
는 자신의 운명에 저항하는 것이 아니라 그것에 순응해버리는

허무주의적인 의미를 지닌다고 할 수 있다. 오히려 그녀의 일생에 대해 올바른 진단을 내리는 인물은 하녀 '로잘리'이다. 그녀는 '잔'을 보고 "마님 그런 말씀 하시면 안 돼요. 이유는 불행한 결혼을 했다는 것. 단지 그것뿐입니다"라고 말한다. '잔'은 자신의 결혼이 개인은 물론 사회적으로 혹은 현실적으로 어떤 의미를 지니고 있는지 그것에 대해 뚜렷한 인식 태도를 보이지는 않는다.

이처럼 『여자의 일생』은 근대적인 소설의 차원에서 보면 많은 문제점과 한계를 지니고 있는 작품임에 틀림없다. 하지만 이 소설이 당시의 많은 사람들에게 공감을 불러일으켰으며 그의 자연주의적인 경향에 대해 못마땅하게 생각했던 톨스토이조차도 호감을 표한 것을 보면 이러한 근대적인 소설의 의미 범주로 포괄할 수 없는 매력이 존재한다는 것을 의미한다. 그것은 한 불행한 여인의 삶 속에 깃든 어떤 진정성 같은 것이라고 할 수 있다. 남편으로부터 혹은 자식으로부터 철저하게 버림받고 소외받은 삶을 살아 왔지만 그래도 자신의 불행한 삶을 포기하지 않고 그것을 보듬어 안고 살아가는 그녀의 생의 모습을 통해 우리는 '그렇게 좋은 것만도 또 그렇게 나쁜 것만도 아닌' 우리 인간의 삶의 진솔한 모습을 발견하게 되는 것이다.

6.

　모파상의 문학은 인간에 대한 날카로운 해부와 연민 그리고 성찰로 가득 차 있다. 그가 탐구하고 있는 인간은 어떤 담대한 이상이나 전망에 사로잡혀 있는 존재가 아니라 진부한 일상 속에서 본능과 욕구에 충실한 삶을 살아가는 존재들이다. 그의 소설 속에는 물질적인 허영에 사로잡혀 자신의 인생을 허무하게 탕진하는 인물도 있고, 타인에 대한 편견과 자기 보호 본능에 사로잡혀 선악을 구별하지 못한 체 억울한 사람을 죽음에 이르게 하는 인물도 있으며, 자신에게 주어진 상황에 대한 객관적이고 합리적인 판단을 하지 못해 비극적인 최후를 맞이하는 그런 인물도 있다. 그가 그리고 있는 이런 인물들은 대부분 인간의 어두운 면을 대변하고 있는 존재들이라고 할 수 있다.

　이처럼 모파상은 인간의 어두운 면을 가차 없이 들추어냄으로써 독자들로 하여금 불편한 진실을 체험하게 한다. 하지만 불편한 진실이라고 해서 독자들의 관심과 흥미를 끄는 것은 아니다. 아무리 작가의 상상력이 인간의 어두운 면을 향해 있다고 하더라도 그것이 일정한 효과를 불러일으키기 위해서는 여기에 합당한 형식이 전제되어야 한다. 모파상의 문학은 수

준 높은 형식 미학을 보여준다. 군더더기 없는 간결하고 압축적인 문장이라든가 사물이나 현상을 정확하게 관찰하되 그것을 해석하지 않고 자연스럽게 보여주는 서술 기법, 그리고 사건에 긴장을 불어 넣고 극적인 반전의 효과를 극대화하기 위한 구성 방식 등은 그의 형식 미학의 일단을 잘 드러낸다. 문학 소설의 미학의 정수가 인생의 단면을 포착하여 여기에 담긴 의미를 예각적으로 형상화하는 것이라면 그의 소설은 더없이 훌륭한 본보기를 제공한다고 할 수 있다.

작가 소개 - 기 드 모파상

기 드 모파상(Guy de Maupassant, 1850년 8월 5일 ~ 1893년 7월 6일)은 1850년 프랑스에서 태어났다. 부모님은 그가 11세가 되던 해에 헤어졌다. 이것은 모파상에 깊은 영향을 끼쳐 그는 성인이 되어서도 결혼을 두려워하는 성향을 갖게 되었다. 단편집에서도 어리석고 박해받는 남편과 아버지 없는 외로운 아이가 자주 등장하게 된다. 그는 대학에서 법률공부를 하다 독일과의 전쟁이 벌어지자 자원입대를 했다. 전쟁에서 얻은 체험은 그의 뛰어난 단편소설의 소재가 되었다. 모파상은 바다와 강을 무척 좋아하여 소설 속에서도 바다나 강을 배경으로 많이 삼고 있으며 소설 속에 항해와 관련된 표현이 자주 나온다. 그가 플로베르한테 도제수업을 받는 동안에 이름 없는 지방 잡지에 가명으로 한두 편의 단편소설을 발표했다. 모파상은 졸라가 이끄는 6명의 작가들 가운데 한 사람이었는데, 그들은 1880년 4월에 전쟁에 관한 단편소설을 각각 1편씩 써서 『메당의 저녁』이라는 제목으로 출판했다. 이 책의 출판을 계기로 모파상은 작가로서의 전환점을 맞게 된다. 모파상이 이 책에 기고한 「비곗덩어리」는 6편 가운데 가장 훌륭한 작품이었다. 그 후 2년 동안 〈골루아〉, 〈질 블라〉에 기사를 썼다. 그는 1880~90년의 10년 동안 약 300편의 단편소설과 6편의 장편소설, 3권의 여행안내서, 유일한 시집, 그리고 약간의 잡문을 발표하였다. 베스트셀러 작가로서의 명성을 갖게 된 모파상은 1888년 동생 에르베가 심한 정신이상으로 이듬해 죽자 큰 충격을 받고 슬픔에 빠졌다. 1892년 1월 2일에 목의 동맥을 끊어 자살을 기도하여 파리의 정신병원에 수감되었다가 43번째 생일을 맞기 1개월 전에 그 병원에서 죽었다.

번역 - 김규희

전문번역가. 서로 다른 문화를 연결하는 문화의 가교로써 번역 작업이 갖는 힘을 믿고 번역에 임하고 있다.

작품 해설 - 이재복

문학평론가. 한양대학교 한국언어문학과 교수.
대표 저서로 『몸』, 『비만한 이성』 등이 있다.

국문학 교수들이 추천한 글누림세계명작선

여자의 일생

초판 1쇄 발행 2011년 12월 26일

지 은 이 기 드 모파상
옮 긴 이 김규희
펴 낸 이 최종숙
펴 낸 곳 글누림출판사

진　　행 이태곤
책임편집 임애정
편　　집 권분옥 이소희 박선주 전희성
디 자 인 이홍주 안혜진
마 케 팅 박태훈 안현진
관　　리 이덕성

주　소 서울시 서초구 반포4동 577-25 문창빌딩 2층(137-807)
전　화 02-3409-2055(대표), 2058(영업), 2060(편집)
팩　스 02-3409-2059
전자메일 nurim3888@hanmail.net
홈페이지 www.geulnurim.co.kr
등록번호 제303-2005-000038호(2005.10.5)

정 가 16,000원
ISBN 978-89-6327-175-0 04860
　　　978-89-6327-167-5(세트)

출력·알래스카 인쇄·신화프린팅 제책·동신제책사 용지·에스에이치페이퍼

＊잘못된 책은 바꿔드립니다.